Daniele Palu schreibt als Journalist für viele große Magazine und Zeitschriften sowie als leitender Autor für den erfolgreichen True-Crime-Podcast *Hollywood Crime*. Wann immer er kann, fährt er an die Nordsee, wo ihm die Idee zur Krimi-Reihe um Massimo Marconi kam. Im Sommer 2023 residierte Daniele Palu zudem als Stadtschreiber in Otterndorf, wo er viel über die Eigenheiten der Nordlichter erfahren hat. Offenbar war die Liebe gegenseitig, denn er wurde für 2025 gleich noch einmal eingeladen. «Marconi und der verschwundene Wattschützer» ist der zweite Band um den italienischen Ermittler im hohen Norden.

Über Band 1 der Reihe, «Marconi und der tote Krabbenfischer»:

«Menschlich, melancholisch, witzig und immer hart am Meer – Marconi hat der Nordsee gerade noch gefehlt!» *Sven Stricker*

«Suchtgefahr!» *Petra*

«Amüsant und packend!» *Für Sie*

«Ein Muss für alle Krimifans und Liebhaber von atmosphärischen Küstenregionen.» *Good Health*

DANIELE PALU

MARCONI

und der
verschwundene
Wattschützer

Rowohlt Taschenbuch Verlag

Originalausgabe
Veröffentlicht im Rowohlt Taschenbuch Verlag,
Kirchenallee 19, 20099 Hamburg, Mai 2025
Copyright © 2025 by Rowohlt Verlag GmbH, Hamburg
Die Nutzung unserer Werke für Text- und Data-Mining
im Sinne von § 44b UrhG behalten wir uns explizit vor.
Covergestaltung bürosüd, München
Coverabbildung Getty Images; www.buerosued.de
Satz aus der Calluna
bei Pinkuin Satz und Datentechnik, Berlin
Druck und Bindung CPI books GmbH, Leck
ISBN 978-3-499-01224-2

Kontaktadresse nach EU-Produktsicherheitsverordnung:
produktsicherheit@rowohlt.de

Qui dove loco
Non ha pietà
Seggio di foco
Per te sarà.
(Coro di Demoni)

Wo Erbarmen
keinen Platz hat,
wird ein Feuersessel
für dich bereitet.
(Chor der Dämonen)

Stefano Landi (1587–1639):
«Il Sant'Alessio»

1

Marconi hat nichts
unter Kontrolle

Heute war wieder so ein Tag, an dem Massimo Marconi sich zurück in seine Münchner Heimat sehnte. Am Wetter konnte es dabei ausnahmsweise einmal nicht liegen. Nur vereinzelt zogen Wolken über den strahlend blauen Nordhimmel. Die Julisonne wärmte sein Gesicht und ließ die Sonnenblumen in den Vorgärten golden leuchten. Sie schien auf die alten Mauern vom *Wanlik Hüs*, dem ältesten denkmalgeschützten Haus der Gemeinde, und auf die gelbbraunen Reetdächer der anderen Häuser in der Dorfstraße. Es war so windstill wie selten seit Marconis Ankunft in Sankt Peter-Ording vor einem Monat, weshalb die Türen und Fenster der Geschäfte einladend offen standen. Der würzige Geruch des Meeres hing in der Luft, mit feinen Noten von Salz und Tang und feuchtem Sand. Alles in allem ein fast erträglicher Arbeitstag, wäre es nicht genau das: ein Arbeitstag.

Der Grund für Marconis fehlenden Arbeitseifer lag in der kleinen Schar von Demonstrierenden, die nach ihrer Kundgebung auf dem Seebrücken-Vorplatz zwischen *Strandgut Resort* und *Ambassador Hotel* nun vor ihm entlangmarschierte. Die in die Luft gereckten Transparente erklärten den Anlass der Demo: *Keine neuen Bohrungen im Wattenmeer!* war darauf zu lesen und *Stoppt die Ölförderung bis 2030!*

Statt auf Verbrecherjagd, wie während seiner Zeit als

Kriminalhauptkommissar bei der Münchner Mordkommission, war Marconi hier als Aufpasser für ein paar im Naturschutz engagierte Heranwachsende abgestellt. Nicht gerade die Erfüllung seiner Träume, um es vorsichtig zu formulieren.

«Watt statt Öl! Watt statt Öl!», skandierte die Gruppe im Chor, die von einem gut aussehenden jungen Mann mit gebräuntem Gesicht, Dreitagebart und Megafon in der Hand angeführt wurde. Marconi kannte ihn nur zu gut: Fabian Holthusen, Naturschützer mit überbordendem Selbstbewusstsein, war vor Kurzem schon einmal in den Fokus seiner polizeilichen Ermittlung geraten. Die Ärmel hatte er bis über die Ellenbogen hochgekrempelt, sodass sie den Blick auf seine sehnigen Unterarme freigaben. Die oberen drei Knöpfe seines Jeanshemdes waren strategisch aufgeknöpft und stellten eine definierte Brust zur Schau. Marconi verzog abschätzig den Mund. Für ihn war Fabian nicht mehr als ein Blender, der einer an sich guten Sache seinen narzisstischen Stempel aufdrückte.

Ihr tötet das Wattenmeer, las Marconi auf einem der Schilder und verdrehte bei dieser Übertreibung die Augen. Soweit er wusste, hatte es in den mehr als dreißig Jahren, in denen in der Nordsee am südlichen Rand des *Nationalparks Schleswig-Holsteinisches Wattenmeer* Öl gefördert wurde, noch nie ein Unglück gegeben. Ja, nicht einmal einen Störfall, bei dem etwas ausgetreten wäre. Fand er es trotzdem seltsam, dass in einem UNESCO-Weltnaturerbe Öl gefördert wurde? Definitiv. Aber er machte hier nur seine Arbeit, auch wenn Klara ihn eines Besseren belehren wollte. Klara, ausgerechnet! Er hatte seine dreizehnjährige Nichte nicht davon abbringen können, bei diesem Theater mitzumachen.

«Ich gehe zu dieser Demo, und wenn es das Letzte ist, was ich für meine Generation tue», hatte sie ein paar Tage zuvor seiner Ansicht nach reichlich melodramatisch festgestellt.

Seinen Hinweis, dass die letzte Naturschützerdemo, an der sie ohne sein Wissen teilgenommen hatte, eskaliert war, hatte sie mit einer Handbewegung abgetan. «Sei doch froh, dass ich dir diesmal Bescheid sage.»

Doch diesen Einwand hatte Marconi nicht gelten lassen. Er war überzeugt, dass Klara ihn nur informiert hatte, weil sie wusste, dass er den Demonstrationszug durch Sankt Peter-Ording als Dienststellenleiter der örtlichen Polizeistation begleitete. «Letztes Mal hast du gemotzt, dass ich nichts gesagt habe, weil du sonst angeblich mitgekommen wärst. Hast du jedenfalls behauptet. Jetzt weißt du Bescheid und bist sogar dabei, also verstehe ich nicht, was das Problem ist.»

Ernst hatte sie ihm ein Pamphlet von *GreenPlanet* überreicht, das er in ihrem Beisein hatte lesen müssen: Deutschland versuche seit Jahren, die Abhängigkeit von russischem Gas und Öl zu verringern. Deshalb werde über eine Ausdehnung der Ölförderung im Wattenmeer nachgedacht. Sowohl die Fläche solle ausgeweitet als auch die Laufzeit verlängert werden. Aktuell fördere die Bohrinsel Mittelplate A aus dem darunterliegenden Ölfeld Mittelplate rund eine Million Tonnen Öl jährlich. «Das macht aber nur ein Prozent des deutschen Verbrauchs aus», erklärte Klara, und Marconi war gegen seinen Willen beeindruckt von ihrem Wissen. Er las weiter: Einen relevanten Beitrag zur Versorgungssicherheit in Deutschland leiste Mittelplate demnach nicht. Dafür gefährde die Plattform aber jedes Jahr Hunderttausende Watt- und Wasservögel, die im Wattenmeer Zwischenstopp machten. «Das können wir doch nicht einfach zulassen», sagte Klara, nachdem er fertig gelesen hatte, so entschieden, als spreche sie in ein Mikrofon der *Tagesschau*.

Ein schlichtes *Vielleicht, aber du bist dafür zu jung,* hatte Marconi sich verkniffen und klein beigegeben. Nur den Vorschlag, auch Stefano mitzunehmen, hatte er dann doch abgelehnt und Klaras kleinen Bruder fix zu einem Freund gefahren.

So hatte Klara sich triumphierend dem Protestzug angeschlossen. Und nicht nur das: Sie stand ungefähr fünfzehn Meter vor Marconi gleich in der ersten Reihe, direkt neben diesem Fabian. Den Straßenrand säumten mehr Menschen, als Marconi erwartet hatte. Warum all die Touristen bei diesem Wetter nicht am Strand lagen, wollte ihm nicht in den Kopf. Vielleicht war es der Mangel an spektakulären Möglichkeiten, sich die Zeit zu vertreiben, der die Menschen dazu brachte, der unspektakulären Protestaktion beizuwohnen. Sand und Meer wurden manchem schon mal langweilig. Das konnte kaum jemand besser nachvollziehen als er.

Die Demo war beinahe am Ziel angelangt, als die Gruppe die genehmigte Strecke unvermittelt verließ. Während Marconis Kollege Jens im Polizeiwagen vorweg weiter im Schritttempo die Pestalozzistraße entlangfuhr, bog der Zug unter Fabians Führung rechts in ein Wohngebiet ab. Schlagartig tauchte Marconi aus seinem Stand-by-Modus auf. Er versuchte, sich einen Weg durch die Demonstrierenden zu bahnen, um Fabian zurechtzuweisen. Doch wie auf Kommando hakten einige Leute einander unter und bildeten eine Wand, die er nicht zu durchdringen vermochte. Zumindest nicht, ohne Gewalt einzusetzen.

«Stehen bleiben!», brüllte er. Weil niemand reagierte, wiederholte er es zwei weitere Male – ebenso vergeblich. Ehe Marconi begriff, was vor sich ging, vernahm er das unverkennbare Knattern eines Lastwagens, der am Ende der Sackgasse mit laufendem Motor auf die Gruppe wartete. Marconi schwante Übles. Er konnte keine Baustelle entdecken, und was sonst sollte ein Lkw-Lader hier an einem Sonntag mitten im Wohngebiet zu suchen haben? Mit lautem Piepen setzte der Lkw zurück, bis er zeitgleich mit der Protestgruppe vor einem zweigeschossigen Wohnhaus zum Stehen kam.

Marconi begriff noch immer nicht, was hier vor sich ging, aber sein Puls war mittlerweile alarmierend hoch. Während er noch überlegte, ob er den Schlagstock einsetzen musste, begann der Sattelschlepper, seine Ladefläche nach oben zu fahren. Eine graubraune, unansehnliche Masse ergoss sich über den weißen Holzzaun, der das Grundstück von der Straße abgrenzte, und floss von dort weiter durch den kleinen Vorgarten über den Gehweg bis zur Eingangstür des Wohnhauses. Mit offenem Mund verfolgte Marconi diesen Albtraum einer Szene.

Wie auf Kommando zog ein halbes Dutzend Demonstrierender kleine Plüschmöwen aus ihren Rucksäcken, klemmte sie zwischen die Latten des Zauns und übergoss sie mit schwarzem Schweröl aus einem Kanister, den Fabian herumreichte. Gleichzeitig ertönte ein schrilles, ohrenbetäubendes Trillerpfeifenkonzert. Marconis erster Gedanke galt Klara. Aber seine Nichte schien der Lärm nicht zu kümmern, sie blies selbst mit dicken Backen in eine Trillerpfeife.

Marconi fühlte sich hintergangen und verraten. Doch das musste warten.

«Schluss jetzt! Das ist Nötigung und Sachbeschädigung und damit illegal!», brüllte er ohne jede Wirkung. Warum hatten sie hier in der Provinz eigentlich nicht mehr Polizisten zur Verfügung?! Gerade als er die Menschenkette vor sich durchschlagen wollte, spürte er eine Hand auf seiner Schulter.

«Du den Typen mit dem Megafon, ich den Kerl im Kipplader?», raunte Jens.

Marconi nickte, schob zwei untergehakte Personen rüde auseinander, stürmte zu Fabian und wollte ihm das Megafon aus der Hand reißen. Der ließ aber nicht los, weshalb Marconi noch fester daran zog. In dem Handgemenge, das dabei entstand, wurde Fabian das Megafon gegen den Kopf geschlagen. Marconi hätte nicht sagen können, ob sein eigenes Unterbewusstsein ihm dabei die Hand geführt oder ob Fabian kräftig nachgeholfen hatte. Der Schlag war nicht besonders fest gewesen, doch Fabian ging mit einem Aufschrei in die Knie und hielt sich die Hände vors Gesicht.

Empörte Rufe der Protestierenden waren zu hören. «Der Bulle hat Fabian geschlagen!», brüllte jemand, «Polizeigewalt!», ein anderer. Marconi spürte, wie an ihm gezerrt wurde. Fabians Mitstreiter glaubten offenbar, sie müssten ihren Anführer aus den Klauen der Polizei retten, bevor Marconi ihn totschlagen konnte. Zwei der jüngeren Protestierenden packten ihn am Revers und rissen ihn so heftig von Fabian weg, dass er das Gleichgewicht verlor und auf dem Hintern landete. Sofort wollte er wieder aufspringen, doch die beiden Männer stießen ihn erneut zu Boden und trafen ihn dabei im Gesicht. Aus Marconis Nase schoss Blut. Er rammte dem einen der beiden seinen Ellenbogen in die Kniekehle und trat dem anderen mit voller Wucht gegen das Schienbein. Beide schrien auf und sanken wunderbar synchron vor ihm auf die Knie. Marconi hatte keine Zeit, seinen Triumph auszukosten, denn gleich drei weitere Männer, die Kapuzen ihrer Hoodies tief ins Gesicht gezogen, kamen mit erhobenen Fäusten auf ihn zu. Sie waren nicht mehr als zwei Schritte von ihm entfernt, als plötzlich der schrille Schrei eines Mädchens zu hören war. Marconi erblickte Klara, die mit weit aufgerissenen Augen die Szene verfolgte. Die Stille, die sich daraufhin einstellte, hatte eine kathartische Wirkung und ließ all seinen Zorn verebben. Auch alle anderen schienen wieder zur Besinnung zu kommen.

Marconi duckte sich an den drei Schlägertypen vorbei und winkte Klara zu sich, die sich widerstrebend in Bewegung setzte. Sie musterte sein lädiertes Gesicht, weniger mit Sorge, wie ihm schien, als vielmehr mit dem Interesse, das sie auch einem seltenen Käfer entgegenbringen würde.

«Was sollte das hier, Klara?» Bevor Klara antworten konnte, ertönte ein zweiter Schrei. Marconis Blick fiel auf eine Frau, die, die Hand auf den Mund geschlagen, aus ihrer Haustür trat und fassungslos die graubraune Katastrophe in ihrem Vorgarten begutachtete. Jens kam in sein Sichtfeld. Er schob einen Mann vor sich her, dessen Hände mit Handschellen hinter dem Rücken fixiert waren.

«Keiner bewegt sich, alle bleiben, wo sie sind», rief Marconi in die Menge und, an Jens gewandt: «Ruf Eva aus ihrer Bereitschaft. Sie soll kommen und dir helfen, die Personalien aufzunehmen. Kannst du den Typen hinten in den Polizeiwagen packen und Klara auf den Beifahrersitz? Und dann kümmer dich bitte um diesen Fabian.» Bevor Klara oder Jens reagieren konnten, suchte Marconi nach einem Weg durch den flüssigen Watthaufen hindurch, der aussah, als hätte eine riesige Kuhherde sich vor dem Haus erleichtert. Doch er fand keinen, weshalb er der Frau, die geschrien hatte und noch immer entsetzt im Türrahmen stand, mit Gesten anzeigte, dass er zum Fenster an der Westseite des Hauses kommen würde. Sie verstand und verschwand im Haus.

Während Marconi am Fenster auf sie wartete, streifte sein Blick den Himmel, der sich zuzuziehen begann. Seine App hatte das am Morgen schon angezeigt: Unwetterwarnung. Von den vielen Dingen, die die Küste aus seiner Sicht vermissen ließ, war dies die Sache, die der Norden am wenigsten konnte: Sommer.

«Sie wohnen hier?», fragte Marconi, sobald das Fenster von innen geöffnet wurde.

Die Frau funkelte ihn wütend an. «Und ob. Und ich habe die Schnauze so voll von diesem Scheiß.»

«Es ist also nicht das erste Mal, dass Ihnen das halbe Wattenmeer in den Garten gekippt wird? Wer sind Sie denn? Und was soll dieses ganze Theater?»

«Mein Name ist Lenke Manthey», entgegnete sie mit säuerlicher Miene. «Aber warum fragen Sie nicht diese Chaoten da, was dieses Theater soll? Ich habe keine Ahnung.»

Marconi verstand die Wut der Frau, obwohl es ihn ärgerte, dass sie auch Klara gerade als Chaotin bezeichnet hatte. Allerdings verstand er immer weniger, was hier gerade vor sich ging. «Es muss doch einen Grund geben, warum eine Lkw-Ladung Watt und ölgetränkte Möwen ausgerechnet vor Ihrer Haustür abgeladen wurden und nicht vor meiner!»

Lenke Manthey seufzte und fuhr sich durch das kinnlange schwarze Haar, wobei sie ihren perfekt frisierten Pony durcheinanderbrachte. «Ich war es nicht, die die politische Entscheidung getroffen hat, Mittelplate zu errichten und dort Öl zu fördern. Ich bin nur die Managerin der Plattform. Kein Grund also, mir den ganzen Rotz vor die Tür zu kippen.»

Sie schlug mit der Hand gegen den Fensterrahmen und sah Marconi herausfordernd an. «Warum haben Sie die Aktion nicht verhindert?»

Tja, gute Frage. Die würde er sicher auch seinen Vorgesetzten in Flensburg beantworten müssen, sobald sie von der Eskalation hier Wind bekamen.

Sein Schweigen schien Lenke Manthey nur noch mehr zu provozieren. Sie stieß schnaubend Luft aus. «Wenn die Polizei es nicht schafft, ihre Bürger zu schützen, heuere ich eben einen privaten Wachdienst an. Der macht mit dem Pack da draußen kurzen Prozess.»

Marconi verdrehte innerlich die Augen. Diese Protestaktion schien im Vorfeld sorgfältig geplant worden zu sein. Das hätte keine Polizei und kein privater Wachdienst der Welt vorhersehen und verhindern können. «Ich kann verstehen, dass Sie empört sind», bemühte er sich um einen freundlichen Tonfall. «Aber ich muss Sie wohl nicht daran erinnern, dass Selbstjustiz in Deutschland unter Strafe steht. Gemeinsam finden wir sicher einen Weg, um Sie in Zukunft besser zu schützen.»

«Selbstjustiz?», ertönte eine tiefe Stimme aus dem Inneren des Hauses. Doch statt Mantheys Ehemann, wie Marconi erwartet hatte, tauchte eine Frau in einem neonpinken Blazer und mit passendem Lippenstift neben ihr im Fenster auf. Sie sah Marconi empört an. «Ist Lenke jetzt die Täterin oder wie? Nach allem, was da gerade passiert ist?!»

«Svea, bitte.» Lenke Manthey legte der Frau beschwichtigend eine Hand auf den Unterarm.

«Sie drehen mir die Worte im Mund herum, Frau …?»

«Das ist Svea, Svea Berger. Meine persönliche Assistentin und eine gute Freundin.»

«Ich sage bloß, dass wir in einem Rechtsstaat leben und Aktionen Reaktionen hervorrufen können, Frau Berger.» Erleichtert sah Marconi seine Kollegin Eva vom Fahrrad steigen. Auch sie wirkte einigermaßen fassungslos, während Jens sie über die Ereignisse ins Bild setzte.

«Entschuldigung, langweile ich Sie?», versuchte Lenke Manthey Marconis Aufmerksamkeit zurückzugewinnen. «Oder wären Sie jetzt so freundlich, meine Aussage aufzunehmen?»

Marconi sah noch immer zu der Gruppe auf der anderen Seite des Zauns. Einige Protestler schienen sich nicht ausweisen zu wollen, und Jens schielte hilfesuchend zu ihm herüber. In dem Moment stieg ein großer, athletischer Mann aus einem hellblauen Wagen, den er einige Meter von dem Chaos entfernt geparkt hatte.

«Ach! Schön, dass du dich auch mal blicken lässt, Paul», ätzte Lenke Manthey, als der Mann ans Gartentor kam und pikiert das Chaos beäugte.

«Ist das Ihr Mann?», fragte Marconi, und Lenke Manthey deutete ein Nicken an, während sie weiter ihren Ehemann fixierte. Marconi schätzte ihn auf Mitte vierzig, aber unter dem zackigen Tonfall seiner Ehefrau wirkte Paul Manthey eher wie ein gerügter Schuljunge. Während sich die beiden weiter zankten, erregte eine Auseinandersetzung auf der anderen Seite des Zauns Marconis Aufmerksamkeit. Eva stritt mit einer Demonstrantin, die ihr offenbar ihre Personalien nicht nennen wollte. Da er sich ohnehin wenig Chancen ausrechnete, zwischen den Mantheys zu Wort zu kommen, beschloss er, lieber Eva zu unterstützen.

«Ich sehe später noch mal bei Ihnen vorbei, versprochen. Ich muss erst den Kollegen helfen.»

Das ließ Lenke Manthey aufmerken. «Aber ich …», setzte sie an.

Marconi war schon fast am Zaun, als er sich noch einmal umdrehte. «Ich veranlasse bei der Stadtreinigung oder wie das hier heißt, dass der Dreck beseitigt wird.»

Und damit stürzte sich Marconi ins Getümmel. Auch wenn er es nicht zugeben würde, war ein kleiner Teil von ihm froh darüber, dass der Arbeitstag deutlich weniger langweilig enden würde, als er begonnen hatte.

2

Ein Mann erlebt
die unbequemste Autofahrt
seines Lebens

Er stöhnte, als er das Bewusstsein wiedererlangte. Seine Hände waren auf dem Rücken zusammengebunden, die scharfen Kanten des Kabelbinders schnitten in seine Haut. Er versuchte, sich zu orientieren, doch die Dunkelheit war undurchdringlich. Das monotone Dröhnen eines Motors mischte sich in das Prasseln des Regens über ihm. Er konnte das Vibrieren der Straße unter sich spüren und das dumpfe Spritzen von Pfützen hören, wenn das Auto hindurchfuhr. Er zitterte, vor Kälte und vor Angst. Sein Hinterkopf pochte schmerzhaft, etwas lief in sein rechtes Auge. Noch während er die Flüssigkeit fortblinzelte, kam die Erinnerung zurück.

Er war wutentbrannt aus der Tür gestürmt. Dann ins *Thalamegus*, um seine Nerven zu beruhigen.

«Allns Slampen, bet op Mutti», hatte der Wirt im tiefsten Platt gelacht, wobei es eher wie ein Röcheln klang, weil er mittendrin husten musste. Mit einem angedeuteten Nicken hatte er dem Mann für den Aufmunterungsversuch gedankt, der nicht wissen konnte, was seinem Gast auf der Seele lag. Dann hatte er die Lippen aufeinandergepresst und wieder in sein Whiskeyglas gestarrt, während aus der Jukebox in der Ecke Freddy Quinn in Endlosschleife dudelte.

Er hatte ewig keinen Alkohol getrunken, seit Jahren

nicht. Aber in diesem Moment war es genau das Richtige, nach der Schockwelle, die Emma mit ihren Worten bei ihm ausgelöst hatte.

«Fruen, mien Bester, sünd so as de Wind up de hogen See», unternahm der Wirt einen neuen Versuch, ihn aufzumuntern. «Unberekenbor, aver mitünner bringt se di na Steden, wo du nie dacht hest, du kümmst dor an.»

Er verdrehte die Augen. Die Kalendersprüche des Mannes gingen ihm auf den Keks, so nett sie auch gemeint waren. Er rutschte vom Barhocker, ließ das Portemonnaie fallen, bückte sich, taumelte, zahlte. Auf dem Weg zur Tür bemerkte er das ausgestopfte Krokodil, das kopfüber über den Putz kroch. Daneben glotzten ihn mehrere Hummer und sogar der präparierte Kopf eines Haifischs aus toten Augen an. Mit einer Gänsehaut am ganzen Körper trat er ins Freie.

Durch die alkoholbedingten Nebelschwaden registrierte er verwundert, dass auf dem asphaltierten Platz vor dem *Thalamegus* keine Menschenseele zu sehen war – obwohl die Kneipe in einer der belebtesten Straßen Sankt Peter-Ordings lag, mit zahlreichen Hotels, Ferienwohnungen, Restaurants und Läden. Während er noch schwankend überlegte, wie das sein konnte, kroch ihm die Erkenntnis ins benebelte Bewusstsein, dass es an der Sturmwarnung liegen musste, die am Morgen durch die Medien gegangen war. Tatsächlich hatte es merklich aufgefrischt. Mehr als das: Der Wind rüttelte so heftig an den drei Kiefern am Rande des Vorplatzes, als wollte er sie samt Wurzeln aus dem Boden reißen.

Er musste verrückt sein, bei diesem Wetter betrunken durch die Gegend zu stolpern. Anstatt die Route über die

Hauptstraße zu nehmen und dann den Alten Badweg entlangzugehen, wollte er auf schnellstem Wege nach Hause. Rechts an der Gaststätte führte ein schmaler Pfad vorbei, den er kurzerhand einschlug.

Plötzlich hörte er hinter sich ein Knacken, und als er nachsehen wollte, hatte ihn der Schlag bereits aus dem Nichts getroffen. Wie eine vom Wind entwurzelte Kiefer war er der Länge nach in die Dunkelheit gestürzt ...

... und in diesem verfluchten Kofferraum wieder aufgewacht. Nach dem Schmerz an seiner Stirn sowie der Konsistenz der Flüssigkeit zu schließen, musste es sich um Blut handeln, das ihm ins Auge lief. Was sollte das hier? Wer hatte ihn niedergeschlagen und in einen Kofferraum gesperrt? Und vor allem, warum? Wie lange war er bewusstlos gewesen? Würde ihn vielleicht jemand hören, wenn er schrie? Sein Herz schlug wild, als er sich auf den Rücken drehte und begann, mit den Beinen gegen den Kofferraum zu treten. Erst mit vereinzelten, kräftigen Tritten, dann in einem nicht enden wollenden Stakkato. Er hatte keine Ahnung, ob bei diesem Wetter überhaupt jemand unterwegs war. Aber er wollte nicht wissen, was passierte, wenn sie am Ziel dieser Fahrt ankamen. Aufgeben war keine Option. Er trat so fest gegen die Wände des Kofferraums, dass er meinte, spüren zu können, wie das Blech nachgab.

«Hilfe!» Seine eigenen Rufe hallten ihm in den Ohren, und doch befürchtete er, dass sie sich im Brausen des Windes draußen verloren.

Er nahm wahr, wie der Wagen langsamer wurde. Als sie

abbogen, rutschte er mit dem Kopf gegen die Seitenwand. Es klang, als schabten Zweige an der Karosserie entlang, als knirschte Kies unter den Rädern. Fuhren sie durch Unterholz? Er wusste nicht, warum, aber ihn beschlich das Gefühl, dass das keine gute Entwicklung für ihn sein konnte.

Das Auto stoppte schließlich mit einem Ruck. Er lauschte angestrengt, konnte jedoch nichts hören außer dem Trommeln des Regens auf dem Dach. Dann vernahm er, wie die Wagentür geöffnet wurde, als Nächstes Schritte auf nassem Kies. Jemand riss die Kofferraumklappe auf. Sofort prasselte der Regen ins Innere. Er musste auch das zweite Auge zukneifen, jenes, in dem sich noch kein Blut gesammelt hatte. Blinzelnd versuchte er, den Schatten scharf zu stellen, der vor dem Wagen stand.

«Mach nicht so 'ne Welle, du Arsch», sagte der Schatten, kalte Wut in der Stimme. Ein Schlag traf ihn am Kopf. Benommen ließ er sich einen Lappen in den Mund stopfen. Das Geräusch von Klebeband, das abgerollt wurde, drang an sein Ohr. Kurz darauf spürte er, wie etwas quer über sein Gesicht geklebt wurde. *Ich bekomme keine Luft*, dachte er und versuchte vergeblich, gegen die wachsende Panik anzuatmen. Ein greller Blitz durchriss die Dunkelheit, gefolgt von einem ohrenbetäubenden Donnerschlag. Im kurzen Lichtschein konnte er schemenhaft das Gesicht seines Peinigers erkennen. *Du?,* war sein letzter Gedanke, bevor er das Bewusstsein verlor.

3

Marconi chillt
sein Leben nicht

Er erwachte eine Viertelstunde, bevor der Wecker klingelte. Marconi rekelte sich und strich mit einer Hand über die freie Seite seines Bettes. Die letzten Splitter seines Traums wirkten noch in ihm nach. Eine Frau hatte neben ihm gelegen. Er hatte ihr Gesicht nicht erkennen können, und doch war sie ihm nur allzu vertraut vorgekommen. «Geh noch nicht», hatte sie schlaftrunken gemurmelt und sich an ihn geschmiegt, in der Sekunde, in der er die Augen öffnete. Rasch ging er ins Badezimmer und schlüpfte aus den Boxershorts, um die intensive Erinnerung mit einer kalten Dusche abzuspülen.

Als eine Viertelstunde später die Kinder aus dem Obergeschoss zu ihm in die Küche kamen, hatte er bereits den Tisch gedeckt und das Frühstück zubereitet. Klara und Stefano setzten sich und begannen wortlos, den Obstsalat in sich hineinzuschaufeln. Beim Obstschneiden hatte Marconi überlegt, ob er Klaras Aktion vom Vortag thematisieren sollte und wenn ja, wie. Ignorieren konnte er die Tatsache nicht, dass gestern zum wiederholten Mal eine Protestveranstaltung jener Gruppe eskaliert war, mit der Klara sich neuerdings rumtrieb. «Gut geschlafen?», entschied er sich für eine neutrale Gesprächseröffnung.

Klara ignorierte die Frage und schob ihm wortlos einige

Zettel mit mathematischen Gleichungen über den Küchentresen.

«Was ist das?», erkundigte sich Marconi und blätterte die Papiersammlung durch.

«Du musst nur auf der letzten Seite unterschreiben.»

Marconi schlug die letzte Seite auf. «Eine Vier?! In Mathe? Du?» Ungläubig sah er Klara an.

Sie rollte mit den Augen. «Chill mal dein Leben.»

«Ich bin gechillt, Klara.» Marconi versuchte, Ruhe zu bewahren. «Aber wenn meine Einser-Nichte plötzlich eine Vier anschleppt, darf ich wohl mal nachfragen?»

«Ich hätte auch einfach deine Unterschrift fälschen können.» Klara kniff die Lippen aufeinander und sah ihn trotzig an. Wann hatte sie sich eigentlich in einen übellaunigen Teenager zurückverwandelt? Er hatte gehofft, dass dieses Stadium hinter ihnen lag.

«Bis zum nächsten Elternsprechtag, dann wäre alles aufgeflogen. Und umso peinlicher geworden, für mich *und* für dich.»

«Was willst du überhaupt da? Es heißt doch *Eltern*sprechtag.»

Marconi wusste, dass Klara ihn provozierte. Und tatsächlich versetzten ihm ihre Worte einen Stich. Äußerlich zeigte er aber keine Regung. *Nicht aus der Ruhe bringen lassen, nicht auf Provokationen reagieren*, dachte Marconi an die Worte, die er in dem Erziehungsratgeber «Pubertät ist, wenn die Eltern komisch werden» gelesen hatte. Und trotzdem war er davon ausgegangen, die Phase der kompletten Ablehnung überstanden zu haben. Falsch gedacht. Vielleicht lag es aber auch gar nicht an ihm, sondern an dem Chaos, das Pubertät in den Gehirnen Heranwachsender auslöste. Was wusste er schon?

Er war erst vor vier Wochen aus seinem geliebten München an die Nordseeküste gezogen und das alles andere als freiwillig. Aber nachdem erst seine Schwägerin Gesa an Krebs und nicht lange danach auch sein Bruder plötzlich verstorben waren, hatte er sein Versprechen einlösen und nach Sankt Peter-Ording ziehen müssen, um sich um seine Nichte und seinen Neffen zu kümmern. Nun lebten Klara und Stefano mit Marconi zusammen, einem beinahe Fremden. Die Begegnungen vor seinem Umzug nach Sankt Peter-Ording ließen sich an einer Hand abzählen und waren weder von allzu langer Dauer noch von allzu großer Herzlichkeit geprägt gewesen. Marconi hatte es schlichtweg nicht ertragen, Zeit in Gesas und Nevios Gegenwart zu verbringen. Lange hatte er Nevio die Schuld an dem Bruch zwischen ihnen gegeben. Doch nun ahnte er, dass sein eigener Stolz zu groß und der Verdacht, den folgenschwersten Fehler seines Lebens begangen zu haben, einfach zu beklemmend gewesen waren. Erschwerend kam hinzu, was er in Nevios Obduktionsbericht vor Kurzem eher zufällig herausgefunden hatte. Im Blut seines Bruders hatten sich zehn Schwermetalle befunden, teils in hohen Dosen. Vor allem Barium konnte ab einer gewissen Konzentration eine tödliche Spirale in Gang setzen. Wie diese Substanzen in Nevios Körper geraten waren, wusste er nicht. Aber er hatte sich geschworen, dem nachzugehen – für Nevios Seelenfrieden und seinen eigenen. Aber auch abgesehen von dieser Vorgeschichte waren die zurückliegenden Tage und Wochen ohne Übertreibung die anstrengendsten in seinem Leben gewesen. Seitdem Marconi täglich mit einem Kind in der Pubertät zu tun hatte, konnte er plötzlich nachvollziehen, weshalb manche Tiere ihren Nachwuchs auffraßen.

Er seufzte, nahm den Stift, den Klara ihm mit einem auffordernden Blick direkt vor die Nase hielt, und unterschrieb.

«Darüber reden wir noch mal», sagte er und gab ihr den Stift zurück. «Es geht nicht um chillen oder nicht chillen, sondern darum, dass ich verstehen will, was mit dir los ist.»

Klara öffnete den Mund, mutmaßlich für eine weitere patzige Entgegnung, aber Marconi war noch nicht fertig. «Was Stefano und du durchgemacht habt, ist das Schlimmste, das jungen Menschen passieren kann. Aber wenn du plötzlich in der Schule dramatisch schlechter wirst und stattdessen deine Freizeit mit Kriminellen verbringst ...»

«Das sind Naturschützer, keine ...»

«Naturschützer, die illegale Aktionen durchführen, machen sich strafbar, werden dafür verurteilt und vom Staat als Kriminelle angesehen.»

Wieder öffnete Klara den Mund, wieder ließ Marconi sie nicht zu Wort kommen. «Wenn du so weitermachst, steht Jasmin Hegel vom Jugendamt wieder vor der Tür. Sie wird sich sicher brennend interessieren für deine Ausführungen über den Unterschied zwischen einer minderjährigen Naturschützerin, die sich zu kriminellen Aktionen hinreißen lässt, und einer minderjährigen Kriminellen, die sich selbst als Naturschützerin sieht. Aber beschwer dich dann bitte nicht bei mir, wenn man euch mir wegnimmt und Stefano und du in getrennte Pflegefamilien kommt.»

Der letzte Satz wäre besser ungesagt geblieben, denn Stefanos Augen füllten sich sofort mit Tränen. Marconi legte ihm die Hand auf die Schulter, die Stefano erfreulicherweise nicht abschüttelte. «Entschuldige, das ist mir herausgerutscht.»

Stefano sah ihn nicht an, fragte aber leise, fast flüsternd: «Muss ich wirklich alleine zu einer fremden Familie?»

Statt Marconi antwortete sein Smartphone. Stefano sah ängstlich zu seiner Schwester, die ihrerseits die Augenbrauen hochzog. Marconi wollte den Anruf schon ignorieren, ging aber nach einem Blick aufs Display dennoch ran, während er Stefano ein beruhigendes Lächeln zuwarf.

«Commissario? Sitzt du?»

«Rufst du an, um mich das zu fragen, Jens?»

«Nein.»

«Weshalb dann?»

«Entführung, hier in Sankt Peter-Ording.»

«Das ist ein Scherz, oder?»

«Leider nein!»

«Gibt's doch nicht! Erst der Krabbenfischer, dann die Demo und jetzt das?» Marconi stieß ein Geräusch aus, das einem brünftigen Nashorn alle Ehre gemacht hätte. Dabei fiel ihm Stefanos Blick auf, der drohte von Angst in Panik zu kippen. Also riss Marconi sich zusammen, erkundigte sich nach der Adresse, beendete den Anruf und wandte sich wieder an seinen Neffen und seine Nichte. «Niemand geht nirgendwohin. Niemand nimmt euch mir weg. Alles wird gut. Aber dafür müssen wir ein Team werden. Wir können nicht einfach machen, wozu wir Lust haben und nur an uns denken.» Ihm entging Klaras genervtes Seufzen nicht. «Selbst, wenn wir meinen, es für eine gute Sache zu tun. Nur wenn wir auch auf die anderen Familienmitglieder Rücksicht nehmen und bedenken, welche Konsequenzen unsere Taten haben könnten, machen wir das Beste aus der Situation.» Er sah die beiden nacheinander an. «Okay?»

Stefano wischte sich mit dem Handrücken über die Augen, Klara zuckte unbestimmt mit den Schultern.

«Ich fahre euch jetzt zur Schule, und heute Abend sprechen wir weiter.» Statt einer Antwort schob Klara den Stuhl mit einem lauten Schaben über den Holzboden, griff sich die Brotdose und stieg wortlos die Treppe zurück ins Obergeschoss, um ihren Ranzen zu holen. Stefano sah unschlüssig zwischen ihr und seinem Onkel hin und her und folgte seiner Schwester schließlich.

Marconi stützte sich mit den Händen auf der Anrichte ab und schloss die Augen. Das erneute Klingeln seines Mobiltelefons riss ihn aus seinen Gedanken. Als er das Gespräch annahm, hörte er die vertraute Stimme seiner Mutter.

«*Ciao*, Massimo, *come stai?*»

«*Bene*», antwortete Marconi und wechselte wie üblich schnell wieder ins Deutsche. Mit dem Italienischen mühte er sich schon genug während seiner Urlaubsaufenthalte. «Ist etwas mit Papà?»

«Nein, gar nicht. Uns geht's gut, mach dir keine Sorgen.» Wie immer hatte die Stimme seiner Mutter eine beruhigende Wirkung auf ihn und vermittelte ihm das Gefühl, dass alles in Ordnung war oder zumindest bald sein würde. «Das heißt, uns *könnte* es gut gehen.»

Marconi sagte nichts und wartete ab.

«Dein Vater hält sich nicht an die Diät der Ärztin. Ich erwische ihn ständig dabei, wie er sich eine Scheibe Salami in den Mund steckt.»

Seine Mutter sprach gerne von «deinem Vater» und sein Vater von «deiner Mutter». So sehr er seine Eltern liebte, fand Marconi diesen Charakterzug nie ganz fair, weil es für ihn klang, als wäre er derjenige gewesen, der sie sich ausgesucht hatte und nun auch die Folgen verantworten musste, ganz nach dem Motto *Kinder haften für ihre Eltern*. Während seine Mutter sprach, konnte Marconi regelrecht sehen, wie sie die Fingerspitzen zusammenlegte und damit vor ihrem Gesicht herumwedelte, weil sich ihrem Unmut über die Unvernunft ihres Gatten mit Worten allein nicht genügend Luft machen ließ.

«Rufst du an, um dich bei mir über deinen herzkranken Mann zu beschweren?»

«Bringt ja eh nichts», sagte sie. «Ich wollte wissen, wie lange du bleibst?»

«Wie lange ich wo bleibe?»

«Bei uns.» Als er nicht reagierte, fügte sie hinzu: «Wenn du die Kinder in den Sommerferien zu uns bringst.»

Marconi wurde heiß. Wann begannen in Schleswig-Holstein noch gleich die Sommerferien?

«In nicht einmal drei Wochen.» Hatte er die Frage laut gestellt? Oder konnte seine Mutter neuerdings Gedanken lesen?

«Klar, hab ich natürlich nicht vergessen», log er. Allerdings war es ihm nun peinlich nachzufragen. Er konnte sich kein bisschen an ein Gespräch über die Sommerferien erinnern, weder mit den Kindern noch mit seinen Eltern.

«Ich bin ja erst ein paar Wochen hier und kann noch keinen Urlaub einreichen», versuchte er es auf gut Glück. «Also organisiere ich den Dienstplan so, dass wir freitags oder samstags gemeinsam zu euch kommen können und ich sonntags alleine wieder zurückfahre.»

«*Bene*. Und wie läuft's bei euch?», erkundigte sich seine Mutter, die sich mit seiner improvisierten Antwort zufriedenzugeben schien.

«Gut», sagte er und wusste selbst nicht, warum er noch ein «blendend» nachschob.

Seine Mutter lachte laut, weil sie offenbar merkte, dass ihr Sohn krampfhaft versuchte, *bella figura* zu machen. Gerade, wenn es darum ging, ihr glaubhaft zu versichern, dass er mit den Kindern klarkam. Sein Bruder hatte schon immer mehr Empathie gehabt als er, hatte Stimmungen aufspüren können. Bei dem Gedanken an Nevio breitete sich ein ungutes Gefühl in seiner Magengegend aus. Noch hatte er nicht mit seinen Eltern über den Obduktionsbericht gesprochen, den er in einer Schublade des Sekretärs im Treppenhaus gefunden hatte. Er zögerte. Sollte er seiner Mutter wirklich anvertrauen, was er herausgefunden hatte? Dass ihr Sohn möglicherweise keines natürlichen Todes gestorben war? Nicht heute, entschied er.

«Wie geht's den Kindern?», erkundigte sich Lucia Marconi, der nicht aufgefallen zu sein schien, dass er gerade innerlich mit sich gehadert hatte.

Ja, wie ging es ihnen? Er dachte an die Auseinandersetzung eben und wusste auf die Frage keine rechte Antwort. «Ich glaube, sie vermissen euch. Und sie verfluchen den Tag, an dem ihr zurück nach München gefahren seid und ich hier eingezogen bin. Es ist … sie sind … traurig, verständlicherweise.»

«Ja, das sind sie», sagte Lucia, plötzlich mit belegter Stimme. «Wir alle sind das. Du könntest mit ihnen doch mal in Nevios Restaurant gehen, da waren sie immer gern. Vielleicht muntert sie das etwas auf.»

Darüber hatte er tatsächlich noch nicht nachgedacht. Er selbst war nie dort gewesen. Plötzlich und ohne ersichtlichen Grund hatte er einen Kloß im Hals.

«Und sag ihnen, dass wir sie schrecklich vermissen», fügte Lucia noch hinzu. «In der Zeit nach Nevios Tod sind wir richtig zusammengewachsen. Sobald dein Vater mit der ambulanten Reha durch ist, können wir dich mit den Kindern besser unterstützen. Aber das wird noch mindestens zwei Monate dauern.»

«Mach dir keine Sorgen, Mamma, wir hören uns bald. Danke für den Anruf», sagte er eilig. Noch immer mit belegter Stimme sandte er Grüße an Papà Cosimo durch den Hörer. Dann beendete er das Telefonat und wandte sich einem weiteren seiner diversen Probleme zu: Falls Jens' Anruf kein Scherz oder falscher Alarm gewesen war, dann hatte er jetzt einen neuen Fall. Und Sankt Peter-Ording ein weit größeres Problem, als bloß ein Küstenort zu sein, der nicht am Mittelmeer lag.

4

Marconi muss feststellen, dass in Sankt Peter-Ording doch nicht der Hund begraben liegt

An diesem Morgen Anfang Juli, der sich beinahe wie ein Münchner Sommertag anfühlte, war Marconi froh, seine geliebte Vespa mit in den Norden genommen zu haben. Sie war das Einzige, das ihn an sein sorgloses Leben im Süden erinnerte. Regen und Sturm der vergangenen Nacht schienen wie eine ferne Erinnerung. Und obwohl der Fahrtwind ordentlich blies, genoss er die Seeluft in seinem Gesicht. Möwen segelten mit steifen Flügeln den Deich entlang, und beinahe wirkte es, als lieferten sie sich mit ihm ein Wettrennen. Ording war der nördlichste der vier Ortsteile und lag am entgegengesetzten Ende von Marconis Haus in Böhl. Er kannte sich hier noch immer nicht gut aus und hatte die Adresse, die Jens ihm geschickt hatte, bei Google eingegeben, nachdem er die Kinder an ihren jeweiligen Schulen abgeliefert hatte. Marconi folgte der Anweisung des Navis und bog in ein Wohngebiet ab. Auf einigen Balkonen trockneten bunte Badetücher. Davor, auf den Terrassen der Cafés und Bäckereien im Erdgeschoss, wurden Mandelcroissants und Schokotörtchen serviert, Friesentorte mit Pflaumenmus und Milchkaffee oder Friesentee dazu. Eigentlich eine schöne Idylle, dachte er, bloß dass sie am falschen Ende Deutschlands lag. Und offensichtlich trügerisch war. Immerhin schien das Verbrechen hier an der Tagesordnung zu sein.

Als er die stille Seitenstraße in Ording erreichte, wurde er langsamer. Noch war der gesamte polizeiliche Zirkus nicht in Aktion. Doch wenn sie zu der Erkenntnis kamen, dass es sich hier wirklich um eine Entführung handelte, konnte es nicht mehr lange dauern, bis die Fahrzeuge von den Kripokollegen aus Flensburg und der Spurensicherung aus Husum vor dem Haus parkten. Denn auch wenn die Kollegen aus der Großstadt die Provinz, zu der Sankt Peter-Ording in ihren Augen gehörte, ansonsten geflissentlich ignorierten, rissen sie bei einem Kapitalverbrechen die Ermittlungen nur zu gern an sich. Die Erfahrung hatte Marconi bereits gemacht.

Er stellte seine Vespa ab, verstaute den Helm unter dem Sitz und ging an dem mannshohen, vergitterten Mülltonnenhäuschen vorbei auf das zweigeschossige Rotklinkerhaus zu.

«Sagt bitte, dass das ein Scherz ist!», begrüßte er Eva und Jens, die vor der Eingangstür ins Gespräch vertieft waren.

«Ich freu mich auch, dich zu sehen.» Eva grinste, und ihre blaugrauen Augen strahlten munter. Wenn Marconi nicht gewusst hätte, dass sie vor einigen Wochen eine Schussverletzung erlitten hatte, er wäre nie darauf gekommen. *Frei, mutig und hart im Nehmen* war das Credo der Friesen, hatte man ihm erzählt, und seine Kollegin war der lebende Beweis.

«Hattet ihr nicht gesagt, in Sankt Peter-Ording liegt der Hund begraben?»

Jetzt grinste auch Jens. Seine raspelkurzen Haare schimmerten rötlich blond im Tageslicht. «Das war, bevor du unseren beschaulichen Kurort im Sturm erobert hast.» Eine noch nicht ganz verheilte Beule am Hinterkopf wies auf den schweren Schlag und das Schädel-Hirn-Trauma hin, das er bei ihrer vorigen Ermittlung davongetragen hatte. Fast hatte Marconi ein schlechtes Gewissen, dass er als Einziger von ihnen keine sichtbaren Spuren aus ihrem letzten Fall vorzuweisen hatte.

«Wenn euer Dorf etwas auch ohne mich kann, dann stürmen.» Marconi deutete auf das Haus hinter ihnen. «Was ist das jetzt für eine seltsame Geschichte?»

«Wie es scheint, hat jemand in der vergangenen Nacht Piet Lorenzen gekidnappt.» Eva trat ungeduldig von einem Fuß auf den anderen. Offenbar konnte sie es kaum erwarten, an den Tatort zu kommen. «Er ist Lehrer und Wattschützer – führt in seiner Freizeit regelmäßig Schulklassen durchs Wattenmeer.»

Marconi wartete auf mehr, aber offenbar musste er seinen Kollegen jede Information aus der Nase ziehen. «Wer behauptet denn, dass er entführt wurde? Vielleicht war er feiern und nüchtert nur irgendwo aus.»

«Das wird uns hoffentlich gleich seine Freundin Emma erklären, die vorhin angerufen hat», sagte Jens und drückte einen der fünf Klingelknöpfe, auf dem die Namen *Lorenzen* und *Lassen* standen. Der Summer ertönte. Eva verteilte Schutzhandschuhe, kurz darauf waren sie im Treppenhaus. Ein ganz und gar durchschnittliches Treppenhaus in einem ganz und gar durchschnittlichen Wohnhaus. Drei Etagen, fünf Mietparteien. Die grauen Briefkästen neben der Tür waren ebenfalls durchschnittlich, genau wie der Beigeton, in dem die Wände gestrichen waren.

Das konnte man von der Frau, die im ersten Stock in der Tür auf sie wartete, allerdings nicht behaupten. Emma

Lassen hatte eine üppige, etwas undisziplinierte hellbraune Lockenfrisur, die an vielen Menschen vielleicht gewollt retro ausgesehen hätte, an ihr jedoch lässig wirkte. Marconi schätzte sie auf Mitte zwanzig. Sie war kleiner als Eva, ihre definierten Schultern und straffen Oberarme ließen auf regelmäßige Besuche im Fitnessstudio schließen. Sie wirkte überraschend ruhig, wenn man bedachte, dass ihr Partner möglicherweise das Opfer einer Entführung war. Emma Lassen hielt die Tür auf, damit sie ihr folgten, doch Marconi hob mahnend den Zeigefinger.

«Wir sind hier nicht im Fernsehkrimi, wo Ermittler sorglos durch einen Tatort trampeln. Falls es sich wirklich um den Schauplatz eines Verbrechens handelt, können wir nicht ohne Ganzkörperanzug in Ihre Wohnung.»

«Verbrechen», wiederholte sie und ihre Augen wurden feucht. Aber sie schien sich unter Kontrolle zu haben, denn die Tränen blieben, wo sie waren.

«Fühlen Sie sich in der Lage, uns zu berichten, was passiert ist?», fragte Marconi.

«Hier?» Emma Lassen deutete ins Treppenhaus. Als Marconi bestätigend nickte, zuckte sie mit den Schultern, seufzte tief und schloss für einen Moment die Augen. «Ich habe bei einer Freundin übernachtet, und als ich vorhin nach Hause kam, war Piet nicht da.»

«Ihr Freund?», hakte Marconi nach.

«Mein Verlobter, Piet Lorenzen. Wir wohnen hier zusammen. Am Anfang hab ich mir nichts weiter dabei gedacht. Wird wohl in der Schule sein, dachte ich. Aber dann hab ich den Zettel gefunden.» Sie hielt ihnen ein DIN-A4-Papier entgegen, auf dem ein paar Worte in gedruckten Großbuchstaben standen:

TU WAS ICH SAGE UND PIET PASSIERT NICHTS.

«Und Sie sind nicht auf die Idee gekommen, den Zettel vielleicht besser nicht anzufassen?» Marconi sah zwischen dem Blatt in ihrer Hand und ihrem Gesicht hin und her.

«Oh.» Nun schien Emma Lassen zu dämmern, worauf Marconi hinauswollte. «Spurensicherung. Verstehe. Sorry.»

Im Stockwerk über ihnen wurde eine Tür geöffnet. Es blieb verdächtig still.

«Hallo?», rief Marconi.

«Hallo?», echote eine dünne, gebrechliche Stimme von oben.

«Ich übernehm das», sagte Jens und sprang die Treppen so leichtfüßig hinauf, als würde er den ganzen Tag nichts anderes machen.

Während Jens die immer gleiche Frage so laut wiederholen musste, dass ein Gespräch eine Etage tiefer unmöglich war, rief Marconi, so freundlich es seine Ungeduld zuließ, nach oben, ob sie das Geschrei in der Wohnung des Mannes fortsetzen könnten. Kurz darauf war Ruhe, endlich.

«Tut mir leid», sagte Marconi. «Ich würde diese Unterhaltung auch lieber in Ihrer Wohnung führen. Können Sie mich noch mal durch den gestrigen Abend und den heutigen Morgen führen?»

«Wie gesagt.» Emma Lassen legte die Hände ineinander und presste die Lippen zusammen. Ihre Stimme war ganz leise. «Ich bin gestern Abend mit unserem Auto zu einer Freundin gefahren. Wir haben so lange gequatscht, dass es zu spät wurde, um noch zurückzufahren. Deshalb habe ich spontan bei ihr übernachtet. Als ich heute nach Hause kam, war Piet weg, und dann habe ich den Zettel gefunden.»

«Wo lag die Nachricht?», wollte Marconi wissen.

«Auf dem Esstisch, warum?»

«Gibt es Anzeichen eines Kampfes?», ignorierte Marconi die Gegenfrage.

Sie stockte. «Nein.»

«Ist sein Handy noch in der Wohnung?»

Sie stockte erneut. «Keine Ahnung», sagte sie dann.

«Sie haben nicht versucht, ihn anzurufen?» Marconi war überrascht.

«Moment, ich sehe nach.»

«Tun Sie das. Bitte ohne allzu viel anzufassen.»

«Kennst du diesen Piet?», raunte er Eva zu, nachdem Emma Lassen in der Wohnung verschwunden war.

Eva nickte. «Und du auch.»

«Was? Woher?»

«Vom Treffen der Umweltschützer von *GreenPlanet* neulich, bei dem du abgerauscht bist, ohne Bescheid zu sagen. Ich durfte dann eine Dreiviertelstunde nach Hause laufen.»

Er ignorierte die Spitze. «Piet war bei dem Treffen?», platzte es aus ihm heraus, und sofort dämpfte er seine Stimme wieder.

Eva half seinem Gedächtnis auf die Sprünge. «Ja, Lorenzen hat sich mit Fabian gestritten, deinem speziellen Freund. Sie hatten unterschiedliche Auffassungen über den künftigen Kurs der Gruppe. Piet war für Information und Aufklärung statt Krawall. Aber Fabian hat seine Einwände komplett ignoriert. Also ist Piet während der Versammlung einfach rausgestürmt.»

Nun dämmerte Marconi, wen Eva meinte. «Der war richtig angepisst. Beste Freunde sind die beiden sicher nicht.»

Emma Lassen tauchte wieder in der Tür auf. «Kein Handy, jedenfalls habe ich es auf die Schnelle nicht gefunden.»

Eva ließ sich Piets Nummer diktieren und ging dann nach draußen, um das Handy orten zu lassen. Marconi gab ihr die Anweisung mit auf den Weg, auch Kripo und Spurensicherung zu benachrichtigen.

Erneut standen Tränen in Emma Lassens Augen. Sie wandte sich ab und schaute an Marconi vorbei aus dem Fenster im Treppenhaus. «Wer entführt denn Piet? Und warum?»

«Das würde ich auch gern wissen», entgegnete Marconi. «Haben Sie denn keinen Verdacht?»

Emma Lassen stand eine Weile wie verloren da. In ihrem marineblauen Hemdblusenkleid aus Leinen wirkte sie noch jünger, als sie vermutlich war.

«Hatte Piet Feinde?», fragte Marconi.

«Feinde?» Sie schüttelte so heftig den Kopf, als hätte ihr jemand kaltes Wasser ins Gesicht gespritzt. «Quatsch!»

«Oder hatte er andere Probleme? Drogen?»

Empört schaute sie Marconi an, schnaubte aber nur unwillig.

«Geld, das es sich zu erpressen lohnt?», hakte Marconi nach.

«Würden wir dann hier wohnen?» Emma deutete auf den durchschnittlichen Beige-Farbton im durchschnittlichen Treppenhaus.

Bevor Marconi antworten konnte, öffnete sich über ihnen erneut eine Tür.

«Ich komme später wieder», rief Jens mit mittlerweile leicht heiserer Stimme. Wenig später stand er neben ihnen und sah etwas erschöpft aus.

«Sind Sie so nett und kommen mit uns vor die Tür, bis die Spusi hier ist? Ich habe zwar eine Menge Fragen, aber wichtiger ist erst einmal, dass Sie uns die Kontaktdaten von Piets sämtlichen Bekannten, Kollegen und Freunden geben. Und natürlich die Telefonnummer von Ihrer Freundin, bei der Sie die Nacht verbracht haben.»

Emma Lassen stutzte. «Spusi?»

«Spurensicherung. Die Kollegen werden Sie gleich bitten, die Wohnung noch einmal mit ihnen gemeinsam abzugehen, und dann den Tatort einfrieren. Heißt, der 3D-Scanner wird den Zustand Ihrer Wohnung aufzeichnen. Sie müssen ihnen zeigen, welche Gegenstände Sie bewegt haben, damit das alles protokolliert werden kann. Danach würden meine Kollegen und ich uns gerne einmal bei Ihnen umsehen.»

Emma Lassen nickte. «Mir ist alles recht. Hauptsache, ihr findet Piet», sagte sie leise, und erneut weinte sie fast, während sie beide Handflächen auf ihren Bauch legte. «Dann muss ich hier nicht allein durch.»

Marconi hatte sich noch nicht daran gewöhnt, dass im Norden jeder jeden duzte. Sein Blick folgte ihren Händen, dann nickte er wissend.

«Ach so», fiel der Groschen auch bei Jens. «Glückwunsch?»

«Danke», sagte Emma Lassen und kräuselte den Mund. «Also, bringt ihr mir Piet zurück?», wiederholte sie.

«Davon gehe ich aus», antwortete Marconi. Und er hoffte, dass es stimmte.

5

Marconi hat keinen
Ruf zu verlieren

Moin!», empfingen sie das Team der Kriminalpolizei eineinhalb Stunden später vor dem Haus: Derik Moor und
Ingwer Düster, zwei Jungspunde, selbstbewusst an der
Grenze zur Arroganz, ganz offensichtlich gewohnt, dass
gesprungen wurde, wenn sie pfiffen. Sie würden Marconi
in diesem Fall vorgesetzt sein – und in jedem anderen Fall
auch. Schon ihr Vorgänger, Kriminalhauptkommissar Bergmann, der seit seiner Zusammenarbeit mit Marconi im
Koma lag, hatte ihm während der Ermittlungen zum toten
Krabbenfischer deutlich zu verstehen gegeben, wo Marconi
als Dorfbulle anzusiedeln war: am hintersten Ende der Be-
fehlskette. Dass Marconi vor seinem Zwangsumzug mehrere Jahre erfolgreiche Arbeit als Kripohauptkommissar
bei der Mordkommission in München geleistet hatte, war
irrelevant. Hierarchie war nun mal Hierarchie, das war in
Deutschland ebenso zum Kotzen wie in Italien. Sie begrüß-
ten Eva und Jens per Handschlag.

«Marconi?» Derik Moor sah mit seinem blonden Seitenscheitel und der steifen Körperhaltung aus, als käme er geradewegs aus einer Eliteeinheit der Bundeswehr. «Dein Ruf
eilt dir voraus», sagte er mit undurchdringlicher Miene und
ließ offen, was genau das für ein Ruf sein sollte.

Marconi nahm es kommentarlos hin. *Ist der Ruf erst rui-*

niert ..., dachte er und fragte stattdessen: «Derrick, wie der Fernsehinspektor?»

«Wer?» Verständnislos sah ihn der junge Polizist an.

«Harry, hol schon mal den Wagen?», half Marconi ihm auf die Sprünge. Als bei seinem Gegenüber der Groschen noch immer nicht fallen wollte, winkte er ab. Da war man nicht einmal vierzig, aber gehörte bereits zum alten Eisen, weil man Fernsehsendungen kannte, die den jüngeren Generationen nichts mehr sagten.

«Und Ingwer, wie die Knolle?», schaltete sich Eva zu Marconis Rettung ein, was ihr bloß ein knappes Nicken einbrachte.

Marconi setzte die Kripobeamten mit wenigen Sätzen ins Bild. Kurz darauf kam das vierköpfige Team der Spurensicherung in den obligatorischen Overalls aus dem Haus, das in der zurückliegenden Stunde den Tatort auf den Kopf gestellt hatte.

Der Spusi-Chef sah sie einigermaßen ratlos an. «Keine Spuren eines Einbruchs. Keine Hinweise auf einen Kampf oder darauf, dass Lorenzen gegen seinen Willen aus dem Haus geschleppt wurde. Kein Blut, nichts.» Der Mann zog sich die Kapuze vom Kopf und raschelte dabei wie ein in Zellophan eingewickelter Blumenstrauß. «Wir haben gesichert, was es zu sichern gab. Falls wir im Labor Fingerabdrücke oder DNA finden, die weder der Frau noch ihrem Verlobten zuzuordnen sind, geben wir Bescheid.»

Kurz darauf ließen sich Derik Moor und Ingwer Düster in Emma Lassens Wohnung auf das Zweisitzersofa aus braunem Leder sinken. Sie selbst nahm ihnen gegenüber in dem dazu passenden Sessel Platz. Marconi stellte sich zwischen sie. Moor bedachte ihn mit einem grimmigen Seitenblick. Aber falls es ihn störte, dass ein einfacher Polizeibeamter anwesend war, behielt er es für sich. Marconi hatte gar nicht erst gefragt, ob er bei dem Gespräch dabei sein durfte, sondern war einfach mitgegangen. Sein Ruf eilte ihm schließlich voraus. Er blickte sich in dem kleinen Wohnzimmer um. Das moderne Tapetenmuster war ein dichtes Gestöber aus braunen und grünen Blättern, umrandet von einem schwarzen Bilderrahmen saß ein großer roter Vogel in einer Voliere. Ein Teppich in warmem, dunklem Grau bedeckte den größten Teil des Fußbodens, umgeben von einem Kranz aus Linoleum in hellgrauer Holzoptik. Mit wenig Geld schien hier eine gewisse Gemütlichkeit gezaubert worden zu sein.

Moor und Düster stellten Emma Lassen die üblichen Einleitungsfragen: wer, wann, wo, wie lange, warum. Sie antwortete konzentriert und ließ sich auch nicht vom Knacken der Fingergelenke des blonden Oberfeldwebels aus dem Konzept bringen. Marconi hörte nur mit halbem Ohr zu, da sie auf seine eigenen Fragen nicht viel Hilfreiches zu sagen gehabt hatte.

Gerade fragte Ingwer Düster, womit Piet Lorenzen am gestrigen Abend zu dem Zeitpunkt beschäftigt gewesen war, als sie die Wohnung verlassen hatte, da klingelte das Festnetztelefon. Emma Lassen sprang auf, rannte in den Flur und riss den Hörer aus der Ladestation. «Ja?»

Marconi folgte ihr, nahm ihr das Telefon aus der Hand, drückte auf die Lautsprechertaste und gab es ihr zurück.

«Emma? Warum bist du nicht bei der Arbeit?», fragte eine Männerstimme vorwurfsvoll. «Das *Souvenirstübchen* müsste längst geöffnet sein.»

«Gerade ist es ganz schlecht, Joos, ich kann heute nicht

zur Arbeit kommen. Rufe dich nachher zurück», sagte sie und legte auf.

Nachdem sie wieder auf dem Sessel Platz genommen hatte, wiederholte Ingwer Düster seine Frage.

«Er saß im Arbeitszimmer und hat Klassenarbeiten korrigiert. Piet ist Lehrer an der Nordseeschule.»

Ein Ruck ging durch Marconi. Endlich eine nützliche Information. Er würde Klara nach Lorenzen fragen, vielleicht hatte sie sogar Unterricht bei ihm und konnte Marconi eine Einschätzung geben, was für ein Typ er war.

«Haben Sie schon seine Kollegen angerufen, Freunde oder seine Familie – Leute, bei denen ihr Mann vielleicht sein könnte?», fragte Derik Moor.

«Verlobter», korrigierte Emma Lassen.

«Bitte?»

«Piet ist mein Verlobter, nicht mein Mann. Und nein, ich habe noch nirgends angerufen. Nur bei Ihnen, sobald ich den Zettel gefunden habe.»

«Wieso?»

«Wieso wir noch nicht verheiratet sind?»

«Wieso Sie nirgends angerufen haben.»

Emma Lassen sah die beiden Kripobeamten so entgeistert an, als hätten sie gerade in einen sächsischen Dialekt gewechselt. «Warum soll ich in der Schule nachfragen, ob Piet da ist, wenn auf dem Esstisch ein Zettel liegt, der sehr nahelegt, dass er entführt wurde?» Wie um ihre Worte zu untermauern, zeigte sie auf das Blatt Papier, das vor ihnen auf dem Wohnzimmertisch lag.

Marconi führte innerlich ein Freudentänzchen auf. Wer bescheuerte Fragen stellte, durfte sich nicht wundern, wenn er entsprechende Antworten erhielt.

«Also, wenn *mein* Verlobter verschwunden wäre, würde ich nicht stundenlang warten, bis die Polizei bei mir aufschlägt, sondern versuchen herauszufinden, wo er ist», platzte es aus Ingwer Düster heraus.

«Ach, Sie haben auch einen Verlobten?» Emma Lassen lächelte freundlich, doch hinter ihrem Lächeln war ihr der Ärger über die Unterstellung deutlich anzumerken.

Marconi blies die Backen auf, um nicht laut zu lachen.

Der Kripobeamte warf ihr einen finsteren Blick zu und ersparte sich eine Antwort.

«Hören Sie», ergriff Emma Lassen erneut das Wort. «Ich beantworte wirklich gerne Ihre Fragen. Aber wenn Sie damit fertig sind, mich zu verdächtigen, wäre ich wirklich sehr dankbar, wenn Sie endlich anfangen würden, nach Piet zu suchen.»

«Nach allem, was wir bislang wissen», sagte Kriminalhauptkommissar Derik Moor, als sie vor dem Haus zu Eva und Jens stießen, «sieht es danach aus, als hätte Piet Lorenzen seinen Entführer gekannt und ihm die Tür geöffnet.»

«Oder es handelt sich um einen miserablen Scherz», gab Ingwer Düster zu bedenken. «Und Lorenzen verarscht seine Freundin.»

«Unwahrscheinlich», kommentierte Marconi, und Düster sah aus, als hätte er ihm eine Backpfeife gegeben. «Emma Lassen ist schwanger. Welcher werdende Vater setzt die Mutter seines Kindes zum Spaß einem solchen psychischen Stress aus?»

«Also zurück zur Variante, dass Lorenzen seinen Peiniger

kennt», beeilte sich Jens zu vermitteln. «Vielleicht ein Schüler? Oder Eltern, die der Meinung sind, ihre verwöhnten Schätzchen werden ungerecht behandelt?»

«Vielleicht hat er kalte Füße bekommen und sich aus dem Staub gemacht, soll ja vorkommen», schaltete sich Eva ein. «Oder ...», sie machte eine effektvolle Kunstpause, «... es hat mit den beiden Strafanzeigen zu tun, in die Piet involviert ist.»

Vier Augenpaare hefteten sich auf sie. Die geballte Aufmerksamkeit ungerührt zur Kenntnis nehmend, fuhr Eva fort. «Ich habe die vergangene Stunde zum Recherchieren genutzt. Ihr wisst schon, Polizeiarbeit und so.»

Ingwer Düster musterte Eva, als sähe er sie gerade zum ersten Mal.

Marconi konnte nicht umhin, einen fast väterlichen Stolz zu empfinden, obwohl er für ihre gute Polizeiarbeit rein gar nichts konnte. «Was für Strafanzeigen?»

«Piet ist nicht nur Lehrer, er ist auch Vorstandsmitglied der Umweltschutzorganisation *GreenPlanet* und setzt sich für das UNESCO-Welterbe Wattenmeer ein, wie wir bereits wissen. Er hat die Managerin der Bohrinsel Mittelplate A verklagt. Worauf sich die andere Klage bezieht, konnte ich auf die Schnelle noch nicht herausfinden.»

Nun schaute Düster, als wäre er unschlüssig, ob er sie in ihre Schranken weisen oder sie vom Fleck weg engagieren sollte. «Danke, wir kümmern uns darum», sagte er knapp. «Das ist unser Fall.»

Moor gab Düster einen Wink, offenbar wollte er los. Düster nickte, ergänzte aber noch: «Wir trommeln so viele Kollegen zusammen, wie wir bekommen können, und richten in eurer Polizeistation eine Einsatzzentrale ein. Sorgt dafür, dass genügend Platz für alle ist.» Dann gingen sie zu ihrem schwarzen Audi und rauschten mit quietschenden Reifen davon.

«Wenn sie nicht so doof wären, wären sie eigentlich ganz niedlich», sagte Jens und sah dem Dienstwagen hinterher, wie er die Siedlung verließ.

Eva stöhnte übertrieben laut auf. «Du und dein seltsamer Männergeschmack. Kein Wunder, dass das bei dir nichts wird.»

«Man muss auf sein Herz hören, um glücklich zu sein», sagte Jens und zwinkerte Eva zu.

«Folg von mir aus deinem Herzen, aber nimm deinen Verstand mit», entgegnete sie trocken und klingelte noch einmal bei Emma Lassen. «Wenn ihr nichts dagegen habt, trage ich mal meinen weiblichen Verstand hoch zu Emma Lassen und frage sie nach den Anzeigen. So von Frau zu Frau. Ist doch komisch, dass sie uns gegenüber nichts erwähnt hat.» Im nächsten Moment war sie im Haus verschwunden.

6

Zwischen planlos und humorlos besteht ein kleiner, aber feiner Unterschied

Emma wirkte erstaunt, als sie ihr die Tür öffnete. «Was gibt's denn noch?»

«Ich hab da noch 'ne Frage», sagte Eva und war sich durchaus bewusst, dass sie klang wie das Klischee eines Ermittlers. Fehlte nur der Trenchcoat.

Emma bat sie herein.

«Wie geht's jetzt weiter?», wollte sie wissen, ohne auf Evas Frage zu warten.

«Piets Handy wird geortet, seine Kreditkarten überwacht und DNA-Analysen gemacht. Wir werden mit seinem Foto die Nachbarschaft abklappern. Und dein Festnetzanschluss und Handy werden angezapft. Damit wir im Bilde sind, wenn die Entführer sich melden und Lösegeld fordern.»

Emma zog eine Augenbraue hoch. «Das klingt erst mal vernünftig. Aber ich kann nicht behaupten, dass ich große Hoffnungen in deine Kollegen von der Kripo lege. Sie scheinen mir ein wenig planlos zu sein.»

Eva wusste nicht, ob *planlos* der richtige Ausdruck war. Mit *humorlos und arrogant* läge Emma aber sicher nicht verkehrt. Sie beschloss, zur Sache zu kommen. «Was kannst du mir über die Strafanzeigen sagen?»

Zum ersten Mal verrutschte Emmas besonnene Fassade. «Welche Strafanzeigen? Davon weiß ich nichts.»

«Wie kann das denn sein?» Eva ließ sich nicht anmerken, ob sie ihr glaubte. Emma war schwer zu durchschauen, musste sie feststellen. «Er wird dir doch sicher davon erzählt haben.»

«Piets Naturschutzkram interessiert mich nicht so, um ganz ehrlich zu sein.»

«Wieso glaubst du, dass die Anzeigen damit zu tun haben und nicht mit seiner Arbeit als Lehrer?»

Sie lachte traurig auf. «Schulleiter, Kollegen, Schüler, Eltern – alle lieben Piet, das kann es definitiv nicht sein.»

«Wenn er dir nichts von den Anzeigen erzählt hat, gibt es vielleicht noch mehr, das er dir verheimlicht?»

«Möglich, glaub ich aber nicht.» Sie zuckte mit den Schultern. «Piet kann nicht sehr gut lügen.»

Eva seufzte leise. So kam sie nicht weiter. Es war schwer zu sagen, ob Emmas Tendenz, alle Fragen direkt abzubügeln, auf Naivität oder Sturheit beruhte, oder ob sie mehr wusste. Sollte sie Piets Verlobte bitten, in seinen Unterlagen nach Hinweisen auf die Anzeigen zu suchen? Sie entschied sich spontan dagegen: Da es sich um offizielle Schreiben handelte, würde sie sie auch selbst problemlos besorgen können. Sie würde Marconi eine entsprechende Nachricht schicken, sobald sie draußen war. «Was wirst du jetzt tun?»

«Was meinst du?» Als Emma dämmerte, was sie meinte, legte sie die Hände auf ihren Bauch. «Warten, dass Piet nach Hause kommt, schätze ich. Oder dass sich jemand meldet, der mir sagt, was er will, damit ich ihn zurückbekomme.»

Während man in der Medizin von der *kritischen Stunde* sprach, die über Leben und Tod entschied, kam es bei der kriminalistischen Arbeit auf die ersten achtundvierzig Stunden an, die bei Vermisstenfällen und Entführungen essenziell waren. Danach sanken die Chancen deutlich, den Fall zu lösen. Das wusste Eva natürlich, aber sie würde sich hüten, es Emma auf die Nase zu binden.

«Ich kann dir nicht versprechen, dass alles gut wird», sagte sie, stand auf und lächelte ihr aufmunternd zu. «Aber ich sorge dafür, dass die Jungs, die den Hut aufhaben, sich ins Zeug legen.» Als sie ging, blieb Emma sitzen. In der Tür zwischen Wohnzimmer und Flur drehte Eva sich noch einmal zu ihr um. Mit dem traurigen, in sich gekehrten Blick sah sie nun nicht mehr ganz so tough aus. Sie saß auf dem Sofa wie ein zurückgelassenes Kind.

7

Marconi lässt ausnahmsweise mal den Chef raushängen

Marconi verließ eines der Nachbarhäuser, nachdem er mit allen anwesenden Anwohnern gesprochen hatte. Leider ohne große Erkenntnisse. Er ging zu seiner Vespa und nahm den teuren Retrohelm eines italienischen Designers aus dem Stauraum unter der Sitzbank. Ein Polizeiwagen bog viel zu schnell in die Dreißigerzone der Helgoländer Straße ein und kam mit einer ruppigen Bremsung hinter Marconi zum Stehen.

Marconi musste grinsen. «Für einen Paragrafenreiter bist du heute aber reichlich sportlich unterwegs», sagte er, nachdem Jens aus dem Auto gesprungen war, Schweißtropfen auf der Stirn. «Pass bloß auf, dass du dir kein Knöllchen einfängst. Wäre wahrscheinlich das erste deines Lebens.»

«Wenn du es genau wissen willst», entgegnete Jens trocken, «ich bin mal eben bis nach Tönning geheizt, weil es in der Nähe keinen Hörgeräteakustiker gibt.»

Marconi sah auf die Uhranzeige seines Handys. Normalerweise brauchte man für die Strecke mindestens eine Dreiviertelstunde. Jens musste tatsächlich *geheizt* sein. «Warum die Eile? Dein Zeuge macht nicht den Eindruck, als würde er demnächst eine Weltreise antreten.»

«Von eins bis drei hält Herr Geselka sein *Mittagsschläfchen*.» Jens verdrehte die Augen. «Und ich wollte das Gespräch mit dem einzigen aktuell verfügbaren Bewohner des Hauses so schnell wie möglich führen. Du weißt schon, Achtundvierzigstundenregel und so.»

Marconi nickte anerkennend, angesichts von Jens' bemerkenswerter Einsatzbereitschaft. «Warum ausgerechnet ein Mann, der nichts hört, etwas gehört haben soll, das uns weiterbringt, ist mir zwar schleierhaft, aber Wunder gibt's ja immer wieder. Viel Erfolg! Und bring Eva mit, wenn sie mit ihrer Befragung der Nachbarn fertig ist.» Er zog sich den Helm auf und sah Jens hinterher, der zum Haus spurtete, aus dem vor wenigen Stunden Piet Lorenzen verschwunden war.

Keine zehn Minuten später stellte er seine Vespa auf dem Parkplatz der Polizeistation ab. Der Backsteinbau erinnerte an eine in die Jahre gekommene Fußpflegepraxis, und Marconi betrat das Haus vom ersten Tag an äußerst widerwillig. Der Teppichboden verströmte den Charme einer linksalternativen WG-Küche, er schlug nicht nur Wellen, sondern hatte auch zahlreiche Flecken zweifelhafter Herkunft.

Die Schreibtische waren allesamt aufgeräumt. Kein Wunder, seit dem Fall um den toten Krabbenfischer gab es auch herzlich wenig zu tun. Was Politiker freute, weil sie eine niedrige Kriminalstatistik fälschlicherweise auf die eigene Arbeit zurückführten, war für Marconi ein Problem: Leere Schreibtische machten ihn nervös. Doch das würde sich ja nun schlagartig ändern, auch wenn es ihm ein Rätsel war, wie auf diesen paar Quadratmetern die Einsatzzentrale in einem Entführungsfall Platz finden sollte.

Marconi ging in sein Büro und startete den PC. Bei IN-POL, dem elektronischen Informationssystem der Polizei, gab er den Namen des verschollenen Wattschützers in die Suchmaske ein und erfuhr, dass es sich bei einer der Anzeigen um einen Vorfall handelte, der rund zwei Monate zurücklag: Lenke Manthey, die Plattformmanagerin von Mittelplate A, hatte von Lorenzen eine Anzeige kassiert, unter anderem wegen Körperverletzung. Sie hatte sich noch am gleichen Tag revanchiert und ihn wegen Verleumdung und Beleidigung angezeigt. Auslöser war offenbar eine Demo von *GreenPlanet* gegen die Betreiberfirma der Ölbohrinsel gewesen.

Porca miseria! Warum wusste er auch so wenig über die Hintergründe? Ihm fehlten sämtliche Informationen darüber, wie hier oben alles zusammenhing. Er hatte ja erst vor Kurzem erfahren, dass im Wattenmeer überhaupt Öl gefördert wurde.

Aus einem Impuls heraus öffnete Marconi *YouTube* und gab die Begriffe *Demo* und *Mittelplate* ein. Tatsächlich stieß er auf ein Handyvideo, das zwei Dutzend Menschen jeden Alters zeigte. Sie standen barfuß im Watt, Mittelplate war gut hinter ihnen zu erkennen. «Weg mit Mittelplate A!», skandierte die Gruppe in Dauerschleife. Aber erst als ein Boot anlegte und eine Frau mit Kurzhaarfrisur und schwarzem Kostüm, die ihm bekannt vorkam, von Bord ging, erreichte der Protest die nächste Eskalationsstufe. Trillerpfeifen wurden gezückt und geblasen, ein Orkan aus Buhrufen zog auf. Marconi kniff die Augen zusammen. Als er genauer hinsah, erkannte er in der Frau Lenke Manthey, bei der die Naturschützer am Vortag einen Lkw-Anhänger voller Watt abgeladen hatten. Konnte diese Verbindung ein Zufall sein?

Ein Protestler hielt plötzlich ein Schild in die Höhe, das zuvor noch nicht zu sehen gewesen war. **Lenke Manthey, du Öl-Schlampe!**, stand mit schwarzer Farbe darauf geschrieben. Die Handykamera fing Manthey ein, die innehielt, als sie das Schild sah, und dann mit einem Aufschrei auf den Mann losstürmte. Sie entriss es ihm in einer einzigen Bewegung und warf es auf den Boden. Der Mann hielt sich mit schmerzverzerrtem Gesicht die Hand. Doch Lenke Manthey war noch nicht fertig mit ihm. Sie holte aus und verpasste ihm eine so heftige Ohrfeige, dass Marconi das Klatschen trotz der Protestrufe durchs Smartphone zu hören glaubte. Kurz darauf brach die Aufnahme ab.

Plattformmanagerin schlägt Naturschützer bei GreenPlanet-Demo, war das Video übertitelt. Marconi spulte zurück zu der Stelle, an der der Mann mit dem Schild zu sehen war. Er drückte die Stopptaste und rief das Foto von Piet Lorenzen auf, das Emma Lassen ihnen gegeben hatte und das sie für die Fahndung benutzten. Kein Zweifel: Der Mann mit dem «Öl-Schlampen»-Schild, der die schallende Ohrfeige kassiert hatte, war niemand anderer als Piet Lorenzen.

«Commissario?» Eva kam in die Station. «Ich habe alle Bewohner im Haus erreicht, bis auf eine Partei. Um den schwerhörigen Geselka aus dem Obergeschoss kümmert sich Jens. Das Paar aus dem Erdgeschoss war im Musical in Hamburg und erst nach Mitternacht wieder zu Hause. Der alleinstehende Mann hat nichts Ungewöhnliches mitbekommen. Kein Streit, kein Kampf, nichts. Allerdings wohnt er im Stockwerk darunter auf der linken Seite, während Lorenzen und Lassen rechts wohnen. Er ist also derjenige im Haus, der am weitesten von ihnen entfernt lebt. Jetzt fehlt nur noch eine Wohnung, aber da war bisher niemand zu Hause.»

«Vielleicht hast du da ja mehr Glück», sagte Marconi aufmunternd und deutete anschließend auf den Bildschirm vor sich. Eva schaute fragend von Marconi zum Monitor und startete das Video. Erneut ertönten die Parolen, die Trillerpfeifen, die wütenden Rufe. Dann brach die Übertragung ab, und Eva sah ihn mit großen Augen an.

«Gib mir fünf Minuten, danach weiß ich, ob Lenke Manthey Dienst auf Mittelplate hat oder gerade zu Hause ist.» Mit den letzten Worten war sie schon fast aus dem Büro gestürmt.

«Danke, aber lass mal», rief Marconi ihr hinterher und nahm sein Smartphone vom Tisch. «Das ist ausnahmsweise Chefsache.»

8

Ein Dorfbulle jongliert
mit Unterstellungen

Lenke Manthey saß in ihrem Stuhl und unterschrieb die diversen Dokumente, die ihr ihre Assistentin vorlegte. Das Telefon klingelte, und Svea bot pantomimisch an, nach nebenan in ihr Büro zu gehen und den Anruf für sie entgegenzunehmen. Doch Lenke winkte ab und nahm das Gespräch selbst an – was sie gleich darauf bereute.

«Massimo Marconi von der Polizeidienststelle in Sankt Peter-Ording. Ich suche Lenke Manthey.»

«Am Apparat. *Wer* sind Sie?»

«Wir sind uns bei der Demo vor Ihrem Haus begegnet.»

Lenke seufzte innerlich. «Ach, der Dorfbulle. Warum sagen Sie das nicht gleich?! Sie melden sich ja reichlich spät. Und weil Sie sich nicht um die Sauerei vor meiner Haustür gekümmert haben, wie Sie es versprochen hatten, muss mein Mann den Scheiß selbst wegschaufeln!»

«…»

«Hallo, sind Sie noch dran?»

«Allerdings. Ich brauche eine Auskunft: Wann sind Sie zu Ihrem Dienst nach Mittelplate aufgebrochen?»

«Was hat das denn mit der Demo zu tun?»

«Nichts.»

«Dachte ich mir.»

«Also?»

«Warum wollen Sie das wissen?»

«Weil ich in einer anderen Straftat ermittle.»

«Ach ja? Und welche soll das sein?»

«Entführung.»

«...»

«Also, wann sind Sie zur Förderplattform aufgebrochen?»

«Wer wurde denn entführt?»

«Das sage ich Ihnen, wenn Sie meine Frage beantworten.»

«Warum sollte ich Ihnen Fragen zu einer Straftat beantworten, mit der ich absolut nichts zu tun habe?»

«Weil Sie mich meine Arbeit machen lassen sollten, so wie ich mich nicht in Ihre Arbeit einmische.»

«Das Versorgungsschiff hat Sonntagabend um kurz nach sechs in Büsum abgelegt.»

«Wer kann bestätigen, dass Sie an Bord waren?»

«Wollen Sie mir nicht erst mal sagen, wer entführt wurde, bevor ich mich rechtfertige?»

«Piet Lorenzen.»

«Der Öko-Volltrottel? Und jetzt wollen Sie mir unterstellen, ich hätte ihn ... was? Mit nach Mittelplate genommen und auf dem Weg hierher versenkt?»

«Haben Sie?»

«Sehr witzig!»

«Witziger wäre, Sie würden mir Namen nennen, die Ihr Alibi bestätigen.»

«Meine Assistentin zum Beispiel, die Sie bei der Demo kennengelernt haben. Apropos: Wann kümmern Sie sich um meine Anzeige gegen die Chaoten?»

«Erwähnten Sie nicht bei unserer ersten Begegnung, dass Ihre Assistentin eine gute Freundin von Ihnen ist?»

«Na und? Sie können genauso gut die anderen fünfzig Personen auf dem Schiff befragen. Meines Wissens gibt's sogar Kameras an Bord, die aufgezeichnet haben, dass ich anwesend war. Aber in Zeiten von künstlicher Intelligenz ist es ja sehr einfach, Videobilder zu manipulieren. Wer kann da heutzutage schon Täuschung und Wahrheit auseinanderhalten?»

«Kein Grund, sarkastisch zu werden.»

«Ansichtssache. Und wenn weiter nichts ist, müsste ich dann mal zurück an die Arbeit. So eine Ölplattform leitet sich nicht von alleine.»

«Danke, das wäre alles. Schönen Tag no–»

Lenke Manthey drückte den Dorfbullen weg und sah Svea Berger an. «Den Typen muss man sich nervlich erst mal leisten können.»

«Lass dich nicht ärgern: Du weißt doch, worauf Männer am meisten stehen?» Auf Lenkes fragenden Blick erklärte Svea: «Auf dem Schlauch», worauf Lenke kicherte und Svea mit ihrer tiefen Stimme in das Lachen einfiel.

«Paul ist definitiv auch so ein Kandidat. Auf dem Schlauch stehen kann er. Darüber hinaus ist er in letzter Zeit für nichts zu gebrauchen!» Lenke rollte die Augen und erntete dafür ein heftiges Nicken von ihrer Freundin, die die unterzeichneten Unterlagen einsammelte und zurück in die Dokumentenmappe packte.

«Ich werfe mir mal ein neues Kaugummi ein. Das Schlimmste an diesem Job ist das Rauchverbot auf der gesamten Plattform!» Svea war schon auf halbem Weg aus dem Raum, blieb aber noch mal stehen und drehte sich zu ihr um. «Sag mal, die Anzeige von Lorenzen hat sich dann ja wohl auch erübrigt, oder?»

«Schön wär's», seufzte Lenke, «Entführte haben die unangenehme Eigenschaft, früher oder später wiederaufzutauchen. Fragt sich nur, ob tot oder lebendig.»

Svea musste schlagartig so stark husten, dass ihr Tränen in die Augen schossen. «Verschluckt», ächzte sie und stürmte aus dem Büro. Noch ehe Lenke ihre Freundin fragen konnte, ob alles in Ordnung war, hatte sie die Tür hinter sich zugeworfen.

9

Marconi begegnet
einem Dornhai auf Abwegen

Es war schon nach zwei Uhr, als sich mit Jens' Ankunft ein köstlicher Duft in der Dienststelle ausbreitete. Mit knurrenden Mägen hatten sie Mittagessen bei ihm in Auftrag gegeben.

«Mmmmh.» Eva riss ihm die Tüte aus der Hand. «Fischbrötchen von *Kathis Räucherscheune*.» Sie wickelte alle drei aus und griff sich das Krabbenbrötchen.

Jens nahm sich den Backfisch in Kartoffelpanade mit Remoulade und Coleslaw. Marconi beäugte das übrig gebliebene Brötchen, auf dem ein unappetitlich aussehender Wurm lag.

«Schillerlocke», erklärte Jens und biss in sein eigenes Brötchen, als wäre damit alles gesagt. Weil Marconi aber noch immer nicht aß, fühlte er sich bemüßigt zu ergänzen: «Das sind die Bauchlappen vom Dornhai. Beim Räuchern rollen die sich ein und krümmen sich am Ende. Du hast gesagt: ‹Überrasch mich.› Selbst schuld! Vertrau mir: Mit der Soße und dem Queller, den Kathi darauf tut, schmecken die extrem lecker.»

Noch immer skeptisch nagte Marconi an einer Ecke des rostbraunen Wurms und biss schließlich hinein, damit sein Magen aufhörte, vor Hunger zu rumoren. Dieses Viech schmeckte intensiv, irgendwie rauchig, würzig und gar nicht mal so schlimm, wie's aussah. Wortlos verschlangen sie ihr Mittagessen.

«Anton Geselka will gestern Abend einen Streit in der Wohnung von Lorenzen und Lassen unter ihm gehört haben», sagte Jens, während er noch den letzten Bissen herunterschluckte.

«Heute Morgen hat er dich nicht verstanden, obwohl du einen halben Meter vor ihm standest und ihm ins Gesicht gebrüllt hast.» Marconi runzelte die Stirn.

«Da waren ja auch die Batterien seiner Hörgeräte leer. Gestern haben die wohl noch funktioniert.»

«Ich frage mich viel eher», schaltete sich Eva ein, «wie der etwas gehört haben kann, aber ein halb so alter Mann mit gutem Gehör in der Etage darunter nicht?»

Marconi nickte zustimmend. «Du kannst die Familie in der Wohnung unter Lorenzen und Emma Lassen danach fragen, sobald du sie erreichst.» Dann zeigte er Jens das Video von der Demo.

Es handelte sich um den Hafen von Büsum, wie Eva auf den ersten Blick erkannt hatte.

«Krass», befand Jens am Ende der Aufzeichnung. «Die Manthey hätte echt ein Motiv.»

Marconi zuckte die Schultern. «Leider ist Lenke Manthey an dem Abend nach der Demo vor ihrem Haus zum Dienst nach Mittelplate A aufgebrochen, einen Tag vor Piets Entführung. Sie kommt erst in zwölf Tagen zurück. Diese Spur, sofern sie denn eine war, führt also ins Nichts.» Er dachte einen Moment nach. «Was wissen wir eigentlich über dieses Mittelplate A? Wie streng ist das bewacht? Wie leicht kommt man mal eben auf die Plattform oder kann für ein paar Stunden verschwinden?»

«Du meinst ...?» Jens sah ihn aus großen Augen an.

«Ich meine gar nichts, ich stelle nur Fragen», entgegnete Marconi.

«Erst mal müssen wir weiter die Nachbarn aus den umliegenden Häusern zu Ende befragen», seufzte Eva. «Sonst steigt uns die Kripo aufs Dach, weil wir unsere Hauptaufgabe vernachlässigen.»

Marconi stöhnte auf, wusste aber, dass Eva recht hatte. «Du findest heraus, wo sich überall Überwachungskameras in der Nähe des Tatorts befinden», beauftragte er Jens. «Ich setze mit Eva die Befragung fort. Vor Feierabend übermitteln wir unsere Ergebnisse an Horst Tappert und Fritz Wepper, damit wir keinen Ärger kriegen.»

«An *wen*?», fragten Eva und Jens unisono.

«Na, an Oberinspektor Derrick und seinen Partner, Inspektor Harry Klein», sagte Marconi und stöhnte. «Mein Gott, ihr seid für so was echt zu jung.»

Marconi räumte die Verpackungen der Fischbrötchen zusammen, stand auf, warf sie in den Mülleimer und rieb sich anschließend die Hände. «Und wenn ich das irgendwie organisiert bekomme, statte ich meinem speziellen Freund heute Abend noch einen Besuch ab. Er wird mir die eine oder andere Frage beantworten können, wenn auch sicher äußerst ungern.»

10

Marconi und Klara
tauschen die Rollen

Behutsam lenkte er die Vespa von der Straße auf den aufgeweichten Sand. Klara saß auf dem Rücksitz und hielt sich an ihm fest, Stefano hatte er vor sich platziert und wie üblich mit einem Schal an sich festgebunden, damit er nicht vom Sitz fiel. Am Kassenhäuschen, das die Zufahrt zum Strand bewachte, präsentierte er seinen Dienstausweis und ignorierte den kritischen Blick des Kassierers, der sich sicher fragte, was ein Polizeibeamter in Zivil mit zwei Kindern auf einem Motorroller Dienstliches zu erledigen hatte.

Marconi umkurvte die kleinen Pfützen vom Regen der vergangenen Nacht und entdeckte bereits das Pfahlbaurestaurant, das Nevio bis zu seinem Tod geleitet hatte.

Kaum dass er den Roller am Fuße der Treppe abgestellt hatte, band Stefano sich los und sprang vom Sitz. Er stürmte die Holzstufen hinauf, als gelte es, den Weltrekord im Treppensteigen zu brechen. Auch Klara konnte es zu Marconis Überraschung kaum abwarten und rannte ihrem Bruder hinterher. Als er ihnen vor einer halben Stunde erzählt hatte, wo er mit ihnen hinwollte, hätten die Kinder ihn beinahe aus Versehen umarmt. Da war ihm wieder einmal bewusst geworden, wie wenig er über sie wusste, darüber, was sie mochten, was sie bewegte – und was ihnen fehlte.

Er legte eine Hand an die Stirn, um die Augen gegen die

Sonne abzuschirmen. *Leuchtfeuer* begrüßte ihn der Schriftzug auf den braun lackierten Holzpaneelen, die die Wände des Stelzenrestaurants bildeten. Die Fahne mit dem *Moin Moin*-Schriftzug, die immer dann gehisst wurde, wenn der Pfahlbau geöffnet hatte, hing schlaff am Mast. Ein laues Lüftchen wehte vom Meer herüber. Kinder tobten über den Sand. Viele Strandkörbe waren trotz der fortgeschrittenen Stunde noch besetzt, oft mit jungen Paaren, die mit gezückten Smartphones auf den Sonnenuntergang warteten. Einige Kitesurfer nutzten die Wellen für waghalsige Sprünge.

«Komm schon!», rief Stefano sieben Meter über ihm und winkte. Marconi ignorierte den langen Holzsteg, der Gäste auch bei Flut sicher ins Restaurant bringen sollte, und nahm ebenfalls die Treppe.

Die Kellnerin begrüßte die Kinder wie lang vermisste Familienmitglieder, drückte erst Klara an sich und nahm Stefano anschließend auf den Arm. Gemeinsam gingen sie in die offene Küche, wo Stefano die Küchen- und Spülkräfte abklatschte. Klara hatte Tränen in den Augen. Wahrscheinlich, weil bei ihrem letzten Besuch ihr Vater noch gelebt hatte, mutmaßte Marconi. Aber auch vor Rührung, all diese Menschen wiederzusehen, die ihr zuletzt auf der Beerdigung ihr Beileid ausgesprochen hatten. Klara und Stefano mussten viel Zeit hier verbracht haben. Was kein Wunder war, weil Nevio die Kinder seit dem Krebstod seiner Frau Gesa die letzten drei Jahre seines Lebens allein großgezogen hatte. Gerade als er sich zu fragen begann, wie er seine Nichte trösten konnte und ob der Besuch hier eine gute Idee gewesen war, wischte sich Klara die Tränen weg und beantwortete die interessierten Fragen der Angestellten mit einem zunehmend heller werdenden Leuchten in den Augen.

Marconi setzte sich auf einen Barhocker an den Tresen und sah sich um. Er war noch nie hier gewesen, und bei diesem Gedanken verspürte er einen Stich. Das Lebenswerk seines Bruders: ein eigenes Restaurant, noch dazu in einer der traditionsreichen Pfahlbauten an einem der beliebtesten Urlaubsorte Norddeutschlands. Und er, Marconi, hatte sich nie dazu aufraffen können, es sich anzusehen. Dafür hatte die Verletzung einfach zu tief gesessen.

Er ließ die Atmosphäre auf sich wirken. Die haselnussbraune Holzvertäfelung an der Decke sorgte für eine gemütliche Atmosphäre. Über den Tischen hingen kupferbraune und graue Kugelbojen, eine ebenso simple wie effektvolle Dekoration, die dem Ganzen ein maritimes Flair verlieh. Das hatte Nevio gut hinbekommen, musste Marconi zugeben. Auch wenn es ihn nach wie vor befremdete, dass ein Italiener ein typisch norddeutsches Lokal betrieb. Aber das war wohl Gesas Einfluss zuzuschreiben, die aus der Gegend hier stammte.

Die Kellnerin kam mit Klara und Stefano aus der Küche und führte sie zum einzigen freien Tisch auf der voll besetzten Terrasse. Klara hatte ihm verraten, dass die Plätze eigentlich Tage im Voraus ausgebucht waren, aber immer ein Tisch freigehalten wurde, damit besondere Gäste einen Platz bekamen. An ihrem gerührten Gesichtsausdruck konnte Marconi sehen, dass es ihr viel bedeutete, noch immer zu diesen besonderen Menschen zu gehören, obwohl oder vielleicht gerade weil Nevio nicht mehr da war. Die Kellner wuselten um sie herum, trugen ohne Unterlass Essen, Sektkühler und voll beladene Tabletts mit Getränken auf die Veranda, und schon bald bekamen auch sie ihr Essen. Das Geschäft brummte, was Marconi nicht sonderlich verwunderte, zumal es Haupturlaubszeit war. Dagegen ahnte er, dass sich im Winter, wenn das Meer toste und Strand und Salzwiesen überschwemmte, kaum jemand hierher verirrte. Aber vielleicht täuschte er sich da auch. Die Gegend und ihre Gebräuche waren ihm nach wie vor ein Rätsel.

Immer wieder wanderte Klaras Blick zu den Fensterscheiben des Restaurants, als erwarte sie, im Inneren ihren Vater zu entdecken. Zum Glück munterte Stefano seine Schwester auf und animierte sie zu dem albernen Spiel, Marconi Pommes vom Teller zu klauen, wann immer er so tat, als würde er gerade nicht hinschauen. Was Nevio wohl denken würde, wenn er sie so sehen könnte? Zumal sie als Kinder ähnlich zusammengehalten hatten wie Klara und Stefano heute. Wie sehr er seinen kleinen Bruder früher bewundert hatte! Eine Episode aus Marconis Kindheit, die sich mit Widerhaken in seinem Gedächtnis verfangen hatte, trat ihm nun lebendig wie ein Film vor Augen.

Als er gerade dreizehn geworden war, so alt wie Klara heute, hatte Nevio, der damals erst neun gewesen war, darauf bestanden, ihm einen Geburtstagskuchen zu backen. Er hatte alle Zutaten in kleinen Schälchen vorbereitet, und Marconi wusste selbst nicht, warum ihn vor allem die Tatsache beeindruckt hatte, dass kein Fitzelchen Mehl auf der Arbeitsplatte gelandet war. Akkurat wie ein Chirurg im Operationssaal war sein Bruder in der Küche vorgegangen. Am Ende war der Marmorkuchen nicht nur unglaublich saftig, sondern auch die Küche binnen Minuten wieder aufgeräumt gewesen – sehr zur Freude ihrer Mutter. Ohnehin war Nevio immer das Kind gewesen, das es den Eltern leichter gemacht hatte. Während Marconi sich austobte und manchmal im Wochentakt neue Freundinnen mit nach Hause brachte, ging Nevio konsequent seinen Weg, machte jeden Sommer in den Schulferien Praktika in Restaurants, einmal auch bei einem Konditor, und schrieb sich gleich nach dem Abitur an der Berufsschule für eine Ausbildung als Koch ein.

Marconi wusste nicht, wie lange er vor dem Kaleidoskop seiner Erinnerungen verharrt hatte. Die Kinder hatten ihre Suppe und ihre Türmchen aus Nordseekrabben inzwischen vollständig aufgegessen und setzten ihr Spiel fort, indem sie sich weiter von seinem Teller bedienten.

«Schmeckt's?», fragte Marconi überflüssigerweise. Stefano und Klara nickten unisono. «Was gibt's Neues in der Schule?», nutzte er die ungewohnt versöhnliche Stimmung kurzerhand für ein kleines Kreuzverhör.

Stefano zuckte die Schultern.

Stattdessen antwortete Klara zu Marconis Verwunderung. «Wir hatten Freistunde. Heute ist Sachkunde ausgefallen, unser Lehrer ist krank.»

«Piet Lorenzen?» Es war ihm spontan rausgerutscht.

«Woher weißt du, wie mein Lehrer heißt?», erkundigte sich Klara misstrauisch.

Marconi mochte zwar mehrfachen Mördern in Befragungen etwas vormachen, aber gegen Klaras Scharfsinn war kein Kraut gewachsen. Sie konnte man nicht täuschen, vor allem er nicht. Bevor Klara weiter nachbohren konnte, bat er sie, ihm etwas über Lorenzens Unterricht zu erzählen, worauf ihre Augen anfingen zu leuchten.

«Er ist voll okay, jedenfalls für einen Lehrer. Wegen ihm bin ich zu *GreenPlanet* gegangen. Alles, was ich über unser Wattenmeer weiß, hab ich von ihm. Er führt alle Schulklassen mindestens einmal im Jahr durchs Watt. Und jedes Jahr gibt's den Aktionstag ‹Watt'n tolles Watt› für alle Schüler. Piet ist super!»

Piet? Dass hier sogar Schüler ihre Lehrer duzten, war ein weiteres Indiz dafür, dass einiges schieflief in Norddeutschland. «Bei der Demo gestern war er aber nicht dabei, oder?», fragte Marconi. Sie hatten zwar alle Personalien aufgenommen, doch es bestand immer noch die Möglichkeit, dass Lorenzen gerade noch rechtzeitig abgetaucht war.

«Nein, Piet kommt nicht mehr zu den Treffen, ich weiß nicht, warum. Nur, dass er mit dem Protestkonsens und dem zivilen Widerstand in unserer Gruppe nichts zu tun haben will.»

«Allein, dass eine Dreizehnjährige Ausdrücke wie *ziviler Widerstand* und *Protestkonsens* kennt, sollte dir und mir zu denken geben», sagte Marconi und fügte hinzu: «Zumal ich wenig Konsens bei Lenke Manthey erkennen konnte, der ihr die Lkw-Ladung Watt aufs Grundstück gekippt habt. Ich kann mir nicht vorstellen, dass dein verehrter Lehrer damit einverstanden gewesen wäre, nach allem, was ich über ihn gehört habe.»

«Wahrscheinlich nicht», gab Klara zu und wirkte mit einem Mal nachdenklich.

Marconis Blase meldete sich. Er entschuldigte sich und machte sich auf die Suche nach der Toilette. Als er an der offenen Küche vorbeikam, hörte er gedämpfte Stimmen daraus hervordringen, und zwei Worte, die er aufschnappte, erregten seine Aufmerksamkeit: «Nevio» und «merkwürdig». Er stoppte abrupt. Seitdem er Nevios Obduktionsbericht gefunden hatte, war die Unruhe geblieben, ja sogar täglich größer geworden. Man konnte seinen Geistern nicht entkommen, das wusste Marconi. Man konnte bloß hoffen, dass sie freiwillig gingen, nachdem man sich mit ihren Anliegen befasst hatte.

Ein groß gewachsener, dünner Kellner kam durch die Schwingtür. Sein hipper Haarknoten war sorgfältig zusammengebunden, nur eine einzelne Strähne fiel ihm lässig ins Gesicht. *Sönke* stand auf seinem Namensschild, das er über der modisch-hellgrauen Schürze trug. Er wirkte auf den ersten Blick wie ein in Nebenrollen auftretender Schauspieler, Typ «Sidekick». Der Kumpel, der dem Superhelden im Kampf gegen die Bösen treu zur Seite steht, ohne ihm je das Rampenlicht streitig zu machen.

«Kann ich helfen?», fragte er freundlich, als er den orientierungslosen Marconi mitten im Raum stehen sah.

«Ich bin wegen Nevio hier», behauptete Marconi kurz entschlossen.

Der junge Mann sah ihn mitleidig an. «Der ist …», druckste er.

«Tot, ich weiß. Ich bin sein Bruder.»

«Oh.»

«Genau.»

«Ich habe zufällig mitbekommen, dass ihr in der Küche über ihn gesprochen habt.»

«Ja?»

Marconi beschloss, mit der Tür ins Haus zu fallen. «Was war denn so merkwürdig?»

«Was?» Sönke schien sich sichtlich unwohl zu fühlen.

«Bitte», sagte Marconi eindringlich. «Ich will nur begreifen, was passiert ist.»

«Ich weiß wirklich nicht, wie ich dir da helfen kann.» Sönke wich seinem Blick aus.

«Ist Ihnen in den Tagen vor Nevios Tod etwas Ungewöhnliches aufgefallen?»

«Inwiefern denn ungewöhnlich?» Sönke machte einen aufgeweckten Eindruck, was vor allem an seinen hellblauen Augen lag. Er kam Marconi grundsätzlich offen und freundlich vor, seine Fragen schienen ihm aber Unbehagen zu bereiten.

«Wirkte er besorgt? War er krank? Hat er über Herzprobleme geklagt? Hatte er eine ungesunde Gesichtsfarbe? Irgendwas, das Ihnen aufgefallen ist?» *Ungesunde Gesichtsfarbe*, ernsthaft? Marconi wusste selbst nicht genau, was er hier herauszufinden hoffte.

Sönke schien tatsächlich zu überlegen, schüttelte dann aber zaghaft den Kopf. «Warum willst du das denn jetzt plötzlich wissen?»

Die Frage war eher: Wollte er es *wirklich* wissen? Schlagartig wurde Marconi bewusst, dass er sich etwas hätte zurechtlegen sollen, und er verfluchte sich dafür, von dieser erwartbaren und banalen Frage überrumpelt worden zu sein. *Es besteht die Möglichkeit, dass Nevio getötet wurde, und ich suche jetzt seinen Mörder*, war wohl eher kein passender Start für ein Gespräch. Da ihm keine plausible Erklärung einfallen wollte, erzählte Marconi etwas von «persönlichem Interesse» und «Traumabewältigung». Jedenfalls schien es Sönke zu überzeugen, denn er setzte sich auf einen freien Barhocker. Rutschte aber sofort wieder herunter, weil man ihm gleich von zwei Tischen aus zuwinkte und die Rechnung verlangte. «Bin gleich zurück.»

Minuten verstrichen, in denen Marconi eine unbekannte Angst in sich aufkeimen spürte. Eine Angst, die nicht recht greifbar war. Er hatte sich geschworen, der Sache auf den

Grund zu gehen und die Hintergründe zu Nevios Tod aufzudecken. Doch was, wenn er seinen Schwur, sein Versprechen nicht einlösen konnte, diesen Fall nie lösen würde? Ausgerechnet diesen einen, der noch dazu womöglich gar kein Fall war. Nur ein Herz-Kreislauf-Versagen. Als Restaurantchef hatte Nevio vermutlich keinen besonders gesunden Lebenswandel gepflegt. Angesichts von Stress, zu viel Arbeit und zu wenig Freizeit passierten solche Dinge. Warum akzeptierte er das nicht einfach? Hatte er nicht eh schon genug mit den zahlreichen Veränderungen in seinem Leben zu kämpfen?

«Sorry, Arbeit.» Sönke ließ sich wieder auf den Stuhl fallen. Er wandte sich Marconi zu, allerdings trafen sich ihre Blicke nicht. Sönke sah durch ihn hindurch, als drifteten seine Gedanken ab, zurück in die Monate vor Nevios Tod. «Bleibt das Gespräch unter uns?», fragte er und schaute Marconi endlich in die Augen.

«Das kommt drauf an», antwortete Marconi wahrheitsgetreu. «Wenn Sie eine Straftat gestehen …»

«Nee, nix Straftat!» Sönke sah ihn erschrocken an. «Du redest ja wie ein Bulle.»

«Ich bin Bulle.»

Sönke musterte ihn nun mit einer Mischung aus Verwirrung und Unverständnis.

«Man kann beides sein: ein Bruder und ein Polizist. Und als Nevios Bruder will ich wissen, ob er sich merkwürdig verhalten hat, bevor er … nun ja … von uns gegangen ist.»

Die Informationen schienen in Sönkes Gehirn ihren Platz zu suchen. Offenbar unschlüssig, ob und wenn ja, womit er beginnen sollte, sah er zwischen Marconi, den besetzten Tischen und der Eingangstür hin und her.

Nachdem Marconi ihm aufmunternd zugenickt hatte,

landete Sönkes Blick betroffen auf seinen Händen. «Mir ist nichts an Nevio aufgefallen. Er war wie immer, bis zu seinem ...»

«Tod?»

Sönke nickte.

«Aber?»

Sönke wand sich. «Ich will halt meinen Job nicht gefährden, wenn ich hier einem der Teilhaber ans Bein pinkel», murmelte er.

«Keiner pinkelt keinem nirgendwohin», versuchte Marconi zu beschwichtigen.

«Ist er nicht an einem Herzinfarkt gestorben?» Der schüchtern-fragende Blick von unten nach oben erinnerte ihn an Stefano, wenn der einen zweiten Schokoriegel haben wollte.

«Ja, schon», sagte Marconi.

«Aber?», fragte nun Sönke.

«Aber ...» Marconi seufzte. «Vielleicht ist ja im Vorfeld etwas passiert, das dazu geführt hat: eine Krankheit, Stress, Streit. Sie wissen schon, so was eben.»

«Streit, hm ...», murmelte Sönke. «Ist länger her, bestimmt ein Jahr oder noch mehr.»

Marconi spürte etwas wie einen leichten elektrischen Schlag. «Ein Streit?», echote er. «Mit wem?»

«Mit Torge.» Sönke verzog das Gesicht, als würde er die Situation noch einmal durchleben. «Danach war die Stimmung wochenlang angespannt.»

«Torge ist ...?»

Sönke suchte in Marconis Gesicht nach Spuren, dass er Witze machte. «Der andere Inhaber und Geschäftsführer?! Ich dachte, du bist Nevios Bruder?»

Marconi ignorierte die Bemerkung, obwohl oder vielleicht gerade weil Sönke recht hatte. «Worum ging es bei dem Streit?»

«Das muss irgendwann vormittags gewesen sein, als noch geschlossen war und außer den beiden niemand hier sein sollte. Ich glaube, die haben nicht mal gemerkt, dass ich schon im Laden war.»

«*Worum* ging es?» Innerlich raste Marconi vor Unruhe, weil Sönke ihm nicht schnell genug mit Informationen herausrückte. Geduld war nicht gerade seine Kernkompetenz, aber er wusste, dass man die großen Vorhaben zum Scheitern brachte, wenn man in kleinen Dingen nicht geduldig blieb.

«Ich habe nicht jedes Wort verstanden ...»

«Ich brauche kein wortgetreues Gesprächsprotokoll.»

Der Mann machte auf Marconi immer mehr den Eindruck, als habe er Angst, etwas Falsches über seinen Chef zu sagen. Aber warum? Fürchtete er, seinen Job zu verlieren? Gerade in der Gastronomie war der Personalmangel enorm, zumal hier im Touristen-Hotspot. Er machte sich in Gedanken eine Notiz, während Sönke noch immer überlegte.

«Ich hab irgendwas darüber aufgeschnappt, dass Nevio seinen Teil der Vereinbarung seit Jahren eingehalten hätte und es langsam mal an der Zeit wäre, dass Torge auch seinen Part endlich erfüllt und die Finanzierung des Restaurants auf solide Beine stellt. So was in der Art.»

«Also ging es um Geld», stellte Marconi fest, was Sönke mit einem Schulterzucken quittierte. «Und? Hat er die Finanzierung auf solide Beine gestellt?»

Wieder zuckte Sönke mit den Schultern. «Keine Ahnung, ich transportiere hier bloß Speisen und Getränke an die Tische. Solange jeden Monat mein Gehalt auf dem Konto landet, sind mir die Finanzen egal.»

Das leuchtete Marconi ein. «Wann hat sich die angespannte Stimmung wieder gelegt?»

«Was?»

Falls Sönke dachte, dass er davonkam, wenn er sich dumm stellte, konnte er gleich noch einmal denken. «Sie sagten, die Stimmung sei nach dem Streit wochenlang angespannt gewesen.»

«Ach so, ja stimmt. Das hat sich wieder gelegt.»

«Wann?»

«Weiß nicht ... letzten Herbst vielleicht.»

«Haben Sie eine Idee, warum?»

«Nee, keine Ahnung. Wahrscheinlich hat Torge einen Investor an den Start bekommen oder so.»

Ja, wahrscheinlich war es das, dachte Marconi. «Kann ich mit Torge sprechen?»

Sönke schüttelte den Kopf. «Er hat sich ein paar Tage freigenommen.»

«Können Sie mir seine Adresse geben?»

«Die hab ich nicht. Aber schau doch nächste Woche noch mal rein, dann müsste er da sein.»

Etwas anderes blieb ihm wohl nicht übrig.

Kurz darauf trat Marconi zurück auf die Terrasse. Als er die Kinder so dasitzen sah, spürte er, wie ihn widersprüchliche Gefühle durchströmten. Nevios Tod hatte Marconis Leben auf links gedreht. Er hatte ihn zwangsläufig verantwortungsbewusster gemacht und zur Folge, dass er nicht mehr einfach in den Tag hineinleben konnte. Gleichzeitig fühlte er sich den Kindern deutlich näher als noch bei seiner Ankunft, allen Widrigkeiten zum Trotz. Er würde für sie sorgen, solange sie ihn brauchten. Und in seinen Augen gehörte dazu, herauszufinden, ob jemand ihren Vater auf dem Gewissen hatte. Auch wenn er nicht wirklich wusste, wann er das zeitlich schaffen sollte – im permanenten Krisenmodus zwischen familiärem Ausnahmezustand und mysteriösem Entführungsfall.

Die Kinder hatten seinen Teller inzwischen leer gegessen. Während der Nachtisch serviert wurde – ein Eisbecher für Stefano, Rösti mit Apfelmus für Klara, Milchreis für ihn selbst –, schaute Marconi unauffällig auf die Uhr seines Smartphones.

«Musst du noch wohin?», erkundigte sich Klara. So viel zum Thema *unauffällig*.

«Um ehrlich zu sein, hätte ich noch einen beruflichen Termin», sagte Marconi kleinlaut und schob sich dabei einen Löffel Milchreis mit heißen Kirschen in den Mund.

«Wir bleiben nicht alleine zu Hause, das kannst du vergessen», sagte Klara so entschieden, als verhänge sie gerade Hausarrest. «Dass du überhaupt nur daran denkst!» Sie sah ihn aufrichtig empört an. «Wenn die doofe Kuh vom Jugendamt kommt und du bist nicht da, war's das!»

Voller Grauen dachte Marconi an die beiden Begegnungen mit Jasmin Hegel zurück. Bei ihrem ersten Besuch waren Klara und Stefano allein gewesen. Er hatte seine Aufsichtspflicht nicht absichtlich verletzt, es war eine Verkettung unglücklicher Umstände gewesen. Die anschließende Inspektion war unangenehm für sie alle drei ausgefallen. Ihren zweiten Besuch hatte die Hegel ausgerechnet an dem Tag nach dem Brand unternommen – natürlich wieder unangekündigt – und dystopische Umstände vorgefunden: Nevios Wagen war infolge einer Brandstiftung komplett ausgebrannt und auch das Carport völlig verkohlt und nicht mehr zu retten gewesen. Das Szenario hatte, auch dank der rußverschmierten Pfützen, auf denen ein unansehnlicher Schmierfilm schwamm, einen apokalyptischen Anblick geboten.

«Aber ...», versuchte er es noch einmal, um Klara schmackhaft zu machen, dass sie so länger fernsehen könnte. Doch seine Nichte ließ ihn nicht zu Wort kommen.

«Ich denke, wir müssen ein Team werden? Wir können nicht einfach machen, wozu wir Lust haben und nur an uns denken? Egal, ob wir meinen, dass wir es für die Arbeit oder einen anderen guten Zweck tun?» Klara sprach in einem Ton, in dem sie mutmaßlich auch einem begriffsstutzigen Mitschüler die Grundrechenarten vermittelte. «Hast du uns nicht erklärt, dass das mit uns nur dann funktioniert, wenn wir auch auf die anderen Familienmitglieder Rücksicht nehmen und bedenken, welche Konsequenzen unsere Taten für sie haben?» Sie hatte inzwischen die Arme vor dem Oberkörper verschränkt. Marconi fühlte sich ertappt, weil Klara seine eigenen Worte gegen ihn verwendete. Andererseits verbuchte er ihre Empörung als kleinen Erfolg. Wer Angst hatte fortzumüssen, konnte es dort, wo er gerade war, nicht ganz so schlimm finden. «Dann kommt ihr eben mit, es ist auch nicht weit. Und wir beeilen uns, damit ihr nicht zu spät ins Bett kommt.»

11

Klara lächelt,
und Marconi wünschte,
sie hätte es nicht getan

Vom Strand drang ein hysterisches Lachen zu ihnen herüber, gefolgt von einem nicht weniger irren Kreischen. Stimmengewirr und Rufe, wie es sie nur dort gab, wo das Meer eine riesige Badewanne war und es um nichts anderes ging als Ballspiele, Sandburgen, Sonnencreme und Wassereis. Stefano und Klara hatten die Schuhe in die Box auf dem Gepäckträger der Vespa geworfen und waren sofort in die Salzwiesen gerannt. Eine dunkelorangefarbene Decke schob sich vom Horizont her über den Strand und nahm allem die scharfen Konturen. Es war ein Schauspiel, das hier jeden Abend aufgeführt wurde und dem das Publikum niemals ausging.

«Der Himmel hat eine Farbe wie Himbeersirup», hörte er Stefano zu seiner Schwester sagen. Und tatsächlich meinte Marconi in der Luft eine kaum merkliche Süße zu schmecken. Eine Süße, die einem irgendwie Appetit aufs Leben machte. Dieser kurze Anflug von Euphorie war jedoch schnell vorbei, als sie den Strand erreichten und Marconi in dem flachen roten Pfahlbau, der das Wassersportcenter beherbergte, den jungen Mann entdeckte, mit dem er verabredet war.

«Fabian!», rief Klara überrascht und für Marconis Geschmack viel zu begeistert, während sie auf ihn zustürmte. Fast machte es den Eindruck, als wollte sie ihm in die Arme springen, doch sie bremste gerade noch rechtzeitig ab und schlug strahlend und mit roten Wangen in das Highfive ein, das Fabian ihr anbot. Das offene Lächeln, mit dem sie ihn bedachte, hatte Marconi noch nie an ihr gesehen. Nicht einmal, als er ihr ein neues Handy gekauft hatte. Es stand ihr ausgezeichnet, stellte er fest. Allerdings behagte ihm weniger, dass ausgerechnet Fabian Holthusen der Auslöser dafür war.

Der Leiter der *GreenPlanet*-Ortsgruppe Sankt Peter-Ording grüßte überraschend freundlich zurück. Dann entdeckte er Marconi, und etwas Listiges stahl sich auf sein Gesicht. Er legte Klara locker eine Hand auf die Schulter. «Wie schön, dass mein Lieblingspolizist meine engagierteste Naturschützerin mitgebracht hat!», sagte er und knipste sein Hundertwattlächeln an, was Klaras Wangen noch mehr zum Glühen brachte. Am liebsten hätte Marconi seine Hand von Klaras Schulter gefegt. Bevor ihr Kopf die Farbe einer Tomate annehmen konnte, drückte er ihr einen Schein in die Hand und schickte sie für sich und Stefano eine Schorle holen.

Während sie unwillig davonzog, stellte sich Marconi neben Fabian ans Geländer. «So sieht man sich wieder.» Sie schauten einander nicht an, sondern aufs Meer hinaus, das sich mit ablaufender Tide davonmachte, nur, um in wenigen Stunden zurückzukommen.

«Hätte ich auch drauf verzichten können», kommentierte Fabian.

«Beruht auf Gegenseitigkeit. Hat Lenke Manthey schon Anzeige erstattet wegen Ihrer hirnrissigen Aktion?»

«Mir egal, darum kümmern sich die Anwälte von *Green-Planet*.»

«Wäre schön, wenn ihr keine Minderjährigen in eure kriminellen Machenschaften mit reinziehen würdet.»

Marconi spürte, dass Fabian seinen Blick vom Horizont gelöst hatte und ihn ansah. Widerwillig drehte er sich zu ihm um und blickte in ein breites Grinsen.

«Wenn die Nichte vom Dienststellenleiter Mitglied bei uns ist, finde ich das doch praktisch — in mehrfacher Hinsicht.»

Marconi bekam Puls. Aber aufregen war etwas für Anfänger, Profis atmeten einmal tief durch. «Halten Sie Klara einfach aus Ihren dämlichen Aktionen heraus.»

«Deine Nichte hat eben verstanden, worum es geht. Es ist fünf vor ...»

«... zwölf auf der Weltuntergangsuhr, jaja, schon klar. Ich verrate Ihnen mal was: Was meine Geduld betrifft, ist es sogar schon fünf *nach* zwölf. Gegen Umweltschutz ist nichts einzuwenden, im Gegenteil – solange alles im gesetzlichen Rahmen abläuft.»

«Dir ist schon klar, dass ich hier nicht der Bösewicht bin, oder?»

Mehr als alles andere nervte Marconi am Norden, dass er sich von jedem selbstverliebten Gockel duzen lassen musste.

«Dieses Gespräch findet überhaupt nur statt, weil ich so irre nett bin», fuhr Fabian fort. «Trotzdem muss ich mich von dir anpöbeln lassen, obwohl ich mich heute Nachmittag auf deine kurzfristige Anfrage hin freiwillig bereit erklärt habe, dich zu treffen.» Ein selbstgefälliges Lächeln umspielte Fabians Mundwinkel. «Ich dachte, wir könnten vielleicht zusammenarbeiten.»

Da erschien Marconi das Trainieren eines Seehundes reizvoller. «Wie stellen Sie sich das vor?»

Klara kam mit Stefano im Schlepptau zu ihnen zurück. Ihr schien die angespannte Stimmung zwischen ihrem Onkel und Fabian nicht zu entgehen. Sie beäugte die beiden Männer kritisch und warf Marconi einen mahnenden Blick zu, der wohl bedeuten sollte, er möge sie doch bitte nicht blamieren. Dann ging sie die Holzstufen hinab und setzte sich in den Sand, während Stefano weiter an die Wasserkante lief und die Füße ins Wasser hielt.

«Warum erzählst du mir nicht, was du von mir willst? Du hast doch wohl kaum um dieses Treffen gebeten, damit ich Zeit mit deiner Nichte verbringe.»

Marconi musste feststellen, dass am Ende seiner Nerven noch viel zu viel Fabian Holthusen übrig war. Er zählte innerlich bis fünf. «Was können Sie mir über Piet Lorenzen erzählen?»

«Warum fragst du?»

«Meine Sache.»

«Meine auch.»

«Wann haben Sie ihn zuletzt gesehen?»

«Was ist denn mit Piet?»

«Geht Sie nichts an.»

«Grundlos willst du das doch sicher nicht von mir wissen.»

«Haben Sie schon mal erlebt, dass ein Verdächtiger einen Polizisten vernimmt? Ich kenne es nur andersherum.»

«Wenn das hier ein Verhör sein soll, ist unser Gespräch beendet.»

«Ist es nicht. Aber wenn Sie sich wie ein Verdächtiger verhalten, muss ich Sie auch als solchen behandeln.»

«Warum sollte ich dir was über Piet erzählen?»

«Vielleicht ist Piet etwas zugestoßen.»

«*Vielleicht?*»

«Also – wann haben Sie Piet zuletzt gesehen?»

«Länger her.»

«Zwei Stunden oder zwei Monate?»

«Weder noch.»

«Wir können das Gespräch auch gern auf der Polizeistation weiterführen.»

«Ach ja? Mit welcher Berechtigung denn?»

«Sie benehmen sich wie ein bockiges Kind.»

«Fünfundneunzig Prozent der Menschheit benehmen sich wie bockige Arschlöcher. Lädst du die auch alle aufs Revier?»

«Schluss jetzt mit den Spielchen!» Marconis Stimme hatte an Strenge zugenommen. Das war offenbar auch Klara nicht entgangen, die sich umdrehte und besorgt zu ihnen hochschaute, weshalb Marconi die Lautstärke wieder senkte. «Das letzte Mal, dass *ich* Piet Lorenzen gesehen habe, hat er sich mit *Ihnen* gezofft. Das war bei einer Sitzung von *GreenPlanet* vor ungefähr einem Monat. Sie haben ihn mehr oder weniger rausgeworfen.»

Fabian zog die Brauen zusammen. Dann schien ihn eine Erkenntnis wie ein Schlag zu treffen. Seine Augen wurden groß. «Ist Piet ermordet worden?»

«Wie kommen Sie darauf?»

«Weil du, na ja, so Fragen stellst.»

«Hatte Piet Feinde?»

«Nein!»

«Wenn Sie lügen, war's das, und ich nehme Sie mit aufs Revier.»

«Ich lüge nicht!»

«Wenn Piet keine Feinde hätte, dann hätte er keine Anzeige wegen Verleumdung und Beleidigung am Hals.»

«‹Öl-Hure› war doch ganz lustig.»

«‹Schlampe›!»

Empört sah Fabian ihn an.

«‹Öl-Schlampe› stand auf dem Schild, nicht ‹Hure›. Spielt aber keine Rolle. Über Humor lässt sich vielleicht streiten. Aber wenn er den Tatbestand der Beleidigung erfüllt, ist Schluss mit lustig.»

«Wenn ich sagen würde, Piet wäre ein Wolf im Schafspelz, wäre das mehr Lob, als er verdient. Er ist eher ein Spatz im Krähenkostüm», nahm Fabian das Gespräch wieder auf.

«Heißt?»

«Ein Angsthase. Viel zu gemäßigt, um wirklich etwas zu erreichen. Schon als er das Schild getragen hat, kam er sich vor wie der große Macker. Bei solchen Aktionen ist er sonst total zögerlich.»

«Im Gegensatz zu Ihnen.» Marconi ließ es wie eine Feststellung klingen. Er erinnerte sich an Klaras Worte. «Zumal Piet Lorenzen mir nicht mit der Ausrichtung von *GreenPlanet* einverstanden zu sein scheint.»

Fabian nahm die Hände vom Geländer, drehte sich um und lehnte sich mit dem Rücken daran. Er sah Marconi direkt in die Augen, ihre Nasen keine dreißig Zentimeter voneinander entfernt.

«Glaubst du, mit gemäßigten Worten und zögerlichen Aktionen wird irgendwas erreicht?»

Marconi öffnete den Mund, doch Fabian kam ihm zuvor. «Eben nicht. Und das sieht übrigens auch deine Nichte so.» Fabian winkte Klara zu, die sich gerade wieder besorgt umdrehte. Und Marconi konnte sogar aus dieser Entfernung sehen, dass sie ihn viel zu lange musterte, was ihm gar nicht gefiel. «Noch einmal: Lass Klara da raus!»

«Das ist nicht meine Entscheidung. Klara hat eine Menge guter Ideen und zeigt sehr viel … Eigeninitiative.» Fabian ließ den Satz kurz seine volle Wirkung entfalten. Als Marconis Miene komplett verrutschte, bedachte er ihn mit einem strahlenden Lächeln.

Marconi hätte in diesem Moment auch gerne sehr viel Eigeninitiative gezeigt und deren volle Wirkung in Fabians Gesicht entfaltet. Doch er besann sich darauf, dass er Stefano und Klara zu einer Zeugenbefragung mitgebracht hatte, und konnte sich nur zu gut ausmalen, was Jasmin Hegel vom Jugendamt davon halten würde. «Ich sage es Ihnen dieses eine Mal: Wenn Klara bei einer Ihrer Aktionen auch nur ein Haar gekrümmt wird, mache ich Sie persönlich dafür verantwortlich. Und jetzt möchte ich wissen, wann Sie Piet Lorenzen das letzte Mal gesehen haben!»

Fabian schien unbeeindruckt. «Bei der Sitzung von *Green-Planet* vor ziemlich genau drei Wochen, genau wie du.»

«Danach nicht mehr?»

«Das verstehe ich unter *letztes Mal*.»

«Wo waren Sie am Sonntagabend und in der darauffolgenden Nacht?»

«Diese Frage könnte ich beantworten, möchte ich aber nicht.»

«Und wieso nicht?»

«Weil das hier keine Einbahnstraße ist und ich wissen will, *warum* ich das beantworten soll.»

«Über die Verkehrsführung entscheidet immer noch die Polizei, nicht der Verkehrsteilnehmer. Also?»

«Was ist mit Piet?»

«Würde ich Ihnen vertrauen, dass Sie die Informationen für sich behalten, würde ich sie Ihnen vielleicht geben.»

«Würde ich *dir* vertrauen, würde ich sagen, wo ich Sonntagnacht gewesen bin.»

Marconi öffnete den Mund, doch Fabian ließ ihn nicht zu Wort kommen. «Jetzt hör mal zu, Marconi!», sagte er plötzlich so scharf, dass Speicheltropfen in Marconis Richtung flogen. «*GreenPlanet* hat bereits eine Strafanzeige gegen dich aufgesetzt, wegen Polizeigewalt ohne jegliche Vorwarnung oder Ankündigung. Es gibt mehrere Zeugen, die bestätigen, dass du mich grundlos geschlagen hast. Ein Arzt unserer Organisation hat mir eine Gehirnerschütterung attestiert.» Fabian zeigte erneut sein Lächeln, doch aller Charme war daraus gewichen. «Dass wir die Anzeige noch nicht gestellt haben, liegt einzig daran, dass wir von deiner Kooperation profitieren könnten. Klara hat mir erzählt, was bei euch zu Hause los ist. Also sei lieber schön artig, sonst bekommt das Jugendamt einen diskreten Hinweis, dass eine Anzeige gegen dich läuft, weil du unschuldige Menschen schlägst. Was meinst du, wie die das finden?»

Marconis Gedanken überschlugen sich. Unter normalen Umständen hätte er sich niemals von so einem Schnösel erpressen lassen. Aber die Umstände waren nicht normal. Hatte er bislang weder Partnerin noch Kinder, ja nicht einmal einen Hund gehabt, mit dem man ihn hätte erpressen können, war die Sachlage nun eine andere. Ein gewalttätiger Polizistenonkel, der angeblich harmlose junge Menschen grundlos verprügelte, würde beim Jugendamt sämtliche Alarmglocken auf einmal schrillen lassen. Zu Recht, dachte er, wenn es denn die Realität widerspiegeln würde.

«Piet ist verschwunden», sagte Marconi schnell, bevor er es bereuen konnte.

«Wie, verschwunden?»

«Wo waren Sie in der Nacht von Sonntag auf Montag?», bemühte sich Marconi, die Kontrolle zurückzugewinnen.

«Ist Piet untergetaucht? Oder wurde er ... entführt?»

Marconi war nicht bereit, Fabian mehr Informationen zu geben, die ihm im Grunde nicht zustanden. «Warum sollte er entführt worden sein?», entgegnete er lahm.

Fabian entgleisten die Gesichtszüge. «Er ist echt entführt worden?» Seine Kinnlade klappte mehrere Zentimeter nach unten. «Krass!» Wie schnell er die Nachricht verarbeitet hatte, war an dem erneuten Grinsen zu erkennen. «Geil!»

«Ich habe nie behauptet, dass Piet entführt wurde, aber wenn es doch so wäre, wäre es alles andere als *geil*.»

Marconi konnte regelrecht dabei zusehen, wie Fabian im Kopf die Möglichkeiten durchging, diese Nachricht für seine Organisation auszuschlachten.

«Ich war übrigens Sonntagabend bis Montagmorgen bei ein paar Kumpels in Cuxhaven. Wir haben eine Protestaktion vorbereitet», sagte er beiläufig.

«Und das werden die mir bestätigen?»

Fabian überlegte kurz. «Wenn du nicht so genau nachfragst, was für eine Aktion wir da geplant haben, wahrscheinlich schon.»

«Wer könnte denn Ihrer Ansicht nach ein Interesse daran haben, Piet verschwinden zu lassen?»

«Ich würde mal sagen, bei der Öl-Schlampe liegst du sicher nicht verkehrt.»

Marconi nickte nachdenklich. Ihm war klar, dass er keine weiteren nützlichen Informationen aus Fabian herausbekommen würde. Mit einem knappen Gruß ließ er ihn einfach stehen und ging mit dem Gefühl, gerade einen Fehler begangen zu haben, zu Stefano und Klara hinunter.

«Was wolltest du von Fabian?» Klara kletterte hinter ihn auf den Sitz der Vespa und zog sich ihren Helm auf.

Marconi warf einen kurzen Blick in den Seitenspiegel, wo seine Augen ihre trafen. «Wir hatten beruflich etwas miteinander zu besprechen.»

«Du bist Polizist. Wenn du beruflich mit jemandem etwas zu besprechen hast, dann steckt derjenige in Schwierigkeiten.»

«Unsinn, Klara. Er kann genauso gut auch ein Zeuge sein und zur Aufklärung einer Straftat beitragen.» *Allerdings müsste er das auch wollen,* fügte Marconi in Gedanken hinzu. Zumal er nicht wusste, ob Fabian in die Kategorie Zeuge gehörte, Täter war oder einfach nur ein Vollidiot, der sich wichtig machte.

«Das sah mir aber nicht danach aus.» Klara verschränkte die Arme. Sie suchte im Seitenspiegel seinen Blick und fixierte ihn. «Ohne Fabian wäre die Ortsgruppe von *GreenPlanet* nicht so erfolgreich», dozierte sie. Stefano nickte zu jedem ihrer Worte, als spräche seine große Schwester unumstößliche Wahrheiten aus.

«Wie misst du denn den *Erfolg* einer Umweltschutzorganisation?», hakte Marconi nach und startete die Vespa.

Klara entschied sich, die provokante Frage zu ignorieren. «Wusstest du, dass in den letzten zweiunddreißig Jahren fünfunddreißig Millionen Tonnen Öl auf Mittelplate gefördert wurden? *Fünfunddreißig Millionen Tonnen Öl!* Klara wiederholte den letzten Satz in einem Tonfall, als hätte Marconi das Öl persönlich aus dem Wattenmeer gefördert. «Das sind fünfundvierzig Milliarden Liter Benzin oder sogar zweiundfünfzig Milliarden Liter Diesel, die wegen Mittelplate unsere Atmosphäre verpesten!»

«Ich bin beeindruckt von deinen Rechenkenntnissen. Ich frage mich aber, warum du im letzten Mathetest dann eine Vier hattest. Und ob es damit zusammenhängt, dass du neuerdings für *GreenPlanet* Statistiken ausrechnest, anstatt Hausaufgaben zu erledigen.» Dass sie dieses Gespräch führten, ohne sich dabei direkt ansehen zu können, kam Marconi einigermaßen absurd vor. Aber vielleicht war das ja auch gar nicht so verkehrt? Was wusste er schon …

«Hast du mir überhaupt zugehört?» Klara sprach nun so laut, dass Stefano erschrocken zusammenzuckte.

«Ja, habe ich, Klara. Mittelplate fördert viel Öl, ausgerechnet im Weltkulturerbe Wattenmeer. Ich begreife nicht, warum, und ich finde das nicht gut. Ich verstehe, dass du deshalb wütend bist. Aber damit du später einen entsprechenden Beruf ergreifen kannst, um wirklich aktiv etwas daran zu ändern, brauchst du einen ordentlichen Schulabschluss. Den bekommst du mit einer Vier in Mathe nicht. Meine Aufgabe als dein Erziehungsberechtigter ist es, dafür zu sorgen, dass du gute Schulnoten mit nach Hause bringst und keine Dummheiten machst, nur weil dir ein aufgeblasener Typ schöne Augen macht. Deine liebe Nonna Lucia hat mir beigebracht: Von einem schönen Teller allein wird man nicht satt.»

Sein Blick traf Klaras im Rückspiegel, und er konnte regelrecht dabei zusehen, wie seine Worte bei ihr einsickerten. Aus zusammengekniffenen Augen funkelte sie ihn an. «Ich steh nicht auf Fabian», murmelte sie, als Marconi endlich losfuhr.

Kaum dass sie wenig später das Gartentor zu ihrem Haus erreichten, sprang sie vom Roller und stürmte ins Haus. Der Blick, mit dem Stefano Marconi bedachte, hätte die Wüste Gobi zufrieren lassen.

12

Marconi ist auf der Suche
nach seinem Seelenfrieden

Marconi gähnte und sehnte sich so sehr nach seinem Bett, dass es körperlich wehtat. Früher – in seinem alten Leben – wäre er niemals schon um kurz vor zehn derart müde gewesen. Aber der Tag arbeitete noch in ihm nach. Vor allem das Gespräch mit dem Kellner drehte eine Endlosschleife in seinen Gedanken.

Er stieß sich von der Waschmaschine ab, die er ohnehin keine große Lust hatte zu beladen, ging in die Küche, ließ ein großes Glas mit Leitungswasser volllaufen und trank es in drei großen Schlucken aus. Nevio war so plötzlich gestorben, dass es Marconi schwerfiel, diese Tatsache zu akzeptieren, und er nun deutlich öfter an ihn dachte als zu seinen Lebzeiten. Es bewahrheitete sich einmal mehr, dass die Toten mehr Macht hatten als die Lebenden. Und obwohl er sich gegen den inneren Drang zu wehren versuchte, wusste er insgeheim, dass der Zeitpunkt gekommen war, den Geistern der Vergangenheit in ihre hässliche Fratze zu schauen.

Er ging zu dem Bauernschrank im Flur, griff nach dem Obduktionsbericht, der in einer der Schubladen zuoberst lag, und suchte nach dem Namen des Gerichtsmediziners auf dem Dokument. Dann holte er sein Smartphone aus der Hosentasche, googelte die Nummer der Gerichtsmedizin in Kiel und ließ sich verbinden. Es dauerte etwas, und er musste mehrmals weiterverbunden werden, bis ein tiefer Bariton aus dem Hörer drang: «Schluff. Was kann ich für Sie tun?»

Mit knappen Worten erklärte Marconi, wer er war.

«Da hast du aber Glück, mein Bereitschaftsdienst endet in genau … sieben Minuten.»

«Es geht um den Bericht zum Tod von Nevio. Nevio Marconi.»

Der Mann schien die Dringlichkeit in Marconis Stimme zu hören, er stellte keine Fragen. Stattdessen war das Tippen einer Tastatur zu hören. «Ja, was ist mit ihm?»

«Laut Ihrem Bericht haben Sie in Nevios Körper Substanzen gefunden, die Sie sich nicht erklären konnten.»

Stille in der Leitung, dann erneutes Tastenklackern. «Das ist richtig.»

«Darunter an die zehn Schwermetalle, deren Werte um ein Vielfaches höher waren als die von der Weltgesundheitsorganisation für unbedenklich eingestuften Höchstwerte.»

Wieder Stille, dann: «Das ist richtig.»

«Der Wert, den Sie als besonders auffällig notiert haben, war Barium.»

«Das ist richtig», kam es diesmal deutlich schneller, danach herrschte wieder lähmende Stille in der Leitung.

Konnte der Mann sich nicht denken, worauf Marconi hinauswollte? So ruhig, wie es ihm möglich war, fuhr er fort. «Bei hohen Konzentrationen führt Barium zu Veränderungen des Kaliumspiegels im Körper und setzt eine tödliche Kaskade in Gang, die zu Herzrhythmusstörungen und sogar zum Tod führen kann, haben Sie im Bericht vermerkt.»

«Das ist –»

«Richtig, ich weiß», unterbrach Marconi. «Mir sagte Barium bis zu dem Zeitpunkt nichts. Also habe ich danach im

Internet gesucht. Barium, da erzähle ich Ihnen sicher nichts Neues, kommt in Vakuumröhren von Fernsehern und Sonnenkollektoren vor. Und es wird als Rohstoff zur Glasherstellung verwendet. Aber das wirklich Interessante ist mir erst kurz vor Ende des Abschnitts ins Auge gesprungen. Es war ein einziges Wort.»

«Ich ahne, welches», sagte Schluff.

«Vielleicht können Sie sich vorstellen, wie überrascht ich war. Daraufhin habe ich auch nach den anderen Schwermetallen in Ihrem Bericht gegoogelt, und beinahe alle Ergebnisse spuckten dasselbe Wort aus. Rattengift.»

Nach langem Schweigen fragte Schluff: «Und nun willst du von mir wissen, warum ich eine natürliche Todesursache im Obduktionsbericht deines Verwandten vermerkt habe?» Bevor Marconi antworten konnte, fügte Schluff hinzu: «Ich nehme bei der Namensgleichheit doch an, dass Nevio Marconi ein Verwandter war?»

«Das ist richtig», antwortete Marconi, und in das immer länger werdende Schweigen hinein fragte er schließlich: «Was hat das denn nun alles zu bedeuten?»

«Ich bin Wissenschaftler, und Spekulationen überlasse ich –», begann Schluff, aber Marconi unterbrach ihn erneut.

«Wir sind nicht vor Gericht. Ich will es als Nevios Bruder wissen, nicht als Polizist. Also, was steckt dahinter?»

«Das ist nicht so einfach zu sagen», sagte Schluff, erbarmte sich dann aber und fuhr fort. «Ganz ehrlich, ich meine es so, wie ich es sage. Es gab keinen Grund, an einer natürlichen Todesursache zu zweifeln. Die höchste Konzentration dieser Schwermetalle, die du ansprichst, habe ich nicht *in* seinem Körper gefunden. Es war das Ergebnis einer Haaranalyse.»

«Aha.» Marconi legte eine kleine Denkpause ein, dann fragte er: «Was ist der Unterschied?»

«Du hast insofern recht, als dass Schwermetallvergiftungen Benommenheit, Schweißausbrüche, Krämpfe, Husten und Abgeschlagenheit auslösen können. Einige Schwermetalle lagern sich im Gewebe, in Organen oder dem Skelett ab und reichern sich mit der Zeit dort an, bis die Auswirkungen chronisch werden. Die Metalle können den Stoffwechsel beeinträchtigen, Krebs auslösen und in seltenen Fällen zu schweren oder sogar tödlichen Schäden des Herz-Kreislauf-Systems und des Zentralnervensystems führen.»

«Warum habe ich das Gefühl, dass gleich ein großes Aber folgt?» Marconi war nicht entgangen, dass Schluff sich ein wenig in Rage geredet hatte. Er war es wohl nicht gewohnt, dass seine Expertise von fachfremden Personen in Zweifel gezogen wurde.

«Aber», tat Schluff ihm prompt den Gefallen und klang fast ein wenig zornig, «niemand kann sagen, wann und wie diese Substanzen in Nevio Marconis Körper gekommen sind. Die Werte in seinem Blut waren erhöht, aber nicht besorgniserregend. Im Zuge der Autopsie habe ich auch Organe, Gewebe und Urin untersucht. Schwermetalle waren darin nicht nachweisbar. Hätte ihm jemand Rattengift ins Essen gemischt, hätte es Rückstände in seinem Magen gegeben. Das war aber nicht der Fall.»

«Und da sind Sie sich ganz sicher, Herr Schluff?»

«Absolut.»

Marconis Gedanken führten ihn weit weg, zurück nach München. Sie scannten im Schnelldurchlauf alle Obduktionsberichte, die er in den fünfzehn Jahren seiner Arbeit für die Kripo gelesen hatte. «*Madonna*», flüsterte er schließlich.

«Was ist denn? Ich will ja nicht unhöflich sein, aber ich habe gleich Feier–»

«Sie glauben selbst, dass bei Nevios Tod etwas nicht mit rechten Dingen zuging, stimmt's? In fünfzehn Jahren meiner Arbeit bei der Kripo habe ich keinen einzigen Fall erlebt, bei dem bei der Obduktion neben den üblichen Untersuchungen auch eine Haaranalyse durchgeführt wurde. Die ist aufwendig und teuer.»

Schluffs Schweigen gab Marconi Auftrieb.

«Ein Mann in Nevios Alter, schlank, soweit ich weiß Nichtraucher, stirbt aus dem Nichts an akutem Herz-Kreislauf-Versagen infolge eines schweren Traumas. Das kam Ihnen merkwürdig vor. Und weil Sie Ihre Arbeit mindestens so gewissenhaft erledigen wie ich meine, haben Sie ausnahmsweise eine Haarprobe ins Labor geschickt. Die Erkenntnisse haben zwar Ihre Obduktionsergebnisse nicht widerlegt. Aber Sie fanden die Schwermetalle immerhin so bemerkenswert, dass Sie sie im Bericht notiert haben.»

«Hör mal», sagte Schluff nach einer Weile, und aller Zorn war nun aus seiner Stimme gewichen. «Schwermetalle ...», er räusperte sich, «... in der Haarwurzel können viele Ursachen haben. Haarfärbemittel stehen im Verdacht, dabei eine Rolle zu spielen, aber auch Umweltfaktoren wie Schimmelpilzsporen. Auf Basis meiner Erkenntnisse würde ich nahezu ausschließen, dass jemand beim Tod deines Bruders nachgeholfen hat.» In Schluffs Stimme mischte sich die Gewissheit des Experten mit dem Mitgefühl des Menschen. «Sei mir nicht böse, ich spreche gerne bei anderer Gelegenheit noch einmal mit dir, wenn dir damit geholfen ist, deinen Seelenfrieden zu finden. Aber ich habe meiner Frau versprochen, pünktlich Feierabend zu machen.»

Damit blieb nicht mehr viel zu sagen. Marconi bedankte sich und beendete das Telefonat. *Wenn dir damit geholfen ist, deinen Seelenfrieden zu finden.*

Er würde die Angelegenheit nur zu gern auf sich beruhen lassen. Aber zum einen ging es um seinen Bruder und all die Konsequenzen, die dessen Tod für sein eigenes Leben gehabt hatte. Zum anderen wäre er ein miserabler Kriminalpolizist, wenn er die Möglichkeit eines vertuschten Mordes ignorierte. So oder so würde Nevio warten müssen. Es gab das Verschwinden eines Wattschützers aufzuklären, dessen Verbleib ihm mindestens so viel Kopfzerbrechen bereitete wie die Haaranalyse seines Bruders.

13

Marconi steht mit dem Rücken zur Wand

An diesem Morgen hätte wohl niemand die Polizeistation Sankt Peter-Ording mit einem Massagesalon oder einer Kneipe verwechselt und eine Fangopackung oder ein Herrengedeck verlangt. Sie wirkte vielmehr wie der Drehort einer *Tatort*-Folge. Der Parkplatz stand voller Einsatzwagen, Kollegen in Uniform und Zivil wuselten herum, die Kommissare Derik Moor und Ingwer Düster mittendrin. Buchstäblich, denn sie hatten Marconis Schreibtisch in Beschlag genommen und saßen sich nun gegenüber, der eine an Marconis Rechner, der andere an einem Laptop. Marconi sah auf den ersten Blick, dass sie es genossen, Regisseure dieser Inszenierung zu sein. Ein paar Sekunden lang blieb er im Türrahmen stehen und atmete tief durch, ehe er sich einen Ruck gab und in sein Büro trat, das offenbar nicht mehr seines war.

«Schön, dass Sie sich bereits eingerichtet haben.»

«Das ist keine Polizeistation, das ist ein Schuhkarton», entgegnete Moor, ohne von Marconis Rechner aufzusehen.

«Finden Sie?» Marconi konnte seiner neuen Arbeitsstätte zwar überaus wenig abgewinnen, aber wenn hier einer die Polizeistelle mies machte, dann ja wohl er. «Ich finde es sehr geräumig und richtiggehend komfortabel.»

Düster musterte Marconi, um herauszufinden, ob er das ernst meinte oder ob er sie auf den Arm nahm. «Schön, dass der Kollege angesichts einer mutmaßlichen Entführung in seinem Zuständigkeitsbereich den Humor nicht verloren hat», sagte er mit angesäuerter Miene. Marconi verkniff sich einen Kommentar und erkundigte sich stattdessen nach einer Kontaktaufnahme der Entführer.

«Noch sind wir dabei zu überprüfen, ob es sich überhaupt um eine Entführung handelt», sagte Moor. «In der Regel dauert es höchstens zwölf Stunden, bis sich der Täter meldet. Vergangen sind mittlerweile mindestens vierundzwanzig Stunden, da wir ja nicht wissen, wann Piet Lorenzen genau verschwunden ist. Vielleicht ist er auch einfach besoffen von der Seebrücke in die Nordsee gefallen.»

Marconi erwog kurz, ihn zu fragen, wer dann die Notiz mit der Entführung geschrieben haben sollte, verkniff es sich aber. Stattdessen erkundigte er sich, wie Eva, Jens und er helfen konnten.

«Wie ist der Stand bei der Nachbarschaftsbefragung?», wollte Moor wissen und starrte weiter auf seinen Bildschirm. Vermutlich löste er Sudoku, erweckte aber den Eindruck, als rette er gerade die Welt.

«So gut wie durch, sowohl im Gebäude des Tatorts als auch in den umliegenden Häusern. Bis auf einen fast tauben Mann mit defektem Hörgerät will niemand etwas mitbekommen haben.»

Düster würdigte Marconi keines Blickes und sah stattdessen Moor an. «Kein Mensch kann unbemerkt aus einem Wohngebiet verschwinden.» Marconi fasste das als Kritik an seiner Arbeit auf, egal, ob sie als solche gemeint war. Der Kommentar hing einige Sekunden wie eine schwarze Seifenblase zwischen ihnen. Liebend gerne hätte Marconi sie mit einer passenden Antwort zum Platzen gebracht: *Viel-*

leicht sollte gleich die GSG9-Spezialeinheit der Bundespolizei zur Bekämpfung von Terrorismus anrücken. Wir scheinen mit so einer komplizierten Aufgabe ja offenbar überfordert zu sein!

Da er aber sicher war, dass die beiden spaßbefreiten Kollegen Ironie selbst dann nicht verstanden, wenn sie nackt vor ihnen stand und mit einem Zaunpfahl winkte, atmete er einmal tief durch. Ganz tief. «Wir füllen die letzten Lücken. Einen Hausbewohner konnten wir noch nicht erreichen, einige Nachbarn aus umliegenden Häusern haben wir nicht angetroffen. Die Kollegen ermitteln gerade, wo es private Überwachungskameras im infrage kommenden Bereich gibt, und werten sie anschließend aus. Personelle Unterstützung Ihrerseits könnte nicht schaden. Wie Sie an der Größe der Dienststelle erkennen können, sind wir nicht viele.»

«Teambesprechung ist um zehn.» Mit einer Handbewegung, als würde er eine lästige Fliege verscheuchen, gab Moor zu verstehen, dass das Gespräch beendet war.

Zu gern hätte Marconi beim Verlassen seines Büros die Tür krachend zugeworfen. Leider war der Teppichboden so beschaffen, dass er die Tür bremste und man sie mit ziemlich viel Kraftaufwand zudrücken musste, wenn man seine Privatsphäre haben wollte. Einer von vielen «Vorzügen» seiner Arbeitsstelle. Konsequenterweise warf Marconi stattdessen die Eingangstür zur Station so fest ins Schloss, dass die Glasscheibe wackelte.

Jens kam vom Parkplatz die Rollstuhlrampe hoch. Er zog die Augenbraue hoch. «Gute Laune?»

«Bombenstimmung.»

«Ich war an der Nordseeschule und habe mit dem Schulleiter und einigen von Piets Kollegen gesprochen.»

«Lass mich raten: Alle lieben Lorenzen, keiner kann etwas Schlechtes über ihn sagen.»

«Exakt. Wo ist Eva?»

«Keine Ahnung, ich dachte, sie wäre mit dir unterwegs. Ich wollte vor der Teambesprechung noch mal zu Emma Lassen. Was hältst du davon, bei ihrem Arbeitgeber vorbeizuschauen? Ihr Alibi haben die Kripokollegen meines Wissens schon überprüft, das erfahren wir sicher nachher. Aber je mehr wir über die Beteiligten wissen, desto besser.»

«So machen wir's, Commissario.» Jens tippte sich zum militärischen Gruß mit der Hand an die Stirn und war im nächsten Moment mit dem Polizeiwagen vom Parkplatz verschwunden.

Dicke Schäfchenwolken hatten es sich über ihm gemütlich gemacht. Der Himmel war so blau wie das Meer – nicht wie die Nordsee, die einen meist mit undurchdringlichen Grau- und Brauntönen empfing, sondern wie das azurblaue Wasser des adriatischen oder tyrrhenischen Meeres. Wie gerne wäre er jetzt dort!

Er grüßte den Polizeibeamten im Streifenwagen. Der war mutmaßlich aus der Station in Büsum abkommandiert worden und sollte nun das Haus bewachen, in dem Emma Lassen vorübergehend ohne Piet Lorenzen wohnte. Er musste die Augen zusammenkneifen, denn ein hellblauer Passat, der neben dem Polizeiwagen parkte, reflektierte das Sonnenlicht und blendete ihn. Eigentlich ein Wunder, dachte Marconi, dass sie nicht ihn selbst für diese stinklangweilige Aufgabe abgestellt hatten oder Eva und Jens.

Er klingelte. Klingelte noch ein zweites, dann ein drittes Mal. Nichts geschah. Keine Antwort über die Gegensprechanlage. Kein Türsummer. Emma Lassen hatte offenbar entschieden, vorübergehend mit niemandem sprechen zu wollen. Er wählte ihre Festnetznummer und als sie nicht abnahm, auch ihre Mobilnummer. Er ließ es klingeln, zehn-, zwanzigmal. Dann ging er zum Polizeiwagen, klappte seine Einsdreiundneunzig zusammen und sah durch das heruntergekurbelte Fahrerfenster.

«Wo ist die Zielperson, die Sie überwachen sollen?»

Der Mann, der ihn aufgrund seiner nicht vorhandenen Frisur ein wenig an Otto Waalkes erinnerte, sah ihn an, als hätte Marconi gerade um eine Zusammenfassung eines Romans von Marcel Proust gebeten.

«Im Haus?»

«Fragen Sie mich das oder ist das Ihre Antwort?», sagte Marconi streng, besann sich aber darauf, dass er dem Mann nicht weisungsbefugt war, sondern auf derselben Stufe stand – der untersten.

«Meine ... Antwort?»

Wortlos drehte Marconi ab und sah zu, dass er zurück in die Station kam.

«Ist euer Kaffee genießbar?», fragte ihn ein Mann mittleren Alters, ebenfalls in Uniform, den er noch nie gesehen hatte.

«Das kommt darauf an, wen man hier fragt», entgegnete Marconi und erntete einen verständnislosen Blick, der sich aber schnell wieder aufhellte, als Jens die Polizeistation betrat und Plunderteilchen auf dem Tisch auslegte. Ingwer

Düster und Derik Moor warteten, bis das gute Dutzend Polizeibeamte mit miesem Kaffee und übersüßtem Gebäck versorgt war. Nervös klopfte Moor mit einem teuer aussehenden Füllfederhalter auf den Tisch. Seit der Ankunft der sogenannten *Soko SPO* war es in der ohnehin schon engen Polizeistation noch enger geworden. Das zeigte sich vor allem, wenn sich Schlangen vor der Kaffeemaschine bildeten oder vor der einzigen Toilette. Man musste sich schon einigermaßen mögen, denn auch in den Fluren war es so eng, dass man sich unfreiwillig berührte, wenn man aneinander vorbeiging. Nichts, was für Marconi sonderlich neu gewesen wäre, aber wenn man aus der Polizeidirektion Flensburg kam, waren das hier natürlich unzumutbare Zustände.

Der Leiter der Spurensicherung berichtete über die Ergebnisse der Untersuchung von Fingerabdrücken und DNA-Proben aus der Wohnung sowie von den Schlössern an Wohnungs- und Eingangstür. Es gab keinerlei Hinweise darauf, dass in der Wohnung eine Entführung stattgefunden hatte, ein Kampf oder das gewaltsame Eindringen einer Fremdperson. Ein schmächtiger Beamter mit Nickelbrille hatte Lorenzens Finanzen unter die Lupe genommen: Er verdiente als angestellter, nicht verbeamteter Lehrer an der Nordseeschule dreitausenddreihundert Euro brutto im Monat und verfügte über knapp vierzehntausend Euro an Ersparnissen. Emma Lassen verdiente die Hälfte und war einer jener Fälle, bei denen spätestens in der dritten Woche des Monats der Kontostand ins Minus rutschte. Den Vorschlag des Beamten, das Geld für die Lösegeldforderung – sollte es denn eine geben, die das Vermögen des verlobten Paares überstieg – aus einem staatlichen Fonds zu nehmen, der extra für solche Zwecke existierte, akzeptierte Moor, ohne zu zögern.

Dann fasste Eva die Aussagen der Nachbarn zusammen. Niemand hatte jemanden ins Haus kommen oder hinausgehen sehen, der auch nur entfernt wie Piet Lorenzen ausgesehen hätte. Auch den Streit, von dem Anton Geselka berichtet hatte, erwähnte Eva. Er sei sich sicher gewesen, laute Stimmen gehört zu haben, und das nicht zum ersten Mal, wolle sich aber nicht festlegen, ob es sich tatsächlich um Piet und Emma gehandelt habe.

Kriminaloberkommissar Ingwer Düster verkündete, dass er das Alibi von Emma Lassen hatte überprüfen lassen. Sie war am Abend tatsächlich bei einer Freundin gewesen, die rund zwölf Kilometer entfernt in der Nähe von Poppenbüll wohnte. Diese Freundin konnte bestätigen, dass sie ab 19 Uhr bei ihr gewesen und erst zwölf Stunden später wieder nach Hause gefahren war.

Marconi, der in dem nicht gerade großen Raum ganz hinten stand, beobachtete die anderen Kollegen dabei, wie sie ihrem Einsatzleiter an den Lippen hingen. Als er selbst noch Kriminalhauptkommissar gewesen war, hatte er da vorne gestanden, alle Blicke auf sich gerichtet, während er Zusammenhänge herausarbeitete, Verdächtige ausschloss und Aufgaben verteilte. Er wusste nicht, was das über sein Ego aussagte – vermutlich nichts, was er sich auf eine Visitenkarte hätte drucken lassen wollen – aber es schmerzte ihn, nun auf der anderen Seite zu stehen, zumal ganz hinten und mit dem Rücken zur Wand, was er ebenso niederschmetternd wie sinnbildlich fand. Gleichzeitig fragte er sich, ob sein Widerwille gegen Düster und Moor vielmehr an ihm lag. Wenn man der Ansicht war, die Welt bestünde aus lauter Geisterfahrern, sollte man vielleicht doch einmal überprüfen, ob man selbst noch in die richtige Richtung unterwegs war.

«Bleiben die Anzeigen», befand Moor und erkundigte sich, wer hierzu neue Erkenntnisse beitragen konnte.

Marconi meldete sich. Er verband sein Smartphone mit dem Fernseher, den irgendjemand auf einem fahrbaren Podest in die Polizeistation gerollt hatte, sodass sein Bildschirm für alle sichtbar wurde, und startete die Videos der Demo. Ein Raunen ging durch die Anwesenden. Als die kurzen Filmschnipsel durchgelaufen waren, berichtete Marconi von der Protestveranstaltung am Sonntagnachmittag, dem Tag, an dem mutmaßlich auch Lorenzen verschwunden war. Und bevor jemand einwerfen konnte, was das eine denn mit dem anderen zu tun habe, berichtete er vom unrühmlichen Ende der Aktion und dem Vandalismus ausgerechnet auf dem Grundstück der Mittelplate-Managerin, die ohnehin mit einigen Mitgliedern von *GreenPlanet* im Clinch lag.

Die Köpfe der anwesenden Beamten wandten sich wieder Einsatzleiter Derik Moor zu, der Marconis Informationen mit unbewegter Miene zur Kenntnis nahm und dann fragte: «Wurde sie zu Lorenzen befragt?»

«Ich habe gestern mit ihr telefoniert», meldete Marconi sich direkt wieder zu Wort. «Sie ist kurz nach der Demo am frühen Abend mit dem Schiff übergesetzt und hat ihre zweiwöchige Schicht angetreten. Lenke Manthey ist zum Zeitpunkt von Lorenzens Verschwinden nicht einmal in seiner Nähe gewesen.»

«Überprüfen, so schnell wie möglich», sagte Moor knapp.

«Schon erledigt», schoss Eva zurück. «Ich war heute Morgen in Büsum und habe mit dem Kapitän der Fähre gesprochen, der die Belegschaft am Sonntagabend rüber nach Mittelplate gebracht hat. Lenke Manthey war definitiv auf dem Schiff und ist an der Bohrinsel von Bord gegangen.»

Wieder sah Moor Eva an wie einen Flaschengeist, der gerade aus einer Öllampe gekommen war, um ihn mit Ermittlungsfortschritten zu beschenken. Marconi fragte sich, ob er sich Sorgen machen musste, Moor könne versuchen, sie auf die dunkle Seite der Macht – sprich: nach Flensburg – zu holen. Aber Moor nickte bloß schweigend und übergab anschließend das Wort an einen Mitarbeiter, der sich um Piet Lorenzens Verbindungsdaten gekümmert hatte. Die Kollegen schickten stille Kurznachrichten auf sein Mobiltelefon. Die würden zwar weder auf dem Bildschirm angezeigt, noch lösten sie ein akustisches Signal aus. Aber die Verbindungsdaten konnten ausgewertet und das Gerät so lokalisiert werden. Allerdings war Lorenzens Handy ausgeschaltet, weshalb die stillen SMS vorübergehend nicht weiterhalfen. Deshalb waren sie gerade dabei festzustellen, in welche Funkzellen sein Mobiltelefon seit seinem Verschwinden eingebucht gewesen war, seit er seine Wohnung in der Helgoländer Straße um 20 Uhr am infrage kommenden Tag verlassen hatte. «Aktuell versuchen wir, mittels Triangulation die Standortdaten von drei Mobilfunkmasten zu kombinieren und so die Zeit zu messen, die sein Signal für den Weg von einem Mobilfunkmast zum nächsten benötigt hat. Dann können wir berechnen, ob Piet Lorenzen gelaufen ist oder gefahren wurde. Die Ergebnisse sollten wir in den nächsten Stunden haben.»

«Was ist mit dem Entführerschreiben?», warf Marconi ein.

Moor bedachte ihn mit einem Gesichtsausdruck, der so

warm und freundlich war wie ein Trockeneisgebläse. «Was soll damit sein?»

«Wer hat es in der Wohnung abgelegt? Und wann?», sprach Marconi die beiden Fragen laut aus, die seit Längerem in ihm gärten.

Moor schien in Marconis Gesicht nach Hinweisen zu forschen, dass der ihn vor versammelter Mannschaft vorführen wollte. Offenbar fand er keine, weshalb er ihm mit einer Handbewegung zu verstehen gab weiterzureden.

«Sofern ich das überblicke, gibt es drei Optionen.» Marconi spürte die Blicke der Versammelten auf sich ruhen. Doch er sonnte sich nur kurz in der Aufmerksamkeit und konzentrierte sich dann ganz auf den Ermittlungsleiter. «Entweder das Schreiben stammt tatsächlich von den Entführern, die es dort platziert haben, bevor sie Lorenzen aus der Wohnung verschleppten. Oder Lorenzen hat sich aus dem Staub gemacht und sich ins Ausland abgesetzt, Seychellen, Malediven, suchen Sie sich etwas aus.»

«Und die dritte Option?», fragte Moor.

«Piet Lorenzen wurde woanders entführt, und die Entführer sind anschließend zurück in die Wohnung, um den Zettel dort zu platzieren.»

Einige Sekunden herrschte Ruhe im Raum, ehe Jens das Schweigen brach. «Für letztere Option würde sprechen, dass sie so an Piets Wohnungsschlüssel gekommen sein könnten und deshalb keine Kampf- oder Einbruchsspuren zu sehen sind.»

«Aber ...», schaltete sich ein junger Kollege mit kreisrundem Haarausfall ein und wartete, bis sich das Murmeln gelegt hatte. «Warum gehen der oder die Täter überhaupt das Risiko ein, die Wohnung zu betreten, um einen Zettel zu hinterlegen, wenn sie genauso gut anrufen oder sich per Post melden könnten?»

«Berechtigter Einwand», bestätigte Moor und wirkte irritierend dankbar. «Diesen Gedanken greifen wir auf, sobald die Auswertung der Funkzellen weiter fortgeschritten ist.»

Nach einer weiteren, quälend langen halben Stunde, in der viele Stimmen gehört wurden, die aber wenig Hilfreiches beitrugen, waren alle mit neuen Aufgaben versehen. Alle bis auf Eva, Jens und Marconi.

Derik Moor strich über seinen blonden Betonscheitel, und es wirkte, als wollte er die Teambesprechung beenden. «Scheiße», entfuhr es da einem Marconi unbekannten Mann in Polizeiuniform lautstark. Als er merkte, dass fünfzehn Augenpaare auf ihn gerichtet waren, lief er rot an und hielt dann sein Smartphone in die Luft. Weil niemand etwas erkennen konnte, verband er sein Telefon mit dem Fernseher, der daraufhin eine vergrößerte Version zeigte. Getuschel brach los unter den Polizeibeamten. Marconi rutschte das Herz für einen Moment in die Hose, und zum ersten Mal an diesem Tag war er froh, in der hintersten Reihe zu stehen.

Vom Fernseher grinste ihnen Piet Lorenzen in beträchtlicher Größe entgegen. Unter dem Logo des *Husumer Tageblatts* stand in Großbuchstaben die Schlagzeile: ENTFÜHRT: NATURSCHÜTZER NACH PROTESTEN SPURLOS VERSCHWUNDEN! ÖL-MAFIA UNTER VERDACHT?

Moors ansonsten eher bleiches Gesicht war binnen Sekunden besorgniserregend rot geworden. «Wer hat Informationen an die Presse durchgestochen?»

Sein Blick wanderte durch die Reihen. Kurz bevor er

Marconi erreichte, meldete sich Jens zu Wort. «Wenn wir mit Piets Foto herumlaufen und Anwohner fragen, ob sie ihn gesehen haben, können die Leute doch eins und eins zusammenzählen.»

Marconi erkannte mit Genugtuung, dass Jens dem Blick des Leitenden Kriminalhauptkommissars mühelos standhielt. Ehe Moor etwas entgegnen konnte, räusperte sich Eva. «Außerdem muss es sich in der Schule inzwischen rumgesprochen haben, die Eltern tratschen doch! Aber wenn's jetzt eh schon durchgesickert ist, können wir den vermeintlichen Nachteil auch zu unserem Vorteil nutzen und öffentlich nach Piet fahnden. So müssen wir nicht jeden der dreitausendachthundertsiebenundsiebzig Einwohner von Sankt Peter-Ording einzeln befragen.»

Unbeeindruckt ließ Moor seinen Röntgenblick weiter durch die Reihen wandern. Ausgerechnet Marconi sparte er dabei aus, was diesen nicht gerade beruhigte. «Schickt eine offizielle Vermisstenanzeige raus und lasst die Lokalzeitung, den NDR und die Privatsender zu Hinweisen auf Lorenzens Verbleib aufrufen.» Zwischen seine Augenbrauen hatte sich eine tiefe Falte im sonst so faltenlosen Gesicht gegraben. Nacheinander bedachte er Eva, Jens und Marconi mit undurchdringlicher Miene, dann stand er auf und ging wortlos in das Büro, das einmal das von Marconi gewesen war.

«Teambesprechung», raunte Marconi Eva und Jens zu, als er wie zufällig an ihnen vorbei aus der Polizeistation flanierte. «In fünf Minuten im Deicheck Café.»

14

Marconi glaubt
an eine Fata Morgana

Eva und Jens saßen in einem Strandkorb auf der Terrasse, vor sich je ein Stück mit Marzipan umhüllter Friesischer Kirschtorte. Marconi musste schmunzeln. So dicht nebeneinander wirkten seine Kollegen wie ein viele Jahre verheiratetes Ehepaar im Urlaub, wären nicht ihre Uniformen gewesen. Er selbst saß auf einem der Stühle, vor sich ein Stück Beerenkuchen mit Mohn-Schmandhaube. Neben ihnen führte ein mannshoher Deich durch den historischen Ortskern, der anders als sein großer Bruder nicht geteert war, sondern mit saftigem Rasen bepflanzt.

Die Nebentische waren voll besetzt, und ein Klangteppich aus friedlichem Gemurmel und klapperndem Geschirr hing über der Terrasse. Marconi brach mit der Kuchengabel ein großes Stück ab. «Man könnte fast ein schlechtes Gewissen haben, hier Torte zu essen, während alle anderen einen Entführer suchen.»

«Ist ja nicht so, als wären die Einsatzleiter total heiß drauf, uns einzubinden und mit Aufgaben zu betreuen.» Eva warf Marconi einen grimmigen Blick zu. Er war sich nicht sicher, ob sie ihm damit zu verstehen geben wollte, dass er mit seinem Verhalten Schuld daran hatte oder ob sie bloß mit der Gesamtsituation unzufrieden war.

«Was ich in der Besprechung nicht erzählt habe ...» Jens

genoss die Blicke, die ihm seine unterbrochene Andeutung bescherte. «Ich bin vorhin bei Emmas Arbeitgeber gewesen, dem Betreiber des *Souvenirstübchens* im Ortsteil Bad.»

«Ach!», entfuhr es Eva. «Mister Überkorrekt stellt eigenständig Ermittlungen an und verheimlicht die Ergebnisse auch noch vor der Kripo?»

«Offenbar ist italienische Aufsässigkeit ansteckend», sagte Jens und schob sich feixend ein Stück Kuchen in den Mund. «Außerdem hatte noch niemand mit ihm gesprochen, was ich für eine einigermaßen schlampige Ermittlungsarbeit halte.»

Marconi und Eva nickten unisono.

«Jedenfalls redet ihr Chef extrem freundlich über sie.» Jens wackelte vielsagend mit den Augenbrauen. «Fast zu freundlich.»

«Heißt?», hakte Eva ungeduldig nach.

«Ich habe eine zweite Meinung eingeholt und vor dem Laden bei einer Mitarbeiterin eine Zigarette geschnorrt.»

«Seit wann rauchst du?» Eva sah ihn erstaunt an.

«Seitdem ich fünfzehn bin nicht mehr.» Jens grinste. «Aber manchmal muss ein Mann eben tun, was ein Mann tun muss.»

«Du Held.» Eva verdrehte gespielt die Augen. «Und?»

«Sie war erfrischend ungefiltert, was ihre Kollegin angeht. Kein Wunder, dass der Chef nichts Negatives gesagt hätte, meinte die Frau. Emma Lassen mache ihm permanent schöne Augen.»

Marconi rutschte unruhig auf seinem Stuhl hin und her. «Hat Emma Lassen mit ihrem Chef ein Verhältnis?»

«Die Kollegin meinte, dass sie auf jeden Fall miteinander geflirtet hätten.»

«Kann auch bloß üble Nachrede sein», wandte Marconi ein. «Oder Neid.»

«Wenn Frauen einander unterstützen würden, anstatt auf Konkurrenz zu setzen, wäre in Sachen Emanzipation schon viel gewonnen», sagte Eva.

«Was fangen wir mit der Info an?» Jens sah von Eva zu Marconi.

«Mal sehen, was Emma Lassen dazu zu sagen hat. Zu den Gerüchten und zu dem angeblichen Streit in ihrer Wohnung. Aber ich fürchte, das muss warten.» Marconi stand auf. «Ich kann mir nicht vorstellen, dass Düster und Moor auf uns verzichten wollen, wenn die Fahndung nach Piet erst veröffentlicht ist. Dann werden schnell die ersten Hinweise eintrudeln, wo die Sankt Peteraner unseren Vermissten überall gesehen haben wollen.»

«Da werden sie aber die nächste Stunde auf mich verzichten müssen. Frau Wittenbrink hat mal wieder angerufen», sagte Jens, was Eva laut aufstöhnen ließ.

Marconi kam der Name immerhin schon bekannt vor. «Ist das die ältere Dame, die alle Touristen als Terroristen beschimpft, wenn die mal kurz ihr E-Bike an ihren Zaun lehnen?»

«Genau die.» Jens nickte. «Ihre uralte Labradorhündin Gisela ist weggelaufen. Bei aller Liebe für entführte Wattschützer, aber Anrufe besorgter Bürgerinnen sind nun mal unser Kerngeschäft.»

«Viel Spaß.» Eva erhob sich ebenfalls. Während Jens nach der Rechnung verlangte, wandte sie sich Marconi zu. «Was hältst du eigentlich von diesem Bericht in der Zeitung? Schon merkwürdig, oder?»

«In der Tat», sagte Marconi und verbarg sein Gesicht vor

Eva, indem er in die Knie ging, um seinen Schuh zu binden. «Sehr merkwürdig.»

«Ist es nicht seltsam?» Eva sah Marconi nachdenklich an. «Unser Entführungsopfer ist so harmlos. Ich meine: ein beliebter Lehrer, ein werdender Vater, ein Naturschützer, der Kindern regelmäßig ehrenamtlich die Wunder des Wattenmeers näherbringt und sich für dessen Schutz einsetzt. Wo ist denn da bitte das Motiv?»

Die Sirene eines Krankenwagens durchbrach den friedlichen Müßiggang auf der Café-Terrasse. «Entweder hat es wirklich mit seinem Kampf gegen Mittelplate zu tun», sagte Marconi. Und in die plötzliche Stille, nachdem der Einsatzwagen samt Martinshorn auf der Landesstraße davongefahren war, schob er mehr zu sich selbst hinterher: «Oder unser Entführungsopfer ist gar nicht so harmlos, wie wir denken.»

Zum zweiten Mal an diesem Tag stand Marconi in der Helgoländer Straße und klingelte. Wieder antwortete niemand über die Gegensprechanlage. Wieder öffnete niemand die Tür. Wo war Emma Lassen? Und warum saß diesmal auch keiner im Streifenwagen, der vor der Haustür parkte? Erneut versuchte er, Piet Lorenzens Verlobte auf dem Mobiltelefon zu erreichen. Diesmal sprang sofort die Mailbox an. Nicht sonderlich klug, wenn man davon ausgehen musste, dass sich die Entführer jederzeit melden konnten. War Emma Lassen nicht ordentlich erklärt worden, wie sie sich zu verhalten hatte? Oder war ihr etwas zugestoßen? Marconi seufzte tief. Also, unter *seiner* Leitung …

In dem Moment, in dem er sich gerade gedanklich über die Unfähigkeit seiner Vorgesetzten auslassen wollte, glaubte Marconi plötzlich eine Fata Morgana zu sehen. Am Ende der Straße bog eine Erscheinung mit einer üppigen Lockenpracht in den Wendehammer, die verdächtig nach Emma Lassen aussah. Was ihn einen kurzen Moment daran zweifeln ließ, waren die zahlreichen Einkaufstaschen in ihren Händen. Kaum dass sie ihn erblickte, war Marconi, als zuckte sie kurz zusammen, bevor sie weiter auf ihn zuging. Als sie nur noch wenige Meter von ihm entfernt war, deutete er kommentarlos auf die Taschen in ihrer Hand.

«Nur weil Piet nicht da ist, muss ich ja trotzdem essen.» Sie klang beinahe trotzig. Marconis Blick fiel auf eine der Tüten, die mit dem Namen eines Einrichtungsgeschäfts bedruckt war. Emma Lassen fing seinen Blick auf und straffte die Schultern. «Wie kann ich helfen?»

«Mir ist nicht mehr zu helfen.» Marconi nahm ihr zwei der Taschen ab und begleitete sie zur Tür. «Aber für die Ermittlungen und damit auch für Piets Wohlergehen wäre es durchaus hilfreich, wenn Sie Bescheid geben, sobald Sie das Haus verlassen. Oder wenigstens ans Telefon gehen. Könnten ja die Entführer dran sein.»

«Werde ich beherzigen.» Sie fischte ihren Schlüssel aus der Handtasche und schloss die Eingangstür auf. Sie griff nach den beiden Taschen in Marconis Händen, doch der machte keine Anstalten, sie ihr zu geben. «Sonst noch was?»

«Worum ging es bei dem Streit an dem Abend, als Piet verschwunden ist?»

Sie schaute ihn mit großen, unschuldigen Augen an, und er musste daran denken, was Jens eben berichtet hatte. Aber konnte eine Frau nicht tough und unabhängig sein, ohne dass andere Frauen sofort annahmen, sie flirte mit ihrem Chef? Dachte nicht sowieso fast jeder Mann, dass eine Frau ihn anbaggerte, sobald sie freundlich zu ihm war? Das war doch gerade eines der großen Übel dieser Zeit. Andererseits: Konnte er deshalb die Einschätzung von Emma Lassens Arbeitskollegin ignorieren?

«Wer behauptet, dass es Streit gab?»

Marconi forschte in ihrem Gesicht nach Anzeichen einer Lüge. «Zeugen.»

«Der alte Geselka von oben?» Ihr Mundwinkel zuckte spöttisch.

«Wie kommen Sie darauf?»

«Sonst war doch niemand im Haus an dem Abend.»

«Sagt wer?»

«Sage ich, weil ich hier wohne. Und Geselka ist stocktaub, der hört nicht mal den Einschlag einer Atombombe im Vorgarten.»

«Also hat er sich den Streit eingebildet?»

Marconis Körperscanner funktionierte nicht wie gewohnt. Emma Lassen kratzte sich weder im Gesicht noch am Hinterkopf, leckte sich nicht die Lippen, zupfte nicht an ihrer Kleidung herum – alles Reaktionen, die auf eine Lüge oder zumindest Stress hindeuteten. Entweder sagte Emma Lassen die Wahrheit, oder sie war einfach sehr gut im Lügen, besser als der bundesdeutsche Durchschnitt.

«Kein Streit», entgegnete sie bestimmt und trat an Marconi vorbei ins Treppenhaus. «Wo ist denn ...?» Sie klimperte mit dem prallen Schlüsselbund in den Händen, bis sie einen besonders kleinen Schlüssel gefunden hatte, den sie in den Briefkasten steckte. Außer Werbung befand sich nur ein Brief darin, der an sie adressiert war und weder Briefmarke noch Absender trug, wie Marconi sehen konnte. Emma Lassen wollte die Post offenbar mit in die Wohnung nehmen, doch seinem Bauchgefühl folgend bat Marconi sie, den Brief in seiner Gegenwart zu öffnen. Mit leicht genervtem Gesichtsausdruck kam Emma Lassen seiner Bitte nach. Während sie die wenigen Zeilen überflog, nahm ihr Gesicht die Farbe von altem Zeitungspapier an. Wortlos hielt sie ihm den Zettel entgegen, doch Marconi besaß die Geistesgegenwart, ihn nicht anzufassen. Mit schräg zur Seite geneigtem Kopf las er den Text. Da war sie, ihre erste Spur.

15

Marconi verbreitet Chaos

Wir *haben Piet. Keine Polizei, keine Tricks, dann kriegst du ihn zurück. 50000 Euro, nur Fünfziger. Heute Abend, 20 Uhr, Seerosenweg 7. Geld hinter die Mülltonnen legen und wieder verschwinden.*

Kriminalhauptkommissar Derik Moor ließ den Zettel sinken. «Wie kann es eigentlich sein, dass immer dort Chaos ausbricht, wo du bist?»

«Wie kann es sein, dass Ihre Leute nie dort sind, wo Chaos ausbricht?», entgegnete Marconi einigermaßen sachlich. «Und wenn Sie damit meinen, dass ich Ihren Fall voranbringe, dann verbreite ich gerne Chaos.» Moor schoss Blitze in Marconis Richtung. Der hielt seinem Blick stand. «Ich frage mich, warum sich Ihr Beamter nicht getraut hat, Sie darüber zu unterrichten, dass er seinen Posten verlassen musste, um seine kranke Tochter aus der Schule abzuholen.»

Moor ignorierte Marconis Provokation. «Wir werden heute Abend bei der Geldübergabe mit allen Leuten vor Ort sein, die mir zur Verfügung stehen. Und Marconi – *ich* leite diesen Einsatz, da kannst du in einem früheren Leben noch so viel Hauptkommissar gewesen sein.»

Was Marconi sich nicht hätte vorstellen können, war in diesem Moment doch eingetroffen: Er wünschte sich Moors Vorgänger zurück. Kriminalhauptkommissar Bergmann war zwar ein Kotzbrocken mit einem Hang zu frauenfeindlichen

Sprüchen, schließlich hatte er dann aber doch eingesehen, dass es zwar möglich war, ohne Marconis Unterstützung an einem Mordfall zu arbeiten – aber eben auch sinnlos. Nur dem Umstand, dass Bergmann seit Wochen im Koma lag, hatten sie nun diese Konstellation zu verdanken.

«Wenn hier einer die Hierarchien kennt, dann ja wohl ich», sagte Marconi und verbuchte es sich selbst gegenüber großzügig nicht als Lüge, sondern als leichten Schwindelanfall. «Aber reden wir doch lieber darüber, was die Botschaft wirklich interessant macht!»

«Und was wäre das bitte?»

«Die Adresse?!» Als er das Unverständnis in den Augen des Ermittlungsleiters sah, war Marconi kurz davor, sich umzudrehen und die Polizeistation und Sankt Peter-Ording für immer zu verlassen. Ich könnte verschwinden, dachte er. Einfach losmarschieren und allem den Rücken zukehren. In einen der Züge steigen, die ihn von der Halbinsel Eiderstedt fortbrachten. Oder, noch besser, sich auf seine Vespa setzen und die mehr als neunhundert Kilometer nach München in vielen kleinen Etappen fahren. In Ruhe sein Leben leben. Das Leben, das er eigentlich führen wollte und auch geführt hatte, vor dieser Katastrophe und allem, was mit dem Kürzel SPO zusammenhing. Was ihn davon abhielt, seine Gedankenspiele in die Tat umzusetzen, waren zwei Gründe, die acht und dreizehn Jahre alt waren. Und so schluckte er sein Unverständnis darüber hinunter, dass Moor die Ermittlungsakten offenbar nicht gelesen hatte und deshalb mit der Anschrift nichts anfangen konnte, an die die Entführer das Lösegeld übermittelt bekommen wollten.

«Es ist die Adresse von Lenke Manthey, der Managerin von Mittelplate. Die von Piet Lorenzen als Öl-Schlampe bezeichnet wurde. Die unserem verschwundenen Wattschützer dafür eine runtergehauen hat. Bei der die Naturschützer am Tag vor Piets Verschwinden ihr Watt abgeladen haben. Bei der ...»

«Ich habe verstanden, wen du meinst, danke!», unterbrach Moor ihn scharf. «Aber ...»

«Genau», unterbrach ihn Marconi ebenfalls. «Aber!»

Jetzt schien Moor endlich aufzugehen, worauf Marconi hinauswollte. «Wir müssen wohl abwarten, was heute Abend um acht im Seerosenweg passiert», sagte Moor, inzwischen freundlicher als noch am Anfang ihrer Unterredung. «Und damit du nicht noch mehr Chaos veranstaltest, bleibst du an meiner Seite. So habe ich dich im Blick.»

Marconi konnte sich nun wirklich Besseres vorstellen, als Moors Schoßhund zu spielen. Aber er nahm sich vor, zur Abwechslung einmal pragmatisch an die Sache heranzugehen: besser mittendrin statt außen vor.

«Bist du eigentlich auch mal einen Abend zu Hause? Ich will keinen blöden Babysitter.» Klara sah mürrisch auf den Teller vor sich. Marconi seufzte. Eben hatten sie noch gemeinsam in seltener Harmonie die «Labskausagne» zubereitet, die sich Klara und Stefano gemeinsam ausgedacht hatten. Stefano hatte das Labskaus-Rezept seiner Mutter aus einem Ordner hervorgeholt, Klara das Rindfleisch ersatzlos gestrichen, und Marconi hatte seine Kenntnisse über die italienische Küche beigesteuert. Klara hatte die Kartoffeln gekocht, Stefano die Rote Beete klein gewürfelt und Marconi eine schnelle Béchamelsoße zubereitet. Den norddeutschen Küchenklassiker hatten sie dann statt eines Bologneseragouts zwischen die Nudelplatten gegeben, was zu ihrer aller Überraschung besser funktioniert hatte als erwartet. Es waren vor allem diese raren Momente des gemeinsamen Kochens, die dem Gefühl von Familie am nächsten kamen. Erst als der Tisch gedeckt war und das Essen vor ihnen stand, war Marconi mit der Nachricht herausgerückt, dass er am Abend zu einem Einsatz musste, was bei Klara gar nicht gut ankam.

Stefano warf seiner Schwester einen Blick zu und sah dann fragend zu Marconi. Während der ihnen Mineralwasser nachschenkte, sagte er: «Ich hab nur deshalb ausnahmsweise einen Babysitter engagiert, weil ich arbeiten muss. Und hast du mir nicht erst gestern groß und breit erklärt, dass ihr auf gar keinen Fall alleine bleibt?»

«Hat deine Arbeit etwas mit Fabian zu tun?»

Marconi sah Klara verblüfft an, doch die fixierte bloß weiterhin das Essen auf ihrem Teller. «Wie kommst du denn darauf?», erkundigte er sich. Da sie nicht antwortete, schickte er ein Kopfschütteln hinterher, hielt aber mitten in der Bewegung inne. Hatte der Einsatz wirklich nichts mit Fabian zu tun? Sie wussten nicht, wer hinter der Entführung steckte. Die Spurensicherung hatte keine verwertbaren Anhaltspunkte an der Lösegeldforderung gefunden. Somit konnte jeder den Brief eingeworfen haben. Auch Fabian.

Klaras sichtbare Erleichterung machte erneut einer besorgten Miene Platz, als Marconi wahrheitsgetreu hinterherschob: «Nein, ich glaube nicht. Oder weißt du etwas, das ich nicht weiß?»

Nun war es Klara, die den Kopf schüttelte, wobei sie aber weiter Marconis Blick mied.

«Wirklich nicht, Klara?», hakte er betont ruhig nach. Er

bemerkte ihren Seitenblick zu Stefano, der gerade im Kühlschrank nach einem Joghurt suchte. Marconi schlug ihm vor, den Nachtisch ausnahmsweise vorm Fernseher zu essen, ein seltenes Angebot, das Stefano begeistert annahm.

Als die übertrieben gut gelaunten Stimmen von zwei Legomännchen ertönten, ließ Klara den Löffel sinken und sah Marconi endlich an. Sie schien mit sich zu ringen – oder mit den Worten.

«Ist alles ein bisschen viel momentan?», schlug Marconi ihr eine Brücke.

Klara nickte dankbar, schien aber noch immer nicht die richtigen Worte zu finden.

«Ist es wegen der … Dinge, die während meiner ersten Mordermittlung passiert sind?», wagte Marconi einen erneuten Vorstoß. Allein beim Gedanken an die dramatischen und sicher auch traumatisierenden Erlebnisse am Ende seines ersten Falls drehte sich ihm der Magen um. Er machte sich Vorwürfe deshalb, wusste aber weder, wie er es hätte verhindern können, noch, wie er es wiedergutmachen sollte.

Klara schien es ähnlich zu gehen, denn sie wurde blasser um die Nase. «Auch», sagte sie schließlich, und obwohl sie sonst immer so selbstbewusst wirkte, sah sie plötzlich viel jünger aus, geradezu zerbrechlich. Marconi überlegte, ob er einfach zu ihr gehen und sie in den Arm nehmen sollte, war sich aber nicht sicher, ob das erwünscht oder genau die falsche Geste war.

«Wenn du etwas über Fabian weißt, das der Polizei weiterhelfen kann, dann musst du …»

«Du mit deiner Polizei!», fuhr ihn Klara an. «Warum muss es bei dir immer um die Arbeit gehen?!»

Marconi öffnete den Mund, kam aber nicht dazu, etwas zu sagen.

«Ich wünschte echt, Oma und Opa wären noch hier!» Soße schwappte auf den Tisch, als Klara ihm ihren Teller entgegenschob und vom Stuhl sprang. «Aber wenn du es schon auf uns Naturschützer abgesehen hast, dann probier es doch mal bei Merle, der blöden Kuh.»

Marconi brauchte ein paar Sekunden, bis er den Namen einordnen konnte. Merle *die blöde Kuh* Feldmann war – wenn er sich richtig an den Namen im Protokoll erinnerte – eine der militanteren Umweltaktivistinnen und ihm erst kürzlich bei seiner ersten Mordermittlung über den Weg gelaufen. «Wie kommst du denn jetzt auf die?!», rief er Klara hinterher, die bereits ins Obergeschoss stürmte und ihre Zimmertür so fest zuwarf, dass eine Etage tiefer der Kalender von der Wand flog. Sein Blick fiel auf Stefano, der ihn vom Sofa aus mit offenem Mund anstarrte.

«Klasse gemacht», befanden die Legomännchen im Fernsehen und klatschten sich ab.

Marconi war soeben auf den Roller gestiegen, als sein Mobiltelefon klingelte und eine Sankt Peteraner Vorwahl auf dem Display auftauchte. Unschlüssig, ob er abnehmen oder sich lieber zur Polizeistation aufmachen sollte, um von dort mit Moor weiter zur Lösegeldübergabe zu fahren, ließ er die Neugier Oberhand gewinnen.

«Hallo?», war eine dünne, gebrechliche Stimme zu hören.

Marconi nannte seinen Namen.

«Hallo?», rief die Stimme erneut.

«Ja, hier auch hallo! Wer ist denn da?» In dem Augenblick fiel bei Marconi der Groschen. «Herr Geselka, sind Sie das?»

«Ist da die Polizei?»

Marconi überprüfte genervt die Uhrzeit auf dem Handydisplay. Allmählich wurde die Zeit knapp. «Ja, hier ist die Polizei. Womit kann ich helfen, Herr Geselka?»

«Moment, ich muss ...» Ein Rascheln war zu hören, dann ein unangenehmer Ton, der wie eine Rückkopplung klang. Kurz darauf raschelte es erneut in der Leitung. «So, jetzt sollte es funktionieren. Hallo?»

«Ich bin noch dran», rief Marconi, der die letzten Krumen seiner Geduld zusammenkratzen musste, um das Gespräch nicht einfach zu beenden.

«Dein Kollege hat gesagt, ich soll mich melden, wenn mir etwas einfällt oder etwas seltsam vorkommt. Heute war es wieder so weit.»

«*Was* war so weit? Wovon sprechen Sie?»

«Der Lorenzen und seine Freundin haben wieder gestritten. Genau wie neulich. Danach hattet ihr doch gefragt.» Geselka klang inzwischen sehr eifrig.

«*Wann* soll das gewesen sein?»

«Heute Morgen, so gegen neun.»

Marconi überlegte. Zu ebenjener Uhrzeit hatte er das erste Mal an diesem Tag vor Emma Lassens Haus gestanden. «Das kann nicht sein, Herr Geselka.»

«Ich werde doch wohl wissen, was ich gehört habe!» Die dünne Stimme klang nun gar nicht mehr gebrechlich, sondern recht empört.

Na klar weißt du das, dachte Marconi sarkastisch. Ein lauter Knall drang durch den Hörer, der Marconi einen Schrecken einjagte. Beinahe wäre ihm sein Handy aus der Hand gefallen. «Hallo? Herr Geselka?»

«Mein Handy ist mir runtergefallen. Wo war ich? Ach ja, der Streit: Worum es dabei ging, kann ich aber nicht sagen. Ich höre nicht mehr ganz so gut, musst du wissen.»

«Was Sie nicht sagen!», rief Marconi so laut ins Telefon, dass er erwartete, jeden Moment der halben Nachbarschaft dabei zusehen zu können, wie sie die Gardinen beiseiteschob, um nach dem Unruhestifter Ausschau zu halten. «Danke, dass Sie Bescheid gegeben haben. Wirklich, sehr hilfreich!»

Er legte auf und schüttelte den Kopf. Wenn das die Art «hilfreicher Hinweise» aus der Bevölkerung war, auf die sie sich nun einstellen konnten, dann gute Nacht.

16

Marconi steht vor mehr als nur einem Rätsel

Die Dämmerung sank auf die Halbinsel Eiderstedt herab. Das Fenster des zivilen Polizeiwagens war geöffnet, und der Duft von Meeresalgen strömte herein. Marconi saß schweigend neben Moor im Wagen. Die Anspannung war beinahe mit Händen zu greifen und stand in krassem Kontrast zur überwältigenden Stille, die um sie herum herrschte. Kein Auto, keine Touristen waren unterwegs, nur Vogelgezwitscher und ein laues Lüftchen, das die Eichen und Birken in der Umgebung flüstern ließ.

Ein erstaunlich passabler Sommertag für die Küste, dachte Marconi, und sie waren dabei, einen mutmaßlichen Entführer zu stellen. Wie in einem Uhrwerk hatten in den zurückliegenden Stunden alle Räder perfekt ineinandergegriffen. Die fünfzigtausend Euro waren aus Flensburg nach Sankt Peter-Ording gefahren worden. Präpariert mit einer Flüssigkeit, die nach Ablauf von vierundzwanzig Stunden die Scheine rot färben würde. Zwei Kriminalpolizisten, eine Frau und ein Mann, als Paar getarnt, spazierten am Anfang des Stichwegs entlang, machten nach jeweils zweihundert Metern kehrt und schlenderten die gleiche Distanz in die andere Richtung zurück. Drei Männer hatten sich hinter Hecken und Büschen versteckt. Ihr Zielobjekt war das protzige Haus von Lenke und Paul Manthey am Ende der

Sackgasse. Es war neu oder zumindest komplett renoviert. Die hellen roten und braunen Backsteine und das frisch gedeckte Reetdach sahen nach Geld aus, was Marconi bereits am Tag der Demonstration aufgefallen war. Auf dem öffentlichen Parkplatz schräg gegenüber dem Haus standen einige Wagen mit Kennzeichen aus allen Teilen der Bundesrepublik. Da fiel das halbe Dutzend ziviler Fahrzeuge aus Flensburg und Husum kaum auf, in dem neben Ingwer Düster weitere Einsatzkräfte hinter abgedunkelten Scheiben darauf warteten, dass etwas passierte. Zumindest ging Kriminalhauptkommissar Derik Moor davon aus, dass sie gut genug getarnt waren, und Marconi hoffte, er behielt recht.

Wer würde bei dieser Lösegeldübergabe auftauchen? Würde der Täter Verdacht schöpfen? Würde überhaupt jemand kommen? Nach rund eineinhalb Stunden, die sie wortlos nebeneinandergesessen hatten, brach Marconi schließlich das Schweigen. «Was mir von all den Merkwürdigkeiten bei dieser Entführung am allerwenigsten in den Kopf will ...», sprach er den Gedanken laut aus, der ihn beschäftigte, «warum jemanden entführen, bei dem nichts zu holen ist?»

«Ist ja nicht so, dass ich mir darüber nicht auch schon den ganzen Tag den Kopf zerbrochen hätte», entgegnete Moor überraschend wenig pampig. «Und was für mich noch weniger Sinn ergibt ...»

«Warum das Geld ausgerechnet hier hinterlegen?», beendete Marconi seinen Gedanken.

«Wer in so einem Haus wohnt, dem fehlt es doch nicht an fünfzigtausend Euro, oder?»

«Vielleicht geht's weniger darum, sich zu bereichern, als

vielmehr darum, Piet Lorenzen und seiner Verlobten zu schaden», überlegte Marconi laut. «Denn für die sind fünfzigtausend Euro definitiv eine Menge Geld.»

Das Handy klingelte in seiner Hosentasche.

«Spinnst du?», raunte Moor. «Handy aus im Einsatz!»

Unbekannte Nummer. Er musste wissen, ob mit den Kindern alles in Ordnung war, Einsatz hin oder her. Marconi hielt Moors fassungslosem Blick stand und nahm ab.

«Jasmin Hegel vom Jugendamt. Herr Marconi ...»

Er stöhnte vernehmlich. «Gerade ist es sehr schlecht.»

«Ich habe Nachrichten, die Sie interessieren dürften», ignorierte Jasmin Hegel seine Bemerkung.

Nachrichten? Marconis Herz rutschte in die Hose. «Gute oder schlechte?», fragte er, und sein besorgter Tonfall trieb eine von Moors Augenbrauen in die Höhe.

«Dafür bräuchte ich einige Unterschriften», redete sie wie üblich einfach weiter. «Wann passt es Ihnen?»

«Ich bin abends immer zu Hause, kommen Sie doch, wann Sie wollen», sagte Marconi.

«Jetzt ginge», sagte sie, und er war sich nicht sicher, ob sie das ernst meinte oder ob es bloß ein Test war, weil sie genau wusste, dass er nicht zu Hause war – so wie sie immer über alles in seinem Leben viel zu gut Bescheid zu wissen schien.

«Wie gesagt, jetzt ist schlecht.» Marconi blieb bewusst vage, ahnte aber, dass sie sich damit nicht zufriedengeben würde.

«Weil ...?»

Er stieß ein unterdrücktes Geräusch aus, das irgendwo zwischen Seufzen und Ächzen lag. «Weil ich nicht zu Hause bin.» Dass er gerade behauptet hatte, er sei abends immer zu Hause, dürfte ihr nicht entgangen sein. Er fragte sich, warum er sich bloß immer wieder durch unüberlegte Äußerungen selbst in Schwierigkeiten brachte.

«Und die Kinder?», erkundigte sich Jasmin Hegel tonlos.

«Versorgt.»

«Aha. Na dann ...» Ihre Stimme ließ keine Rückschlüsse darüber zu, was in ihrem Kopf vor sich ging. «Auf Wiederhören.»

Aufgelegt. Marconi sah das Handy an, als wäre das Gerät und nicht Jasmin Hegel daran schuld, dass er sich ihr gegenüber immer vorkam wie der schlechteste Erziehungsbevollmächtigte der Welt. Selbst falls er das war: Permanent unter die Nase gerieben wollte man das ja nun auch nicht bekommen. Brauchte kein Mensch. Und überhaupt: Was waren das für Nachrichten? Gab es eine Entscheidung darüber, ob die Kinder –

«Handy *ganz* aus», sagte Moor noch einmal und riss Marconi aus seinen Gedanken. Er entschied sich stellvertretend für sie beide für einen Kompromiss, stellte das Smartphone auf Vibration und schob es wieder in seine Hosentasche.

Ein Hund bellte. Kurz darauf läutete eine Kirchturmglocke in der Ferne dreimal. «Viertel vor neun», raunte Moor ihm unnötigerweise zu.

«Hatten Sie etwa erwartet, dass der Punkt acht hier aufschlägt?», flüsterte Marconi zurück. Bevor Moor etwas entgegnen konnte, rauschte es über die Kopfhörer, die sie beide trugen.

«Wagen 1?»

Moor griff sich das Funkgerät. «Hier Wagen 1.»

«Die Tür von Hausnummer sieben öffnet sich. Ein Mann verlässt das Haus.»

Marconi konnte das Knirschen von Schritten auf dem Kiesweg durch die Fenster bis in den Wagen hören. Die Mantheys waren nicht über den Polizeieinsatz informiert worden, weil ihre Rolle in der Entführung nicht klar war. Kriminalhauptkommissar Moor hatte entschieden, es darauf ankommen zu lassen.

«Die verdächtige Person will eine der Tonnen zur Straße bringen.» Das Rumpeln von Plastikrädern war zu hören. «Jetzt …» Einen elend langen Moment stand das Wort im Raum. «Zielperson greift nach dem Paket. Ich wiederhole, Ziel–»

«Zugriff!», rief Moor.

«Bleiben Sie stehen!», hörte Marconi nun um Bruchteile versetzt erst durchs Fenster, dann über Funk in seinem Ohr. Rufe waren zu hören, Keuchen, ein überraschter Aufschrei.

Keine zehn Sekunden später dann die erlösende Mitteilung: «Zugriff erfolgt, Person gesichert!» Moor und Marconi sprangen gleichzeitig aus dem Wagen und spurteten die vielleicht fünfzig Meter über den Parkplatz zu den drei Männern in den schwarzen Uniformen. Sie trugen ebenfalls schwarze Helme, ihre Gesichter waren hinter Visieren verborgen, die das Licht der Straßenlaternen brachen. Ihre Ausrüstung war schwer und bedrohlich, jedes Detail darauf ausgelegt, Autorität und Stärke zu demonstrieren. Und offenbar erfüllte sie ihren Zweck, denn die Augen des Mannes, den sie im Polizeigriff hielten, funkelten wild vor Panik. Seine Hände waren hinter dem Rücken fixiert.

Marconi erkannte Paul Manthey, den er am Ende der Demo kurz gesehen hatte.

«Was ist denn los?», presste Paul Manthey zwischen zusammengebissenen Zähnen hervor. Der feste Griff der Einsatzbeamten verhinderte offenbar, dass die Frage so aggressiv rüberkam, wie sie wohl gemeint war.

«Kriminalpolizei.» Moor baute sich vor ihm auf.

«Was wollen Sie denn von mir?»

«Ich stelle die Fragen. Was machen Sie hier?»

«Ich will meinen Mülleimer zur Straße bringen.»

«Warum?»

«Weil er morgen abgeholt wird.»

«Und das Paket wollten Sie bei der Gelegenheit gleich mitnehmen?»

«Welches Paket?»

«Das Paket, das da vor Ihren Füßen liegt und das Sie bis gerade eben noch in den Händen hielten.»

«Das habe ich zufällig gesehen, als ich den Mülleimer weggerollt habe. Ich weiß wirklich nicht, was Sie von mir wollen!»

Marconi juckte es in den Fingern, Moor beiseitezuschieben und die Befragung selbst durchzuführen, er hielt es aber für vernünftiger, sich zurückzuhalten.

«Sie wohnen hier, Nummer sieben?»

Ja, klar, wollte Marconi sagen. *Das ist Paul Manthey. Der Mann von –*

«Ja, klar, mein Name ist Paul Manthey. Wollen Sie mir nicht sagen …?!»

«Schluss damit, wir gehen in Ihr Haus. Du kommst mit, Marconi.»

Halt die Klappe, Marconi. Sag ihm jetzt nicht, dass du nicht sein Schoßhund bist. Du willst bei der Vernehmung dabei sein. Also schluck deinen Stolz runter.

In der Sekunde, in der sich Manthey, Marconi und Moor

umdrehten, um ins Haus zu gehen, hörten sie aus einiger Entfernung ein Klicken. Ein Mann mit professionell aussehender Kameraausrüstung stand mitten auf der Straße und machte Fotos von dem Polizeieinsatz. War das nicht dieser Journalist, dachte Marconi, den er am Tatort des toten Krabbenfischers schon mal vertrieben hatte? Die beiden Kriminalpolizisten, die als Paar getarnt am Anfang des Stichwegs entlangspaziert waren, stürzten sich auf den Mann und wollten ihn am Fotografieren hindern, was der sich nicht gefallen ließ. Tumult brach daraufhin aus, dessen Ausgang Marconi aber nicht mehr mitbekam. Er folgte Moor und Manthey ins Haus und versuchte, sich einen Reim auf all das zu machen.

«Also, noch einmal.» Moor ignorierte Paul Mantheys Stöhnen. «Warum haben Sie nach dem Paket gegriffen?»

«Das habe ich Ihnen doch schon hundert–»

«Antworten Sie!» Moor brüllte fast.

Marconi sah, dass Manthey kurz davor war, die Fassung zu verlieren. Kein Wunder, nachdem ihm eine halbe Stunde lang die gleichen Fragen gestellt worden waren. «Bitte», ergänzte Marconi freundlich und kassierte dafür einen missmutigen Blick seines Vorgesetzten.

Dankbar wandte Manthey seine Aufmerksamkeit Marconi zu. «Ich hab *Wer wird Millionär* gesehen, da fällt mir ein, dass die Mülltonne noch rausmuss. Also warte ich bis zur nächsten Werbepause, gibt ja ständig welche. Rolle die Tonne die paar Meter an die Straße, und auf dem Rückweg seh ich, dass da, wo die Tonne stand, ein Paket liegt. Ich bücke mich, greife danach und im nächsten Moment packen mich drei maskierte Männer und behandeln mich wie einen Terroristen.»

Manthey ließ sich erschöpft in die cremefarbenen Kissen des Sofas sinken. Marconi hörte Schritte auf der Treppe aus dem Obergeschoss, und kurz darauf tauchte Ingwer Düster im Wohnzimmer auf. «Keine Spur von Piet Lorenzen.»

«Von wem?» Manthey sah von Düster zu Marconi. Moor ignorierte die Frage, und Marconi fragte sich, warum. Wenn jemand gegen die eigene Frau Anzeige erstattet hatte, kannte man doch dessen Namen. «Ich …», setzte Manthey an, doch Düster fiel ihm ins Wort.

«Das hier könnte dich interessieren, habe ich auf einem der beiden Schreibtische im Arbeitszimmer gefunden.» Er reichte Moor einige Papiere. Der überflog sie und gab sie an Marconi weiter.

Stoppt die Ölförderung auf Mittelplate oder es gibt ein Unglück, stand auf einem der Zettel. *Wenn Mittelplate nicht schließt, geht's euren Kindern an den Kragen*, auf einem weiteren.

«Sie arbeiten auf der Ölplattform vor der Küste?», erkundigte sich Moor.

Manthey nickte, hielt mitten in der Bewegung inne und schüttelte den Kopf. «Meine Frau. Ich führe ein Hotel.»

«Ihre Frau ist auf Mittelplate?»

«Ja, sie hat Dienst, kommt erst übernächste Woche zurück.»

«Und Ihre Kinder?»

«Wir haben keine.»

«Aber …» Marconi wedelte mit den Drohbriefen in seiner Hand.

Manthey zuckte erschöpft mit den Schultern, schüttelte erneut den Kopf.

Wer schrieb denn Briefe und bedrohte darin das Leben von Kindern, die es gar nicht gab? Es sei denn, dachte Marconi, Manthey hatte sie selbst geschrieben, um von sich abzulenken, falls die Lösegeldforderung den Bach hinunterging. Ein weiteres Rätsel in einem an Rätseln nicht gerade armen Entführungsfall.

17

Marconi hat Zweifel

Der Mond thronte inzwischen majestätisch über Sankt Peter-Ording, sein silbriges Licht ließ den ansonsten so nüchternen Backsteinbau der Polizeistation fast ein wenig geheimnisvoll glänzen. Die umliegenden Bäume wirkten wie schlafende Riesen, von zarten Schleiern umhüllt. Marconis Schritte hallten gedämpft auf den Stufen vor der Polizeistation wider, ehe er kurz darauf zu ungewohnter Zeit seinen Arbeitsplatz betrat.

Die bleichen Neonlichter flackerten über Jens, der auf die Tastatur seines Laptops einhackte. Eva sprang auf, als Marconi eintrat, und sah ihn erwartungsvoll an. Marconi ließ sich seufzend auf einen der Bürostühle im größeren der beiden Räume sinken. Die Spannung der vergangenen Stunden lastete schwer auf seinen Schultern.

«Was macht ihr um Mitternacht denn noch hier?», fragte er. «Sucht ihr noch nach Frau Wittgensteins Labradorhündin?»

«Wittenbrink», korrigierte Eva.

«Ich würde lieber nach der hüftlahmen Gisela suchen als nach dem hier.» Jens sah von seinem Laptop auf. «Unsere beiden Adonisse in Anzügen haben mich dazu verdonnert, die Funkzellen zu ermitteln, in denen Piet Lorenzens Handy gestern eingeloggt war. Und Eva leistet mir Gesellschaft, weil ich so ein charmanter Umgang bin.»

«Wohl eher, weil ich neugierig bin, wie der Einsatz gelaufen ist», entgegnete Eva.

Marconi brachte sie mit wenigen Sätzen auf den aktuellen Stand. Nachdem er seinen Bericht beendet hatte, versank er mit in sich gekehrtem Blick in Gedanken. Die erfolgreiche Ergreifung eines Verdächtigen sollte eigentlich ein Grund zur Erleichterung sein. Doch etwas nagte an ihm, irgendetwas stimmte nicht.

Selbstverständlich entging das auch Eva nicht. «Aber?», erkundigte sie sich deshalb.

«Aber ...», griff Marconi den Faden auf, «Manthey beteuert, nichts mit Piet Lorenzen und der Lösegeldforderung zu tun zu haben.»

«Und ihr glaubt ihm?», fragte Jens. Es fiel ihm sichtlich schwer, sich vom Monitor loszureißen.

«Tja, glauben wir ihm?», wiederholte Marconi. «Ich glaube, eine Analyse vom Drucker in Mantheys Arbeitszimmer würde ergeben, dass das Erpresserschreiben nicht aus dem Gerät stammt.»

«Das beantwortet meine Frage allerdings nicht.» Jens musterte Marconi.

«Stimmt.» Marconi seufzte. «Erstens: Wer entführt einen beliebten Lehrer und fordert fünfzigtausend Euro Lösegeld, wenn das Geld nicht einmal ansatzweise vorhanden ist? Zweitens: Warum sollten ausgerechnet die Mantheys dieses Lösegeld fordern? Die haben genug davon.»

«Erstens», sagte Jens. «In Mantheys Hotel werden sicher mehrere Drucker stehen, an denen sich mal eben schnell eine Lösegeldforderung ausdrucken ließe. Und zweitens: Geld kann man nie genug haben, hat jedenfalls meine Oma immer gesagt.»

«Aber», übernahm Eva, «wenn ich Geld erpresse, lasse ich es mir wohl kaum vor die eigene Haustür legen. Also will jemand es so aussehen lassen, als hätten die Mantheys etwas damit zu tun?»

«Scheint so», meinte Marconi. «Aber ich habe keine Idee, wer das sein soll. Die Einzigen, die etwas davon haben könnten, wären die Naturschützer. Aber sie werden wohl kaum einen von den eigenen Leuten entführen, um auf ihren Kampf gegen Mittelplate hinzuweisen.»

«Warum eigentlich nicht?», entgegnete Jens und gähnte. «Wäre doch gar nicht so dumm.»

«Aber auch ganz schön krass», meinte Eva.

«Vielleicht ...», begann Jens, schien aber dem Gedanken noch einmal nachzuspüren, bevor er ihn laut äußerte, «... steckt Piet mit drin. Vielleicht wurde er gar nicht entführt. Vielleicht ist alles eine große Show, ein PR-Stunt, um Aufmerksamkeit zu bekommen und die Mantheys an den Pranger zu stellen.»

Marconi schüttelte den Kopf. «Emma Lassen weiß von nichts. Wie blass sie geworden ist, als sie die Lösegeldforderung gelesen hat, das kannst du nicht spielen. Und du müsstest schon das größte Arschloch sein, das hier herumläuft, wenn du deiner schwangeren Freundin so etwas antust.»

«Stimmt», sagte Eva und neigte den Kopf hin und her. «Aber ausgeschlossen ist es nicht.»

Marconi schwieg einige Sekunden und versuchte, seine Gedanken zu sortieren, was ihm aber partout nicht gelingen wollte. Also seufzte er erneut, zuckte mit den Schultern und erzählte von seinem Gespräch mit Fabian, vor allem von dessen Einschätzung, dass er Piet für einen Angsthasen hielt, den er nicht ernst nahm. Fabians Erpressung ihm gegenüber sparte er allerdings ebenso aus wie den nicht unwesentlichen Fakt, dass er es gewesen war, der Fabian von Piets Entführung berichtet hatte. Dafür fiel ihm Klaras Wutausbruch von vorhin wieder ein. «Klara meinte, wir sollten uns lieber mit Merle Feldmann von *GreenPlanet* befassen, anstatt Fabian auf den Pelz zu rücken.»

«Die Merle aus dem Krabbenfischer-Fall?» Jens sah seinen Chef überrascht an. Der nickte.

«Da muss mehr dahinterstecken!» Jetzt war auch Eva hellwach. «Klara ist mittendrin, die weiß doch, wer in dem Verein was im Schilde führt!»

«Na ja ...» Marconi kratzte sich am Kopf, unsicher, ob und wenn ja, wie er den Gedanken in Worte fassen sollte. «Die Möglichkeit besteht ... also, dass Klara den Fokus von Fabian weglenken will.»

«Hä? Wieso das denn?», fragte Jens.

«Weil ich glaube ...» Marconi räusperte sich umständlich, «... dass Klara in ihn verknallt ist.»

Für einen kurzen Augenblick wurde es so still, dass der Raum zu rauschen begann.

«Wow», brach Eva schließlich das Schweigen. «Klara steht auf Fabian?»

«Scheint so», sagte Marconi. «Sicher bin ich mir nicht, aber allein die Möglichkeit bereitet mir mehr Kopfzerbrechen als vieles andere.»

«Kann ich nachvollziehen», sagte Jens mit bedauernder Miene. «Er ist ja nicht gerade einer der *good guys*.»

Marconi seufzte und wandte sich an Eva. «Du als Frau ...»

«Na, jetzt bin ich gespannt, was nach dieser Einleitung kommt», sagte sie belustigt.

«Meine Nichte hat keine weibliche Bezugsperson mehr», fuhr Marconi zögernd fort.

«Ich glaube, das wird ein Antrag, Eva!» Jens grinste über beide Ohren.

«Quatsch, lasst mich doch mal ausreden!», schimpfte Marconi, der spürte, wie ihm das Blut in den Kopf schoss. «Vielleicht könntest du mal mit Klara reden? Als du neulich bei uns warst, hab ich gemerkt, dass Klara dir vertraut.»

«So von Frau zu Frau, meinst du?» Eva schmunzelte noch immer. «Klar, mach ich gern.»

Marconi nickte dankbar. «Sie hatte mal erwähnt, dass sie gerne surfen lernen würde. Ich vermute, weil Fabian surft. Vielleicht könntest du es ihr beibringen?»

«Geht klar, Chef! Und falls uns diese Merle über den Weg läuft, halte ich Augen und Ohren offen.»

«Danke!» Marconi wandte sich dem immer noch feixenden Jens zu und deutete auf dessen Laptop. «Schon neue Erkenntnisse?»

Jens drehte das Gerät so, dass Eva und Marconi den Bildschirm sehen konnten. Marconi erkannte eine Funkzellenkarte mit Kreisen in unterschiedlich intensiven Rottönen, zwei weiteren hellgrünen Kreisen und einem einzigen Kreis in sattem Blau. Er stand auf und ging vor Jens' Schreibtisch in die Hocke, versuchte, aus dem Puzzle aus Farben und Kreisen, aus Zahlen und Koordinaten schlau zu werden, gab es aber schon nach wenigen Sekunden wieder auf.

Eva strich sich eine Strähne ihres dunklen Haares aus dem Gesicht und runzelte die Stirn, während sie sich neben Marconi kniete. «Interessant», murmelte sie und fuhr mit ihrem Finger über die Ränder der jeweiligen Funkmasten. «Es gibt zumindest eine Überschneidung.»

«Aber ist das in so einem kleinen Ort überhaupt aussagekräftig?» Marconi versuchte nachzuvollziehen, was Eva in dem Durcheinander erkannte. «Hier werden doch sicher ein oder zwei Masten ganz Sankt Peter-Ording abdecken, oder?»

Jens bedachte Marconi mit einem Kopfschütteln. «Mal wieder unterschätzt du unsere schöne Gemeinde: Bei uns stehen inzwischen ein Dutzend Funkanlagen. Aber Eva hat recht: Piet Lorenzens Handy hat sich zwischen sechs und acht Uhr abends in dem Bereich rund um den Funkmast aufgehalten, der seine Wohnung im Ortsteil Ording abdeckt.» Er deutete auf die roten Kreise, die Piet Lorenzens Bewegungen symbolisierten. «Anschließend ist er mehr oder weniger geradlinig zur Uferpromenade, von dort auf den Deich und nach ungefähr einer Dreiviertelstunde in diesem Bereich gelandet, wo er sich knapp zwei Stunden aufgehalten hat.»

«Zu wessen Handy gehören die grünen Kreise?», wollte Eva wissen.

«Das ist Emma Lassen. Sie scheint ihr Haus etwa zur gleichen Zeit verlassen zu haben wie ihr Partner. Allerdings haben sie sich in entgegengesetzte Richtungen entfernt. Sie ist, wie sie selbst ausgesagt hat, bis zum darauffolgenden Morgen bei ihrer Freundin geblieben.»

«Es sei denn», wandte Eva ein, «jemand hat ihr Handy zu ihrer Freundin gebracht, während sie woanders hinging. Auch wenn das nicht sehr wahrscheinlich ist.»

«Und dieser blaue Kringel hier?» Marconi legte seinen Zeigefinger auf den Monitor.

«Kringel?» Jens sah ihn an. Seine Augen waren müde, funkelten aber schelmisch. «Dieser niedliche babyblaue *Kringel* gehört zu Paul Manthey.»

«Was?» Eva sah Jens überrascht an. «Wie hast du denn so schnell vom Ermittlungsrichter die Erlaubnis bekommen, Mantheys Bewegungsprofil auszuwerten?»

«Gefahr in Verzug und so», erwiderte Jens. «Ich habe es damit begründet, dass Lorenzen zu Schaden kommen oder Manthey Beweismittel vernichten könnte.» Er zuckte mit den Schultern, als sei seine erfolgreiche Polizeiarbeit keiner weiteren Erwähnung wert. «Wie du so richtig erkannt hast, überschneiden sich Mantheys und Lorenzens Funkzellendaten für einen kurzen Moment, was bedeutet, dass sie im gleichen Funkmast eingeloggt waren. Allerdings ...», Jens legte seinen Zeigefinger auf einen Punkt am linken Rand des Kreises, «... wohnt Manthey hier, und hätte er sein Haus verlassen, hätte sich sein Handy vermutlich irgendwann in eine andere Funkzelle eingewählt.»

Einige Sekunden ließen Eva und Marconi die neuen Informationen sacken. Dann richtete sich Marconi zu voller Größe auf, nur, um sich kurz darauf wieder runterzubeugen. «Ist das der Ortsteil Bad?», erkundigte er sich. Eva und Jens nickten unisono. «Hast du Zugriff auf die Aufnahmen von der Webcam an der Erlebnis-Promenade?»

Anstatt zu antworten, schob Eva Jens mit dem Ellenbogen zur Seite und tippte auf seiner Tastatur herum, bis die Archivbilder von besagtem Abend auftauchten. Die Fahnen der *Gosch*-Filiale flatterten wild im stärker werdenden Wind. Für einen Juliabend war nicht viel los auf der Promenade. Allerdings war das angesichts der Sturmwarnung wenig verwunderlich. Im Schnelldurchlauf ließ Eva das Video der Webcam ablaufen, die von links nach rechts schwenkte und wieder zurück. Tatsächlich tauchte irgendwann ein Mann am unteren rechten Bildrand auf, der die Promenade von Norden kommend entlangging. Der Beschreibung von Emma Lassen zufolge über die Kleidung, die Piet trug, als sie das Haus verlassen hatte, konnte es sich um den vermissten Wattschützer handeln. Nach wenigen Minuten war er aus dem linken unteren Bildrand verschwunden. «Und?», fragte Marconi. «Wo würdet ihr jetzt hingehen?»

«Keine Ahnung.» Jens überlegte. «Frische Luft schnappen?»

«Vielleicht stimmt es ja doch, was Geselka sagt», sagte Marconi. «Vielleicht gab es Streit. Emma Lassen packt ihre Sachen und fährt zu ihrer Freundin nach Poppenbüll. Piet Lorenzen ist sauer, stinksauer. Entweder ist er mit 'nem Taxi hinterher, wobei das Haus von Emmas Freundin nicht in dieser Richtung liegt. Oder er hat etwas anderes gesucht, wo er Frust abbauen kann.»

Eva zoomte den rot gefärbten Bereich auf dem Monitor größer und fuhr den Deich weiter Richtung Süden entlang. Marconi folgte ihrem Finger am neu errichteten *Erlebnis-Hus* vorbei, wo er längst mal mit Stefano gewesen sein wollte. Schnell wischte er das schlechte Gewissen beiseite. Gedankenverloren klopfte sie den Takt eines Sommerhits auf die Schreibtischplatte. «Entweder ist er immer weitergegangen, und wenn er nicht gestorben ist, dann geht er noch heute und ist irgendwann in Italien», resümierte sie. «Oder er ist irgendwo eingekehrt. Männer unterdrücken Gefühle doch gerne mit Alkohol, oder etwa nicht?»

Jens knuffte seine Kollegin in die Seite. «Du scheinst bislang nicht die richtigen Männer kennengelernt zu haben.»

Marconi tippte auf den roten Kreis. «Wo bekommt man an einem stürmischen Sonntagabend in diesem Partyviertel denn genügend Alkohol, um seinen Kummer zu ertränken?»

Jens zoomte den Bereich heran. Er fuhr mit dem Pfeil der Maustaste über die Namen der Hotels und Restaurants. «Die meisten Hotels in dieser Gegend haben keine klassische Bar. Eher einen Kühlschrank, aus dem man sich Getränke nehmen kann.»

«Also keine Kneipen in dem infrage kommenden Radius?», fragte er. Da sprang ihm ein altgriechisch erscheinender Begriff ins Auge, den er überall eher vermutet hätte als in einem nordfriesischen Touristenort. Er wischte so lange über das Mousepad, bis der Pfeil über dem Namen stand. Dann klickte er darauf und sah seine Kollegen fragend an.

«Wenn, dann da!», rief Eva. Noch ehe Marconi oder Jens reagieren konnten, hatte sie ihre Dienstjacke gepackt und war aus der Tür gestürmt.

«Unsere Kollegin hat Witterung aufgenommen.» Jens sah Marconi belustigt an. «Lust auf ein Mitternachtsbier?»

18

Marconis unfreiwillige
Bekanntschaft mit Friesenouzo

Der Geruch von Zigaretten und Bier betäubte seine Sinne, kaum dass er die Tür geöffnet hatte. Trotz der fortgeschrittenen Stunde war das *Thalamegus* bis auf den letzten Platz besetzt. Selbst zwischen Tresen und Tischen standen mehrere Grüppchen von Gästen, allesamt jenseits der sechzig. Nur kurz waren die Gespräche verebbt, nachdem sie in Polizeiuniform den Laden betreten hatten. Gleich darauf hüllte die Geräuschkulisse sie ein wie in eine warme Decke. Marconi ließ seinen Blick über die Waffen an den Wänden schweifen, die jede für sich als Mordwerkzeug durchginge. In dieser Häufung wirkte es wie die Folterkammer eines mittelalterlichen Henkers, und Marconi bezweifelte, dass auch nur eine dieser Schrotflinten, Dolche oder Revolver registriert war. Aber das wäre wohl kaum die geeignete Gesprächseröffnung. Er zog ein Foto von Piet Lorenzen aus der Innentasche seiner Polizeilederjacke und hielt es dem Wirt hinterm Tresen unter die Nase. «Kennen Sie den Mann?»

«Wat sall dat to drinken ween?», entgegnete der Wirt, und sein Blick streifte das Foto allenfalls für den Bruchteil einer Sekunde.

Marconi verstand kein Wort, wollte sich aber nicht die Blöße geben, das einzugestehen, weshalb er einen erneuten Versuch unternahm. «War er vorgestern Abend hier?»

«Süht dat hier as de Touristeninfo ut?», entgegnete der Mann eher geschäftstüchtig als unfreundlich und zeigte auf die Spirituosen im Regal hinter sich. «Oder as de gemütlichste un eenzigste Kneip vun Sankt Peter-Ording?»

Eenzige, nicht eenzigste, korrigierte Marconi in Gedanken. Laut und in der Hoffnung, den Wirt gnädig zu stimmen, fragte er: «Was haben Sie denn für Craft Beer?»

Eva und Jens warfen sich vielsagende Blicke zu.

«Dat Kraftbier vun Dag is dat sülvige siet fünfunddreißig Johren.» Er sah Marconi mit unbewegter Miene an. «Warsteiner vun Fass. Man falls du in annern Ümstänn büst, fin ich di betüm noch wat Malzbier.»

Marconi seufzte schicksalsergeben – was hatte er auch erwartet – und bestellte drei große Pils. Während der Wirt zapfte und Marconi seine Frage nach Lorenzen gerade wiederholen wollte, drängelte sich ein angeheiterter Mann mit Krücke neben ihn und ließ sich mehrere Euromünzen in Markstücke wechseln, die er sogleich in der Jukebox versenkte. Es dauerte nur wenige Sekunden, bis Roger Whittaker lautstark *ein bisschen Aroma, ein bisschen Paloma* einforderte und der Gesprächspegel sprunghaft anschwoll. In diesem Laden mit dem dunklen holzvertäfelten Tresen und den Tischen mit den rosa Stofftischdecken war die Zeit stehen geblieben, und nur die Stammgäste wurden älter.

«Also, was ist mit dem Mann?», erkundigte sich Marconi mit erhobener Stimme.

«Mit wo?», rief der Wirt zurück, den Blick starr auf das sich füllende Glas in seiner Hand gerichtet. Während Marconi mit dem Foto in der Luft wedelte, griff der Wirt sich den nächsten Humpen. «Wat sall mit em ween?»

«War er hier?» Marconi nahm die ersten beiden Gläser entgegen und reichte sie an Eva und Jens weiter.

«Hör mol. Seh ik ut, as wenn ik mien Gäst beluern do? Wöör de Laden so vull, wenn ick *över* de Lüüd snack, statt *mit* em?»

«Ihre Diskretion ist wirklich bemerkenswert, und ich bin mir sicher, Ihre Gäste schätzen Sie dafür. Aber sieht das ...», Marconi deutete auf seine Uniform, «... aus, als wäre ich zum Spaß hier?»

Eva schob sich neben Marconi, trat ihm auf den Fuß und übernahm die Gesprächsführung. «Hast du nicht mitbekommen, dass nach Piet gefahndet wird? Sein Foto hätte dir doch auffallen müssen!» Kein Muskel im Gesicht des Wirts zuckte. «Er hat nichts getan, er ist bloß in der Nacht von vorgestern auf gestern verschwunden. Und falls er hier gewesen ist, wäre es echt hilfreich, das zu wissen – nich just för uns. För Piet, dien Kundschaft.»

Der Wirt sah Eva einige Sekunden lang an, nahm dann vier kleine Gläser aus dem Regal, schenkte eine klare Flüssigkeit hinein und hielt sie den drei Uniformierten entgegen. Marconi stieß an, stellte das Glas aber wieder auf den Tresen, während die anderen austranken und sich schüttelten. «Worüm seggt ji dat nich gliek?», sagte der Wirt mit Nachdruck, beinahe vorwurfsvoll.

«Weil ...», setzte Marconi an, um dem Mann die Meinung zu geigen, aber er verstummte, als Eva erneut gegen seinen Fuß trat.

Der Wirt zeigte auf das Glas vor Marconi, der schüttelte den Kopf, woraufhin der Wirt die Arme vor der Brust verschränkte und die Lippen aufeinanderpresste. Marconi öffnete den Mund, sah Evas mahnenden Blick und schloss ihn wieder. Er nahm das Schnapsglas, kippte die durchsichtige Flüssigkeit in sich hinein, spürte, wie sein Körper sich dagegen zu wehren versuchte und seine Eingeweide um Hilfe schrien. Aber er vergönnte dem Wirt nicht die Genugtuung, sich etwas anmerken zu lassen und bemühte sich um einen Gesichtsausdruck, als tränke er gewohnheitsmäßig hochprozentige Schnäpse. Der Mann zog eine Augenbraue nach oben, musterte Marconi einige Sekunden lang und schien dann zu dem Schluss zu kommen, dass er zu den Guten gehörte. «He harr ganz düchtig een in Tee!»

Marconi, der nur Bahnhof verstand, sah hilfesuchend zu Jens, der übernahm: «Gab es einen Grund, warum Lorenzen Alkohol getrunken hat?»

«Den sülvigen Grund, den se all hebben.» Der Wirt streifte Eva mit einem Blick, ehe er an Jens gewandt antwortete: «Fruens.»

Nun war es Marconi, der Eva mit einem Tritt zu verstehen gab, den bereits zum Widerspruch geöffneten Mund wieder zu schließen. In dem Moment stellte der Mann in der Jukebox passenderweise fest, dass er *ein bisschen Chichi so wie noch nie* benötigte. «Hett he Stress?», hakte stattdessen Jens nach.

Der Wirt schüttelte den Kopf, hielt in der Bewegung inne, zuckte stattdessen mit den Schultern und wog den Kopf von einer Seite zur anderen. «Mannslüüd sünd Dickkopp, Fruens ook.»

Marconi gingen die Plattitüden des Mannes auf den Keks. Er wollte aber keinen weiteren blauen Fleck riskieren und hielt sich zurück.

«Also hatte er Streit mit seiner Freundin?», insistierte Jens.

«Mannslüüd un Fruens kriegen sik doch sowieso ümmerfoort in de Hoor.»

«Was genau hat Piet denn zu dir gesagt?», versuchte Jens es ein weiteres Mal.

Einer der vollbesetzten Tische bestellte eine Runde «Friesenouzo» quer durch den Laden. Ein anderer Tisch schloss sich an und verlangte nach «Nordfriesland Aquavit». Der Wirt stellte zwei Tabletts auf den Tresen und füllte ein paar Gläser mit den gewünschten Spirituosen. Dann trug er sie an die Tische und hielt noch einen kurzen Schnack mit den Gästen.

«Will er nicht mit uns reden oder ist das eine für Nordfriesen völlig normale Gesprächsführung?» Marconi gab sich keine Mühe, seine Verärgerung zu verbergen. «Der verarscht uns doch!»

«Lewer duad üs Slav», sagte Jens schulterzuckend, und als Marconi ihn einmal mehr ratlos ansah, ergänzte Eva: «‹Lieber tot als ein Sklave.› Ist ein Wahlspruch der Nordfriesen, der es sogar auf die Flagge geschafft hat. Die Friesen sind freiheitsliebend und lassen sich nicht gern in die Ecke drängen, auch und erst recht nicht von der Polizei.»

«Das wär ja noch schöner!», echauffierte sich Marconi. «Ich lass mir doch nicht von 'nem mittelalten Nordfriesen meinen Job schwerer machen, als er eh schon ist.»

«Wat för een middelolen Noordfrees meens du?», ertönte die Stimme des Wirts hinter ihm.

«Sie, um ehrlich zu sein.» Marconi ignorierte Evas mahnende Blicke. «Piet Lorenzen ist verschollen. Eine Lösegeldübergabe ist gescheitert. Der Mann hat eine schwangere Freundin zu Hause sitzen. Niemand weiß, wo Lorenzen ist. Gut möglich, dass Sie der Letzte sind, der ihn gesehen hat, bevor er entführt wurde. Deshalb sagen Sie uns jetzt alles, was Sie wissen. Sonst werden Sie mal erleben, wie freiheitsliebend wir Münchner mit italienischen Wurzeln sind.»

Einen Moment lang befürchtete Marconi, zu weit gegangen zu sein. Der Wirt kniff die Augen zusammen und starrte ihn durchdringend an. Plötzlich grinste er breit, während er die Schnapsgläser vor ihnen noch einmal nachfüllte. Und dann rückte er endlich heraus mit der Sprache.

19

Glauben oder nicht glauben,
das ist hier Marconis Frage

Die Gestalt, die ihnen eine halbe Stunde später die Tür öffnete, hatte wenig mit der Person zu tun, mit der sie noch am Vormittag gesprochen hatten. Nicht nur wegen des schwarzen Seidennachthemds, das sie trug. Auch die üppige Lockenmähne legte offenbar eine Pause ein und hing schlaff herab. Emma Lassen hatte ganz eindeutig bereits geschlafen. Doch beim Anblick der drei Polizisten in Uniform vor ihrer Haustür war sie schlagartig wach. «Ist etwas mit Piet?»

«Können wir reinkommen?»

Irritiert sah sie von Marconi zu Jens und schließlich zu Eva. Angesichts der ernsten Mienen schien ihr aufzugehen, dass es sich nicht um einen Anstandsbesuch handelte. Kurz hatten sie diskutiert, ob sie nachts um halb zwei noch klingeln sollten. Marconi hatte die Bedenken von Eva und Jens mit dem Argument vom Tisch gefegt, dass sie langsam mal vorankommen müssten. Auch Jens' Einwand, es sei nicht ihr Fall und sie sollten besser Moor und Düster benachrichtigen, hatte er nicht gelten lassen.

Emma Lassen trat zur Seite und führte sie ins Wohnzimmer.

«Ich muss Ihnen eine Frage stellen, die Sie vermutlich ärgern wird», begann Marconi. «Gibt es Probleme zwischen Ihnen und Piet?»

Sie schwieg mehrere Sekunden lang und schien nach den richtigen Worten zu suchen. «Warst du mal verlobt?»

«Nein.» *Aber ich wünschte, ich hätte sie gefragt*, fügte er in Gedanken hinzu.

«Trotzdem dürfte dir klar sein, dass es in jeder Beziehung Probleme gibt.»

Marconi nickte, das wusste er in der Tat nur zu gut. «Lassen Sie es mich anders formulieren: Sind Piet und Sie glücklich?»

Sie musterte ihre manikürten Finger. «Wir verstehen uns sehr gut», sagte sie leise.

«Kein Streit in letzter Zeit?» Bevor sie ihm wieder mit einer Verallgemeinerung kommen konnte, fügte er hinzu: «Keiner von der heftigeren Sorte?»

«Nein», antwortete sie mit fester Stimme und schüttelte den Kopf, um ihre Aussage zu unterstreichen.

«Sie lügen», unterbrach Marconi sie. «Warum?»

Sie verstummte und sah ihn an, als hätte er mitten in einem Blockflötenkonzert ein Schlagzeugsolo gespielt.

«Der Streit? Mit Piet? Am Abend, als er verschwunden ist?», half Marconi ihr auf die Sprünge.

«Ach, immer noch diese Geschichte? Ich habe doch gesagt, dass der alte Geselka nicht zurechnungs–»

«Wir wissen es von Piet. Er selbst hat von einem Streit gesprochen», fuhr Marconi harsch dazwischen. Dass sie diese Information von dem Wirt im *Thalamegus* hatten, verschwieg er.

Emma Lassen legte beide Hände auf ihren Bauch. «Von Piet? Aber … wie kann das sein? Ich dachte … wo ist er?»

«Worum ging es in Ihrer Auseinandersetzung?», fragte Marconi streng, und als Emma Lassen zu einem Kopfschütteln ansetzte, legte er noch ein bisschen mehr Schärfe in seine Stimme. «Schluss jetzt mit dem Kasperletheater.»

Ihre Augen flackerten, streiften suchend durch den Raum, blieben schließlich an Marconi hängen. «Du hast ja keine Ahnung.»

Angesichts der Art, wie sie den Satz geflüstert hatte, begann sich in Marconis Hirn ein Gedanke zu formen. Er verringerte mit zwei großen Schritten die Distanz zwischen ihnen und setzte sich in den Sessel, um ihr auf Augenhöhe zu begegnen. «Hat Piet Sie misshandelt?»

Emma Lassen mied seinen Blick, Tränen schimmerten in ihren Augen. «Ich hatte Angst und habe die Wohnung verlassen, bevor er mir etwas antut.»

Eva setzte sich neben sie aufs Sofa. Offenbar hatte sie den Eindruck, dass dieses Thema eine weibliche Gesprächsführung vertrug, und Marconi ließ sie gewähren. «Ist das öfter vorgekommen?», fragte sie.

Doch Emma Lassen presste bloß die Lippen aufeinander. Eva ergriff ihre Hand, und nun war Marconi froh, nicht allein hierhergekommen zu sein. Undenkbar, mit einer Zeugin im Seidennachthemd auf dem Sofa zu sitzen und ihre Hand zu halten.

Eine einzelne Träne bahnte sich den Weg über Emma Lassens Wange. «Niemand, der Piet kennt, würde mir glauben. Piet ist normalerweise echt ein Softie. Aber an dem Abend ist er sehr wütend geworden.»

«Und warum war Piet an dem Abend wütend auf dich?» Eva versuchte, Emmas Blick aufzufangen, doch die schien noch immer nach den richtigen Worten zu suchen.

«Ich habe ...», setzte sie an, doch dann presste sie erneut die Lippen zusammen. Endlich hob sie den Blick und sah

Marconi direkt in die Augen. Der gehetzte Ausdruck war Entschlossenheit gewichen. «Piet, er hatte eine Affäre. Ich weiß nicht, mit wem, vielleicht auch mit mehreren Frauen. Aber als ich ihn darauf angesprochen habe, ist er ausgerastet und hat mich beschimpft.» Sie schob den Ärmel ihres Nachthemds, der ihr bis zum Ellenbogen ging, nach oben und legte damit violett schimmernde Flecken in der Form von Fingerabdrücken frei.

Das brachte einen neuen Schwung an Verdächtigen mit sich, dachte Marconi. Ein eifersüchtiger Ehemann, schlimmstenfalls mehrere, die sich rächen wollten an dem Mann, der ihnen Hörner aufgesetzt hatte.

Eva war die Erste, die sich aus der Schockstarre löste. «Woher weißt du davon?»

Emma Lassen ließ sich Zeit mit ihrer Antwort. «Ich hatte einen Verdacht. Und auf seinem Handy habe ich einige Nachrichten gefunden, die zwar nicht eindeutig waren, aber als ich ihn darauf angesprochen habe, ist er richtig wütend geworden. Das war für mich Beweis genug.»

«Ist das öfter vorgekommen? Dass er wütend wurde?», fragte Eva, die noch immer ihre Hand hielt.

Emma Lassen schüttelte den Kopf.

«Und dann bist du aus dem Haus und zu deiner Freundin?»

Nicken.

«Aber du hast keine Ahnung, wer Piet entführt haben könnte?»

Erneutes Kopfschütteln.

«Schon gut. Wir lassen dich jetzt allein. Es ist richtig, dass du uns die Wahrheit erzählt hast. Und du kannst dich jederzeit melden, wenn du reden willst.» Eva erhob sich und sah zu Marconi herüber. Er verabschiedete sich ebenfalls von Emma Lassen, und kurz darauf standen sie in der erstaunlich milden und windstillen Nacht.

«Heftig», sagte Jens auf dem Weg zum Polizeiwagen.

«Sie tut mir leid», bestätigte Eva. «Sicher nicht schön, wenn sich dein Partner plötzlich als brutaler Arsch herausstellt.»

Marconi war noch angefasst von Emmas Enthüllung, wusste aber nicht wohin mit seinen Gefühlen und zuckte nur ratlos mit den Schultern. «Auch in Softies scheint ein Brutalo zu stecken, wenn man ihnen auf die Schliche kommt.»

«Nur schade, dass sie uns das beim ersten Mal nicht erzählt und lieber gelogen hat», sagte Jens und seufzte.

«Jede vierte Frau hat schon Gewalt durch den Partner erlebt, aber nur jede zwölfte Frau zeigt den Täter auch an.» Eva bedachte erst Jens, dann ihren Chef mit einem Blick, in dem Empörung, aber auch Betroffenheit lagen. «Viele Frauen behalten sowas aus Scham lieber für sich.» Sie wirkte auf Marconi plötzlich verletzlich. Er klopfte ihr etwas unbeholfen auf die Schulter, ging mit ihr zum Polizeiwagen, überließ ihr den Beifahrersitz und glitt selbst auf die Rückbank, damit Jens sie beide nach Hause fahren konnte. Er musste kein Hellseher sein, um zu ahnen, dass die Entwicklungen der letzten Stunden seine Gedanken in dieser Nacht nicht zur Ruhe kommen lassen würden.

20

Marconi bekommt
unverhofften Besuch

Alles problemlos gelaufen», versicherte Imke und trank den Espresso, den Marconi ihr in der Caffettiera auf dem Herd zubereitet hatte. «Meld dich jederzeit, wenn ich wieder babysitten soll.»

«Mach ich, danke!» Marconi entnahm seinem Portemonnaie zwei Fünfzigeuroscheine und gab sie ihr.

«Was ist eigentlich mit den beiden Ferienwohnungen hier im Haus?», erkundigte sie sich. «Nimmst du die Vermietung demnächst wieder auf? Oder könntest du dir vorstellen, jemanden dauerhaft darin wohnen zu lassen? Meine Nichte fängt demnächst eine Ausbildung an und hat noch keine Bleibe.»

Marconi musste einige Sekunden darüber nachdenken, verzog dann aber das Gesicht. «Ich habe gerade genügend Baustellen in meinem Leben, und so gut ich das Geld gebrauchen könnte, kommt das für mich aktuell nicht infrage, tut mir leid.» Falls Imke enttäuscht war, zeigte sie es nicht. Kurz darauf verabschiedete sie sich.

Im Obergeschoss hörte er die Kinder im Bad rumoren. Am liebsten hätte er sich nach der durchwachten Nacht einfach nur ins Bett gelegt, aber er hatte – wie jeden Tag – Frühstücksdienst. Während er Kokosflocken in einer Pfanne anröstete und parallel Himbeeren mit Agavendicksaft und Vanille marinierte, überlegte er, wie er künftig die Aufsichtspflicht für die Kinder wahrnehmen und gleichzeitig seinen Job machen sollte. Wann immer er einen Nachteinsatz hatte, konnte er zwar darauf vertrauen, dass Imke, Stefanos ehemalige Kita-Erzieherin, auf die Kinder aufpasste, wie sie es auch schon vor Nevios Tod gelegentlich getan hatte. Aber inklusive Übernachtung würde ihn das jedes Mal einhundert Euro kosten. Bei seinem mickrigen Gehalt wäre er auf diese Weise im Nullkommanix pleite. Wie machten das eigentlich andere alleinerziehende Eltern mit einem Vollzeitjob? Er seufzte, vermengte Amaranth mit Kokosjoghurt, schichtete das Gemisch abwechselnd mit den marinierten Himbeeren in Trinkgläser und toppte seine Frühstückskreation mit den gerösteten Kokosflocken.

Wortlos tauchten Klara und Stefano in der Wohnküche auf, setzten sich auf die beiden Hochstühle und schaufelten ihr Frühstück in sich hinein. Um das Schweigen zu durchbrechen, erkundigte sich Marconi, ob alles glattgelaufen sei am gestrigen Abend. Klara antwortete mit einer Gegenfrage: «Ist das nicht zu teuer, wenn Imke die ganze Nacht bleibt?»

Kluges Mädchen, dachte Marconi. «Was schlägst du vor?»

«Wenn du schlau wärst …», begann Klara und ließ dabei bewusst offen, ob sie ihn dafür hielt, «… dann würdest du vielleicht mal die Eltern unserer Freunde fragen und dich irgendwann revanchieren, indem Elias und Ellie bei uns übernachten können. Das heißt, wenn du mal einen Abend zu Hause wärst.» Betont unbeteiligt schob sie Marconi ihre leere Müslischale entgegen. Marconi beschloss, Klaras Einwand als gut gemeinten Ratschlag aufzufassen und nicht als Beleidigung – auch wenn er sicher war, dass es im Grunde beides war. Er legte ihr eine Banane hin, die sie seufzend nahm und schälte.

Allein bei dem Gedanken, auf vier statt auf zwei Kinder aufpassen zu müssen, bekam er Schweißausbrüche, doch er musste Klara recht geben. Und sich gleichzeitig fragen, warum ihm das nicht selbst eingefallen war. Mit wenigen großen Bissen hatte Klara die Banane verschlungen und hielt ihm demonstrativ die Bananenschale vor die Nase. Resignierend nahm er die Schale und entsorgte sie im Mülleimer. «Satt oder auch eine Banane?», fragte Marconi Stefano, der sich über die Lippen leckte und den Kopf schüttelte.

Klara hatte sich inzwischen dem frisch gepressten Orangensaft gewidmet. So, wie sie die Ellenbogen auf den Tisch stützte, das Glas zwischen den Händen, rief sie in Marconi eine verschüttete Erinnerung wach. Er sah Gesa, Klaras Mutter, am Frühstückstisch in seiner Münchner Wohnung, eine Tasse Espresso in den Händen haltend. Klara musste sich diese Geste von ihrer Mutter abgeguckt haben – oder sie lag ihr in den Genen, wie Gesas Grübchen und die grünen Augen. Gesa tauchte wieder vor seinem geistigen Auge auf. Sie hatte sich sein Lieblingsflanellhemd übergeworfen, saß ihm gegenüber am Esstisch und trank den Espresso, den er für sie beide gekocht hatte. Sie lachten miteinander, küssten sich und während Marconi sich nicht entscheiden konnte, an dieser Erinnerung festzuhalten oder sie wieder dorthin zurückzuschieben, wo sie die vergangenen fünfzehn Jahre verschüttet gelegen hatte, spürte er, wie Klara ihn musterte. Oder vielmehr sezierte.

«Und, hast du Fabian gestern Abend noch getroffen?» Sie ließ es betont beiläufig klingen, beobachtete ihn aber aufmerksam.

In dem Moment klingelte es, woraufhin Stefano aufsprang und zur Haustür rannte, während Klara und Marconi sich verwundert ansahen. Kurz darauf kam Stefano zurück, warf Klara einen vielsagenden Blick zu und bevor Marconi fragen konnte, wer da geklingelt hatte, stand Kriminalhauptkommissar Derik Moor im Raum. Im Gegensatz zu Marconi, der sich beim morgendlichen Blick in den Spiegel wegen seiner dunklen Ringe um die Augen kurz gefragt hatte, ob er sich über Nacht in einen Waschbären verwandelt hatte, wirkte Moor wie aus dem Ei gepellt: Der Seitenscheitel saß ebenso perfekt wie der dunkelblaue taillierte Anzug. Moor sah selbst für den ungeschulten Blick derart nach Kripo aus, dass Klara die Augen verdrehte. Nicht gerade wohlerzogen, aber Marconi hätte es ihr am liebsten gleichgetan.

«Bist du wegen Fabian hier?», überrumpelte Klara den Besucher.

Der sah sie irritiert an, ließ dann seinen Blick fragend zu Marconi wandern. Allein, dass der Polizeibeamte offenbar nichts mit dem Namen anfangen konnte, schien Klara als positives Zeichen zu werten, denn ihre Gesichtszüge entspannten sich.

«Netter Versuch», sagte Marconi. «Frühstückt noch zu Ende und macht euch dann für die Schule fertig. In zehn Minuten ist Abfahrt.» Er öffnete die Terrassentür und bedeutete Moor, in den Garten voranzugehen. Der tat ihm den Gefallen, und schritt die mannshohe Zypressenhecke entlang, die das Grundstück an drei Seiten umschloss. «Schön hier.»

Täuschte sich Marconi, oder war Moors Stimme sanfter als sonst? Man hätte fast behaupten können, er klänge freundlich.

Bei dem Erdhaufen, in dem ein Stock mit einem Stück Stoff daran steckte, auf den mit Edding das Wort *Möwe* geschrieben stand, blieb Moor stehen. Er betrachtete kurz die improvisierte Grabstätte und sah dann nachdenklich zu Marconi herüber, der auf der Terrasse stehen geblieben war. «Ich habe deine WhatsApp-Nachricht heute Morgen auf meinem Handy entdeckt und wollte die Reihe offener Fragen dazu nicht auf der Dienststelle besprechen. ‹Neue Spur, mehr morgen›, ist nicht gerade die Detailfülle, die sich ein Einsatzleiter an Informationen wünscht. Vor allem, wenn die betreffende Person keinen Auftrag hat zu ermitteln.»

«Ich war müde und wollte zumindest noch ein paar Stunden Schlaf bekommen», sagte Marconi und ahnte, dass Moor genauso gut wusste wie er, dass das nur die halbe Wahrheit war.

«Dann hoffe ich, du bist jetzt ausgeschlafen genug, um mich in deine Ermittlungsergebnisse einzuweihen.»

Marconi ließ sich nicht lang bitten. Er berichtete von den Ergebnissen der Handyortung, dem Besuch im *Thalamegus,* dem nächtlichen Gespräch mit Emma Lassen. Und von ihrer Aussage, es sei zu körperlicher Gewalt gekommen.

Moor hörte regungslos zu, und nachdem Marconi geendet hatte, streifte er weiter durch den Garten. Er versetzte der Hollywoodschaukel einen leichten Stupser, als er in Gedanken versunken an ihr vorbeischritt. Vermutlich überlegte er, ob er Marconi zusammenstauchen sollte, um zu zeigen, wer das Sagen hatte. Doch offenbar entschied er sich für eine andere Variante, denn er sagte: «Du hast den Kram ja auch mal gemacht. Deutlich länger als ich, um genau zu sein. Wenn du ich wärst, also nur mal angenommen ...»

Marconi ahnte, was folgen sollte.

«… was wären denn deine nächsten Schritte?»

Marconi musste sich zusammenreißen, um die Hand nicht zu einer Siegerfaust zu ballen. Und auch, wenn er sich dazu noch keine ausführlichen Gedanken gemacht hatte, skizzierte er im Eiltempo mehrere Initiativen, die er für richtig und notwendig erachtete. Moor stimmte überraschenderweise allen zu. «Ach, und eins noch», schloss Marconi etwas atemlos. «Falls ihr nicht sehr bald etwas findet, das Paul Manthey belastet, müsst ihr ihn aus der U-Haft lassen. Denn mit der Lösegeldforderung hat er nichts zu tun, das sollte inzwischen auch dir klar sein.»

21

Marconi ist nicht
Herr Schwäbli aus Stuttgart

Auf der Koogstraße Richtung Tümlauer Koog staute sich der Verkehr. Marconi spielte nervös am Gasgriff seiner Vespa, fluchte leise und versuchte mehrfach, die Kolonne zu überholen, doch jedes Mal kam ihm ein Auto entgegen. Während er nur schrittweise vorankam, hoffte er, dass Moors Spezialisten schon dabei waren, seinen Vorschlag umzusetzen. Beinahe jedes Dokument aus einem Laserdrucker ließ sich zurückverfolgen. Schon während seiner Zeit in München hatten sie mehrere Drohbriefe anhand der Muster aus kleinen gelben Punkten zuordnen können, die auf den Druckerhersteller, die Seriennummer und oft sogar auf das Datum und den Zeitpunkt des Drucks hinwiesen. In der vergangenen Nacht waren die beiden Botschaften der Entführer daraufhin überprüft worden, ob sie aus dem Drucker im Haus von Lenke und Paul Manthey stammten. Das war nicht der Fall gewesen, wie Moor ihm eben versichert hatte. Bislang war jedoch nicht überprüft worden, ob die Nachrichten möglicherweise bei Emma und Piet ausgedruckt worden waren. Zwar hatte Emma Lassen ein Alibi, und er empfand Mitgefühl mit der Frau, deren Verlobter sie grob angegangen war, nur um kurz darauf unterzutauchen. Aber wenn sie irgendwann vom Glauben zum Wissen übergehen wollten, konnten sie auf Befindlichkeiten keine Rücksicht nehmen, das war zumindest sein Credo. Und Moor schien ihm zuzustimmen, denn er hatte noch aus Marconis Garten zwei IT-Forensiker in die Helgoländer Straße geschickt. Die Ergebnisse wurden im Laufe des Nachmittags erwartet. Bei der Gelegenheit hatte Moor auch Marconis Vorschlag aufgegriffen und sämtliche Drucker aus dem Hotel einkassiert, in dem Paul Manthey Geschäftsführer war.

Nach elend langen Minuten ergriff Marconi die allererste Gelegenheit und überholte Stück für Stück an die fünfundzwanzig Wagen, die an einer improvisierten Ampel warteten, weil der Straßenbelag erneuert wurde. Die Landschaft strömte nun in einem grünen Potpourri aus Feldern und Wiesen dahin, durchzogen von staubigen Feldwegen und dichten Hainen. Durch schattige Senken und Gräben rannen schmale, moosige Wasseradern, die der salzigen Nordsee entgegenplätscherten. Keine fünf Minuten später war er hinter Tümlauer Koog Richtung Westerhever abgebogen. Sobald der berühmte Leuchtturm in der Ferne in Sicht kam, bremste er und stieg von seinem Roller.

Die Sonne war noch kaum über die Wipfel der dicht stehenden Rotdornbäume gestiegen, die ihn mit feurig roten Blüten empfingen. Entsprechend kühl und klar war die Luft und schmeckte ein wenig nach Salz. Kein Mensch war zu sehen, aber aus einem der Gebäude neben dem prächtigen dreistöckigen Haus war das Schnauben von Pferden zu hören. Aus einem anderen drang vereinzelt das Muhen von Kühen. In einem Gehege vor dem dreigeschossigen Ferienhof hoppelte ein Kaninchen umher, skeptisch beäugt von einer Katze mit rotem Fell, die sich am Zaun die Flanken rieb. Zwei Schaukeln in einiger Entfernung warteten darauf, bald wieder von Kindern statt einer sanften Brise in Bewegung versetzt zu werden.

Marconi ging auf das weiße Eingangsportal zu, klingelte, wartete, klingelte erneut, nahm den Weg um den enormen Bau herum in den hinteren Teil des Gartens. Trampolin und Rutsche standen nah bei einem größeren Teich, an dessen Rändern es steil hinab Richtung Wasserfläche ging. Wer setzte einen Kinderspielplatz ausgerechnet neben ein Gewässer, fragte er sich und musste sich im selben Moment darüber wundern, dass er sich darüber wunderte. Noch vor wenigen Wochen wären ihm Vorkehrungen zur Kindersicherheit nicht in den Sinn gekommen.

Marconi trat ans Ufer des Teichs und sah sich unschlüssig um. Möwen kreisten am blauen Himmel. Aus dem Souterrain auf der Rückseite des Hauses trat eine Frau in Reitermontur, legte sich eine Hand über die Augen und winkte. Zögernd winkte Marconi zurück. Als sie auf ihn zukam, bemerkte er ihr offenes Lächeln. Ihr Kinn und ihre Wangenknochen waren scharf ausgeprägt. Die extrem kurz geschnittenen Haare offenbarten eine bezaubernd schöne Kopfform. Und die eng anliegende Reiterkleidung betonte ihre schlanke, trainierte Figur.

«Guten Morgen», grüßte sie. «Ich hatte euch erst nachmittags erwartet. Wo ist denn deine Familie?» Marconis irritierter Blick entging ihr nicht. «Seid ihr nicht die Schwäblis aus Stuttgart?»

«Massimo Marconi, Kriminalhaupt-, äh, Dienststelle Sankt Peter-Ording.»

Sie dimmte ihr Lächeln um mindestens zwanzig Prozent. «Dann bist du kein Feriengast. Du bist wegen Piet hier», stellte sie ein wenig enttäuscht fest. Offenbar wusste sie bereits Bescheid.

Marconi nickte bedauernd.

«Sünje Nissen», stellte sich die Frau vor. «Habt ihr Piet denn noch nicht gefunden?»

«Ich darf Ihnen zum Stand der Ermittlungen nichts –»

«Natürlich nicht.» Sie winkte ab. «Das ist nur alles so unbegreiflich.»

«Inwiefern?»

«Ich meine, wie kann Piet denn einfach verschwinden, ohne jede Spur? Meinst du, er ist abgehauen?»

«Das können Sie besser beurteilen als ich», sagte Marconi.

Sie ignorierte die implizierte Frage. «Reitest du?»

Marconi sah sie angesichts des Themenwechsels überrascht an. «Ich und Pferde?» Er schüttelte lachend den Kopf. «Aber ich begleite Sie gerne in den Stall.»

«Ich habe deinem Kollegen schon alles gesagt, was ich weiß.» Sie setzte sich in Bewegung, Marconi lief neben ihr her und ließ sich von ihr gleichzeitig durch die zwölf Stunden führen, die Emma Lassen bei ihr gewesen war, angefangen bei ihrer Ankunft um kurz vor halb acht. Das wusste Sünje Nissen nach eigener Auskunft deshalb so genau, weil sie Finn-Ole, den mittleren ihrer drei Söhne, vom Fußball abgeholt hatte und Emma schon auf dem Hof wartete, als sie zurückkam. Sie hätten gemeinsam mit den Kindern und ihrem Mann Freder gegessen und den restlichen Abend im Wintergarten gesessen, während der Hausherr Fußball schaute.

«Was ist Piet für ein Typ?», erkundigte sich Marconi, während sie den Pferdestall betraten. In den ersten beiden

Boxen stand jeweils ein Pony, in zwei weiteren ausgewachsene Pferde. Sünje Nissen begrüßte eine hellbraune Stute, indem sie ihr den Kopf streichelte. «Piet ist ein feiner Kerl, vielleicht ein bisschen zu lieb und definitiv ein bisschen zu idealistisch für meinen Geschmack.» Sie nahm den Sattel, der von einem Haken an der Wand hing. «Andererseits gibt's ja genug Menschen, die für nichts brennen.»

Sie schnallte den Sattel auf dem Pferderücken fest. Das Tier ließ es geduldig über sich ergehen.

«Welchen Eindruck hat Emma an jenem Abend auf Sie gemacht? Hat sie von dem Streit erzählt?», fragte Marconi, während Sünje Nissen das Pferd aus dem Stall führte.

«Nicht so richtig.» Kam es ihm nur so vor oder hatte sie beinahe unmerklich gestutzt, bevor sie antwortete? «Sie meinte, Piet hätte sie genervt und sie würde etwas Abstand brauchen.»

«Sonst nichts?»

«Nur, dass sie nicht darüber reden will und ich sie auf andere Gedanken bringen soll. Sie hat sogar ein Glas Prosecco getrunken.»

«Trotz ihrer Schwangerschaft?»

«Sie meinte, ein Gläschen für die Nerven würde ausnahmsweise mal gehen.»

«Hat sie erwähnt, dass Piet sie körperlich angegangen ist?»

«Piet?!» Sünje Lassen lachte auf. «Nee!» Als sie merkte, dass Marconi die Frage ernst gemeint hatte, schüttelte sie energisch den Kopf. «Nein, davon hat sie nichts erwähnt. Sie wirkte vielleicht etwas nachdenklicher als sonst.»

Interessant, dachte Marconi. Emma Lassen war aufgewühlt gewesen, wollte aber selbst mit ihrer guten Freundin nicht darüber sprechen, was passiert war. Nach dem Streit brauchte sie Abstand, fuhr nach Poppenbüll, trank Alkohol, um die Nerven zu beruhigen. Und dann? Plauderte sie über Belanglosigkeiten, ging irgendwann ins Bett, stand morgens auf, fuhr nach Hause und stellte fest, dass Piet entführt worden war? Klang ebenso simpel wie nachvollziehbar. Bloß: Wer hätte einen Grund haben können, Piet zu entführen? War er von jemandem beobachtet worden, der nur den richtigen Zeitpunkt abpassen musste und zuschlug, als Piet frustriert und betrunken bei aufkommendem Sturm aus einer Kneipe getorkelt kam?

Er spürte Sünje Nissens Blick auf sich ruhen und merkte, dass er in Gedanken versunken gewesen war. Sie waren zu einer großen Wiese hinter dem Ferienhof gelaufen, und das Pferd scharrte mit den Hufen, bereit, endlich loszugaloppieren. «Tut mir leid, diese Entführung bereitet mir Kopfzerbrechen, je mehr ich darüber nachdenke», sagte er und sie nickte verständnisvoll. «Sie haben den ganzen Abend mit Emma Lassen verbracht, richtig?» Sünje Nissen bestätigte die Aussage, die sie auch schon Marconis Kollegen gegenüber gemacht hatte. «Für die Nacht können Sie ihr aber kein Alibi geben, oder?»

«Doch», sagte sie mit einer Gewissheit, die ihn überraschte. «Ich habe einen sehr leichten Schlaf. Und die Dielen in unserem Haus knarzen so laut, dass niemand unbemerkt auch nur auf Toilette gehen, geschweige denn das Haus verlassen kann. Zumal dann auch das Auto auf dem Kies zu hören gewesen wäre. Emma war die ganze Zeit hier. Warum klingen deine Fragen so, als wäre sie verdächtig?»

«Ich will nur sichergehen, dass ihr niemand einen Strick drehen kann. Wenn ich nicht alle Alibis daraufhin abklopfe, ob sie wasserdicht sind, wäre ich ein verdammt mieser Polizist», sagte Marconi freundlich, und Sünje Nissen lächelte besänftigt zurück. «Also ist Ihnen an dem Abend wirklich nichts Ungewöhnliches aufgefallen?»

Sie schaute in die Ferne, und Marconi konnte ihr praktisch dabei zusehen, wie sie die Stunden mit ihrer Freundin in Gedanken noch einmal Revue passieren ließ. Dann schüttelte sie den Kopf, sagte aber gleichzeitig: «Ich weiß nicht, ob es wichtig ist: Sie hat ziemlich oft auf ihr Handy geschaut, und einmal hat es geklingelt. Sie ist damit raus vor die Tür gegangen, trotz des Sturms. Aber ich habe mir nichts dabei gedacht und uns währenddessen einen Tee gekocht.»

«Hat sie gesagt, wer am Telefon war?»

Sie legte die Stirn in Falten. «Ich hatte angenommen, es wäre Piet gewesen, weil sie danach ziemlich aufgewühlt war. Aber sie hat nur abgewunken und gesagt, ich soll sie ablenken, und wir haben dann über den Hof gesprochen.»

Nickend bedankte sich Marconi. Sünje Nissen schwang sich auf den Rücken des Pferdes und war kurz darauf auf und davon.

Auf der Rückfahrt bemerkte Marconi, dass sich ein ungutes Gefühl in ihm ausbreitete. Zunächst dachte er, es liege an etwas, das Sünje Nissen gesagt hatte. Doch dann begann sein Magen lautstark zu knurren. Spontan hielt er an einem Imbisswagen und versorgte sich mit Cola und Lachsbrötchen. Das Magenknurren erstarb, aber das ungute Gefühl blieb.

22

Manchen Menschen knüpft das Leben jeden Tag einen Strick

Guten Morgen, liebe Sorgen, seid ihr auch schon alle da, war Evas erster Gedanke, als sie die Polizeistation betrat. Kriminaloberkommissar Ingwer Düster hatte sich die Sonnenbrille ins Haar geschoben und saß mit weit gespreizten Beinen auf der Kante ihres Schreibtischs, während er mit zwei Polizeibeamten aus Garding plauderte. Die einzige andere Polizistin, die für die Ermittlungen im Fall Lorenzen abgestellt worden war, hatte sich krankgemeldet, weshalb Eva an diesem Mittwochmorgen allein mit diesem Testosteronclub zurechtkommen musste, in dem Frauen bestenfalls Statistinnen waren. Da ihr Schreibtisch offensichtlich blockiert war, ging sie in die winzige Küche, nahm sich eine von Jens' schrägen Spruchtassen aus dem Regal und zapfte sich am Kaffeevollautomaten einen dreifachen Espresso. Sicher war sicher.

Kaum dass sie zurück im Büro war, trat Jens kurz hinter Derik Moor durch die Tür, stellte sich neben sie und zeigte auf die Tasse in ihrer Hand: *Ich bin heute emotional extrem nah am Mittelfinger gebaut.* «Schade, dass ich davon nur eine habe», sagte er leise, während Moor die morgendliche Sitzung eröffnete.

«Wir haben Paul Mantheys Wohnung, Wagen und Mobiltelefon durchsucht, aber nichts gefunden, was Aufschluss über Piet Lorenzens Verbleib zulässt. Neuen Erkenntnissen zufolge ist er Sonntagabend zu Fuß von seiner Wohnung zur Kneipe *Thamagus* gegangen, die auch sein letzter bekannter Aufenthaltsort ist.»

«*Thalamegus*», sagte Eva, und als Moor sie irritiert ansah, wiederholte sie: «Die Kneipe heißt *Thalamegus*.» Wenn schon, dann richtig.

Moor ignorierte den Einwurf. «Aus Ermangelung an alternativen Ansätzen nehmen wir die Hinweise auf eine Entführung nun ernster. Immerhin gibt es inzwischen ein zweites Erpresserschreiben. Der Hauptverdächtige, Paul Manthey, behauptet, nichts von einer Entführung zu wissen. Trotzdem bereiten wir eine Suchaktion vor, die morgen unmittelbar nach Sonnenaufgang starten wird.»

Eva konnte sehen, wie mehrere Kollegen sich anschauten und die Augen verdrehten. Ein Polizist stöhnte leise auf, andere pressten gefrustet die Lippen aufeinander. Kein Wunder, dachte sie. Das würde bedeuten, dass die meisten von ihnen sich den Wecker auf vier Uhr stellen durften.

«Wir werden den infrage kommenden Bereich zwischen dem *Thama-*», Moor unterbrach sich, mied Evas Blick und fuhr schließlich fort, «… zwischen der Kneipe und dem Haus von Paul Manthey im Seerosenweg absuchen. Eine Fläche von nicht mehr als eineinviertel Quadratkilometern.»

Eva konnte nicht umhin, innerlich den Kopf zu schütteln. Das war doch nichts weiter als ein Eingeständnis von Moors Unfähigkeit! Warum hatte die Kripo damit nicht schon eher begonnen, zum Beispiel direkt am Tag nach Piets Verschwinden? Wahrscheinlich war Moor bislang davon ausgegangen, Piet hätte sich bloß aus dem Staub gemacht. Abgesehen davon, kam Eva das Gebiet, in dem gesucht werden sollte, total willkürlich vor. Dass Paul Manthey sich das Lösegeld nicht vor die eigene Haustür legen lassen würde, war doch wohl klar wie dicke Tinte. Und wenn er es nicht gewesen war, warum sollte man dann den Bereich zwischen Piets letztem bekannten Aufenthaltsort und Mantheys Haus absuchen? Was auch immer Moor sich bei der Aktion dachte, es gab sicher erfolgversprechendere Ansätze und Suchgebiete. Aber wer fragte schon einen Dorfbullen und noch dazu einen mit dem falschen Geschlecht?

«Treffpunkt morgen um fünf an der Polizeistation», schloss Moor seine kurze Ansage.

Eva seufzte. Dann würde ihr Treffen heute Abend eben etwas kürzer ausfallen. Gut, dass ihr «Date» um neun im Bett liegen musste.

An diesem späten Vormittag war es in der Polizeistation Sankt Peter-Ording so eng wie in einer Telefonzelle. Marconi hatte keine Ahnung, wer all diese Polizeibeamten waren, die sich in Evas und Jens' Büro und den Miniflur zur Küche quetschten, aber der Sauerstoff war binnen Minuten aufgebraucht. Zwangsläufig fragte er sich, ob die umliegenden Polizeistationen in Tönning, Garding, Wesselburen, Lunden und Friedrichstadt überhaupt noch über genügend Personal verfügten, um den Betrieb aufrechtzuerhalten. So viele Polizisten und so wenig Fortschritt. Jens und Eva sowie zwei weitere Kollegen waren damit beschäftigt, die Flut der Hinweise auszuwerten, die seit dem Aufruf über Zeitungen und Radio eingingen.

Derik Moor empfing ihn ungeduldig und fast ein wenig euphorisch in «seinem» Büro. Er hatte wegen der Analyse von Lorenzens Drucker Dampf gemacht und präsentierte Marconi stolz das Ergebnis, als wäre es seine eigene Idee gewesen. Zwar stammte die Lösegeldforderung nicht aus dem fraglichen Gerät, tatsächlich war aber das erste Schreiben – TU WAS ICH SAGE UND PIET PASSIERT NICHTS – in der Wohnung von Emma und Piet ausgedruckt worden. Das hätte Emma Lassen in den Fokus der Ermittlungen gerückt, wenn die Analytiker neben der Seriennummer nicht auch das Datum und die Uhrzeit identifiziert hätten. Eva hatte inzwischen die letzten Bewohner aus der Helgoländer Straße aufgestöbert, in einem Ferienhaus in den Alpen. Sie hatten – unmittelbar vor ihrem Aufbruch gen Süden – Emma Lassen am Montagmorgen zurückkommen und aus ihrem Auto steigen sehen, zu exakt jener Uhrzeit, die Piets Verlobte angegeben hatte. Zudem sei die Frau sich sicher gewesen, dass Emma Lassen am Vorabend gegen sieben mit quietschenden Reifen davongefahren sei.

«Der Zettel wurde eine halbe Stunde nach Mitternacht gedruckt», beendete Moor seinen kurzen Bericht. «Und da saß Emma Lassen definitiv mit ihrer Freundin zusammen. Oder bringst du neue Erkenntnisse mit?»

«Wenn Emma Lassen nicht zwischenzeitlich das Geheimnis der Teleportation entschlüsselt hat, ist ihr Alibi wasserdicht.» Marconi verzog unzufrieden das Gesicht. «Es gibt zwar smarte Drucker, mit denen man per Fernzugriff drucken kann, aber dieses Modell verfügt nicht über die Funktion. Also muss sich jemand Zugang zur Wohnung verschafft und den Drucker benutzt haben.»

«Lorenzen selbst?», schlug Moor vor.

Marconi schüttelte den Kopf. «Die Webcam hat Lorenzen nicht dabei gefilmt, wie er wieder nach Hause geht.» Er sah, dass Moor bereits den Mund öffnete, um zu widersprechen, doch Marconi kam ihm zuvor. «Klar, er kann auch auf anderen Wegen nach Hause gegangen sein. Aber so richtig leuchtet das nicht ein.»

«Weil?» Moor hatte eine neutrale Miene aufgesetzt.

«Weil», tat Marconi ihm den Gefallen, «nach allem, was der sehr nordfriesische Kneipenwirt des *Thalamegus* erzählt hat, Piet Lorenzen ziemlich die Lampen anhatte und einigermaßen unsicher aus dem Laden getorkelt ist. Demnach ist nicht davon auszugehen, dass er bewusst oder unbewusst auf dem Heimweg – der mindestens eine Dreiviertelstunde dauert – eine installierte Kamera meidet und zu Hause eine Fake-Nachricht ausdruckt, nur um dann spurlos zu verschwinden. Selbst wenn der Mann so voll war, dass er sich verlaufen hat, wäre er inzwischen wiederaufgetaucht. So lange ist niemand durchgehend betrunken.»

«Betrunkene kommen auf noch beklopptere Ideen als Nüchterne», gab Moor zu bedenken.

«Das mag sein», gab Marconi zu. «Bloß kommt Lorenzen zu Fuß nicht weit. Und das Auto hatte Emma Lassen. Die beiden Taxiunternehmen von Sankt Peter-Ording hat Jens befragt. Die haben niemanden transportiert, der Lorenzen ähnlich sah. Theoretisch fahren Züge bis kurz vor Mitternacht einmal die Stunde nach Husum. Momentan herrscht hier Schienenersatzverkehr, und die Kamera am Bahnhof hat jeden erfasst, der in dem entsprechenden Zeitraum in den Bus gestiegen ist.»

«Aber wo ist er sonst?», sagte Moor, mehr zu sich selbst, und spekulierte dann auch gleich weiter. «Entweder hält

Piet Lorenzen sich in einer Höhle, einem Schuppen oder einem Keller irgendwo rund um diese schräge Kneipe versteckt. Oder er wird in einer Höhle, einem Schuppen oder einem Keller in der Nähe versteckt gehalten.»

«Klingt, als planten Sie eine groß angelegte Suchaktion?» Marconis Magen gab ein so lautes Grollen von sich, dass Moor den Blick darauf senkte. Jetzt bloß keine Magenverstimmung, dachte Marconi und nahm sich vor, künftig zweimal zu überlegen, bevor er sich sein Fischbrötchen ausgerechnet an einem Imbisswagen kaufte.

«Morgen früh um fünf geht's los», sagte Moor, dem aufzugehen schien, dass Marconi nicht bei der Morgenbesprechung gewesen war.

Marconi nickte. «Auf mich müssen Sie verzichten, aber viel Erfolg.»

«Nix da, wir brauchen jeden Mann!», entgegnete Moor.

«Wenn Sie auf meine Kinder aufpassen wollen, statt die Suche zu koordinieren, melden Sie sich. Ansonsten komme ich zur Abwechslung mal meiner gesetzlichen Aufsichtspflicht nach.» Zwar war er dankbar, dass Piet Lorenzens Verschwinden ihn davor bewahrte, seine Zeit damit zu verbringen, vor Langeweile das Wachstum der einzigen Büropflanze zu studieren. Aber weder würde er erneut Unsummen für einen Babysitter berappen noch weiteren Ärger mit dem Jugendamt riskieren. Zumal für einen Fall, in dem er nicht einmal den Hut aufhatte. Es war nie zu spät, auch mal Vernunft walten zu lassen. Und damit marschierte Marconi aus seinem Büro.

Jens hatte seit einer Stunde konzentriert auf seinen Laptop gestarrt.

«Chef?», rief er nun halblaut, noch immer, ohne von seinem Bildschirm aufzuschauen. «Ja?», antworteten Derik Moor und Marconi gleichzeitig.

Irritiert sah Jens auf. Ohne zu kommentieren, welchen der beiden er gemeint hatte, sagte er: «Kommt ihr mal?»

Als Moor den Raum betrat, stand Marconi bereits an Jens' Seite. Eine Augenbraue zuckte leicht in die Höhe, aber er ließ sich nicht zu einer Diskussion hinreißen, wer hier wessen Chef war.

«Ich habe mir noch einmal die Aufnahmen der Webcam an der Erlebnis-Promenade angesehen.»

«Und?», fragten Marconi und Moor erneut im Chor.

«Wie gesagt: An dem Abend waren nicht so viele Menschen draußen, es gab ja Sturmwarnung. Sonst hätte ich Piet Lorenzen vielleicht gar nicht so schnell identifiziert. Auf den ersten Blick sah es aus, als wäre er allein unterwegs.»

«Aber?», kam Moor Marconi zuvor.

Jens startete die Aufzeichnung erneut und ließ den entführten Wattschützer durchs Bild laufen. Mindestens zwanzig Sekunden lang geschah nichts. Dann tauchte eine Person am unteren rechten Rand auf. Jens pausierte das Video und zeigte auf die schemenhafte Gestalt, eingehüllt in einen gelben Friesennerz. «Aber es ist gut möglich, dass jemand Piet gefolgt ist. Leider ist die Kapuze tief ins Gesicht gezogen, also kann man ihn nicht erkennen.»

«Das kann Zufall sein», entgegnete Moor. Die Enttäuschung war ihm deutlich anzumerken. «Anfang Juli sind Zehntausende Menschen zu Besuch in eurem Kaff. Da ist es nicht gerade ungewöhnlich, wenn jemand an der Promenade spazieren geht.»

Jens' Blick streifte den von Marconi, richtete sich jedoch sofort wieder auf Moor. «Richtig. Aber hier …» Jens spulte die Aufzeichnung vorwärts. «Die gleiche Person, jetzt auf dem Rückweg.»

Marconi schaltete sich ein. «Die Person hat den Kopf ein wenig unnatürlich von der Kamera weggedreht, als wollte sie nicht erkannt werden.»

«Überzeugt mich nicht», entgegnete Moor. «Kann genauso gut eine Windböe sein, die der Person Sand ins Gesicht weht. Da würde ich mich auch wegdrehen. Und selbst wenn es etwas zu bedeuten hätte, was sollte es uns bringen: Wollen wir nach jemandem im gelben Friesennerz fahnden? Dann kommen sämtliche Einwohner Nordfrieslands plus ein Großteil der Touristen infrage.»

«Falls diese Person Piet Lorenzen tatsächlich gefolgt ist, würde uns das eine Menge sagen», ließ sich Marconi nicht irritieren. «Entweder hat sie vor dem Haus gelauert, bis Piet aus seiner Wohnung gekommen ist, und nur auf den geeigneten Moment gewartet, um zuzuschlagen. Oder: Die Person hat Piet zufällig gesehen und spontan den Entschluss gefasst, ihn zu entführen. In beiden Fällen scheint sie ihm bis zum *Thalamegus* gefolgt zu sein und ist dann vielleicht zurückgegangen, um ihren Wagen zu holen, in dem sie Piet wohin auch immer transportiert hat, um was auch immer zu tun.»

«Sag ich doch: Diese Erkenntnis bringt uns nicht weiter. Aber ich lasse mich gerne vom Gegenteil überzeugen», sagte Moor und ging zurück in sein Büro.

Ein Gesicht. Das ist alles, was ich will. Warum versteckst du deine verdammte Visage, wenn du nichts zu verbergen hast? Was, wenn sie dem Täter schon einmal begegnet waren, in einem Café, bei der Demo, bei einer der Nachbarschaftsbefragungen? Nur wenige Dinge eigneten sich besser dazu, einen Menschen in den Wahnsinn zu treiben, als Ungewissheit. Und er wollte wissen, wer diese Person aus der Aufzeichnung war. «Hervorragende Arbeit, Jens, ehrlich. Ich weiß noch nicht, wozu diese Erkenntnis gut ist, aber mein Bauchgefühl sagt mir, dass wir das noch erfahren werden.»

Marconi hatte in all den Jahren als Kriminalbeamter noch nie in einer Entführung ermitteln müssen – und war mehr als froh darüber. Im Gegensatz zu anderen Verbrechen waren ihm Entführungen immer zu vage vorgekommen. Was war das auch für eine Straftat, bei der ein Mensch einen anderen raubte und einen willkürlichen Preis für sein Leben festsetzte? Und dieses Leben einfach auslöschte, wenn der Preis nicht gezahlt wurde?

Wenige Minuten später riss Jens ihn erneut aus seinen Gedanken. «Chef?», sagte er, diesmal so leise, dass Moor sich nicht angesprochen fühlte.

«Hm?», murmelte Marconi, der sich gerade eine Reihe Videos von Demonstrationen mit *GreenPlanet*-Beteiligung ansah.

«Wann ist Klara geboren?»

«Hm?», murmelte Marconi, noch immer abgelenkt.

«Wann Klaras Geburtstag ist.»

Marconi sah nun doch von seinem Handy auf. «Warum?»

«Ich brauche ihr Geburtsdatum fürs Protokoll über die Demo. Und weil sie keinen Personalausweis dabeihatte ...»

Harsch unterbrach Marconi ihn. «Klara ist nie auf dieser Demo gewesen!»

«Aber ...»

«Bei der anderen Demo Anfang Juni, die eskaliert ist, haben die Kollegen aus Husum sie auch schon einmal aufgegriffen. Klara ist also aktenkundig. Was glaubst du, wie oft das gut geht, bis das Jugendamt nachfragt, was an dem Begriff *Aufsichtspflicht* für mich so schwer zu verstehen ist?»

«Aber ich kann doch nicht einfach ...»

«Nein, kannst du nicht. Und sollst du auch nicht. Klara war nie auf dieser Demo, und diese Dienstanweisung nehme ich ganz allein auf meine Kappe.»

«Dir ist schon klar, dass sie da nicht alleine war?» Jens sah ihn mit einer Mischung aus Unverständnis und Sorge an. «Das fällt auf, wenn ausgerechnet die Nichte vom örtlichen Polizeichef nicht im Protokoll auftaucht. Es gibt ein Dutzend Zeugen, die dir daraus einen Strick drehen könnten.»

«Das Leben dreht mir seit Wochen jeden Tag einen Strick. Wenn's danach ginge, könnte ich mir gleich selbst einen nehmen. Und mir ist lieber, die Naturschützer machen Ärger als das Jugendamt.»

Jens bedachte Marconi noch einmal mit einem langen Blick, dann tippte er auf die Löschtaste, bis Klaras Name von seinem Bildschirm verschwunden war.

23

Klara werden
die Augen geöffnet

Es roch herb nach frischer Gischt und Algen. Die Luft war erfüllt von den leisen Rufen der Möwen, die über ihnen Kreise zogen. Klara und Eva gingen nebeneinander, das Gras kitzelte unter ihren Fußsohlen.

«Was machen wir hier?» Klara musterte sie neugierig.

Eva warf einen Blick zum Meer. Ein paar Surfer hockten auf ihren Brettern, ließen sich von den Wellen heben und senken. Merle konnte sie auf den ersten Blick nicht ausmachen. Wie schade. Aber in erster Linie war sie ja wegen Klara hier. Die Brandung war schwächer als die Tage zuvor, was Eva mit einem Lächeln zur Kenntnis nahm. «Ich dachte, du möchtest vielleicht Surfen lernen?» Klara kommentierte den Vorschlag mit leuchtenden Augen und einem frenetischen Nicken.

Eva hatte ihr eigenes Surfbrett zu Hause gelassen und lieh stattdessen nur ein Anfängerboard für Klara und Neoprenanzüge für sie beide aus. Zunächst wärmten sie sich auf, indem sie einige Minuten lang im Sand immer wieder aus dem Liegen auf die Füße sprangen. Einigermaßen außer Atem und mit vor Anstrengung roten Gesichtern verkündete Eva, dass Klara nun bereit sei für die erste Welle ihres Lebens. Sie standen bis zu den Knien im Wasser, die Nordsee umspülte ihre Waden. Klara war so fokussiert, dass ihr das kalte Wasser an den nackten Füßen nichts auszumachen schien. Eva schob das Schaumstoffbrett bis ins hüfthohe Wasser, dann rutschte Klara mit dem Bauch darauf und ließ sich von Eva in eine heranrollende Welle schubsen. Noch ehe sie, wie angewiesen, die Hände auf das Brett drücken und den Oberkörper heben konnte, rutschte sie vornüber ins Wasser und kam mit einem lauten «Fuck» wieder nach oben.

Eva lachte auf, und kurz schaute Klara deshalb bedröppelt drein. Aber nachdem ihr Eva versichert hatte, dass auch die besten Surfer der Welt definitiv nicht beim ersten Versuch die Welle stehend bis zum Schluss gesurft waren, entspannte sie sich sichtlich und kicherte jedes Mal, wenn sie erneut in die Nordsee fiel.

Nach einer Dreiviertelstunde im Wasser hatte Klara bereits knallrote Wangen, aber ihr Blick gab Eva zu verstehen, dass an ein Ende der Lektion nicht zu denken war. Die Sonne stand schon tief, doch noch war es schön hell, denn die Sommertage im Norden waren ewig lang. Einmal noch, dachte Eva, dann musste das Mädchen aus dem Wasser. Erneut schob sie Klara in eine Welle. Sie sah zu, wie Klara den Kopf hob und sich nach oben kämpfte, bis sie auf den Füßen stand, zwar wackelig, aber sie stand. Kurz vorm Strand hob sie jubelnd die Arme in die Luft, verlor das Gleichgewicht und fiel rückwärts ins Meer, während das Brett nach vorne auf den Strand flog. Klara kam mit weit aufgerissenen Augen wieder nach oben, sah sich suchend nach Eva um, die die Arme in die Höhe riss und laut johlte. Auch vom Ufer her kamen Rufe und Applaus zu ihnen herüber. Eva stürzte sich in die nächste Welle, kraulte zu Klara und hielt ihr die Hand zum Highfive entgegen. Mit inzwischen leicht bläulichen Lippen schlug Klara ein.

Zwanzig Minuten später saßen sie abgetrocknet und umgezogen mit einer Saftschorle in den Liegestühlen der Bar, die zum Wassersportcenter *X-H2O* gehörte. Klaras Gesicht hatte wieder eine akzeptable Farbe angenommen, und sie klönten über das Surfen.

«Jetzt verstehe ich, was den Leuten so daran gefällt», sagte Klara. «Egal, ob du eine Welle bekommst oder nicht, nur auf dem Brett zu sitzen und zu warten, ist irgendwie entspannend.»

«Ich verliebe mich dabei jedes Mal wieder neu in unsere Nordsee», bestätigte Eva.

«Genau deshalb mache ich bei *GreenPlanet* mit», erwiderte Klara. «Weil ich das Meer so liebe.»

Jemand drehte die Elektromusik ein wenig lauter. Fast gleichzeitig wurden auch die Gespräche intensiver, aber die Atmosphäre blieb trotzdem herrlich entspannt, wie Eva es sich für diese Unterhaltung erhofft hatte. «Ich engagiere mich auch für den Umweltschutz, allerdings bin ich nie auf die Idee gekommen, das in einer Organisation zu tun. Ich glaube, ich bin einfach kein Vereinsmensch. Ständig sagt einem jemand, was man tun oder denken soll.»

Klara musterte sie ein wenig skeptisch, als würde sie sich fragen, ob das ein Test war. «Aber zusammen kann man mehr erreichen.»

«Trotzdem wird es doch Leute bei *GreenPlanet* geben, die du weniger magst als andere. Und mit denen musst du viel Zeit verbringen, ob du willst oder nicht, stimmt's? Für mich wäre das nichts.»

Klara nickte zögernd. «Ist doch überall so, keiner mag immer jeden. Aber alle haben das gleiche Ziel, das schweißt zusammen.»

Eva deutete auf Klaras leere Flasche und gab mit einer Handbewegung zu verstehen, dass sie noch eine holen würde, aber Klara schüttelte den Kopf. Also stellte Eva ihre Flasche neben sich auf den Boden und sagte: «Nur weil man in derselben Organisation ist, können einzelne Personen oder Gruppen trotzdem unterschiedliche Ziele verfolgen. Das sieht auch euer Piet so.»

«Warum glaubst du das?», sagte Klara argwöhnisch.

«Ich war damals in der Sitzung, in der es zum Streit mit Fabian kam. Piet hat ihm vorgeworfen, die Umwelt sei ihm eigentlich völlig egal und die immer radikaleren Aktionen sollten bloß ihm selbst Aufmerksamkeit bringen.»

Klara presste die Lippen aufeinander. Eva mutmaßte, dass sie gerade innerlich einen Kampf ausfocht, für wen der beiden sie Partei ergreifen sollte. «Ich vertraue Fabian», sagte sie schließlich. «Er weiß, was er tut.»

Das wusste Fabian tatsächlich, dachte Eva. Er ging zwar alles andere als subtil vor, schien aber die anderen Naturschützer hinter sich versammeln zu können. «Mit dem Vertrauen ist das so eine Sache», sagte Eva und überlegte, wie deutlich sie werden sollte, vielleicht sogar werden musste. «Du magst Fabian.» Sie ließ es nach einer Feststellung klingen.

Klara musterte sie und entschied sich für ein Schulterzucken als Antwort.

«Er ist echt … niedlich», sagte Eva. *Und ein selbstverliebtes, arrogantes Arschloch*, fügte sie in Gedanken hinzu. «Und er scheint dich zu mögen.»

«Denkst du?» Wie Eva gehofft hatte, fühlte sich Klara geschmeichelt genug, um ihr Schweigen zu brechen. «Ich meine, er umarmt mich immer zur Begrüßung. Das ist echt süß.» Ihre Augen strahlten.

Eva seufzte innerlich. «Was ich nicht so süß finde ...», ihr tat es fast leid, dass sie nun sagen würde, was sie zu sagen hatte, «... ist, dass er anderen die Freundinnen ausspannt. Ich habe ihn neulich mit Merle knutschen gesehen.»

Klara sah sie mit großen Augen an. «Aber die ist doch mit Dilan zusammen.»

«Eben», sagte Eva. «Ich weiß nicht, wie sehr man jemandem trauen kann, der die Freundinnen von anderen anmacht und dabei noch mit dreizehnjährigen Mädchen flirtet.»

«Er flirtet nicht mit –» Klara unterbrach sich. «Das kann doch nicht –» Ihr Blick verdüsterte sich. Eva beobachtete, wie sie mehrere Augenblicke lang ihren trüben Gedanken nachhing. «Merle ist 'ne blöde Kuh», sagte sie schließlich trotzig.

«Das mag zwar sein», sagte Eva, «aber zum Fremdknutschen gehören immer zwei. Wenn Merle deshalb eine blöde Kuh ist, dann ist Fabian auch eine.» Sie hatte gehofft, Klara damit ein Schmunzeln zu entlocken. Aber Klara presste bloß weiter die Lippen aufeinander. Eva meinte, Tränen in ihren Augenwinkeln zu sehen. «Ich nehme doch noch eine Rhabarberschorle», sagte Klara und hielt ihr ihre Flasche entgegen.

Kurz darauf kam Eva mit Nachschub zurück, und noch ehe sie sich wieder in ihren Liegestuhl gesetzt hatte, sagte Klara: «Merle ist nicht deshalb eine blöde Kuh, weil sie fremdknutscht. Ich habe neulich gehört, dass sie irgendeine heftige Aktion plant.»

Eva bemühte sich um eine coole Fassade. «Was denn für eine Aktion?»

«Keine Ahnung. Die weihen uns nicht in alles ein, was sie

planen.» Als Eva nachdenklich die Brauen zusammenzog, fügte sie eilig hinzu: «Ich weiß, wie das jetzt für dich klingt: Merle küsst Fabian, und du glaubst, ich stehe auf Fabian, also verpetze ich Merle. Ich hab *Der Bachelor* geguckt, ich weiß, wie das läuft.»

Für solche Sendungen bist du definitiv noch zu jung, dachte Eva, sagte aber nichts. Sie wollte sich nicht als spaßbefreite Erwachsene aufführen und dadurch Klaras Vertrauen verspielen.

«Aber das ist es nicht. Piet war immer dafür, die Leute mit Fakten zu überzeugen, nicht mit Gewalt. Und was Merle plant, ist definitiv heftiger.»

«Magst du mir verraten, was es ist?», fragte Eva, so ruhig es ihr möglich war.

«Ich sag doch, ich weiß es nicht», sagte Klara und schob ein «Echt nicht» hinterher, als sie Evas zweifelndem Blick begegnete. «Aber ich kann versuchen, was rauszufinden.»

Eva überlegte, inwieweit sie Klara damit einer Gefahr aussetzte. «Du kannst ja mal unauffällig die Augen und Ohren offen halten», sagte sie schließlich.

«Deal», sagte Klara, für Evas Geschmack eine Spur zu schnell. «Merle hält mich noch für ein Kind und nimmt mich nicht ernst. Die wird gar nicht mitbekommen, dass ich sie ausspioniere.»

«Pass bitte auf. Wir sind hier nicht bei den *Drei Fragezeichen*, und du bist nicht Justus Jonas.» Sie sah auf die Uhranzeige ihres Smartphones und nahm Klara dann die leere Saftflasche aus der Hand. «Ab nach Hause, ich hab ein Date mit meinem Bett.»

24

Marconi übergibt sich
seinem Schicksal

Nach Feierabend und Abendessen hatte Marconi eine weitere jener Tabletten eingeworfen, die angeblich im Handumdrehen den Magen aufräumten. Gerade hatte er beschlossen, die Spülmaschine einzuräumen, als es an der Tür klingelte. Er wartete, ob Stefano wie üblich aus dem Obergeschoss gerannt kam, aber er schien sich gerade den Schlafanzug anzuziehen oder die Zähne zu putzen. Also öffnete Marconi selbst. Ein paar leuchtend grüner Augen sah ihn an. Gerade noch rechtzeitig konnte er ein Stöhnen unterdrücken, denn das Augenpaar gehörte Jasmin Hegel vom Jugendamt.

«Normalerweise arbeite ich nicht so spät», sagte sie, nachdem er sie ins Haus gebeten hatte. «Aber Sie sind offenbar nur abends anzutreffen. Es geht um die Sorgerechtsverfügung. Ich hatte ja angekündigt, dass ich einige Unterschriften von Ihnen benötige.»

Sofort wurde ihm mulmig. Das Zusammenleben mit Klara und Stefano war ihm keinen einzigen Tag leichtgefallen. Zuweilen hatte Marconi das Gefühl, bei einer Wattwanderung von Seenebel überrascht zu werden. Eben schien alles eitel Sonnenschein, und von einer Sekunde auf die andere konnte man kaum noch durch den Dunst blicken und wusste nicht, wo vorne und hinten war. Wenn er ehrlich zu sich war, bezog sich das nicht nur auf die Kinder, sondern auf seine Gesamtsituation in Sankt Peter-Ording. Es war anstrengend, in jedem Fall anstrengender als alles, was er in seinem bislang recht einfach gestrickten Leben durchgemacht hatte. Aber jeder Nebel lichtete sich gelegentlich, und er hatte auch schon schöne, versöhnliche Situationen mit Klara und Stefano erlebt. Deshalb hatte er kaum noch an die Sorgerechtsverfügung gedacht. In seiner Vorstellung war er längst für die Kinder verantwortlich. So, wie sein Bruder Nevio es sich gewünscht hatte. Aber er hatte die Rechnung ohne die Behörden gemacht, die allen Ernstes Zweifel an seiner Eignung zu haben schienen.

«Wenn sich keine weiteren Vorfälle ereignen, würde das Sorgerechtsverfügungsverfahren nach Ablauf der gesetzlichen Frist am ersten September starten.» Jasmin Hegel trug wieder ihr weißes T-Shirt unter dem olivfarbenen Blazer, der farblich zu ihrer Hose passte. Ihre kupferroten Haare fielen ihr in leichten Wellen auf die Schultern. Von ihrem leger-reservierten Auftreten durfte man sich aber nicht täuschen lassen, hatte Marconi schnell bemerkt. Die Frau war tougher, als sie aussah.

«Sie meinen, noch so einen Vorfall wie den Autobrand, den ich nun wirklich nicht selbst gelegt habe?»

Wie üblich entgegnete sie nichts, und auch ihr Blick ließ keine Rückschlüsse auf ihre Gedanken zu. Er wusste nicht, was es war, das ihn an dieser Frau regelmäßig aus der Fassung brachte. Würde sie ihm Vorwürfe machen, dass er das Leben der Kinder wegen seines Berufs gefährdete, könnte er wenigstens versuchen, mit ihr zu diskutieren. Aber mit diesem Schweigen konnte er nicht arbeiten.

«Wo sind die Kinder?», erkundigte sie sich.

«Weiß ich nicht, habe sie schon seit ein paar Tagen nicht mehr gesehen», konnte Marconi sich nicht verkneifen.

In diesem Moment rief Stefano aus dem Obergeschoss herunter, wann Klara vom Surfen nach Hause kommen würde, was Jasmin Hegel mit einer gehobenen Augenbraue quittierte. Sie holte einen Stapel Papiere aus ihrer Aktentasche. «Die können Sie in Ruhe durchlesen und mir dann zuschicken.»

«Ich kann auch jetzt gleich unterschreiben. Wo Sie schon mal hier sind.» Marconi war sich ziemlich sicher, dass sie ihm die Unterlagen ebenso gut auch per Post hätte schicken können. Sein Magen machte sich lautstark bemerkbar.

«Was Falsches gegessen», sagte er entschuldigend, was nun auch die zweite Augenbraue in die Höhe trieb. Er nahm die Blätter, suchte in den Schubladen nach einem Stift und beugte sich über die Formulare, was keine gute Idee war, denn sofort wurde ihm davon noch übler. *Reiß dich zusammen*, ermahnte er sich. *Unterschreib das Zeug, dann wirst du die Nervensäge los und nimmst noch zwei Magentabletten.* Er spürte, wie ihm kalter Schweiß auf die Stirn trat, und während er neben den farbig unterlegten Kreuzen unterschrieb, schwor er sich, nie wieder ein Fischbrötchen zu essen. Im Eiltempo leistete er alle Unterschriften und blätterte noch einmal die Papiere durch, um sicherzugehen, dass er auch nichts übersehen hatte.

Der Moment, in dem er Jasmin Hegel den Antrag zur Sorgerechtsverfügung entgegenhielt, war der Moment, in dem sein Mageninhalt nach draußen drängte. Marconi rannte aus dem Raum, stürzte zur Gästetoilette neben der Haustür und ergab sich geräuschvoll seinem Schicksal. Nach sechzig quälend langen Sekunden war es überstanden.

«*Madonna*», stöhnte er und stützte sich mit der freien Hand an der gefliesten Wand ab. Er fühlte sich erleichtert und wieder einigermaßen in gutem Zustand. Was man von den unterzeichneten Dokumenten in seiner Hand nicht behaupten konnte. «*Madonna*», stöhnte er erneut. Im Türrahmen zur Gästetoilette tauchte Stefano auf und sah mit heruntergeklappter Kinnlade zwischen seinem Onkel und der Besucherin in der Küche hin und her. «Was ist los?»

«Alles okay», sagte Marconi mit brüchiger Stimme. «Du kannst wieder nach oben gehen.»

Aber Stefano ging nirgendwohin, blieb genau dort, wo er war. Und bekam im nächsten Moment Gesellschaft von Jasmin Hegel, die Marconi mit unergründlicher Miene ansah, ehe ihr Blick auf die nicht mehr ganz taufrischen Papiere in seiner Hand fiel. Resigniert entsorgte er die Dokumente in dem kleinen Treteimer neben der Kloschüssel. Das schien Jasmin Hegel endlich aus ihrer Starre zu holen. Sie seufzte vernehmlich, bedachte erst Marconi, dann Stefano mit einem vagen Kopfschütteln und verließ das Haus ohne weiteren Kommentar. Nicht zum ersten Mal dachte Marconi, dass das Leben zuweilen einer Tragikomödie ähnelte.

25

Marconi entdeckt
den Rotfuchs in sich

Papà?»

Marconi öffnete die Augen. Wo war er? Hatte er gerade nach seinem Vater gerufen? Das konnte nicht sein. Er hatte von dem Moment geträumt, in dem Gesa ihm offenbart hatte, dass sie ihn verlassen würde. Und warum.

«Papà!»

Marconi fuhr herum. In der Dunkelheit erkannte er einen Schatten in der Tür. Er tastete nach seinem Telefon, das Display zeigte zwei Uhr dreißig. Vor gerade einmal einer Stunde war er eingeschlafen. Davor hatte er sich drei weitere Male übergeben. Er knipste die Nachttischlampe an. Stefano rieb sich die Augen und musterte ihn mit einem Blick, als hätte er jemand anderen erwartet.

«Schlecht geträumt?» Marconi schlug die Bettdecke zurück.

Ohne zu zögern, kroch Stefano ins Bett. Marconi strich dem Jungen mit der Hand über den Kopf, dann lagen sie nebeneinander und starrten an die Decke. «Hast du vom bösen Bürgermeister Besserwisser aus *Paw Patrol* geträumt?», fragte Marconi. Das war Stefanos Lieblingsserie, er konnte sie beinahe mitsprechen.

Stefano schüttelte den Kopf, die Tränen schienen allmählich zu versiegen. «Ich habe von einer Eule geträumt, mit roten Haaren und grünen Augen. Die ist von einem Nest zum nächsten geflogen. Und überall, wo die Euleneltern gestorben sind, hat sie einfach die Eulenbabys gefressen.»

Marconi kam die Beschreibung der Eule nur allzu bekannt vor, er verzichtete aber darauf, es direkt anzusprechen. Stattdessen kratzte er seine bescheidenen Biologiekenntnisse zusammen. «Ich weiß nicht, ob Eulen wirklich so fies sind wie in deinem Traum. Aber weißt du, welche Tiere wirklich cool sind?» Er drehte den Kopf zu Stefano, der ihn aus verweinten Augen erwartungsvoll ansah. «Rotfüchse. Die Welpen verlassen den Fuchsbau, wenn sie drei Monate alt sind. Aber nie alleine, sie gehen immer mit ihrem Papà auf Tour. Andere Tiereltern überlassen ihre Kinder so jung schon sich selbst, nach dem Motto friss oder ...», er biss sich auf die Zunge, «... Pech gehabt. Aber Rotfuchspapàs sind viel cooler. Sie bringen einfach kein Fressen mehr mit nach Hause.»

«Was soll denn daran cool sein?», sagte Stefano empört. «Das ist doch voll fies.»

«Das sieht vielleicht so aus, aber dadurch lernen die Kinder, für sich selbst zu sorgen. Der Fuchspapà bringt ihnen alles bei, was sie für die Jagd wissen müssen. Und er ist ja nicht dumm: Falls das mit dem Jagen nicht sofort klappt, vergräbt er Tiere, die er vorher gejagt hat, in der Nähe von ihrem Bau.»

«Damit sie sie erschnüffeln und fressen können und nicht verhungern?», fragte Stefano.

«Richtig.»

«Also ist er nur gemein zu ihnen, damit sie erwachsen werden können?»

Marconi nickte.

«Machst du das auch so?»

«Bin ich denn fies zu euch?»

Stefano legte die kleine Stirn in Falten. «Aber du bist auch nicht unser Vater.»

«Du hast recht, das bin ich nicht. Deinen Papà kann dir niemand ersetzen. Aber euer Vater war mein Bruder. Ihr seid Familie. Und wie der Rotfuchs seine Familie mit seinem eigenen Leben beschützt, würde ich das auch für euch tun. Wer in die Nähe des Fuchsbaus kommt, den vertreibe ich.»

«Aber du kannst nicht immer auf uns aufpassen. Du musst ja viel arbeiten.» Stefano sagte es nicht vorwurfsvoll, sondern sachlich, wie eine unumstößliche Tatsache.

«Eines musst du mir glauben, Stefano.»

Der Junge sah ihn aus müden Augen abwartend an.

«Wenn ich wüsste, dass ihr in Gefahr seid, würde ich bis in alle Ewigkeit keinen Tag mehr arbeiten gehen. Aber damit ihr erwachsen werden könnt, müsst ihr in die Schule gehen und lernen, manche Dinge auch alleine zu schaffen. Ich bin nie weit weg und immer da, wenn ihr mich braucht. Darauf hast du mein Ehrenwort. Und keine Eule dieser Welt, egal welche Haarfarbe sie hat, wird euch mir je wegnehmen.»

«Versprochen?», sagte Stefano mit einem kindlichen Ernst, der Marconi rührte.

«Versprochen», sagte Marconi und löschte das Licht. «Aber wenn Fuchsjungen nicht schlafen, werden sie so müde, dass selbst ihre Träume ein Nickerchen brauchen.»

Stefano gab ein müdes Kichern von sich. Kurz darauf waren nur noch gleichmäßige Atemzüge zu hören. Dafür war Marconi nun hellwach. Und das lag nicht nur an seinem bedenklich rumorenden Magen.

26

Hoffnung und Furcht
liegen oft nah beieinander

Die Suchaktion sollte an diesem Donnerstagmorgen um fünf Uhr beginnen. Bis zuletzt war unklar gewesen, ob nicht doch zusätzliche Rettungsdienste und Einheiten der Bereitschafts- oder Bundespolizei zur Unterstützung nach Sankt Peter-Ording kommen würden. Aber offenbar waren die Vorgesetzten von Kriminalhauptkommissar Derik Moor bei ihrer Gefahreneinschätzung zu einem ähnlichen Ergebnis gekommen wie Eva selbst: Die Suchaktion war sinnlos, überflüssig und viel zu spät. Leider hatte sie niemand nach ihrer Meinung gefragt. Sonst hätte sie vielleicht nachgehakt, weshalb – wenn man sich schon zu einer solchen Suche entschied – bloß zwei Beamte der Bereitschaftspolizei mit polizeitaktischer Drohnenfortbildung geschickt worden waren sowie zwei Hundeführer mit Suchhunden. Dazu die wenigen gerade abkömmlichen Polizisten aus den umliegenden Polizeistationen, insgesamt nicht mehr als zwanzig Männer und Frauen. Sie alle waren in der Dienststelle versammelt. Moor hatte sich in der Mitte postiert und lehnte am Tisch, auf dem eine Landkarte lag, wie ein Kapitän an Deck eines Segelschiffes, der sich bei Sturm gegen die Reling stützen musste.

Als wären sie nicht nur ein Trupp von lächerlicher Größe, wies er sie mit etwas zu lauter Stimme an, die rund zweieinhalb Kilometer lange Strecke zwischen dem «*Thama-Din-gens*» und dem Haus der Mantheys abzusuchen. Piet Loren-zen sei in der Bar zuletzt gesehen worden und Paul Manthey derzeit ihr einziger und deshalb auch Hauptverdächtiger. Eva sah das zwar anders, würde aber zur Abwechslung ein-fach den Befehlen Folge leisten und nicht vor zwanzig Kol-legen ungefragt ihre Meinung kundtun.

Man werde, fuhr Moor fort, zwei Strecken ablaufen. Zum einen durch den Ortsteil Dorf, zum anderen über den Deich. Sie sollten auf beiden Routen auch die Seitenstraßen abde-cken, während Drohnen die Grundstücke und die Gärten der Umgebung absuchten. Die Mienen der Männer – außer ihr waren nur zwei weitere Frauen beteiligt – sahen ernst und müde aus. Für einen kurzen Moment musste Eva bei ihrem Anblick an den Sportunterricht in der nullten Stunde denken, als sie morgens um sieben Uhr bei Wind und Wet-ter mit ihren Turnbeuteln vor der Sporthalle auf die Lehre-rin warteten, um noch im Halbschlaf einem Basketball hin-terherzustolpern. Sinn und Nutzen von Sportunterricht zu nachtschlafender Zeit hatte sie damals ebenso wenig nach-vollziehen können. Moor klatschte in die Hände, und kurz darauf traten sie aus der Enge der Polizeistation ins Freie.

Der Anteil an Jod, Magnesium und Salz in der Luft schien an diesem Morgen noch höher zu sein als sonst. Jedenfalls spürte sie regelrecht, wie bei jedem Atemzug ihre Lungen-bläschen weiter wurden. Die zehn Minuten Fußweg zum *Thalamegus* legte die Gruppe weitgehend schweigend zu-rück. Die beiden Hundeführer hielten ihren Personen-spürhunden getragene Socken von Piet Lorenzen unter die Schnauzen, und zunächst wirkte es, als würden sie eine Fährte aufnehmen. Doch nachdem sie das kleine Grundstück rund um die alteingesessene Kneipe abgesucht und offenbar nichts gefunden hatten, setzten sie sich ratlos vor ihre Menschen und warteten weitere Befehle ab. Eva kannte sich zwar nicht gut genug aus, meinte sich aber zu erinnern, dass die Fährte eines Menschen überhaupt nur wenige Stunden erschnupperbar war. Sofern sie sich diesbezüglich nicht täuschte, war diese Aktion von vornherein zum Scheitern verurteilt. Es sei denn, Piet befände sich in unmittelbarer Nähe in einem Versteck. Aber die Chancen standen wohl eher schlecht.

Jens war der Gruppe zugeteilt worden, die sich durch das Dorf arbeitete. Und Marconi hatte das aus ihrer Sicht einzig Richtige getan: Er hatte sich auf die Kinder berufen, die er unmöglich unbeaufsichtigt lassen konnte, und war der unsinnigen Suche gleich ganz ferngeblieben. Vermutlich lag er noch in seinem Bett und schlief den Schlaf der Gerechten, dachte Eva, nicht ohne eine Spur Neid.

Auf Höhe von Katholischer Kirche und Gemeindebücherei teilte sich die Suchkette, und Eva bog mit einer kleinen Gruppe in den schmalen Kiesweg ab, der Richtung Deich und Salzwiesen führte. Wo es ging, hielten sie die von Moor geforderten drei Meter Abstand zum Nebenmann. Einige ihrer Kollegen kletterten über die hüfthohen Maschendrahtzäune, die Touristen auf den befestigten Wegen halten sollten. Sie durchstreiften das hohe Gras, den Blick auf den Boden gerichtet, inspizierten Büsche und dorniges Gestrüpp.

Das leise Pfeifen des Windes mischte sich mit dem Sirren der Suchdrohne über ihnen und dem Knirschen von Kies unter ihren Lederstiefeln, während sie sich dem Deich näherten. Die Dominanz des gewaltigen Himmels verlieh der

Landschaft eine scheinbare Unendlichkeit, und – umgeben von Fichten und menschenleeren Salzwiesen – kam es Eva vor, als sei der Rest der Welt sehr weit weg. Auf der Deichkrone angekommen, blieb nur einer der Polizeibeamten aus ihrem Team auf dem Damm, alle anderen verteilten sich zu beiden Seiten darunter. Eva war durch das schwere Eisentor getreten, das die Galloway-Rinder innerhalb des kilometerbreiten Streifens der Salzwiesen halten sollte. Ihr Blick wanderte über einen Teppich aus Meerlavendel, ein violetter Farbenrausch. Darüber die Rufe der Vögel, vor allem die der aufgeregten Austernfischer. Was für ein Konzert in dem Dickicht aus Reet, Andelgras und Strandastern. Doch so faszinierend Eva die Salzwiesen auch fand, fragte sie sich mit jedem Schritt mehr, was sie hier eigentlich machte.

Warum sollte Piet auf dem Weg von der Kneipe zu Paul Mantheys Haus verschwunden sein? Und wie hätte man einen erwachsenen Mann die weite Strecke über den Deich in die Salzwiesen transportieren sollen?

Sie sah sich zu ihren Kollegen um. Die Formation, in der sie den Bereich absuchten, glich fast einem Spiel aus ihrer Kindheit: *Wer hat Angst vorm schwarzen Mann?* Jenes Spiel, bei dem eine Gruppe von Läufern von einer einzelnen Person, dem *schwarzen Mann* als Personifizierung des Todes, daran gehindert werden sollte, ein Spielfeld zu durchqueren. Nur dass sie in diesem Fall die Rollen getauscht hatten: Sie jagten den unbekannten Todbringer in einer dreißig Meter breiten Formation. Eine Spürhündin trabte wie selbstverständlich drei Meter neben ihr her, fast als wäre sie auf einer morgendlichen Gassirunde durch ein ihr hinlänglich bekanntes Gebiet. Gelegentlich schnüffelte sie skeptisch an einem Strauch, ließ aber schnell wieder davon ab. Weil sie so langsam liefen, um keine Spuren zu übersehen, waren sie schon knapp zwei Stunden unterwegs, und das auf einer Strecke, die sie sonst in dreißig Minuten abgelaufen wären. Aber niemand wollte sich vorwerfen lassen, nicht sorgfältig gearbeitet, nicht genau hingesehen zu haben.

Sie mussten sich etwa in Höhe des Seerosenwegs befinden, in dem das Haus der Mantheys stand, da erstarrte die Hündin und gab ein entschlossenes Knurren von sich. Auch ihr Hundeführer gefror. Und so seltsam es sein mochte: Hatte Eva bislang Sorge gehabt, sie würden Piet nicht finden, wuchs nun in ihr die Angst, das Gegenteil könnte eintreten – dass sie Piet fanden, hier, in den Salzwiesen, tot.

Eva blickte in dieselbe Richtung wie die Hündin. Und sah nichts. Nur der Wind strich durch den Strandhafer und die rosa Blüten der Strandgrasnelke. Mittlerweile war die bis dato geschlossene Wolkendecke ein wenig aufgerissen und ließ mehr und mehr Licht durch. Dann, endlich, stellte sich Evas Blick scharf und traf auf etwas, das unter der Oberfläche eines kleinen Priels lag. Anstatt ihrem Instinkt zu folgen und davonzulaufen, machte sie ein paar entschlossene Schritte nach vorn. Und sah es.

Von unter der Wasseroberfläche starrten ihr zwei leere Augen entgegen.

27

Marconi verhandelt nicht
mit Erpressern

Schön, dass du dich endlich mal blicken lässt», empfing ihn Knud Jansen. Marconi, froh darüber, an diesem Morgen nicht im dichten Gestrüpp nach einem Vermissten suchen zu müssen, war stattdessen die fünfzig Kilometer nach Husum gefahren, sobald er die Kinder zur Schule gebracht hatte. Er hatte den Polizeiwagen im Halteverbot am Marktplatz direkt neben der skandinavisch anmutenden Kirche geparkt, deren Kirchturm an ein seemännisches Leuchtfeuer erinnerte. Von dort waren es nur wenige Schritte zur Redaktion des *Husumer Tageblatts* gewesen. Er hatte sich durchgefragt, bis er vor dem Mann mit Glatze stand, der vor zwei Tagen noch mit seinem enormen Fotoapparat die Festnahme von Paul Manthey während der Lösegeldübergabe fotografiert hatte. «Das Interview zu deinem Amtsantritt ist längst überfällig.»

Ein Porträt mit bisherigem Lebenslauf, wie Knud Jansen es vorschwebte, kam für Marconi im Leben nicht infrage. Er wollte seine Ruhe, und erfahrungsgemäß hatte man umso weniger davon, je öfter man seine Visage in die Medien hielt. Lieber würde er vierundzwanzig Stunden auf einem Fakir-Nagelbrett verbringen, als sein Leben in der Zeitung auszuwalzen.

«Woher wussten Sie von der Lösegeldübergabe?», fragte

Marconi ohne Umschweife und ignorierte die Frage nach dem Interview.

«Das meinten deine ehemaligen Kollegen in München also damit, du seist schwierig, als ich sie für meinen Artikel über dich kontaktiert habe.»

«Ich nehme das als Kompliment», sagte Marconi freundlich. «Aber wissen Sie, was wirklich schwierig ist? Mein aktueller Fall. Vielleicht haben Sie ja Lust, mir bei meiner Ermittlung zu helfen?»

«*Deine* Ermittlung?» Jansen lächelte süffisant. «Ich dachte, du bist nur ein Dorfbulle und arbeitest der Kripo Flensburg zu.»

«Für mich ist jede Ermittlung, an der ich beteiligt bin, *meine* Ermittlung.» Marconi war noch immer bemüht, freundlich zu lächeln, was ihm aber von Sekunde zu Sekunde schwerer fiel. «Also, woher wussten Sie von der Lösegeldübergabe?»

«Dazu kann ich leider nichts sagen», antwortete Jansen umgehend. «Informantenschutz.»

«Also haben Sie einen Tipp bekommen.»

«Das habe ich nicht gesagt.»

«Warum sollten Sie sich sonst auf Informantenschutz berufen?» Marconi mischte genug Skepsis in seine Stimme, um Knud Jansen klarzumachen, dass er solchen Unsinn keine Sekunde lang glaubte. Weil Jansen nicht reagierte, nahm Marconi den Faden wieder auf. «Wer hat Ihnen den Tipp gegeben, dass im Seerosenweg eine Lösegeldübergabe stattfindet? Und wann ist dieser Tipp eingegangen?»

«Wenn du mir Informationen gibst, gebe ich dir auch welche», sagte Jansen, ließ sich auf seinen Bürostuhl fallen und faltete die Hände über dem Bauch.

Marconi dachte mit einem unguten Gefühl an das Gespräch mit Fabian Holthusen und nahm sich vor, denselben Fehler kein zweites Mal zu machen. «Ich verhandle nicht mit Erpressern.»

«Hast du mich gerade als Erpresser bezeichnet?»

«Das können Sie gerne in Ihrem Artikel über mich zitieren.»

Knud Jansen nahm die gefalteten Hände von seinem Bauch und stemmte sie auf die Armlehnen seines Bürostuhls. «Das Einzige, was ich zitieren werde, ist dich aus den Redaktionsräumen. Wir sind fertig hier!»

In dem Moment, in dem sich der Reporter aus dem Stuhl stemmte, ließ sich Marconi auf den Besucherstuhl auf der anderen Seite des Schreibtischs sinken. Er verschränkte die Arme vor dem Körper und lächelte. «Das geht leider nicht, Herr Jansen. Ein Naturschützer wurde entführt, und Paul Manthey soll dafür angeklagt werden. Ich weiß so gut wie nichts über diesen Mann, aber dass er sich Lösegeld vor die eigene Haustür legen lässt, halte ich für ausgeschlossen. Offensichtlich will jemand von sich selbst ablenken und es ihm in die Schuhe schieben. Wenn Sie schweigen, muss ein Unschuldiger ins Gefängnis. Das geht dann auf Ihr Konto. Und sollte jemand Paul Manthey stecken, dass Sie ihm hätten helfen können, es aber vorgezogen haben, sich auf Informantenschutz zu beziehen, möchte ich nicht in Ihrer Haut stecken.»

«Willst du mir drohen?» Knud Jansen kniff die Augen zu schmalen Schlitzen zusammen. Das Gespräch hatte die Ebene freundlicher Konversation endgültig verlassen.

«Ich konfrontiere Sie nur mit den Fakten. Wer auch immer Ihnen den Tipp mit der Lösegeldforderung gegeben hat, könnte wissen, wo sich Piet Lorenzen aufhält. Falls er wirklich entführt wurde und sich nicht selbst irgendwo versteckt hält, ist es vielleicht eine Frage von Stunden, ehe er verhungert, verdurstet oder erstickt. Diese Verantwortung wollen Sie Ihrem Gewissen doch nicht wirklich anlasten, Herr Jansen.»

Knud Jansen starrte ihn reglos an, und Marconi hielt dem Blick stand. Nach Sekunden, die sich wie Minuten anfühlten, goss sich der Journalist Kaffee aus einer Thermoskanne in eine Tasse und gab drei Würfelzucker hinein. Er rührte und rührte, und rührte auch dann noch weiter, als sich der Zucker längst aufgelöst haben musste. Der Löffel schabte am Porzellan und verursachte ein unangenehm monotones Geräusch. Jansen räusperte sich. «Schon merkwürdig, dass du mir eine Straftat unterstellst, wenn du es bist, der mich erpresst.»

«Ich mache nur meinen Job, das verstehen Sie sicher.» Marconi ließ es bewusst nicht nach einer Frage klingen.

Knud Jansen nickte und murmelte: «Schade, dass du mich meinen nicht machen lässt.»

Marconi ahnte, dass Jansens Widerstand gebrochen war, aber er wollte seinen Triumph nicht zu offensichtlich auskosten, schließlich hatte er noch nichts erreicht. Stattdessen ließ er Jansen nun selbst zu der Erkenntnis kommen, dass er keine Wahl hatte. Bis dahin wanderte sein Blick umher. Er begutachtete die Bücher, die auf einem schmalen Regalbrett standen: lauter Ratgeber desselben Autors, *Deutsch für Profis*, *Handbuch für attraktive Texte*, *Handbuch des Journalismus* und *Deutsch für Kenner*. So zerfleddert, wie das gute Dutzend Bücher aussah, musste Jansen sein Handwerk entweder perfektioniert haben – oder er begriff es einfach nicht und musste die Bücher immer wieder zur Hand nehmen, in der Hoffnung, irgendwann hinter das Geheimnis der deutschen Sprache zu kommen.

Ein leichter Schweißgeruch hatte sich unter den Duft des Kaffees gemischt. Jansen ließ endlich den Löffel sinken, ignorierte das kalt gerührte Getränk und stand auf. Er durchquerte mit zwei Schritten sein kleines Büro, machte an der Tür kehrt und nahm wieder Platz. «Scheiß drauf. Für Informantenschutz müsste man die Identität des Informanten ja überhaupt erst kennen.» Er sah Marconi an, griff nach seiner Tasse, ließ sie aber gleich wieder los. «Der Anruf kam Dienstagabend gegen sechs.»

Marconi wartete, dass Jansen weitersprach. Als der ihm den Gefallen nicht tat, fragte er: «Von wem?»

Schulterzucken. «Unterdrückte Nummer.»

«Festnetz oder Mobiltelefon?»

«Ich sagte doch schon, dass die Nummer nicht zu sehen war!»

«Nicht der Anrufer, *Ihr* Anschluss!», entfuhr es Marconi. «Hat er oder sie auf Ihrem Handy angerufen oder auf dem Festnetz in der Redaktion?»

Jansen zeigte auf das anthrazitfarbene Schnurtelefon auf seinem Schreibtisch. «Da hat er angerufen.»

«Er?»

«Ein Mann.»

«*Er* ist meistens ein Mann», stellte Marconi fest. «Kam Ihnen die Stimme bekannt vor? Hat er seinen Namen gesagt? War es eine junge Stimme oder eine alte? Hat im Hintergrund das Meer gerauscht oder eher die Klospülung? Irgendwas, das Ihnen aufgefallen ist?»

Jansen zuckte bloß mit den Schultern. «Jung, schätze ich.

Er sagte, dass es am Abend einen Polizeieinsatz im Seerosenweg geben würde, der mich interessieren könnte. Dann hat er aufgelegt. Mehr weiß ich nicht.»

So viele junge Männer waren ihm im Zuge dieser Ermittlung noch nicht untergekommen. Im Grunde fiel ihm nur ein einziger ein. Marconis Instinkt sagte ihm, dass er aus Knud Jansen alles herausgeholt hatte, was es herauszuholen gab. Viel war es nicht, was er erfahren hatte. Aber doch genug, um der Ermittlung eine neue Wendung zu geben.

28

Marconi und seine Kollegen spenden ungefragt Schatten

Du hast *was?*», fragte Marconi.

«Ungeplant einen Vermisstenfall im Alleingang gelöst», antwortete Eva.

Sie standen in sieben Meter Höhe und schauten auf das von der Ebbe getrocknete Wattenmeer hinab. Am Horizont zeichnete sich ein diffuser Streifen von dunkelgrauer Farbe ab, der mit dem Himmel verschmolz: die Nordsee. Davor Hunderte Meter weit nur bräunlicher Sand. Schmale, gewundenen Rinnsale, die sich bald zu größeren Prielen vereinten, flossen dem Meer entgegen, nur um wenig später in denselben Bahnen wieder Richtung Ufer zurückzulaufen.

«Du hast Lorenzen gefunden?», erkundigte sich Marconi ungläubig.

Eva schüttelte den Kopf. «Gisela», sagte sie, und als sie Marconis fragenden Blick auffing, schob sie hinterher: «Die hüftlahme Labradorhündin von Frau Wittenbrink. Keine Gewalteinwirkung. Ihr Hund ist offenbar zum Sterben von zu Hause weggelaufen, um seinem Frauchen den Kummer zu ersparen.»

«Ach Mensch.» Marconi war tatsächlich gerührt. Vor lauter verschwundenen Wattführern hatte er vorübergehend gar nicht mehr daran gedacht. «Mir wäre es zwar lieber gewesen, wir hätten endlich Piet Lorenzen aufgespürt, aber ich schätze, man muss selbst die kleinen Erfolge feiern. Auch wenn es mir für Frau Wittgenstein natürlich leidtut, dass ihr Hund das Zeitliche gesegnet hat.»

«Wittenbrink», verbesserte Jens, fast schon automatisch. «Jetzt muss sie einen neuen Grund finden, täglich bei uns anzurufen.»

In Gedanken versunken sahen sie ein paar Augenblicke lang alle drei in die unfassbare Leere, die sich bis zum Horizont erstreckte. Die Schreie der Seevögel, die zu Hunderten im Watt herumstaksten und -pickten, lieferten den passenden Soundtrack.

«Also gut, Leute, bitte weitergehen. Hier gibt's nichts, aber auch gar nichts zu sehen», sagte Marconi zu Eva und Jens, die sich nur schwer von dem Anblick lösen konnten.

«Wie kann man das Wattenmeer nicht schön finden?», sagte Eva mit gespielter Empörung. «Dabei entdeckt man manchmal die wahre Schönheit der Nordsee erst bei Ebbe.»

«Um sich von dieser unendlichen Weite nicht erweichen zu lassen, muss man schon Tomaten auf den Augen haben und total vom Mittelmeer besessen sein: viel zu schmale Strände und völlig überteuerte Liegestühle, die wie Legebatterien nebeneinanderstehen», erwiderte Jens und warf Eva einen vielsagenden Blick zu.

«Wisst ihr, was das Komische an eurem Sankt Peter-Ording ist?», sagte Marconi. «Es liegt direkt am Meer, aber keiner der Einwohner kann es von zu Hause aus sehen. Überall steht ein meterhoher Deich aus Asphalt im Weg, über den du erst einmal drübermusst. Und wenn du das graue Ungetüm überwunden hast, trennt dich immer noch ein Kilometer ungemähter Wiese vom Strand. Selbst wenn du, wie hier, theoretisch mitten im Meer stehst, schaust du die

Hälfte der Zeit bis zum Horizont auf kackbraunen Matsch. Ich meine das nicht böse, ich sage nur, wie's ist.»

Eva und Jens öffneten synchron die Münder, um zu widersprechen.

«Dann wollen wir mal», kam Marconi ihnen zuvor und zog die Tür zur *Silbermöwe* auf.

Derik Moor und Ingwer Düster saßen im Halbschatten in der hintersten Ecke der Außenterrasse. Beide trugen taillierte schwarze Anzüge, weiße Hemden und schmale schwarze Krawatten. Den Vogel schossen ihre identischen Sonnenbrillen ab. Marconi hätte es nicht gewundert, wenn sie zusammen shoppen gewesen wären. Düster, der in Blickrichtung saß, entdeckte die Besucher zuerst und hielt, die Gabel auf dem Weg zum Mund, mitten in der Bewegung inne. Noch ehe er etwas zu Moor sagen konnte, setzte sich Marconi zu ihnen an den Tisch. Eva und Jens blieben hinter dem Ermittlungsleiter stehen und spendeten ungefragt Schatten. Die beiden Kriminalbeamten aus Flensburg mussten sich vorkommen, als wären sie von einem Überfallkommando festgesetzt worden.

«Marconi, was soll das? Wie haben Sie uns gefunden?», raunzte Moor. «Wir haben niemandem gesagt, wo wir sind.»

Marconi nickte wissend. Was er an München immer zu schätzen gewusst hatte, war die Anonymität, in der man dort leben konnte. Als wohnte man im Hotel. Das war hier anders: Zwar taten alle so, als ginge das Leben der anderen sie nichts an, aber natürlich zerrissen sich trotzdem alle das Maul. Manchmal glaubte Marconi, ersticken zu müssen. Doch das Leben in der Provinz hatte auch seine Vorteile, selbst wenn man sie an einer Hand abzählen konnte. «Sankt

Peter-Ording ist ein Dorf. Und wenn zwei *Men in Black* mit Krawatte und Sonnenbrille in einer Limousine mit verdunkelten Scheiben durch die Gegend fahren, ist das hier Tagesgespräch.» Marconi registrierte aus dem Augenwinkel, dass Eva und Jens sich ansahen, unschlüssig, ob sie grinsen oder sich für eine Explosion vom Oberboss wappnen sollten. Marconi gab ihm erst gar keine Gelegenheit dazu. «Ihr Nordseekrabbentürmchen sieht ganz hervorragend aus. Wir wollen Sie auch nicht lange stören. Trotzdem möchte ich Sie an meinen Gedanken teilhaben lassen. Einfach, weil sie mir keine Ruhe lassen. Ein Mann verschwindet, eine Lösegeldforderung taucht auf. Das Geld wird vor dem Haus eines anderen Mannes hinterlegt, der es mit hoher Wahrscheinlichkeit rein zufällig findet. Und noch ehe er weiß, was er da in den Händen hält, wird er von einem Einsatzkommando der Kripo festgesetzt.»

Moors Blick sprach Bände darüber, was er von Marconis Störung seiner Mittagspause hielt. Aber Marconi wäre nicht Marconi gewesen, wenn er sich davon hätte irritieren lassen. Er sprach weiter. «Der Mann beharrt darauf, von der Lösegeldforderung nichts zu wissen, und die Polizei kann keine Beweise für seine Beteiligung an dem Verbrechen vorweisen. Stattdessen stellt sich heraus, dass beim *Husumer Tageblatt* ein anonymer Tipp eingeht. Eine noch unbekannte Person, mutmaßlich jung und männlich, nennt dem Journalisten Ort und Uhrzeit, wo das Geld hinterlegt werden soll.»

Moor pickte demonstrativ eine Krabbe von seinem Kartoffelrösti, als ginge ihn Marconis Monolog nichts an. In Marconis Magen gähnte die Leere. Er war einfach noch nicht wieder bereit für feste Nahrung. So gut es ging, versuchte er, den Essensgeruch zu ignorieren.

«Wer von beiden ist wohl eher an dieser Entführungsnummer beteiligt: der, der immerhin so viel von der Entführung weiß, dass er Ort und Uhrzeit der Übergabe kennt? Oder derjenige, vor dessen Haus das Geld abgelegt wird?»

«Vielleicht stecken die beiden ja unter einer Decke», ergriff Ingwer Düster zuerst das Wort. «Vielleicht lassen Sie es nur so aussehen, als ob –»

Mit einer Geste unterbrach Moor Düster mitten im Satz und bohrte dabei seinen Blick in Marconis Gesicht. «Was passt dir nicht an Manthey als Tatverdächtigem? Mehrere Faktoren deuten auf seine Schuld hin: Das Lösegeld wurde bei ihm abgeladen. Sein Handy war Sonntagabend in derselben Funkanlage eingeloggt, genau zu der Zeit, in der Lorenzen im *Thamelagus* war. Am gleichen Tag, nur wenige Stunden früher, gab es einen Anschlag von Naturschützern auf sein Haus, und Lorenzen ist Mitglied bei ebendieser Organisation. Wenn das kein Tatmotiv ist.»

«Erstens: Jemand könnte ihm eine Falle gestellt haben. Wer wäre sonst so blöd, die Polizei mit Neonschrift auf sich aufmerksam zu machen?»

«Und zweitens?»

«Zweitens wissen Sie so gut wie ich, dass derselbe Funkmast, der das *Thalamegus* mit Empfang versorgt, auch Mantheys Haus abdeckt. Paul Manthey kann genauso gut zu Hause vor dem Fernseher gesessen haben, während Piet Lorenzen sich in der Kneipe hat volllaufen lassen. Außerdem ...», Marconi überlegte kurz, fuhr aber fort, «... war Lorenzen weder bei der Demo anwesend noch anderweitig in den letzten Wochen für *GreenPlanet* sonderlich aktiv. Dieser Ansatz ist schon arg konstruiert, und jeder Verteidiger wird ihn vor Gericht genüsslich auseinanderpflücken, bis nichts mehr davon übrig ist. Vielleicht sollten wir also anfangen herauszufinden, wer der anonyme Tippgeber ist, und einen unschuldigen Mann aus der U-Haft entlassen, wenn wir nicht mehr vorzuweisen haben als fadenscheinige Verdachtsmomente.»

Sekundenlang betrachtete Moor ihn mit bewegungsloser Miene. «So lange du keine Beweise hast, die Manthey als Tatverdächtigen ausschließen, oder eine andere Person aus dem Hut zauberst, die Lorenzen entführt hat, halten wir an Manthey als Hauptverdächtigem fest.» Er ließ sich nicht anmerken, ob Marconis Bedenken bei ihm auf fruchtbaren Boden gefallen waren. «Jedenfalls, wenn du nichts dagegen hast.»

Letztere Bemerkung war eindeutig sarkastisch gemeint, doch Marconi ignorierte sie. «Ich ar– … wir arbeiten daran.»

«Keine Alleingänge, Marconi!» Moors Stimme hatte nun deutlich an Schärfe gewonnen. Mit einem listigen Leuchten in den Augen schob er hinterher: «Und wenn ihr uns jetzt nicht in Ruhe zu Ende essen lasst, verspreche ich dir, dass ich dich und deine Kollegen von den Ermittlungen abziehe und euch stattdessen die Leinenpflicht am Hundestrand kontrollieren lasse.»

Ich dich auch, dachte Marconi. Er hatte gesagt, was er zu sagen gekommen war, und wandte sich zum Gehen. Moor pickte weiter seine Krabben vom Kartoffelrösti. Marconi hoffte, dass sie inzwischen kalt waren.

29

Marconi spielt die Hauptrolle
in einem Horrorfilm

Das Olivenöl zischte, als Marconi die Miesmuscheln in den Topf gab, und dann noch einmal, als er sie mit Weißweinessig ablöschte. Auf Weißwein verzichtete er den Kindern zuliebe, nachdem er im Internet in Erfahrung gebracht hatte, dass Wein einen Großteil seines Alkoholgehalts beim Kochen behielt und eben·nicht verdampfte, wie gemeinhin angenommen wurde. Er merkte, wie die routinierten Handgriffe ihn beruhigten, was er nach diesem Tag auch bitter nötig hatte.

Zuvor hatte er Kartoffeln gekocht, geschält und gestampft. Zum Püree hatte er Mehl, Ei und Salz gegeben und das Ganze verknetet. Sobald sich die Muscheln öffneten, würde er Stefano rufen und gemeinsam mit ihm und seinem Freund, der nach der Schulbetreuung mitgekommen war, den Teig zu einzelnen Gnocchi formen. Eventuell würde er selbst ein wenig davon essen. Obwohl er nicht sicher sagen konnte, ob das Ziehen in seiner Magengrube tatsächlich dem Hunger zuzuschreiben war oder noch von der Fischvergiftung stammte.

«Onkel Massimo?», schallte es aus dem Garten zu ihm herüber und gleich noch einmal: «Onkel Massimo, komm schnell!»

Er drehte die Temperatur der Herdplatte herunter und

eilte zur Terrassentür. Stefano zeigte mit ausgestrecktem Finger zum verwaisten Nachbargrundstück der Harzmeiers hinüber. Marconi hatte den Bereich jenseits der hohen Zypressenhecke seit dem Mord an Krabbenfischer Klaus Olsen ausgeblendet. Stefano schien es ähnlich zu gehen, denn er sah seinen Onkel aus schreckgeweiteten Augen an. «Elias hat den Fußball über die Hecke geschossen. Aber ich gehe da nicht rüber, und Elias soll auch nicht. Kannst du?»

Seinen Neffen so aufgebracht zu sehen, versetzte Marconi einen Stich. Kein Wunder, dass Stefano sich davor scheute hinüberzugehen, nach allem, was passiert war. Er hatte es bislang vermieden, mit ihm darüber zu reden. Das sollte er schleunigst nachholen, ermahnte er sich selbst, während er zum Ende der mannshohen Hecke ging und dann auf das Nachbargrundstück einbog. Im Gemüsebeet wucherte das Unkraut zwischen den Salatsetzlingen und den Blättern der Frühlingszwiebeln. Der Rasen war seit Wochen nicht gemäht worden – von wem auch – und reichte ihm bis zu den Waden. Seine weißen Turnschuhe gaben schmatzende Geräusche von sich, während sie bis über die Gummisohlen im Untergrund einsanken, den die Sonne wegen des hohen Grases offenbar noch nicht wieder hatte trocknen können.

Er suchte den Boden ab, fand den Ball nicht, durchkämmte Schritt für Schritt das große Grundstück, bog um die nächste Ecke, sah in der Hecke nach, ob er sich darin verfangen hatte, und wollte gerade hinüberrufen, wohin genau sie geschossen hatten, als er den Ball sah.

Und nicht nur ihn.

Einige Sekunden lang konnte sein Gehirn die Information nicht verarbeiten. Stattdessen arbeiteten seine Sinne auf Hochtouren. Er hörte das Meer auf der anderen Seite des Deichs um ein Vielfaches verstärkt, sodass es klang, als bräche sich ein Sturm aus dem Inneren des Ozeans Bahn. Er bildete sich ein, Stefano und Elias jenseits der Hecke atmen zu hören. Meinte, die Miesmuscheln zu riechen, die in dieser Sekunde auf dem Herd köchelten. Und definitiv kitzelte ihn ein widerwärtiger Geruch in der Nase, der hier ganz und gar nicht hingehörte. Sein Unterbewusstsein wollte ihn davor warnen weiterzugehen, doch seine Beine gehorchten nicht und setzten sich in Bewegung, brachten ihn geradewegs zum Gartenhaus mit der offenen Tür, aus der das Bein ragte.

Das Bein eines Menschen, so viel war Marconi klar, auch wenn es nicht allzu menschlich aussah – gemessen an der schwarzen, dicken Flüssigkeit und den hellen Federn, die daran hafteten. Noch immer wollte sein Hirn nicht wahrhaben, was mit jedem Schritt offensichtlicher wurde: Hier lag ein Toter, nur wenige Meter von Stefano und seinem Freund entfernt, die noch immer darauf warteten, dass er ihnen den Ball zurückbrachte.

Marconi wappnete sich innerlich. Schweiß drang aus seinen Poren. Sein Herz boxte von innen gegen den Brustkorb. Sein Atem ging schwer und unregelmäßig. Er schloss die Augen. Zählte bis drei und hoffte vergebens, dass sich die Realität mittels eines magischen Tricks verändert hatte, sobald er sie wieder öffnete.

«Hast du ihn gefunden?», hört er Stefano wie durch einen Filter rufen. Und als Marconi nicht sofort antwortete: «Warte, wir kommen rüber und helfen dir suchen!»

Bei diesen Worten erwachte Marconi aus seiner Trance. «N... Nein», stammelte er. Sein Hals fühlte sich rau und rissig an. «Ich habe ihn gefunden. Kommt nicht rüber.»

Lass das Grauen nicht an dich heran. Sieh nicht die ganze Tat, zerleg sie in ihre Einzelteile, mahnte der Ermittler in ihm.

Der Körper, der im Schuppen vor ihm lag, war mit Öl übergossen und anschließend mit Möwenfedern überschüttet worden. Je länger er den Toten fixierte, desto mehr hatte er den Eindruck, dass er sich bewegte. Ihm war, als zuckten die Fingerspitzen, als wackelte der Kopf, auch wenn er wusste, dass das nicht sein konnte, dass es nur in seinem Gehirn stattfand. In seinem Gehirn, das die offensichtliche Tatsache noch immer nicht wahrhaben wollte. Der Körper wirkte, als ruhe er sich nur kurz aus. Die Hände im Schoß, den Kopf auf einem Werkzeugkasten abgelegt. Als hätte der Mann nur einmal kurz die Augen schließen wollen, bloß um sie dann nie wieder zu öffnen.

Konnte es wirklich sein, dass das ...? Marconi näherte sich vorsichtig der Leiche und versuchte, das Bild, das er von seiner letzten und einzigen Begegnung mit Piet Lorenzen im Kopf hatte, mit diesem fast bis zur Unkenntlichkeit verunstalteten Schädel übereinzubekommen. Auch wenn er das Gesicht wie alles andere unter der schwarzen Flüssigkeit und dem Gefieder nicht erkennen konnte, war sich Marconi fast sicher, dass sie nicht länger nach einem Entführten zu suchen brauchten. Bei dem Gedanken daran, welche Konsequenzen dieser Fund für sein ohnehin instabiles Familienleben bedeuten würde, stieg ihm Galle die Speiseröhre empor.

Und wie der Rotfuchs seine Familie mit seinem eigenen Leben beschützt, würde ich das auch für euch tun. Wer in die Nähe des Fuchsbaus kommt, den vertreibe ich. Nicht einmal vierundzwanzig Stunden war es her, dass Marconi diese Worte zu seinem Neffen gesagt hatte. Schneller, als ihm lieb war, schien der Zeitpunkt gekommen, seinen Worten Taten folgen zu lassen. Die Kinder mussten weg von hier, alles Weitere war zweitrangig. Er eilte zurück zum Ende der Hecke, umrundete sie, kam mit großen Schritten auf Stefano zu, der ihn verständnislos ansah.

«Wo ist mein Ball?»

«Planänderung: Packt bitte eure Sachen. Ich rufe deine Mutter an, Elias. Falls es passt, übernachtet ihr heute bei dir und nicht bei uns. Seid so lieb und fragt bitte nicht, warum.»

Die Rücklichter des Wagens von Elias' Mutter waren noch nicht aus der Wendeschleife verschwunden, er sah noch den verdutzten Gesichtern hinter der Heckscheibe nach, da presste er das schlechte Gewissen schnell beiseite und wählte die Nummer der Polizeidienststelle Sankt Peter-Ording.

«Chef? Was gibt's?», meldete sich Jens. «Warum rufst du mich nicht auf dem Handy an?»

«Kannst du mich mit Moor verbinden?»

«Alles okay?» Jens klang besorgt.

«Nein! Bitte!»

Es dauerte einige Sekunden, die Marconi wie eine Ewigkeit vorkamen, bis Moors dauergenervte Stimme erklang. «Marconi, was willst du?»

«Sie können aufhören, nach Lorenzen zu suchen», sagte Marconi. In der Leitung blieb es still. «Ich habe ihn gefunden.»

30

Die Absurdität des Lebens
schützt Marconi vor dem Grauen

Marconi nahm die nächsten Stunden so ähnlich wahr wie jemand, der einen Unfall überlebt hat und sich nur wie durch einen Filter an das Eintreffen der Sanitäter erinnern kann, an die Feuerwehr, die ihn aus dem Autowrack schneidet und vielleicht sogar an die Fahrt in die Notaufnahme, wo man ihn schließlich mit Opioiden in einen traumlosen Schlaf versetzt.

Er erinnerte sich, wie er den Ermittlern Anweisungen gegeben, Fragen beantwortet und auch selbst welche gestellt hatte. All das erlebte er wie in einer dramatischen Filmszene in Zeitlupe. Und immer wieder traf ihn das Bild von Piet Lorenzen wie ein Schlag mit einer Eisenstange. Der Mann, der geteert und gefedert im Schuppen der Nachbarn lag und nur auf ihn zu warten schien. Während Marconi mittendrin gestanden und die eintreffenden Beamten dirigiert hatte, bis endlich Moor und Düster kamen und ihn ablösten, hatte er sich an dem albernen Gedanken festgehalten, dass er den Gerichtsmediziner bedauerte, der Lorenzen von all dem Öl, all den Federn würde befreien müssen, ehe er mit seiner eigentlichen Arbeit beginnen konnte. Die Absurdität des Ganzen schützte ihn vor dem Grauen.

Vom Balkon der leer stehenden Ferienwohnung im ersten Stock seines Hauses aus beobachtete er, wie die Spurensicherung den Garten der Harzmeiers in eine Landschaft aus Markierungspfeilen, Beweismitteltütchen und nummerierten Magnettafeln verwandelte. Dazwischen bewegten sich Marsmenschen in weißen Ganzkörperanzügen und hellblauen Schuhüberziehern und inspizierten jeden Grashalm nach verwertbaren Hinweisen.

Marconi beobachtete die Ereignisse wie ein Kameramann durch sein Objektiv. Ein rot-weißes Plastikband sperrte den rechten Bereich des Wendehammers von seinem Gartentor bis zur Garage der Harzmeiers ab. Davor standen Bullis von der Spurensicherung, diverse Polizeiautos, der Kombi des Gerichtsmediziners sowie die schwarze Limousine von Moor und Düster. Zwei Dutzend Schaulustige bevölkerten die sonst so ruhige Sackgasse. Zwei Journalisten, einer davon Knud Jansen vom *Husumer Tageblatt*, fotografierten alles, was nicht schnell genug aus dem Bild springen konnte, und versuchten, Informationen von den Einsatzkräften zu bekommen, die sie allerdings verscheuchten wie lästige Fliegen.

Hauptkommissar Derik Moor stand neben Marconi, die Hände in die Hüften gestemmt, die Stirn gerunzelt. Marconi konnte hören, wie er den Mund öffnete, ihn dann aber, ohne etwas zu sagen, wieder schloss.

«Sie haben recht», sagte Marconi.

«Ich habe nichts gesagt», antwortete Moor.

«Sie haben es neulich bereits gesagt: Wie kann es eigentlich sein, dass immer dort Chaos ausbricht, wo ich bin?»

«Du glaubst, das da unten ist gegen dich persönlich gerichtet?»

Marconi wandte seinen Blick von dem Gewusel ab und sah Moor erstaunt an. «Von den achtundzwanzig Quadratkilometern Gesamtfläche in Sankt Peter-Ording haben sich die Entführer ausgerechnet die paar Quadratmeter ausgesucht, die direkt an mein Grundstück grenzen, um die Leiche abzulegen. Was daran soll nicht persönlich sein?»

Wieder vergingen Minuten, die die beiden Männer wortlos beieinanderstanden. Fast so, als könnten sie nicht fassen, was sich vor ihren Augen abspielte.

Schließlich räusperte sich Moor. «Was stand denn zum Fall des toten Krabbenfischers in der Zeitung?»

«Alles, warum?»

«Dann wusste doch jeder, dass das Nachbargrundstück momentan unbewohnt ist. Eine perfekte Location, um jemanden verschwinden zu lassen, wenn's schnell gehen muss.»

Diese Möglichkeit hatte Marconi noch nicht in Betracht gezogen. Falls jemand das Nachbargrundstück gezielt gewählt hatte, waren der oder die Täter in seinem Umfeld zu suchen. Falls nicht, war der Kreis der Verdächtigen um einiges größer. Er durfte keine voreiligen Schlüsse ziehen.

Sie verfolgten vom Balkon aus, wie einer der Marsmenschen zu Ingwer Düster ging, der die Arbeiten so gut wie möglich vom Bürgersteig aus überwachte. Es konnten nicht mehr als zwei, drei Sätze sein, die sie miteinander wechselten. Düster nickte, nahm sein Handy, und kurz darauf klingelte es in Moors Sakko. Auch dieses Gespräch währte nur kurz, und nachdem er aufgelegt hatte, sagte Moor: «Der Tote wurde anhand seiner Fingerabdrücke identifiziert.» Spätestens nach dieser Einleitung wusste Marconi, was folgte. Moor tat ihm den Gefallen und sprach es aus. «Es ist Piet Lorenzen.»

Alle hatten sich gegen die schlechte Nachricht gewappnet, und so verlässlich, wie die Wolken hier in Nordfriesland den Regen brachten, war sie auch eingetroffen. Marconi konnte nicht beurteilen, was Moor oder die anderen Beamten davon hielten, aber er empfand eine gewisse Erleichterung. Nicht darüber, dass Lorenzen hatte sterben müssen, das war grausam. Aber darüber, dass sie nun nicht länger einem Phantom hinterherjagten. Sondern einem Mörder. Es war die traurige Wahrheit seines Alltags: Menschen starben, manchmal auf grausame Weise. Seine Aufgabe war es nicht, daran zu verzweifeln. Seine Aufgabe war es, die Menschen zur Rechenschaft zu ziehen, die dafür verantwortlich waren.

Schon kurze Zeit später teilte Moor ihnen mit, dass die Anwohner den Polizisten nichts Hilfreiches hätten sagen können. Eine neunzig Jahre alte Frau behauptete steif und fest, sie habe in den zurückliegenden Nächten ihren Mann mehrfach das Haus verlassen hören. Doch eine kurze Nachfrage bei den Nachbarn ergab, dass ihr Mann seit mehr als fünfzehn Jahren tot war. Marconi ließ es sich nicht nehmen, die Menschen am anderen Ende seiner Straße selbst zu befragen. Den meisten von ihnen war er noch nie begegnet. Zum Ausgleich dafür, dass sie nichts beizutragen wussten, baten sie ihn ins Haus oder auf die Terrasse, boten Kaffee an, den er dankend annahm, und Friesenouzo, den er dankend ablehnte. Einladungen wurden ausgesprochen, sich beizeiten zum Grillabend zu treffen. Bei einigen wenigen stieß er aber auch auf unverhohlene Ablehnung. Marconi wusste nicht, ob es daran lag, dass er ein Fremder war. Oder daran, dass mit seiner Ankunft Brandanschläge und Morde in ihre vormals friedliche Idylle Einzug gehalten hatten.

Gegen halb zehn waren sie fertig. Hauptkommissar Moor schickte die Leute von der Spurensicherung zurück in die Kreisstadt Husum, die Polizeibeamten in ihre jeweiligen Stationen in Husum, Büsum und Tönning. Marconi ging voran, verließ die Terrasse gemeinsam mit den letzten Strahlen der untergehenden Sonne. Moor stapfte ihm hinterher.

«Wir können nichts mehr tun, jedenfalls nicht mehr heute Abend», sagte Moor, als sie vor dem Haus standen, und reichte Marconi die Hand. «Gehen Sie nach Hause, Marconi.»

Marconi sah auf den ausgestreckten Arm, als hätte er vergessen, wie man einen Handschlag gab. Moor fiel sein Zögern auf, dann winkte er ab, weil ihm offenbar einfiel, dass Marconi bereits zu Hause und er selbst es war, der noch einen weiten Heimweg hatte.

Wie gerne hätte Marconi sich ins Bett gelegt und die Decke über den Kopf gezogen. Aber er wusste, dass er vorher noch etwas erledigen musste. «Haben Sie etwas dagegen, wenn ich zu Emma Lassen fahre und ihr die Nachricht überbringe?»

Falls Moor erstaunt war, dass sich Marconi für die Aufgabe anbot, vor der sich jeder Beamte normalerweise drückte, ließ er es unkommentiert, er nickte bloß und ging zum Gartentor.

Er stand schon an seinem Wagen und öffnete die Tür, als

Marconi ihm noch etwas hinterherrief. «Falls ich noch eine Bitte äußern darf ...» Moor sah ihn fragend an. «Können Sie dafür sorgen, dass die Kollegen morgen Vormittag so viel wie möglich von dem Spurensicherungskram wieder mitnehmen? Damit meine ...» Marconi stockte, fuhr dann aber der Einfachheit halber fort: «... meine Kinder so wenig wie möglich davon mitbekommen, was nebenan vorgefallen ist.» Moor nickte und rauschte davon.

31

Marconi sieht Gespenster

Emma Lassen sah grauenvoll aus. Zwar war sie ordentlich in Jeans und Bluse gekleidet und hatte sich die Haare frisiert, aber ihre Wangen waren eingefallen, und unter den müden Augen schimmerten dunkle Schatten. Ob sie die zurückliegenden Nächte überhaupt geschlafen hatte? Marconi war bei ihrem Anblick kurz erschrocken, riss sich aber zusammen und erkundigte sich freundlich, ob sie hineingehen könnten.

Niemand fühlte sich für die ersten Sätze zuständig. Als er endlich den Mund aufmachte, wählte er von allen denkbaren Wortfolgen die simpelste, aber fatalste: «Piet ist tot.»

«Nein!» Ihr Ausruf kam unwillkürlich. Sie klang ungläubig, beinahe zornig, als habe Marconi selbst den Tod ihres Verlobten zu verantworten.

Er schüttelte betroffen den Kopf. «Es tut mir leid.»

Emma Lassen sprang vom Sofa auf, wo sie sich gerade erst niedergelassen hatte. Marconi konnte beobachten, wie sie um Fassung rang. Und verlor. Die Selbstbeherrschung, die sie all die Zeit vor sich hergetragen hatte, fiel von ihr ab und zersprang um sie herum wie Glas. Ihr Mund war zu einem stillen Schrei geöffnet, Tränen ergossen sich über ihre Wangen, als hätten sie Tage, Wochen, vielleicht Jahre darauf gewartet, endlich die Erlaubnis dafür zu bekommen. Sanft griff er ihre Handgelenke, spürte, wie sich ihre Fingernägel

213

in seine Haut krallten. Sekunden später gab sie endlich auf und ließ sich in seine Arme sinken, eine Umarmung, aus der er sich nicht zu befreien wagte. Schließlich löste sie sich von ihm. Sie durchquerte auf steifen Beinen das Wohnzimmer, ließ sich auf die Couch fallen, stützte die Ellenbogen auf die Knie und den Kopf in die Hände.

«Es tut mir leid», wiederholte Marconi, als sie nach einer Weile aufschaute und ihn aus geröteten Augen ansah. «Kann ich etwas für Sie tun? Jemanden anrufen?»

Sie schüttelte den Kopf. Stille breitete sich zwischen ihnen aus, wie zwischen zwei Menschen, die sich im Zug gegenübersaßen und es vermieden, einander anzusehen. Emma Lassen schaute starr in die Ecke, in der der Fernseher stand, als gäbe es in dem ausgeschalteten Gerät etwas Aufschlussreiches zu sehen. Binnen Sekunden musste für sie hier alles zur Vergangenheit geworden sein. Nie wieder würde sie mit ihrem Verlobten auf dem Sofa sitzen und fernsehen. Nie wieder die blaugrauen Gardinenschals zur Seite ziehen, um nachzuschauen, ob Piet von der Arbeit kam.

Marconi versuchte, sich ihr gemeinsames Leben vorzustellen. Der Raum um ihn herum begann zu flirren, als hätte jemand einen alten Filmprojektor angeworfen. Er lauschte auf das Echo der Szene, die sich in diesem Zimmer vor wenigen Tagen abgespielt haben mochte. Er sah den Schatten einer Frau über die Wand huschen, die Arme entschlossen vor der Brust verschränkt. Die Lehne des Sessels, vor dem er stand, vibrierte unter den Schlägen einer Männerfaust.

Die dröhnende Stimme des Mannes steckte noch in dem dichten Gestöber aus braunen und grünen Blättern des Tapetenmusters. *Es ist nicht, wonach es aussieht, verdammt!* Ihre Schreie mischten sich mit seinen, als er sie an den

Oberarmen packte und schüttelte. *Piet, lass mich los! Du tust mir weh!*

Ihr letzter Aufschrei brachte den Rasenden – die Hand schon zum Schlag erhoben – zur Besinnung. Sie stürmte hinaus, die zuschlagende Tür ein Ausrufezeichen. Zurück blieben Piet und die Ruhe nach dem Sturm. Aufgewühlt tigerte er durch die kleine Mietwohnung, fegte den Zeitschriftenstapel vom Couchtisch, fragte sich, wie das hatte passieren können. Ihm, dem beliebten Lehrer, dem besonnenen Wattschützer. Er wusste nicht, wohin mit sich. Nur raus, weg von diesem Zeugnis seiner dunkelsten Stunde.

Die Vision begann zu flackern, Marconi blinzelte sich zurück in die Wirklichkeit. Etwas an dieser Erinnerung, die nicht seine war, fühlte sich falsch an. Es kam ihm vor, als hätte jemand ein Bild gemalt und dann einen Schatten hinzugefügt, der nicht dorthin gehörte. Aber er konnte nicht den Finger daraufflegen, was es war. «Wir werden alles tun, damit der Tod Ihres Verlobten aufgeklärt wird», sagte er behutsam, um ihren Blick vom Fernseher zurückzuholen.

Emma Lassen reagierte kaum, zuckte nur gleichgültig die Schultern.

«Bitte lass mich allein», bat sie.

Gerne hätte Marconi ihr weitere Fragen gestellt. Aber dies war nicht der richtige Zeitpunkt. Er musterte die trauernde Partnerin des Verstorbenen. Verständlicherweise war sie am Boden zerstört, und doch beschlich ihn der Eindruck, als wäre Emma Lassen auffällig wenig interessiert an der Frage, was eigentlich passiert war. Wie war Piet umgekommen und wann? Wo war er gefunden worden und in welchem Zustand? All diese Fragen stellte Emma Lassen nicht. Fast so, als spielte das alles keine Rolle mehr. Als wäre der Tod ihres Verlobten, des Vaters ihres ungeborenen Kindes, kein furchtbares Ereignis, sondern das schreckliche Ende einer unvermeidlichen Entwicklung. Vielleicht tat er ihr Unrecht, dachte Marconi. Trauer hatte viele Gesichter, und zu viele davon hatte er während seiner Zeit als Hauptkommissar der Münchner Mordkommission gesehen: Wut, Verleugnung, ja sogar Gewalt.

«Ruhen Sie sich aus, ich lasse Sie jetzt in Frieden.» Er wandte sich zum Gehen, drehte sich in der Tür zum Wohnzimmer noch einmal zu Emma Lassen um, die nach wie vor auf dem Sofa saß und auf den Boden vor sich starrte. «Aber ich komme wieder.»

32

Marconi empfängt Botschaften aus einem fernen Universum

Als Marconi endlich im Bett lag, fand er keinen Schlaf. Er war hundemüde, aber seine Gedanken rotierten, und er kannte sich gut genug, um zu wissen, dass sie damit nicht aufhören würden. Gerade einmal fünf Tage lag die Entführung von Piet Lorenzen zurück. Montagmorgen hatte Emma Lassen die erste von zwei Nachrichten der Entführer gefunden. Einen Tag später dann die zweite Nachricht mit der Lösegeldforderung. Seitdem saß Paul Manthey in Untersuchungshaft.

Und nun war Piet Lorenzen wiederaufgetaucht. Mausetot und noch dazu hergerichtet wie eine unmissverständliche Botschaft. Bilder der Demo von Sonntagnachmittag traten vor Marconis geistiges Auge. Die Wattladung, die sich in den Vorgarten der Mantheys ergoss. Die auf den Holzzaun gesteckten Plüschmöwen, in Öl getränkt und mit Federn überschüttet. Für einen kurzen Moment sah er sich selbst im Nachbargarten liegen: niedergeschlagen von Demonstrierenden, mit Öl und Federn übergossen. Wie eine Mahnung, sich nicht einzumischen. War die Verbindung wirklich so mittelbar, so geradlinig? Führte die Spur zu *GreenPlanet*? Oder sollte es bloß danach aussehen? Je weiter sie mit ihren Ermittlungen vorankamen, desto mehr kristallisierte sich genau diese Frage heraus.

Bei Mördern gab es zwei übergeordnete Kategorien: Psychopathen, die ihr Vorgehen genau planten, und dann die anderen, die emotional und impulsiv vorgingen. Die Psychopathen hatten ihm oft mehr Mühe bereitet und waren schwieriger zu überführen gewesen. Sie waren in der Lage, eine Leiche spurlos zu beseitigen oder zumindest keine Spuren am Tatort zu hinterlassen. Die Art, wie Piet Lorenzens Leiche abgelegt worden war, erschien ihm amateurhaft. Als hätte ihn jemand aus einem Impuls heraus getötet und die Sache nicht zu Ende gedacht. Als wären der oder die Täter in Panik geraten. Panische Menschen machten Fehler, sie hinterließen Spuren. Das alles würde nun von den Spezialisten untersucht werden, und es lag an ihm, die richtigen Schlüsse daraus zu ziehen.

Mindestens so wichtig wie die Frage, wer Lorenzen entführt und getötet hatte, erschien ihm die Frage nach den Gründen. In welche Geschichten war Lorenzen verstrickt, die ihn am Ende das Leben gekostet hatten?

Obwohl Marconi nur in Boxershorts im Bett lag, war ihm heiß. Er stand auf, ging die Treppe hinunter ins Erdgeschoss und öffnete die Terrassentür. Sofort ging es ihm besser. Barfuß trat er auf die Holzpaneele. Es war abnehmender Mond und keine Wolke am Himmel zu sehen. Auch wenn es windstill war und die Luft klar, musste es in der Atmosphäre, der Gashülle, die die Erde umschlang, in dieser Nacht turbulent zugehen. Denn die Sterne funkelten und blinkten, als wollten sie ihm Botschaften aus einem fernen Universum zukommen lassen, die er nicht verstand. Für einen kurzen Moment hatte er das Gefühl, als stünde dort oben die Lösung geschrieben. Die Lösung für diesen Fall, für Nevios Tod, darüber, wie es mit ihm und den Kindern weitergehen sollte und wie seine eigene, nahe und ferne Zukunft aussehen würde.

Wieder einmal schüttelte er über sich selbst und seine wirren Gedanken den Kopf. Was stand er hier herum und zerfloss in Selbstmitleid? Etwas in ihm spannte sich an und sorgte dafür, dass sich sein Körper aufrichtete. Es geschah unbewusst, und er erkannte, dass sich hier etwas Tiefliegendes in ihm bemerkbar machte, nah am Kern seines Wesens, etwas Fundamentales. Es war der harte, unbezwingbare Teil seiner selbst, der sich weigerte, die Umstände, die das Leben ihm vor die Füße warf, als Schicksal anzusehen, das es anzunehmen und zu erdulden galt.

Das Schicksal hing schließlich nicht von den Sternen ab, sondern von seinem Handeln. Es war jener Teil, der ihn bei der Arbeit anspornte, auch dann noch die Tatsachen zu hinterfragen, wenn der mutmaßliche Täter bereits festgenommen war. Die Umstände mochten sich geändert haben. Er konnte nicht mehr wie früher nächtelang Tatverdächtige beschatten und zuschlagen, wenn sie irgendwann einen Fehler begingen.

Der Wind mochte nun aus einer anderen Richtung wehen, doch es lag immer noch an ihm, die Segel zu setzen und das Steuer weiter in der Hand zu halten. Und falls es, wie jetzt, windstill war, würde er eben zum Paddel greifen und rudern. Ungeachtet seiner notorischen Ungeduld, war es vollkommen egal, wie langsam er vorwärtskam. Er würde immer noch jeden überholen, der gar nichts tat.

Im Grunde wusste er längst, zu wem er am nächsten Morgen fahren musste, auch wenn er froh war über jeden Tag, den er ihn nicht sehen musste. Manche Menschen waren die Stradivaris unter den Arschgeigen. Aber das hielt ihn nicht davon ab, seinen Job zu machen. Noch brannte ein Feuer in ihm. Und ein Toter auf dem Nachbargrundstück wirkte wie Spiritus auf Marconis Holzkohlegrill.

33

Marconi staunt,
was man im Internet alles
kaufen kann

Marconi wusste nicht, was er erwartet hatte, aber das nicht. Das alte Kaufmannshaus an der Tönninger Hafenpromenade musste einst zu den prestigeträchtigsten Gebäuden der Stadt gehört haben. Die prächtige Backsteinfassade wurde durch hohe, schmale Sprossenfenster unterbrochen. Die glasierten Dachziegel glänzten leicht in der Sonne. Auf dem Giebel thronte eine Windfahne, wie ein Relikt, das auf eine Zeit verwies, als Tönning ein bedeutender Hafenort gewesen war.

An der Wand neben der Tür befand sich eine Klingel aus Messing. Nach wenigen Sekunden öffnete eine blonde Frau in einem weißen, wallenden Gewand und mit Sonnenhut auf dem Kopf.

«Ja bitte?», sagte sie, als stünde da nicht ein Mann in Polizeiuniform vor der Tür, sondern ein Jugendlicher mit Klemmbrett, der eine Unterschrift für eine Petition von ihr wollte. Marconi nannte Namen und Dienstgrad und erkundigte sich, ob Fabian Holthusen zu Hause sei, was sie verneinte.

«Wann kommt er denn wieder?» Er erntete nur ein Schulterzucken. «Gut, dann warte ich hier vor Ihrer Tür auf ihn.»

Nun wirkte die Frau, die Fabians Mutter sein musste,

dann doch einigermaßen besorgt. Sie sah sich um, ob jemand der Nachbarn schon mitbekommen hatte, dass die Polizei vor ihrem Haus stand.

«Sie könnten Fabian natürlich auch anrufen und mich so lange drinnen auf ihn warten lassen. Aber ich möchte mich nicht aufdrängen», bot Marconi freundlich an.

Kaum dass er die Worte ausgesprochen hatte, trat die Frau auch schon einen Schritt zur Seite und ließ ihn hinein. Unwillkürlich musste er schmunzeln. Mehr als ein Jahrzehnt als Kripo-Beamter bei der Mordkommission in München hatte er keine Dienstuniform tragen müssen. Und so schwer er sich hier nach wie vor damit tat, war sie in solchen Situationen äußerst nützlich. Ein uniformierter Polizist, der vor einem Haus herumlungerte, warf unwillkürlich Fragen auf. Fragen, deren Antworten umso unangenehmer ausfielen, je angesehener die Familie war.

Der Boden im großzügigen Eingangsbereich bestand aus alten, aber gut erhaltenen Terrakottafliesen. Die hohen Decken waren mit aufwendigem Stuck verziert, und die original aussehenden Holzbalken vermittelten ein Gefühl von Geschichte und Luxus. Er folgte der Frau, die sich immer noch nicht vorgestellt hatte, in den großen Wohnbereich, dessen bodentiefe Fenster einen Blick auf den historischen Hafen boten. Sie deutete auf einen Ledersessel und wollte das Zimmer schon wieder verlassen, hielt im Türrahmen aber doch noch einmal an und drehte sich zu ihm um. «Was soll ich meinem Sohn ausrichten, was die Polizei von ihm will?»

Genauso gut hätte sie fragen können, ob sie ihren Anwalt über seinen Besuch informieren sollte. Marconi ging blitzschnell seine Optionen durch und entschied sich für die

Schockvariante. «Ein guter Bekannter Ihres Sohnes ist gestorben. Er wurde ermordet und grausam entstellt. Ich hatte gehofft, Fabian könnte mir einige Fragen beantworten, da gewisse Faktoren auf *GreenPlanet* hindeuten.»

Zufrieden stellte er fest, dass die Frau Mühe hatte, ihre Gesichtszüge am Entgleisen zu hindern. «Steckt Fabian in Schwierigkeiten?», fragte sie, nun mit deutlich gepresster Stimme.

«Das kann ich Ihnen sagen, nachdem ich mit ihm gesprochen habe», antwortete Marconi wahrheitsgetreu.

Sie verharrte noch einige Sekunden im Türrahmen, offenbar unschlüssig, ob und wenn ja, was sie antworten sollte. Schließlich verließ sie das Wohnzimmer und kehrte nicht wieder zu Marconi zurück. Auch wenn es ihm schwerfiel, ahnte er, dass Geduld sich in diesem Fall auszahlen würde. Er lehnte sich in seinem Sessel zurück und genoss den Blick aus dem Wintergarten auf die gepflegte Grünfläche hinaus, auf der alte Apfelbäume Schatten spendeten. Nach mehr als einer halben Stunde hörte er einen Schlüssel in der Tür. Schritte hallten durch den Eingangsbereich und entfernten sich wieder. Es vergingen weitere Minuten, ehe Fabian mit einem großen Glas in der Hand das Zimmer betrat.

«Was willst du?», fragte er, weder unfreundlich noch aggressiv, eher in dem Bemühen, die Angelegenheit so kurz wie möglich zu halten.

«Mein Beileid bekunden.» Marconi konzentrierte sich auf Mimik und Gestik des jungen Mannes.

«Wer ist denn tot?»

«Piet Lorenzen, Ihr Mitstreiter im Kampf für das Gute. Aber ich verspreche Ihnen, wir werden alles tun, um den Täter zu stellen.»

Fabian Holthusen hatte bei der Todesnachricht nicht einmal mit der Wimper gezuckt. «Gut zu hören», sagte er nüchtern, und Marconi hoffte, dass sich die Bemerkung auf sein Versprechen bezog, die Tat aufzuklären. «Aber was willst du dann von mir?»

«Die Art und Weise, wie Lorenzens Leiche zugerichtet wurde, lässt auf eine Verbindung zu *GreenPlanet* schließen.»

«Was soll das für eine Verbindung sein?», fragte Fabian und schien noch immer nicht zu ahnen, worauf Marconi hinauswollte.

«Seine Leiche wurde geteert und gefedert», ließ Marconi die Bombe platzen. Tatsächlich reagierte Fabian auf die Enthüllung wie auf eine Explosion. Ihm rutschte das Blut aus dem Gesicht, und er lief kalkweiß an. «Die Spuren vom Tatort werden gerade ausgewertet. Aber vielleicht haben Sie eine Idee, welchem Ihrer Mitstreiter so ein Statement zuzutrauen wäre?»

«Du denkst …?» Fabian stutzte, musterte Marconi misstrauisch. «Natürlich glaubst du das. Aber von uns war's keiner.»

«Das können Sie beim besten Willen nicht wissen, Ihre Ortsgruppe hat fast dreißig Mitglieder.»

«Doch, das kann ich wissen», entgegnete Fabian umgehend. «Niemand hätte einen Grund gehabt, Piet umzubringen. Abgesehen davon, sind wir Umweltschützer in aller Regel Pazifisten.»

Marconi konnte nicht anders, er musste lachen. «Ich muss Sie wohl nicht daran erinnern, dass Sie und Ihre Mitstreiter kürzlich tonnenschwere Steine in der Nordsee versenkt haben, damit die Netze von Fischern daran hängen bleiben und deren Boote kentern. Sie haben unbeteiligte

Fischbrötchenverkäuferinnen im Hafen von Husum mit Farbbomben beworfen und dabei verletzt. Auf einer Sitzung vor wenigen Wochen haben Sie selbst angekündigt, die Zeit des Redens sei vorbei und die Zeit des Handelns sei angebrochen. Und jetzt erzählen Sie mir, Ihre Ortsgruppe bestehe nur aus Pazifisten? Sorry, aber wer Ihnen das abnimmt, der glaubt auch, dass Haie nur zum Kuscheln im Wasser sind.»

«Bist du hergekommen, um mir ans Bein zu pinkeln?» Fabian hatte die coole Attitüde aufgegeben und sprach nun mit unverhohlener Ablehnung. «Wenn du Fragen hast, stell sie. Ansonsten verp–... verschwinde aus meinem Haus.»

Marconi nickte. Fragen hatte er tatsächlich einige. «Ich wüsste gerne die Namen der Naturschützer, bei denen Sie in der Nacht von Sonntag auf Montag gewesen sein wollen.»

«Darüber hatten wir doch schon gesprochen, das geht nicht.»

Marconi war egal, was Fabian in Cuxhaven mit seinen Kumpels ausgeheckt hatte. Er wollte nur wissen, ob er als Täter infrage kam. Und das sagte er ihm auch genau so.

«Wenn du mich immer noch für verdächtig hältst, wirst du in Zukunft nur noch mit mir sprechen dürfen, wenn unser Anwalt in der Nähe ist. Der wird dir erklären, dass ich einen wichtigen Beitrag für die Gesellschaft leiste.»

«Dann fangen Sie mal an und leisten Ihren Beitrag, indem Sie sich festlegen, welchem Ihrer Mitstreiter Sie am ehesten zutrauen, Piet zu töten.»

«Das wäre dann wohl ich.» Wieder grinste Fabian, diesmal sogar noch breiter. «Aber da ich's nicht war, war's keiner von uns.»

«Das werden wir ja sehen, wenn der Tatort ausgewertet

wurde. Aber eine Sache interessiert mich.» Marconi fixierte ihn. «Warum haben Sie sich so erschrocken, als Sie gehört haben, wie Lorenzens Leiche zugerichtet wurde?»

Fabian kniff die Lippen zusammen.

«Wollten Sie oder einer Ihrer Mitterroristen ein Zeichen setzen? Haben Sie Piet geteert und gefedert?» Marconis Stimme wurde drängender, schärfer. «Wie die Plüschmöwen bei der Demo? Schön plakativ, damit es auch der letzte Hinterwäldler versteht?»

«Da will uns wer einen Mord anhängen!», platzte es aus Fabian heraus. So laut, dass seine Mutter im Türrahmen erschien, die offenbar direkt dahintergestanden und gelauscht hatte.

«Alles in Ordnung hier, Fabi?», fragte sie, für diese Situation unangemessen heiter.

«Nichts ist okay, wenn der Bulle mir einen Mord anhängen will.»

«Da müssen Sie mich falsch verstanden haben», sagte Marconi freundlich. «Aber Sie werden zugeben, dass es ein ganz schöner Zufall ist, oder?»

«Gar nichts werde ich zugeben. Schon gar nicht, wenn ich nichts damit zu tun habe.» Wütend machte Fabian zwei Schritte auf Marconi zu, der immer noch in dem bequemen Sessel saß. Dann blieb er abrupt stehen, drehte sich um und begann, unruhig durch den großzügig geschnittenen Raum zu marschieren. «Merkst du denn nicht, dass uns da jemand übelst verarscht?»

«Ach ja? Und wer soll das sein?», erkundigte sich Marconi.

«Der Mörder natürlich», sagte Fabian in einem Tonfall, als wäre es Marconi, der hier auf der Leitung stand.

Dieser Ansicht schien auch Frau Holthusen zu sein. «Ein Bild von der Plüschmöwen-Aktion hat *GreenPlanet* ja bei Instagram gepostet. Wer auch immer von sich ablenken wollte, musste nur schwarze Farbe kaufen und Möwenfedern besorgen, um es so aussehen zu lassen wie auf dem Zeitungsfoto. Und schon denkt jeder, es waren die Naturschützer. Eine gute Tarnung, finden Sie nicht?»

Fabian sah von seiner Mutter zu Marconi und nickte bestätigend.

Marconi zog die Stirn kraus und neigte den Kopf abwägend von einer Seite zur anderen. «Das Gleiche würde ich behaupten, wenn ich der Täter wäre und die Leiche eines Kontrahenten derart verunstaltet hätte. Sie verstehen, worauf ich hinauswill?» Er sah zwischen Fabian und seiner Mutter hin und her. «Piet wollte *GreenPlanet* ausbremsen, weil Ihre Guerilla-Aktionen ihm zu militant waren. Ich war dabei, ich kann Ihren Streit bezeugen.»

«Wenn jeder Streit in einem Mord enden würde, wäre die Menschheit längst ausgelöscht», sagte Fabian, die Arme inzwischen demonstrativ vor der Brust verschränkt.

Seine Mutter sah ebenso vielsagend auf ihre Armbanduhr. «Hätten Sie nach einer Stunde, die Sie sich schon in meinem Haus aufhalten, freundlicherweise die Güte, endlich zu sagen, weshalb Sie hier sind?»

«Gern», erwiderte Marconi im gleichen, überfreundlichen Tonfall, als wäre er um nichts weiter gebeten worden, als seine Schuhe vor Betreten des Hauses auszuziehen. «Drei Fragen hätte ich für Sie. Sobald Sie mir die beantwortet haben, sind Sie mich wieder los. Haben Sie die Drohbriefe an die Mantheys geschrieben? ‹Stoppt die Ölförderung auf Mittelplate oder es gibt ein Unglück! Wenn Mittelplate nicht schließt, geht's euren Kindern an den Kragen!› Klingelt da was bei Ihnen?»

«Kein Kommentar.»

Marconi registrierte, dass Fabian gar nicht erst nachfragte, von welchen Briefen er sprach. Und wenn die Drohbriefe tatsächlich von ihm waren, lohnte es sich möglicherweise weiterzubohren. «Haben Sie beim *Husumer Tageblatt* angerufen, um einen anonymen Tipp zu hinterlassen?»

Fabian sah ihn verdutzt an. «Was für einen Tipp?»

«Die Lösegeldübergabe bei Familie Manthey?»

«Was?» Auf Fabians Stirn erschien ein beinahe sichtbares Fragezeichen. «Wovon sprichst du?!»

«Von welcher Marke sind die Drucker, die sich hier im Haus befinden?», fragte Marconi ungerührt weiter.

Fabian warf seiner Mutter einen irritierten Blick zu und nannte die Marke des Druckers, der bei ihm im Zimmer stand. Frau Holthusen tat Marconi den Gefallen und sah im Arbeitszimmer ihres Mannes nach. Beide Geräte waren nicht von der Firma, nach der sie suchten.

«Da wir das geklärt haben, darf ich Sie jetzt zur Tür begleiten?», bot Frau Holthusen an.

«Einen Moment, eine Bonusfrage noch: Woher hatten Sie die Federn und das Öl?»

Fabian musterte den Besucher und schien seine Optionen abzuwägen. «Man merkt, dass du von Nordfriesland echt keinen blassen Schimmer hast. Du hast wirklich nichts vom Massensterben in der Deutschen Bucht mitbekommen?»

Die Frage erwischte Marconi kalt. Vage zuckte er die Schultern, was Fabian zu einem genervten Stöhnen provozierte. «Fünftausend Trottellummen und Tordalken sind in diesem Jahr an der Nordseeküste schon verreckt. Ein Sechstel der Gesamtpopulation, schon das dritte Jahr in Folge. Es gibt also reichlich tote Tiere, deren Federn am Strand rumliegen. Und was das Öl betrifft …», Fabian hatte sich gefangen und trug nun mit jeder Faser seines Körpers wieder sein enormes Ego zur Schau, «… empfehle ich dir Google. Du wirst staunen, was man im Internet alles kaufen kann.» Er hob die Hand zum militärischen Gruß an die Schläfe. «Die Audienz ist beendet.» Im nächsten Moment war er aus dem Raum. Marconi hörte die Haustür ins Schloss fallen und erhob sich. Als er sich an Frau Holthusen vorbei durch die Zimmertür schob, sah er ihr mit einem gespielten Bedauern in die Augen. «Bestimmt ist er ansonsten ganz bezaubernd.»

Marconi weiß es
doch auch nicht

Stimmt es?», fragte Klara, kaum dass sie seinen Motorroller erreicht hatte.

«Stimmt was?», fragte Marconi zurück und grüßte im Vorbeigehen einen Vater, der ihm vage bekannt vorkam. Vor dem Schulgebäude warteten bereits einige Eltern – Mütter und Väter mit prall gefüllten Einkaufstaschen, die sich über den Tag austauschten oder wahlweise auf ihre Handys oder ungeduldig auf die Uhr schauten.

Klara senkte ihre Stimme, und in dem Moment wusste Marconi, was kommen würde. «Dass Piet tot ist?»

«Woher weißt du es?», fragte Marconi.

«Antworte bitte!» Sie klang halb wütend, halb flehend.

Marconi deutete ein Nicken an, was genügte, damit Klaras Augen sich mit Tränen füllten. «Er war mein Lieblingslehrer», weinte sie leise. Marconi hätte sie gerne in den Arm genommen, ahnte aber, dass sie das vor ihren Mitschülern peinlich finden würde. Wie sie wohl auf die anderen Kinder und Eltern wirkten? Ein merkwürdiges Stillleben: er auf dem Roller sitzend, Klara ihm gegenüber, weinend. Doch niemand schien Notiz von ihnen zu nehmen.

«War Piet es auch, der entführt wurde?», flüsterte sie so leise, dass er sie kaum verstand. Er wollte sie vor der harten Realität beschützen. Aber da es in der Zeitung stand und sie ihn so direkt danach fragte, konnte er sie auch nicht anlügen. Deshalb nickte er erneut.

«Das heißt, du hast ihn nicht rechtzeitig gefunden, und deshalb musste Piet sterben?» Klaras Trauer war blitzschnell in Zorn umgeschlagen.

Marconi atmete einmal tief durch, ehe er antwortete. «Das stimmt so nicht, Klara. Wir wissen noch nicht, was passiert ist und warum.»

«Ich weiß, was passiert ist: Piet ist tot», sagte sie, und ihre Stimme kippte leicht. «Wer soll denn jetzt das Watt schützen?»

Er wusste keine Antwort darauf, so wie er noch nie eine Antwort auf die großen Fragen gewusst hatte: wer die Umwelt schützen sollte, wie der Klimawandel noch aufzuhalten war oder warum Menschen Verbrechen begingen. Deshalb improvisierte er. «Du. Du könntest es zumindest versuchen.»

Nun war es Klara, die ein Nicken andeutete. Sie nahm den Helm entgegen, den er ihr reichte, wischte sich mit der freien Hand über die Augen und stieg hinter ihm auf den Sitz. Er hatte den Motor schon gestartet, als er ihre Stimme von hinten hörte, gerade laut genug. «Ich hoffe, du findest den, der das getan hat.»

Das hoffte er auch. Nicht nur, weil er es hasste, wenn Menschen anderen Menschen Grausamkeiten zufügten. Sondern auch, weil es zu einer persönlichen Angelegenheit geworden war: Jemand hatte Klaras Lieblingslehrer umgebracht. Ohne etwas zu entgegnen, gab er Gas und fuhr zur Grundschule, um das nächste Kind abzuholen.

Es ist sehr riskant, im Leben
nichts zu riskieren

Das Wasser brach das späte Sonnenlicht in unzähligen Farben. Einige Wattwanderer waren unterwegs, und Eva hoffte, dass sie wussten, was sie da taten. Nicht umsonst kam es fast täglich zu einer Rettungsaktion im Watt, weil Touristen vom plötzlich wiederkehrenden Wasser eingekesselt wurden. Eva beobachtete die Bewegungen der Gruppe und stellte erleichtert fest, dass sie auf dem Rückweg war. In der dünnen Schicht Wasser unter ihren Füßen spiegelte sich der Himmel, weshalb es so aussah, als gingen sie auf Wolken.

Auf den meisten Gesichtern lag ein seliges Lächeln. Das konnte man von den Gesichtern der beiden Einsatzleiter aus Flensburg allerdings nicht behaupten. Ein paar Banausen gab es schließlich immer, die zum Glücklichsein in den Keller gingen. Andererseits: Wenn man bedachte, was in letzter Zeit im sonst so beschaulichen Sankt Peter-Ording los war, konnte einem die gute Laune schon vergehen.

Sie schüttelte den Kopf, während sie den Strand am *Beach Motel* verließ und Richtung Deich ging. Wie konnte es eigentlich sein, dass es in ihrem verschlafenen Nest seit Marconis Ankunft drunter und drüber ging? Entweder hatte er ganz mieses Karma im Gepäck, oder die wenigen Straftäter, die es hier zu geben schien, fühlten sich durch seine Anwesenheit herausgefordert und krochen nun alle gleichzeitig aus ihren Löchern. Dabei kam ihr das nicht einmal so ungelegen, wenn sie ehrlich war. Sie war schließlich zur Polizei gegangen, um das Verbrechen zu bekämpfen. Und nicht, um die Einhaltung der Leinenpflicht zu überwachen. Wenn ihr die erste Mordermittlung ihres jungen Berufslebens etwas gezeigt hatte, dann, dass sie keine ganz schlechte Polizistin war.

Deshalb wollte sie auch unbedingt noch einmal mit Emma Lassen sprechen. Abgesprochen hatte sie ihren Alleingang nicht, sie hätte sich allzu vielen Nachfragen stellen müssen. Nachfragen, die sie allein mit ihrem Bauchgefühl hätte begründen können. Und wäre Marconi dafür wahrscheinlich offen gewesen, hätte Moor ihr höchstens einen Vogel gezeigt.

Und nun, da sie in die Helgoländer Straße einbog, fragte sie sich mittlerweile selbst, warum sie wirklich hier war. Sie würde zu keinen neuen Erkenntnissen gelangen. Aber sie hatte sich angewöhnt, sich, wann immer möglich, selbst ein Bild zu machen. Man konnte noch so viel über eine Person erzählt bekommen oder in Befragungsprotokollen lesen, all das ersetzte nicht die erlebte Wirklichkeit. Oft erschlossen sich im persönlichen Gespräch neue Lösungsansätze, vor Ort neue Perspektiven oder es taten sich ungeahnte Spuren auf.

Mehr als einmal hatte sie erlebt, dass sich Zeugen, Opfer und Hinterbliebene öffneten, sobald die Bosse abgezogen waren. Emma Lassen hielt Informationen zurück, das hatte Eva deutlich gespürt. Mit Schlägern kannte sie sich aus. Schon häufiger hatte sie Frauen aus häuslichen Situationen befreit, in denen sie bedroht worden waren. Auch ihr erster eigener Freund hatte zu Wutausbrüchen geneigt und sie seelisch missbraucht, was sie allerdings erst Jahre später begriffen hatte. Wahrscheinlich hatte Emmas Beichte sie deshalb so getriggert. Vielleicht konnte sie mehr aus ihr herausbekommen? Waren in einem Großteil der Fälle die Täter nicht im privaten Umfeld zu finden? Wenn sie geschickt fragte, erfuhr sie vielleicht mehr über die Familienverhältnisse.

Eva klingelte, und als niemand reagierte, klingelte sie ein zweites Mal. Sie ging zurück zur Straße, spähte hinauf zum oberen Stockwerk. Hinter den Fenstern war alles dunkel. Oder war das ein fahler Lichtschein, den sie dort sah? Das Flimmern des Fernsehers? Vielleicht auch nur das Leuchten eines Handydisplays? Sie ging wieder zur Eingangstür, klingelte erneut, hielt den Knopf länger gedrückt. Kurz überlegte sie, einen Nachbarn zu bitten, sie ins Haus zu lassen. Aber was dann? Niemand konnte Emma nötigen, mit der Polizei zu sprechen. Warum sollte sie auch, jetzt, da niemand mehr ihren Verlobten zurückbringen konnte?

Sie wollte die Aktion schon abblasen, als etwas in ihrem Augenwinkel ihr Interesse weckte. Die Ecke eines gelben Briefumschlags lugte aus einem der Briefkästen. Sie sah genauer hin und zog den Umschlag so weit heraus, dass sie Absender und Empfänger lesen konnte. Ein offizielles Schreiben des Amtsgerichts, adressiert an Piet Lorenzen. Ihre Gedanken überschlugen sich. Worüber auch immer das Gericht ihn hatte in Kenntnis setzen wollen, es hatte nichts mit den Ereignissen der vergangenen Tage zu tun. So schnell arbeiteten die Behörden nicht. Vermutlich ging es um den Streit mit Lenke Manthey, der Plattformmanagerin, und die beiden Anzeigen. Aber was, wenn das Schreiben Informationen enthielt, die sie in ihrer Ermittlung weiter-

brachten? Allerdings gab es da das Briefgeheimnis, Verstö-
ße waren strafbar. Mehrere Szenarien gingen ihr durch den
Kopf. Mitnehmen? Gleich hier öffnen? Eva war durchaus
risikofreudig, ihren Job wollte sie jedoch ungerne aufs Spiel
setzen, ohne zu wissen, ob sich das Risiko lohnte. Sie sah
sich um, ob sie jemand beobachtete. Dann nahm sie den
Brief, fotografierte ihn und schob ihn wieder zurück in den
Schlitz.

36

Wer heiratet denn freiwillig eine Leiche?

Nur eine knappe Stunde später parkte Eva ihren acht Jahre alten, mintgrünen Fiat Punto vor dem Amtsgericht in Husum. Bleeke wartete schon vor dem imposanten Sandsteinportal des frei stehenden, strahlend weiß verputzten Gebäudes. Sie trug wie üblich eine gebatikte Haremshose und ein dazu passendes Oberteil, heute beides in Hennarot. Die eine Hand resolut in die Hüfte gestützt, winkte sie ihr mit der anderen entgegen. Eva freute sich immer, ihre Freundin zu sehen, und schloss sie fest in die Arme.

Bleeke musterte sie kritisch, während sie die schwere Holztür aufschloss. «Bekocht dich dein Jasper nicht ordentlich?»

Eva seufzte. «Den hab ich jetzt zwei Wochen nicht gesehen. Er war auf Weiterbildung in Süddeutschland. Aber heute nach Feierabend geht's nach Berlin, dann werde ich wieder gemästet, keine Sorge. Die Kinder sind bei deinem Deik?»

«Joris und Jelko haben beide vierzig Fieber, Cord Henrik und Cord Henning übernachten bei Freunden», sagte Bleeke leichthin, während sie das Tor von innen wieder abschloss und ihren Ausweis an das Drehkreuz hielt, damit sie hineinkamen. Eva konnte nicht umhin, ihre Freundin zu bewundern. Sie war nur wenige Jahre älter, aber bereits

Mutter von vier Kindern, darunter ein Zwillingspaar. Wie sie das alles hinbekam, noch dazu mit einer Dreiviertelstelle beim Amtsgericht, wusste wahrscheinlich nur sie selbst.

«Wie geht's deiner Schwester?», fragte Eva, die früher mit der gleichaltrigen Hedwig befreundet gewesen war. Über die Jahre hatten sie sich auseinandergelebt, stattdessen hatte Bleeke Evas Herz erobert mit ihrer stets gut gelaunten Art, ihrem anpackenden Wesen und der Angewohnheit, Dinge anzusprechen, auch wenn's manchmal wehtat.

«Ist jetzt Single in Bremen, ihr Kerl hat sie sitzen gelassen», sagte sie und verdrehte die Augen. Sie nahmen die Treppen ins obere der beiden Stockwerke. Bleeke schloss eine Bürotür auf, an der neben ihrem Namen noch ein weiterer stand, und warf sich in einen der beiden Bürostühle.

«Aktenzeichen hast du nicht?», fragte sie, während der Rechner hochfuhr. «Macht nichts», fuhr sie fort, nachdem Eva die Antwort mit einem gesenkten Daumen gegeben hatte. «Finden wir auch so.»

Sie tippte in ihre Tastatur, murmelte vor sich hin, stutzte, beugte sich ganz nah an den Monitor, tippte erneut, wiederholte den Ablauf. «Hm», war zunächst alles, was sie von sich gab.

«Hm?», echote Eva. Trotz der Kühle im Amtsgericht spürte sie, wie sich Schweißperlen auf ihrer Oberlippe sammelten. Sie schob es auf die innere Anspannung oder auf die Furcht vor dem, worauf sie möglicherweise stießen.

«Hm», wiederholte Bleeke, die Stirn gerunzelt. «Also: Der Brief, den du meinst, ist vom Nachlassgericht. Scheint, als wäre Piet Lorenzen in einem Testament bedacht worden.»

Eva sprang auf und ging um die beiden Bürotische herum. «Weißt du, um welche Summe es geht?»

Ohne nachzusehen, sagte Bleeke: «Das weiß bis zur Testamentseröffnung bloß der Notar. Sagt dir der Name Edzard Weber was?»

Eva überlegte, ob ihr der Name bei den Ermittlungen untergekommen war, musste aber schließlich den Kopf schütteln.

«Das ist der Erblasser. Ich schreibe dir den Namen auf. Aber ...» Bleeke unterbrach sich, die Stirn noch immer in Falten gelegt.

«Was denn?» Eva trat hinter ihre Freundin. «Was hast du gefunden?»

«Wir haben noch drei weitere Akten zu Piet Lorenzen. Zwei davon sind dir vermutlich bekannt, es geht um Lenke Manthey.» Bleeke sah von ihrem Rechner auf, und Eva fing ihren irritierten Blick auf. «Allerdings verstehe ich nicht ...»

«Bleeke, rück raus mit der Sprache», rief Eva und gab ihr einen Klaps auf die Schulter. «Du machst mich nervös!»

Bleeke tippte mit dem Zeigefinger auf eine Stelle an ihrem Monitor. Eva versuchte etwas zu entziffern, verstand aber nur Bahnhof bei all den Paragrafen und dem Juristengeschwurbel.

«Eine Emma Lassen hat Antrag auf postmortale Eheschließung gestellt», sagte Bleeke, immer noch konsterniert. Als sie Evas fragenden Blick auffing, fügte sie hinzu: «Bei außergewöhnlichen Umständen, wie einem plötzlichen Unfalltod, besteht die Möglichkeit, die Ehe auch nach dem Tod eines Partners zu schließen. Allerdings nur in einigen Ländern, wie Frankreich oder China, und auch nur in äußerst seltenen Fällen. Wahrscheinlich wusste sie nicht, dass dieses Recht in Deutschland vor siebzig Jahren abgeschafft wurde.»

«Das heißt, Emma Lassen will Piet Lorenzen heiraten, obwohl er tot ist?» Eva sah ihre Freundin entgeistert an. Die sah nicht weniger entgeistert zurück. «Wer heiratet denn freiwillig eine Leiche? Und warum?»

37

Marconi findet sich
in einer Theaterkulisse wieder

Da Marconi sich wie in einer Sackgasse fühlte, besessen von dem Gedanken, dass mit dieser angeblichen Entführung und dem späteren Tod von Piet Lorenzen etwas ganz und gar nicht stimmte, beschloss er, sich einen Sparringspartner zu suchen. Eva war übers Wochenende zu ihrem Freund nach Berlin gefahren. Also wählte er Jens' Nummer. In seinem alten Leben wären sie gemeinsam in einen Beachclub gegangen oder eine angesagte Bar, sofern es hier so etwas überhaupt gab. Vielleicht auch einfach nur in eine der Pfahlbauten oder das Wassersportcenter, um mit einem Drink in der Hand den Sonnenuntergang zu bewundern. Doch auch wenn Klara bei einer Freundin übernachtete, schlief Stefano oben im Haus, weshalb Marconi vorschlug, dass Jens bei ihm vorbeikam. Keine Viertelstunde später klingelte es. Jens stand frisch geduscht im Türrahmen. Er trug ein Polohemd, aus dessen kurzen Ärmeln Oberarme wie Kanonenkugeln ragten.

«Erinnere mich bei Gelegenheit daran, dass ich mich im Fitnessstudio anmelde», sagte Marconi, während sie durchs Wohnzimmer hinaus auf die Terrasse gingen.

«Ich mach zusätzlich zum Fitnessstudio jeden zweiten Morgen Yoga am Strand, falls du dich mal anschließen willst», schlug Jens vor und stellte den gekühlten Sechserträger italienischen *Peroni*-Biers auf den Tisch.

«Ich glaub nicht, dass ich das mit den Kindern organisiert bekomme, aber danke fürs Angebot», sagte Marconi und nahm Platz. Ein Rauschen empfing sie, das zur Hälfte vom Meer zu ihnen herüberwehte und zur Hälfte vom Wind stammte, der die Blätter der umliegenden Bäume raunen ließ. In der Dämmerung wurde auch das Geplapper der Vögel lauter. Sie schienen eine Menge zu besprechen zu haben. Jens öffnete zwei Flaschen.

Gerne hätte Marconi einen unbeschwerten Abend mit seinem Kollegen verbracht, den er zwar kaum kannte, den er aber schnell zu mögen begonnen hatte. Doch Marconi hatte eine fast schlaflose Nacht damit zugebracht, Piets Verschwinden und das Auffinden seiner Leiche aus jeder nur möglichen Perspektive zu betrachten. Das Gefühl tiefster Erschöpfung, mit dem er am Morgen aufgestanden war, lastete noch immer auf ihm. Er hatte diese unangenehme Dunkle-Gasse-Vorahnung, wie in einem Horrorfilm, bei dem klar ist, dass gleich etwas Schreckliches passiert. Marconi atmete tief ein und bemerkte vielleicht zum ersten Mal, wie unfassbar gut die Luft tat. «Du musst mir helfen, meine rotierenden Gedanken zu sortieren», begann er. Jens sagte nichts, ließ seinem Vorgesetzten alle Zeit, die er benötigte. «Wir haben uns doch gefragt, wer auf die Idee kommt, einen mittellosen Lehrer zu entführen. Die Naturschützer kommen dafür infrage, weil sie sich von so einer bescheuerten Aktion Aufmerksamkeit erhoffen könnten. Möglich ist auch ein Mitglied von *GreenPlanet*, dem Piet in die Parade gefahren ist. Oder die Managerin einer gewissen Ölplattform, die von den Wattschützern drangsaliert und von Piet Lorenzen beleidigt wurde. Und die Letzterem gegenüber schon einmal handgreiflich geworden ist. Aber warum sollte einer von denen ihn gleich umbringen? Vielleicht steckt etwas ganz anderes dahinter?»

Die Sonne lugte gerade noch so über die mannshohe Lorbeerhecke und beschien ihre Gesichter. Ein schwarz-weiß gefiederter Vogel mit langem orangen Schnabel raschelte im Baum über ihnen und trug kleine Zweige hinüber in eine geschützte Ecke des Gartens. Auch Jens sah ihm zu, wie er begann, sein Nest zu bauen, und wandte sich dann wieder an Marconi. «Was ist mit Geselkas Anruf? Der über den Streit in Emmas Wohnung.»

«Der Mann ist stocktaub. Und wenn er wirklich Emma und Piet streiten gehört haben will – nach Piets Tod –, dann können wir auch seine früheren Ohrenzeugenberichte in die Tonne treten. Wir haben echt Wichtigeres zu tun, als unsere Zeit und Nerven mit so was zu verschwenden.»

«Mit ‹Wichtigeres› meinst du die Erbschaft?» Jens trank einen Schluck *Peroni*. «Vielleicht wussten die Entführer, dass Piet viel Geld erbt. Aber das wirft ja weitere Fragen auf.»

Marconi nickte, freute sich, dass Jens sich auf sein Gedankenspiel einließ. «Woher könnten die Entführer das gewusst haben? Hat Piet jemandem davon erzählt, und falls ja, wem? Warum haben die nicht gewartet, bis die Erbschaft durchgezogen und das Geld auf dem Konto ist, bevor sie ihn entführen?»

Jens schwieg, er wirkte in Gedanken versunken. «Gehst du mit mir ein paar Schritte zum Deich?», fragte er schließlich. Marconi sah zum oberen Stockwerk des Hauses, wo Stefano schlief. «Nur kurz, ich war seit heute Morgen noch nicht am Meer, und es sind doch keine zwei Minuten bis dorthin. Jeder Tag, den man an der Nordsee ist und das

Meer nicht gesehen hat, ist ein verlorener Tag.» Er lächelte Marconi aufmunternd zu und erhob sich aus seinem Stuhl.

Marconi befürchtete, Stefano könnte munter werden und in Panik verfallen, wenn er nicht in der Nähe war, oder, noch schlimmer, Jasmin Hegel könnte unangekündigt auftauchen und ihn unbeaufsichtigt vorfinden, zögerte, schloss sich seinem Kollegen aber schließlich an. Nicht, weil er dessen Sehnsucht nach der Nordsee teilte, sondern weil er dessen Gesellschaft mochte und ein wenig Bewegung nicht schadete. Sie umrundeten die Hecke und fanden sich kurz darauf auf dem Weg hinter dem Haus wieder, der nach rund fünfzig Metern in einen Sandweg überging und sie steil hinauf zum Böhler Leuchtturm führte. In der Ferne wogte das Meer, weit und rötlich gelb im Licht der untergehenden Sonne, wie ein Kornfeld im Wind. Neben ihnen standen Leute auf dem Deich, machten Dutzende Fotos, von denen sie später enttäuscht sein würden. Entweder weil das Meer darauf kaum zu sehen war oder weil keine Handykamera der Welt die Realität so eindrucksvoll festhalten konnte wie das, was man gerade vor sich sah.

In diesem Moment wirkte die ganze Landschaft wie eine Attrappe, wie die Kulisse eines Theaters. Die Menschen mit den gezückten Telefonen waren bloß Statisten, die Möwen über ihnen dressiert für einen allabendlichen Auftritt auf der Bühne. Das Zusammenspiel trat etwas in ihm los, ohne dass er sich dagegen hätte wehren können.

«Zu schön, um wahr zu sein, oder?», sagte Jens, ohne den Blick von dieser Aufführung zu wenden. Marconi kämpfte noch immer gegen einen inneren Druck an, der ihn zu zerreißen drohte, und erwiderte nur, um dem Gefühl zu entkommen: «Das Absurde ist doch, dass der Welterbe-Status euer Wattenmeer schützen soll. Und gleichzeitig lockt die UNESCO dadurch noch mehr Menschen aus aller Welt an, die die Landschaften gefährden.»

Jens blickte ihn kurz mit gerunzelter Stirn an, wandte seinen Blick aber gleich wieder dem Meer zu. «Mit dem Geld, das der Tourismus einbringt, kannst du viel für den Naturschutz tun.»

«Was noch mehr Geld einbringt als der Tourismus, sind Rohstoffe wie Öl. Jedenfalls wenn ich der Predigt meiner Nichte Glauben schenken darf.» Marconi ging die paar Schritte zum Leuchtturm, klopfte ihm mit der flachen Hand auf den Backstein, als wäre er ein Hund, der mit dieser Geste begrüßt werden wollte, und machte sich auf den Rückweg, den Deich hinab.

Jens schloss zu ihm auf. «Es gibt langfristige Verträge, die die Ölförderung im Wattenmeer auf Jahrzehnte hinaus erlauben. Egal, wie viel die Naturschützer gegen Mittelplate protestieren.»

«Der Mord an einem Kritiker könnte die Stimmung in der Bevölkerung drehen. Und so manchen Politiker zum Umdenken bewegen. Wenn die entscheiden, den Vertrag mit dem Ölkonzern aufzukündigen, weil sie glauben, es bringt ihnen Wählerstimmen, müssen sie die Entschädigungszahlungen ja nicht aus eigener Tasche zahlen.» Trotz der einsetzenden Dämmerung entging Marconi Jens' fragender Blick nicht. «Beim Ausstieg aus der Atomenergie waren bestehende Verträge mit den AKW-Betreibern ja auch kein Hinderungsgrund. Die Bundesregierung hat denen für die entgangenen Gewinne einfach knapp zweieinhalb Milliarden Euro aus Steuergeldern gezahlt, und alle waren happy.»

Sie bogen bereits wieder auf das Grundstück der Marconis ein, als Jens fragte: «Was willst du denn jetzt damit andeuten?»

Marconi ließ sich Zeit mit einer Antwort, ging über die Terrasse ins Haus, horchte, ob alles still war, und setzte sich dann wieder an den Tisch im Garten. «Wenn ich in meinen Gedanken ganz klar wäre, hätte ich dich nicht angerufen, um sie mit dir zu sortieren», sagte er und reichte Jens zwei neue Bierflaschen. Wieder herrschte Stille zwischen ihnen. Schlagartig wurde ihm bewusst, dass es dunkel geworden war. Am Himmel nicht mehr als eine schmale Sichel des Mondes, dazu die fernen Lichter der Sterne, wie an langen Schnüren zu symmetrischen Konstellationen aufgereiht. Ihn fröstelte. So warm es tagsüber auch geworden war, sobald die Sonne ihre letzten Strahlen einpackte und verschwand, wurde es empfindlich kühl.

Jens, inzwischen nicht mehr als ein Schemen in der Dunkelheit, räusperte sich. «Die Frage ist doch, wer von Piets Ableben am ehesten profitiert.»

«Richtig», sagte Marconi. «Wer ist das deiner Ansicht nach?»

Jens grübelte einige Sekunden, trank einen Schluck Bier. «Wer bekommt denn das Erbe ausgezahlt, jetzt, wo Piet tot ist?»

«Gute Frage. Emma Lassen wohl eher nicht, da die beiden nur verlobt, aber nicht verheiratet waren.»

«Und dieser merkwürdige Antrag auf eine postmortale Eheschließung, von dem Eva erzählt hat?», hakte Jens nach.

«Wird keinen Erfolg haben in Deutschland, da war sich Evas Freundin ziemlich sicher.»

«Warum will Emma Lassen ihren Verlobten überhaupt nachträglich heiraten? Wenn's ihr ums Geld geht, dürfte

Piets Kind doch ohnehin alles bekommen, sobald es auf der Welt ist. Oder sie erhalten von dem Erbe wenigstens die Alimente. Keine Ahnung, wie so was hierzulande geregelt ist.»

«Das, mein lieber Kollege, ist genau die Art Frage, die ich mir von dir erhofft hatte», sagte Marconi und stand schließlich auf. «Montag fangen wir an, die entsprechenden Antworten zu finden.»

38

Marconi ist nicht
zu Scherzen aufgelegt

Das Wochenende lag hinter ihm. Während Klara Flugzettel für *GreenPlanet* auf dem Seebrücken-Vorplatz verteilt hatte, war er mit Stefano bei einem Fußballturnier gewesen, das einen kompletten, elend langen Tag gedauert hatte. Zudem war Samstag Übernachtungsbesuch im Haus gewesen und Marconi damit beschäftigt, vier statt zwei hungrige Mäuler zu stopfen. Deshalb befasste er sich erst wieder am Montag mit Lorenzen, als er zu dessen Beerdigung ging.

Kein halbes Jahr nach Nevios Tod kehrte er zur Sankt Peter-Kirche unweit des Marktplatzes zurück. Hatte er damals noch in vorderster Reihe gesessen, nahm er nun auf einer der hinteren Bänke Platz und fühlte sich gestört vom Kommen und Gehen der Touristen, die sich tuschelnd darüber austauschten, aus welchem Winkel der gotische Flügelaltar mit der Kreuzigungsdarstellung und die schöne blaue Kanzel im Renaissancestil wohl am besten zu fotografieren seien. Marconi vertrat die Ansicht, dass das nicht unbedingt während einer Trauerfeier diskutiert gehörte. Aber der Pfarrer ignorierte die unterschwelligen Gespräche und das zeitweilige Fotogeräusch einiger Mobiltelefone.

Er sprach von den kleinen und großen Errungenschaften «dieses Gotteskindes», dessen Leben auf Erden so jäh beendet worden war. Er rief ihnen die vielen Hundert Heranwachsenden ins Bewusstsein, die in den wenigen Berufsjahren seines kurzen Lebens durch seinen Unterricht gewandert waren. Und er erinnerte an die zahllosen Wattspaziergänger, denen Piet «den unschätzbaren Wert dieser Schatzkammer vor ihrer aller Haustür» bewusst gemacht hatte.

«Piet war vielleicht kein regelmäßiger Kirchgänger, aber er hat engagierter als viele andere Gottes Werk fortgeführt. Denn er hat auf die Wunder Seiner Schöpfung hingewiesen und so den Lobpreis des Herrn hinaus in die Welt getragen», sagte der Pfarrer.

Dreiunddreißig Jahre hatte Piet Lorenzen gelebt, und binnen vierzig Tagen würde nicht viel mehr von ihm übrig sein als gemahlene Knochen. Marconi hatte vor dem Trauergottesdienst auf dem Kirchvorplatz den Begriff «Reerdigung» aufgeschnappt. Er hatte daraufhin gegoogelt und festgestellt, dass sich Lorenzen zu Lebzeiten für die vielleicht umweltfreundlichste aller Bestattungsformen entschieden hatte, die nur in Schleswig-Holstein zugelassen war. Bei einer Reerdigung wurde der nackte Leichnam in einem mit Heu, Stroh und Grünschnitt gefüllten Stahlbehälter für vierzig Tage eingeschlossen. Mithilfe zugeführter Luft zersetzten körpereigene Mikroorganismen das Weichgewebe zu Erde. Die Knochen wurden anschließend gemahlen, mit der Erde vermischt und in einem Friedewald beigesetzt. Anders als im Krematorium wurden keine fossilen Brennstoffe verheizt und lediglich dreißig Kilowattstunden Strom für die technischen Prozesse aufgewendet.

Folglich lag Lorenzens Leichnam vor der Trauergemeinde in einem Leihsarg. Nach der Trauerfeier würde er in die speziell dafür eingerichteten Räumlichkeiten überführt und dort in den Kokon gebettet werden. Vierzig Tage später dürfte Lorenzen nicht viel anders aussehen als sein geliebtes Watt, für das er sich zu Lebzeiten eingesetzt hatte.

Das Ende der Zeremonie bewahrte Marconi vor weiteren Abschweifungen. Die Trauergäste verließen die Kirche. Außer Piets Verlobter Emma Lassen und ihrer Freundin Sünje Nissen aus Poppenbüll waren vor allem Kinder in der Kirche, vermutlich Schüler, sowie junge Erwachsene, unter denen Marconi einige Naturschützer erkannte. Fabian war nicht erschienen. Marconi schloss sich dem Strom der Leute an, die zum Ausgang strebten. Auf der Schwelle angekommen, überraschte es ihn wie bei vielen der zahllosen Beerdigungen in den zurückliegenden Jahren, denen er aus beruflichen Gründen beigewohnt hatte, dass die Sonne schien. Es erschien ihm jedes Mal wie ein Hohn, dass das Wetter gute Miene zum bösen Spiel machte. Er hatte nicht vor, zum Trauerkaffee zu gehen. Stattdessen sprach er Emma Lassen, die vollkommen aufgelöst wirkte, sein Beileid aus und flanierte dann hinüber zu einer Gruppe junger Menschen, unter denen er ein bekanntes Gesicht entdeckte. *Bingo!*

«Hatte Fabian etwas Besseres vor, als zur Beisetzung eines Vorstandsmitglieds von *GreenPlanet* zu kommen?», fragte Marconi und stellte sich zu der jungen Frau.

«Ja», antwortete sie und bedachte ihn mit einem argwöhnischen Blick. Dann schien sie ihn zu erkennen, denn ihr Gesichtsausdruck wechselte schlagartig von Neugier zu Ablehnung. «Du! Ohne den Anwalt von *GreenPlanet* rede ich gar nicht mit dir.»

Marconi trat einen Schritt zurück und lächelte verständnisvoll. «Merle war doch Ihr Name, richtig? Merle Feldmann? Ich möchte Sie nicht wegen der Demo behelligen, die völlig aus dem Ruder gelaufen ist und bei der Sie in allererster Reihe dabei waren, keine Sorge. Ich möchte Ihnen nur einige Fragen zu Piet stellen. Dazu brauchen wir keinen Anwalt.»

«Was denn für Fragen?», erkundigte sie sich, immer noch in einem ans Unfreundliche grenzenden Tonfall.

«Was Piet für ein Mensch war.»

«Warum willst du das wissen?»

Marconi bedachte sie mit einem Blick, der genauso gut einem Welpen hätte gelten können, der nicht einsah, warum er nicht auf die Couch durfte. «Wir haben uns eben von Piet Lorenzen verabschiedet, der bekanntermaßen nicht freiwillig aus dem Leben geschieden ist. Deshalb möchte ich mehr über ihn erfahren, mir ein Bild über das Motiv der Täter machen.»

«Dann geht's also nicht um *GreenPlanet*?»

«Nein. Aber wenn Sie schon so fragen: Überlegt *Green-Planet*, aus Piets Tod Profit zu schlagen?»

«Was meinst du damit?» Die Antwort kam zu schnell, als dass sie nicht gewusst hätte, was er meinte.

«Es kursieren Gerüchte, es könnte sich bei der Entführung um eine PR-Aktion gehandelt haben», improvisierte Marconi.

«Tolle PR, die wir da gerade verabschiedet haben.» Ein Zögern, ein kurzes Innehalten und ein Flackern in ihren Augen ließen Marconi vermuten, dass es sich lohnen könnte weiterzufragen.

«Sie haben doch sicher auch davon gehört, dass eine Art PR-Coup geplant war, um die Aufmerksamkeit für *Green-Planet* zu erhöhen. ‹Es ist fünf nach zwölf! Schluss mit Demos und Petitionen! Die Zeit fürs Labern ist vorbei! Wir müssen mehr tun, drastischer werden!›», zitierte Marconi.

«Na und?», antwortete sie, ohne zu zögern. «Stimmt ja auch alles.» Sie sah sich nach ihren Freunden um, die in einiger Entfernung beieinanderstanden und misstrauisch zu ihnen herüberschauten.

«Können Sie sich vorstellen, dass Bekannte von Ihnen die Sache inszeniert haben?», hakte Marconi nach.

«Das sind meine Freunde. Ich will nichts sagen, was vielleicht ...» Sie ließ den Satz unvollendet und machte Marconi damit neugierig. Aufmunternd nickte er ihr zu.

«Nachdem herausgekommen ist, dass Piet ... entführt wurde, haben tatsächlich einige von uns Witze darüber gemacht, dass es ein saucooler PR-Stunt sein könnte.» Sie betrachtete ihre Fingernägel. «Aber als dann Piets Leiche aufgetaucht ist, war klar, dass es kein Scherz war.»

Marconi verkniff sich den Kommentar, wie oft er schon erlebt hatte, dass ein harmloser Spaß in einer Gewalttat endete. «Wem würden Sie so einen Scherz denn am ehesten zutrauen?»

«Diese Frage würde ich dir niemals beantworten, selbst wenn ich's könnte», antwortete sie knapp.

«Das verstehe ich, niemand ist gerne die Verräterin. Vor allem nicht in so einer verschworenen Gemeinschaft wie Ihrer Naturschützergruppe.» Merle lächelte leicht gequält. «Können Sie mir wenigstens sagen, wer Ihrer Freunde über die Möglichkeit herumgeblödelt hat, dass es ein PR-Stunt sein könnte?»

Sie sah wieder auf ihre Finger. «Das waren echt nur miese Witze, keiner hat das ernst genommen.»

«Merle, wenn Sie das ernst meinen, dass es fünf nach

zwölf ist, dann helfen Sie mir, Piets Mörder zu finden.» Marconi hatte die Erfahrung gemacht, dass die Leute auch dank vieler Serien inzwischen gegen das Wort «Tod» abgehärtet waren, aber auf das Wort «Mord» – wenigstens in der Realität – noch immer zu reagieren pflegten. «Ich sage ja nicht, dass es einer Ihrer Freunde bei *GreenPlanet* gewesen ist. Aber genau wie Sie finde ich auch, dass die ‹Zeit zum Labern› vorbei ist. Ein Mann, der sich wie kein anderer für den Schutz des Wattenmeers eingesetzt hat, ist tot, qualvoll gestorben, die Details erspare ich Ihnen. Wenn Sie etwas wissen, etwas gehört oder auch nur eine Ahnung haben, was Piet passiert ist und warum er sterben musste, dann sagen Sie es mir.» Marconi sah ihr eindringlich in die Augen. «Niemand muss erfahren, dass ich die Namen von Ihnen habe.»

Sie bedachte Marconi mit einem Blick, als hätte er einen völlig deplatzierten Scherz gemacht. «Erstens weiß ich wirklich nichts.» Sie wandte sich zum Gehen. «Und zweitens hättest du mich dafür dann wirklich woanders abpassen müssen, wo meine Freunde, die ich verpfeifen soll, nicht sehen, dass ich mit der Polizei spreche. Was bist du eigentlich für ein Ermittler?»

Marconi zog seine Brieftasche heraus und entnahm ihr eine seiner Karten. «Wenn Sie reden möchten, Merle, rufen Sie mich bitte an.»

Sie nahm die Karte und schob sie sich achtlos in die Hosentasche, ohne auch nur einen Blick darauf zu werfen.

«Klar.» Sie ging hinüber zu ihren Freunden, die sie sofort umringten und sich vermutlich jedes Detail des Gesprächs berichten ließen. Marconi hatte den Verdacht, dass die Karte das Ende des Tages nicht erleben würde.

39

Marconi ist aus Erfahrung
schlecht drauf

Moingiorno!», grüßte Eva gut gelaunt, als sie durch die Tür kam.

«Da scheint ja jemand ein schönes Wochenende mit dem Freund in Berlin verbracht zu haben», entgegnete Marconi, der bisher der Einzige in der Polizeistation war.

«Allerdings.» Eva legte ihm mit einem breiten Grinsen eine Papiertüte auf den Tisch. Er griff sofort danach und förderte ein herrlich duftendes, noch warmes Schokobrötchen zutage. Eva schaltete erst den Computer, dann die Kaffeemaschine ein, um sich kurz darauf mit einem frisch gebrühten Heißgetränk an den Schreibtisch zu setzen. Wenige Klicks später hörte Marconi, wie der Drucker die Arbeit aufnahm. Sie legte fünf beidseitig bedruckte Seiten vor ihm auf den Tisch und nahm ihre eigene Kopie mit an ihren Platz.

«Schön so, zusammen in einem Büro mit dem Chef», sagte sie. Und Marconi meinte, trotz des humorvollen Untertons herauszuhören, dass sie es genauso meinte.

«Ich glaube, du leidest am Stockholm-Syndrom und redest dir die feindliche Übernahme durch Flensburg schön», sagte er bloß, aber seine Mundwinkel zuckten.

«Wer wird hier vom Feind übernommen?» Jens stand wie frisch aus dem Ei gepellt in der Tür. «Namaste!», sagte er, legte beide Hände aneinander und verbeugte sich vor seinen Kollegen.

«Noch so einer mit anstrengend guter Laune.» Marconi verdrehte gespielt die Augen und seufzte.

«Die Frage ist doch eher: Warum bist du immer so schlecht drauf?», grinste Eva.

«Aus Erfahrung», sagte Marconi lapidar, biss in das Schokobrötchen und widmete sich den Ausdrucken. Es handelte sich um den Obduktionsbericht von Piet Lorenzens Leichnam. Lorenzen war erstickt. Die blauen Stofffasern in seinem Mund stammten sehr wahrscheinlich von einem Lappen, der als Knebel verwendet worden war. Darüber hinaus gab es Reste eines handelsüblichen Klebebands in seinem Gesicht. Auf diese Weise war ihm die Luftzufuhr durch Nase und Mund abgeschnitten worden. Marconi mochte sich den qualvollen Tod gar nicht ausmalen.

Mit zwei Hieben, einem von hinten, einem von schräg vorne auf den Kopf, war Lorenzen niedergeschlagen worden. Tödlich waren die Schläge allerdings nicht gewesen, sodass er sein eigenes Ersticken bei vollem Bewusstsein hatte erleben müssen. Die einzige Unklarheit im Bericht betraf die Frage, wer Lorenzen erstickt hatte. Auch wenn Marconi noch im Dunkeln tappte, war er überzeugt, dass sie den oder die Täter früher oder später überführen würden. Ohne festen Glauben an den Erfolg brauchte er erst gar nicht in den Ring zu steigen, dann hätte der Täter schon gewonnen. Aber bevor er das tat, brauchte er einen anständigen Kaffee, dachte er, und verließ die Station.

Eva stellte ihre Tasse mit viel Elan auf dem Schreibtisch ab. Das Wochenende mit ihrem Freund in Berlin hatte ihren Energiespeicher wieder aufgeladen. Hoch motiviert beugte sie sich über den Laptop, vor dem Jens saß. «Was treibst du da?»

Jens seufzte. «Ich versuche, die Erbfolge herauszufinden, also wer jetzt statt Piet das Erbe antritt.»

«Und?»

«Piets Eltern sind tot, Piet selbst war Einzelkind. Weder auf Tanten und Onkel noch auf Cousinen und Cousins bin ich bislang gestoßen. Es ist ziemlich mühsam.»

«Wissen wir denn, um wie viel Geld es geht?», fragte Eva.

«Der Notar meint, er ist gesetzlich verpflichtet, das Testament erst am festgelegten Termin zu verlesen, und der ist noch dreieinhalb Wochen hin.»

«Du meinst, wenn wir wissen, wer von Piets Tod finanziell am meisten profitiert, dann hätten wir einen Verdächtigen mit einem triftigen Motiv?»

«Ausgeschlossen ist es nicht, oder?»

«Und wenn du mal bei dem Verstorbenen vorbeifährst?», schlug sie vor. «Namen und Adresse hat mir doch meine Freundin Bleeke gegeben. Wie wär's, wenn du deinen Schreibtisch verlässt und mal rausgehst, ins echte Leben? Also das machst, was normale Polizisten gelegentlich tun.» Sie zwinkerte ihm zu.

«Du hältst mich wohl für lebensmüde! Ich soll unsere kuschelige Polizeistation verlassen?» Jens grinste wie ein kleiner Junge nach einem Klingelstreich. «Und was treibst du so lange, während ich mich in Gefahr begebe? Willst du mitkommen?»

«Wollen schon. Aber ich hole Klara heute von der Schule

ab, wir gehen wieder surfen. Du weißt schon: ich als Frau und so.»

«Dann viel Erfolg. Wo ist eigentlich unser Commissario?»

Eva zuckte mit den Schultern. «Dem Vernehmen nach soll er weiter auf der verzweifelten Suche nach einem annehmbaren Espresso in Sankt Peter-Ording sein.» Sie grinste. «Vielleicht sollte ihm mal jemand sagen, dass Kaffee kein richtiges Hobby ist.»

«Das kannst du gern übernehmen, ich bin doch nicht verrückt. Außerdem wird es Zeit, dass er endlich zu schätzen lernt, was er vor der Nase hat.» Jens hob demonstrativ die Tasse mit der Aufschrift *Das Schönste am Süden ist der Heimweg nach Norden,* trank sie in einem Rutsch aus und verließ mit Eva die Polizeistation.

40

Ein Plan birgt Zündstoff

Heute herrschten atemberaubend gute Bedingungen: Nur ein leichter Wind kam aus Nordwesten und blies schräg gegen die Strömung. Die Wellen, von Gischt gekrönt, rollten in perfekten Abständen auf den Strand. Das ideale Surfwetter war nicht unbemerkt geblieben, denn auf dem riesigen Parkstrand reihten sich Autos und Wohnwagen aneinander wie auf dem Parkplatz eines Freizeitparks. Halb Deutschland schien hier ins Wasser zu steigen: die Sankt Peteraner ebenso wie zahllose Touristen. Wo die Brandung an den Strand rollte, wimmelte es von nassen, halb nackten Kindern, die fröhlich jauchzten.

Trotz des regen Betriebs hatte Eva ihr Aufwärmprogramm mit Klara am Strand durchgezogen. Und Klara hatte tatsächlich mehrere Wellen im flachen Wasser bekommen, weshalb Eva ihr versprechen musste, beim nächsten Mal ihr eigenes Brett mitzubringen, damit sie sich weiter hinauswagen konnten. Klara legte enormen Ehrgeiz an den Tag, was Eva nicht weiter überraschte. Dennoch wirkte sie nicht ganz bei der Sache. Sobald sie sich abgetrocknet und mit Saftschorlen in die Liegestühle des Wassersportcenters gesetzt hatten, bohrte Eva dezent nach, und sofort rückte Klara raus mit der Sprache.

«Ich habe am Wochenende was gehört, das klang echt heftig.» Klara kaute auf der Unterlippe und schien mit sich zu ringen, ob sie die anderen Naturschützer verriet, wenn sie weitersprach. «Merle hat mit Freunden darüber gesprochen, es auf der Ölbohrinsel *mal ordentlich knallen zu lassen*. Danach müsste sich *GreenPlanet* keine Sorgen mehr machen, weil Mittelplate eh stillgelegt wird.»

Eva versuchte äußerlich cool zu bleiben. «Okay ... Wie klang sie dabei?»

«Ich glaube, sie wollte angeben», sagte Klara. «Aber es klang auch, als meinte sie es ernst.»

Eva sah hinaus aufs offene Meer, ungefähr in jene Richtung, in der die Ölplattform lag. «Wann soll diese Aktion denn stattfinden?»

Klara antwortete mit einem Schulterzucken.

Eva nahm einen Schluck von ihrer Schorle und ließ Klara dabei nicht aus den Augen. Sie glaubte nicht, dass es ihr darum ging, Merle zu schaden, weil sie vielleicht mit Fabian zusammen war. Klara schien ernsthaft besorgt, mit diesem Verrat nun auch das Letzte zu verlieren, das ihr etwas bedeutete: *GreenPlanet*, das einen Kampf kämpfte, der ihr wichtig war. Eva würde behutsam vorgehen müssen, um sie nicht an ihre Mitstreiter zu verraten und ihr so jene Gemeinschaft zu nehmen, die ihrem Leben momentan den größten Halt zu geben schien. «Was hältst du davon, wenn wir Piets Vermächtnis vom friedlichen Einsatz für Umweltschutz weiterführen? Und gemeinsam Guerilla-Aktionen verhindern, bei denen es *ordentlich knallen* soll?»

Klara nickte verhalten. «Aber kannst du meinem Onkel bitte nicht sagen, dass ich von der Aktion wusste und es ihm nicht gesagt habe? Der nervt eh schon übelst.»

Eva hielt ihr die Glasflasche entgegen. «Ich will ehrlich sein: Wir brauchen deinen Onkel für unseren Plan. Aber ich werde mit ihm reden. Und vielleicht steckt ja auch gar nicht so viel dahinter, wie wir denken.»

Das schien Klara zu beruhigen. Sie stieß mit ihrer Flasche gegen Evas. «Deal! Und wann surfen wir wieder?»

41

Marconi hadert mit dem Humor der Nordfriesen

Am nächsten Morgen spendete die Sonne bereits Wärme, obwohl es nicht einmal acht Uhr war. Marconi hatte vorausschauend das Polizeihemd mit den kurzen Ärmeln angezogen, und die Sonne nahm die Einladung dankend an, wärmte ihm die nackten Arme und das Gesicht.

Jens hatte eine Nachricht in ihre WhatsApp-Gruppe geschickt und die Bank unweit von Polizeistation, Gemeindebücherei und Katholischer Kirche St. Ulrich als Treffpunkt vorgeschlagen. Marconi war als Erster am Deich angekommen, hatte sich gesetzt und den Blick über diese Landschaft schweifen lassen, die ihm nicht mehr so vollkommen karg und unwirtlich vorkam wie noch bei seiner Ankunft. Eva und Jens kamen gemeinsam den Deich herauf, und fast gleichzeitig mit ihrem Eintreffen verschwand die Sonne hinter einer großen Wolke. Gerne hätte er sich erkundigt, ob Klara sich Eva anvertraut, ob sie über ihre Gefühle für Fabian geredet hatte, aber vor allem über ihn, Marconi. Doch Jens hatte das Treffen anberaumt, um über den Fall Piet Lorenzen zu sprechen, weshalb Marconi seine Neugier zügelte.

Prompt fasste Jens zusammen, was er bei seinem Besuch am Haus des Erblassers erfahren hatte: Das ehemalige Zollhaus am Rande von Sankt Peter-Ording, das Piet Lorenzen erben sollte, war ein prunkloser, aber vollständig sanierter Backsteinbau. Von seinem schlichten Äußeren solle man sich nicht täuschen lassen, hatte eine der Nachbarinnen bereitwillig Auskunft erteilt, nachdem Jens sich als Polizist zu erkennen gegeben hatte. Sowohl die Lage in der Nähe des Hundestrandes mit unverbautem Blick auf den wunderschönen Leuchtturm von Westerhever als auch der Innenausbau seien vom Feinsten. Jens war beim Blick durch die Fenster der loftartige Charakter des Hauses mit hohen Decken, geraden Linien und viel Licht aufgefallen, weißes Holz, dazu ein edler Terrazzoboden, ein Kamin sowie eine Sauna. Seiner groben Schätzung zufolge gehörte zu dem frei stehenden Haus ein Garten von fast tausend Quadratmetern.

«Wie viel ist so was hier bei euch wert?», fragte Marconi.

Jens und Eva blickten sich an, wiegten die Köpfe abschätzend hin und her.

«Zwei bis drei Millionen vielleicht?», wagte sie eine Schätzung, und er nickte bestätigend.

«Wie bitte?», rief Marconi entgeistert. «Das sind ja Preise wie in München!»

«Wo es schön ist, da ist's eben auch teuer», sagte Eva in einem Ton, als müsste sie einem begriffsstutzigen Kind versichern, dass der Osterhase am Ostersonntag kam und nicht schon Karfreitag.

Marconi sparte sich eine Entgegnung darauf, dass sie Nordfriesland gerade auf dieselbe Stufe gestellt hatte wie die Millionenmetropole München, nicht ohne Grund die teuerste Stadt Deutschlands, was Miet- und Immobilienpreise betraf.

«Die Nachbarin hatte noch mehr zu berichten», fuhr

Jens fort. Ein Mann habe sich auffallend lange auf dem Grundstück aufgehalten, die Grundfläche grob vermessen und auch an den vier Hauskanten Maß genommen. Das alles habe die Nachbarin durch die Gardinen ihrer Küche beobachtet, und dann sei der Mann schließlich zu ihr gekommen und habe geklingelt. «Er hat ihr eine Visitenkarte gegeben, die sie eigentlich wegwerfen wollte. Aber jetzt war sie froh, dass sie es nicht getan hat.»

Jens reichte seinem Vorgesetzten die Karte: *Jonas Torp, Teufel&Gemeiners Immobilien.*

«Ein Makler?», stellte Marconi die offenkundige Frage. «Wenn der wusste, dass der Eigentümer gestorben ist, wusste er dann auch, wer das Haus erbt?»

«Klare Antwort», sagte Jens. «Vielleicht.»

Eva prustete vor Lachen. Marconi schüttelte verständnislos den Kopf. «Ihr Nordfriesen habt echt einen unterirdischen Humor.»

«Mein Humor ist sehr simpel: Wenn ich lache, war's lustig», sagte Jens. «Aber mal im Ernst: Klar hab ich Jonas Torp angerufen und gefragt, ob er Kontakt mit dem Notar aufgenommen hat.»

«Und?»

«Er behauptet: nein. Und weil ich eh schon mal meinen Schreibtisch verlassen habe und raus ins echte Leben bin, wo ich das getan habe, was normale Polizisten gelegentlich tun ...», Jens bedachte seine Kollegin mit einem Schmunzeln, «... habe ich dem Notar dieselbe Frage gestellt.»

«Und?», fragte Marconi erneut.

«Auch er behauptet: nein. Aber ich bin ja der festen Überzeugung, dass Männer echt scheiße sind im Lügen.»

«Im Gegensatz zu Männern lügen wir Frauen gar nicht.

Wir passen nur die Wahrheit den Umständen an», entgegnete Eva trocken.

«Ich bin mir ziemlich sicher, dass die beiden Typen nicht die Wahrheit gesagt haben. Aber beweisen lässt sich das nicht so ohne Weiteres.»

Marconi überlegte. Der Makler hatte vom Tod des Hausbesitzers mit Sicherheit aus der Zeitung erfahren. Und dann in Erfahrung gebracht, welcher Notar sich um den Nachlass kümmerte. Möglicherweise hatte er eine Beteiligung am Hausverkauf versprochen, wenn der Notar ihm im Gegenzug den Namen der Person verriet, die das Haus erben sollte.

Zwei Möwen, die sich nicht weit entfernt lautstark um einen leeren Joghurtbecher stritten, rissen ihn aus seinen Gedanken. Es brauchte eine Weile und viel hysterisches Geschrei, bis ihre Streitlust ein neues Ziel fand und sie sich in die Lüfte erhoben, vielleicht einem der Fischkutter oder einer verendeten Ratte entgegen.

«Torp könnte Piet Lorenzen kontaktiert haben, um mit ihm den Kauf des Hauses zu besprechen, bevor ein anderer Makler auf der Matte steht», sprach Marconi seine Überlegungen laut aus.

«Was bedeutet das für unseren Fall?», fragte Eva.

«Du meinst, unser Fall, der nicht unser Fall ist, sondern der Fall der Kripo Flensburg», korrigierte Jens.

Marconi ignorierte den Kommentar. «Vorerst nur, dass Menschen schon für weniger als zwei bis drei Millionen Euro umgebracht wurden.»

«Aber wenn's so war, wie du sagst», hakte Eva nach, «und der Notar mit dem Makler unter einer Decke steckt: Warum ist Piet tot? Egal, wer ihn aus dem Weg geräumt hat:

Jetzt kommt er oder sie doch definitiv nicht an das Geld. Der Makler nicht, weil Piet nicht mehr der Erbe ist. Emma Lassen nicht, weil sie zwar mit Piet verlobt, aber nicht verheiratet ist. Wer bleibt denn da noch übrig?»

Schweigend saßen sie nebeneinander auf der Bank und sahen über den breiten Streifen der Salzwiesen hinaus aufs Meer. Um diese frühe Uhrzeit waren nur vereinzelte Spaziergänger als kleine Punkte zu sehen, um die noch kleinere Punkte mit und ohne Fell herumtobten.

«Doch der Makler, weil Piet nicht verkaufen wollte?»», schlug Jens vor.

Marconi schüttelte entschieden den Kopf. «Warum sollte er Piet umbringen, davon hat er am Ende auch nicht mehr Geld in der Tasche.»

«Wir dürfen nicht vergessen», wandte Jens ein, «dass Piet anfangs lediglich entführt und erst später tot aufgefunden wurde. Vielleicht wollte der Makler so erreichen, dass er das Haus verkaufen darf. Fünfzehn Prozent Maklerkommission von drei Millionen Euro Verkaufspreis sind fast eine halbe Million Euro. Da gab es schon schlechtere Motive.»

«Hm.» Marconi war nicht überzeugt und wandte sich an Eva. «Was hältst du von der Theorie?»

«Klingt nicht sehr plausibel. Andererseits: Wer weiß schon, was im Kopf eines habgierigen Maklers vor sich geht? So oder so: Klasse, dass du das alles herausgefunden hast, Jens. Allerdings bin ich auch nicht mit leeren Händen gekommen: Mir hat jemand die Info gesteckt, dass einige Mitglieder von *GreenPlanet* eine Guerilla-Aktion planen.»

«Gegen wen oder was denn?», hakte Marconi nach. Wohlweislich fragte er lieber nicht, wer Eva diese Information *gesteckt* hatte.

«Eine Aktion, die – ich zitiere: ‹so heftig ist, dass Mittelplate A danach stillgelegt wird›», sagte Eva, woraufhin Jens die Augen aufriss und wirklich erschrocken aussah. «Deshalb habe ich mir letzte Nacht um die Ohren geschlagen und vom Auto aus das Haus einer Verdächtigen observiert: Merle Feldmann. Aber alles ist ruhig geblieben.»

«Hm», sagte Marconi wieder, und mit gerunzelter Stirn fragte er schließlich doch: «Dieser Tipp kam nicht zufällig von einer jungen Naturschützerin, die uns nicht unbekannt ist?»

«Dazu möchte ich mich nicht äußern, ich habe meiner Informantin Zeugenschutz versprochen», sagte Eva sachlich. «Aber meine Quelle hat mir versichert, dass an der Sache etwas dran ist.»

«Oh Gott, das müssen wir der Kripo stecken», sagte Jens.

«Auf keinen Fall!» Marconi sah ihn scharf an. «Dann müsste Eva damit rausrücken, von wem sie davon weiß. Aber Klara wird in keinem polizeilichen Protokoll auftauchen. Jedenfalls nicht, solange ich für sie verantwortlich bin und es verhindern kann.»

«Und wenn's einen Anschlag gibt, den wir hätten verhindern können?» Jens schüttelte vorwurfsvoll den Kopf.

«Ich fürchte, Massimo hat recht», sagte Eva. «Wenn ich behaupte, es wäre ein anonymer Tipp gewesen, nimmt man das nicht ernst. Aber als Polizistin kann ich mich der Kripo gegenüber auch nicht auf Quellenschutz berufen.»

«Scheiße», rief Jens laut, weil ihm die verzwickte Lage nun aufzugehen schien. Er sprang auf. «Ich tue einfach mal so, als hätte ich all das nicht gehört und wüsste von nichts. Wenn's den Bach runtergeht und es wirklich einen Anschlag auf die Ölplattform gibt, geht das jedenfalls nicht auf mein Konto.» Und damit marschierte er den Deich hinunter Richtung Polizeistation und kickte dabei mehrere Kieselsteine aus dem Weg.

«Schöne Scheiße», bestätigte Eva, die Jens hinterhersah.

Marconi stand nun ebenfalls auf. «Ich kann weder anordnen, dass du dir die Nächte vor Merles Haus um die Ohren schlägst, noch dich dabei unterstützen. Ich kann die Kinder ja nicht alleine lassen. Es ist deine Entscheidung», sagte er abschließend. Und während sie zur Morgenbesprechung in die Polizeistation den Deich hinabstiegen, hoffte er, dass Eva die einzig richtige Entscheidung traf.

42

Der Anfang vom Ende

Der Tag hatte sich gezogen wie Kaugummi. Sie waren Hinweisen aus der Bevölkerung nachgegangen, die zu nichts und wieder nichts geführt hatten. Inzwischen hatte sich die Nacht angeschlichen. Eva saß in ihrem Fiat Punto und nutzte das gedimmte Licht des Handydisplays, um all das zu lesen, was bis zu diesem Zeitpunkt protokolliert worden war. Ergebnislose Befragungen der Nachbarn; die technischen Analysen der Drucker in Emma Lassens Wohnung und im Haus vom Ehepaar Manthey sowie in dessen Hotel; die Anrufliste von Piet Lorenzens Festnetz und Mobiltelefon in den achtundvierzig Stunden vor seinem Verschwinden; die Ausdrucke von den Funkzellenkarten, die die Bewegungen von Piet Lorenzen, Emma Lassen und Paul Manthey dokumentierten; eine Liste mit den Namen aller Personen, die im Laufe der Ermittlungen befragt worden waren, entweder als Zeugen oder als Verdächtige.

Eva las das wenige Material immer wieder durch und kritzelte dabei ein paar Notizen mit Bleistift an den Rand. Der Name Merle Feldmann fehlte noch in Jens' Auflistung. Genau deshalb saß Eva in dieser Sekunde vor deren Haus mitten im Nirgendwo der Halbinsel Eiderstedt, in einer kleinen Katinger Wohnsiedlung. Wenn Jens wüsste, dass sie sich die Nächte um die Ohren schlug, um jemanden zu überwachen, der nicht einmal konkret verdächtig war, bekäme er unter

Garantie einen Tobsuchtsanfall. Auch wenn sie denselben Dienstrang besaßen, hatte er immer das Gefühl, er müsste sie vor sich selbst schützen.

Vor allem die Protokolle von Jens waren akribisch ausgearbeitet, wie es nun mal seine Art war. Bei dem Gedanken musste sie lächeln. Sie mochte ihren Kollegen wirklich und war froh und dankbar für die Freundschaft, die sich über die Jahre zwischen ihnen entwickelt hatte.

Doch die Welt gehörte den Mutigen, das hatten die Ermittlungen im Fall des toten Krabbenfischers bewiesen. Sie strich sich über die Narbe an der Seite ihres Brustkorbs. Gut, wäre die Pistolenkugel nur wenige Zentimeter mittiger eingeschlagen, würde sie jetzt neben Marconis Bruder Nevio liegen und statt Merle die Radieschen von unten observieren. Aber glücklicherweise hatte die Kugel nur Muskelgewebe verletzt, keine Organe, weshalb sie nach wenigen Tagen schon wieder bei nahezu einhundert Prozent Leistungsfähigkeit gewesen war. Und glücklicherweise behandelte ihr Chef sie nicht wie ein Kleinkind. Er hatte ihr freigestellt, hier zu sitzen. Im besten Fall würde sie eine Straftat vereiteln. In jedem anderen Fall würde sie eben einige Tage mit weniger Schlaf auskommen. Was sollte schon Schlimmeres passieren?

Das Handydisplay zeigte zwanzig Minuten vor Mitternacht. Ihr Blick ging hinauf zu den Fenstern von Merles Wohnung, hinter denen in zwei Räumen Licht brannte. Sie kannte Klara zwar nicht gut, aber dass sie sich die Geschichte mit dem geplanten Anschlag ausgedacht hatte, um Merle zu schaden, traute sie ihr nicht zu. Im Gegenteil – ihr Bauchgefühl sagte ihr, dass Klara womöglich etwas auf der Spur war.

Ein Wagen bog in die Straße, und je näher die Lichter

kamen, desto tiefer rutschte Eva in ihren Sitz. Ein dunkler VW-Bus hielt vor dem Haus, in dem Merles Wohnung lag. Eva konnte nicht erkennen, ob neben dem Fahrer noch weitere Personen darin saßen. Sie ließ das Seitenfenster einen Spalt herunter. Fast zeitgleich gingen die Lichter in der Wohnung aus, und kurz darauf öffnete sich die Haustür. Die Schiebetür des Bullis wurde geöffnet, und Merle stieg ein. Eva hörte gedämpfte Stimmen, konnte aber weder erkennen, wie viele Personen sich unterhielten, noch, worüber sie sprachen. Dann rauschte der Wagen mit Merle davon. Und Eva nahm die Verfolgung auf.

Sie folgte dem Bus mit ausgeschalteten Scheinwerfern. Die Nacht war blassblau, der Mond schien so schwach, dass sie hoffte, keine Wolke würde sich davorschieben. Falls das geschah, müsste sie sich entweder weit zurückfallen lassen oder riskieren, bemerkt zu werden. Mit ihrem Punto würde sie bei jeder Verfolgungsjagd den Kürzeren ziehen. Sie waren von der Landstraße in Richtung Katinger Watt abgebogen, und kurz hatte Eva gehofft, dass die Fahrt schon am Eidersperrwerk endete. Doch der Bulli hielt nicht auf dem Parkplatz, sondern fuhr durch den hell erleuchteten Tunnel zwischen den Toren und folgte der Straße dann weiter bis nach Wesselburen, wo er rechts abbog. Die roten Lichter der Windkraftanlagen blinkten bedrohlich und wirkten im Dunkeln wie eine Kolonie auf dem Mars. Ein Fuchs und mehrere Kaninchen kreuzten ihren Weg.

Es war inzwischen eine Viertelstunde nach Mitternacht. Evas Gedanken überschlugen sich: Wohin war der Bus unterwegs? Falls es zum Äußersten kam, würde sie alleine mit ihnen fertigwerden? Woher würde sie Verstärkung bekommen, wo doch inzwischen die meisten Polizeistationen nachts nicht mehr besetzt waren? Sie sah ein, dass sie die Überwachungsaktion nicht bis zum Ende durchdacht hatte. Nun blieb ihr nichts anderes übrig, als spontan zu reagieren. In einigen Kilometern Entfernung tauchte das angestrahlte *Hochhaus Büsum* auf, das mit fünfundachtzig Metern ihres Wissens höchste Gebäude an der deutschen Nordseeküste in Schleswig-Holstein. Keine fünf Minuten später steuerten sie den Hafen an. Eva parkte am Fischerkai auf Höhe einer Fischräucherei, während der Bulli bis zum Ende des Kais fuhr.

Das orangefarbene Licht der Straßenlaternen spiegelte sich im Hafenbecken und verschwamm mit dem fahlen Mondlicht, das auf dem Wasser glitzerte. In etwa hundert Metern Entfernung sah Eva Merle aus dem Bus steigen. Von der Fahrer- und Beifahrerseite stieg jeweils eine weitere Person aus. Keine Menschenseele war außer ihnen unterwegs, worauf die Dreiergruppe entweder spekuliert oder die Gegend im Vorfeld ausgekundschaftet hatte, was Eva wahrscheinlicher erschien. Es herrschte eine für einen Hafen ungewöhnliche Stille. Nur einmal war das verschlafene Kreischen einer Möwe zu hören. Sie passierten das exklusive Hotel, das hier vor ein paar Jahren mitten auf den Deich, zwischen Hafen und Meer, gebaut worden war, und kurz darauf auch den rot-weißen Leuchtturm, der seine Strahlen den vorbeifahrenden Schiffen wie tastende Finger entgegensandte.

Eva versuchte sich bei all diesen Lichtspielen vorsichtig von Schatten zu Schatten zu bewegen und folgte der

Gruppe über die Deichpromenade, an Hundestrand und Sperrwerk vorbei zum Außenhafen. Im Schutz einer Hütte beobachtete sie, wie die Gruppe unmittelbar auf der Rückseite des Sperrwerks eine gepflasterte Schräge hinunter zur Wasserkante ging. Gerade als sie sich fragte, ob sie sich doch bloß zu einem nächtlichen Bad getroffen hatten, entdeckte sie das schwarze Motorschlauchboot, das auf sie wartete. Die Person im Boot reichte ihnen Neoprenanzüge. Als Merle und die anderen begannen, sich aus ihrer Kleidung zu schälen, schlug bei Eva die Erkenntnis wie ein Blitz ein: Das, was hier gerade seinen Anfang nahm, konnte nur in einer Katastrophe enden. Sie zog ihr Handy aus der Hosentasche, überlegte, wen sie anrufen sollte, und ließ es wieder verschwinden, weil ihr null Komma niemand einfiel. Marconi konnte die Kinder nicht allein lassen, und bis er oder Jens hier wären, würde ohnehin zu viel Zeit verstreichen.

Ihr Herz raste. Was sollte sie tun? Was *konnte* sie überhaupt tun? Sie scannte ihre Umgebung. Das Sperrwerk war ziemlich sicher besetzt, aber zu weit weg. Außerdem befand sich das Schlauchboot am Außenhafen und musste die Schleuse nicht passieren, um raus aufs Meer zu fahren. Sie überlegte kurz, die anliegenden Schiffe darauf zu überprüfen, ob jemand an Bord war. Doch die Wahrscheinlichkeit schien um diese Uhrzeit nicht sehr groß.

Totale Stille hüllte die Szene ein. Kein Auto fuhr durch den Hafen, kein Schiff löschte seine Ladung. Kein Flugzeug am Himmel, keine Möwe am Deich, kein Spaziergänger auf dem Kiesweg übertönten das pulsierende Rauschen in Evas Ohren, während sie fieberhaft überlegte. Ein Eingreifen zu diesem Zeitpunkt war unmöglich, denn noch hatte niemand eine Straftat begangen. Sie hatte keine Beweise, durfte sich nicht auf die einzige Zeugin berufen, das hatte ihr ihr Vorgesetzter deutlich zu verstehen gegeben. Ihr Blick fiel auf ein weißes Gebäude, das von einem mannshohen Stahlzaun umgeben war. Sie wollte den Kopf schon wieder wegdrehen, da erregte die weiße Fahne mit dem roten Kreuz ihre Aufmerksamkeit. Ohne dass sie richtig hätte sagen können, warum, setzten sich ihre Beine in Bewegung und führten sie die betonierte Zufahrt hinunter bis zum Eingangstor, an dem sich allerdings keine Klingel befand. Binnen Sekunden hatte sie die Telefonnummer ergoogelt und ließ es läuten, sechs-, siebenmal.

«Seenotrettung Büsum, was ist Ihr Notfall?», meldete sich eine tiefe Stimme, die verschlafen klang.

Eva erklärte, wer sie war, wo sie sich befand und warum. «Ich brauche einen Bootsführer und eines eurer Boote, um den Naturschützern zu folgen.»

Sekundenlang blieb es still. «Das ist ein Witz, oder?» Die Stimme klang nun gar nicht mehr verschlafen.

«Ich kann dir meinen Dienstausweis zeigen und meine Dienstwaffe. Du willst ziemlich sicher nicht derjenige sein, der eine Katastrophe hätte verhindern können, aber lieber mit mir diskutiert hat, ob ich um diese Uhrzeit zu Scherzen aufgelegt bin.»

Nicht weit von ihr entfernt wurde ein Motor angelassen, und Eva musste nicht erst nachsehen, um zu wissen, dass sich die Naturschützer auf den Weg gemacht hatten, ihren Plan umzusetzen.

43

Erst passiert nichts und dann mehrere Dinge gleichzeitig

Bonno, ein kräftiger Mann in den Vierzigern, Dreitagebart, in roter Seenotretterhose und roter Jacke mit gelben und silbernen Reflektorstreifen, öffnete das Tor und schüttelte den Kopf. Ohne ein Wort zu sagen, steuerte er auf ein Kunststoffboot von rund neun Metern Länge zu. Er ging in die Führerkabine, startete die Motoren der Yamaha und winkte Eva an Bord. «Richtung Mittelplate?», fragte er kurz angebunden, und Eva bestätigte wortlos, woraufhin er das Boot ohne viel Aufhebens hinaus aufs offene Meer lenkte.

Sie musste sich festhalten, als Bonno auf maximale Geschwindigkeit beschleunigte. Das Boot war wendig, deutlich schneller, als sie erwartet hatte, und sprang über die Wellen wie ein junges Fohlen. Als passionierte Surferin hätte Eva die hohe Geschwindigkeit wahrscheinlich sogar genossen, wenn sie nicht so angespannt gewesen wäre.

Wellen platschten auf Deck, das Boot schaukelte gehörig. Die roten Lichter der Offshore-Windanlagen wirkten wie die Augen eines Rudels Raubkatzen. Sie schienen sie aus dem undurchdringlichen Dunkel zu beobachten und auf den richtigen Moment zu lauern, um sich aus neunzig Metern Höhe auf sie zu stürzen. Nach rund zehn Minuten Fahrt räusperte sich der Seenotretter und ließ sich von Eva erklären, was genau eigentlich los war. Eva berichtete ihm noch einmal ausführlicher von dem Verdacht, dass militante Naturschützer einen Anschlag auf die Ölplattform im Wattenmeer ausüben könnten.

«Wer weiß davon?», fragte Bonno.

«Bislang nur du und ich.» Eva fing seinen skeptischen Blick auf. Mit dem Steuerrad in der Hand musterte er Eva. «Dann gebe ich auf Mittelplate wohl mal besser Bescheid, dass möglicherweise Gefahr in Verzug ist.» Er griff nach dem Funkgerät und bekam schnell Kontakt zum diensthabenden Schichtleiter. «Wir wissen nicht, ob es sich um einen Fehlalarm handelt. Aber derzeit ist eine Gruppe junger Aktivisten mit einem Boot zu euch unterwegs. Erhöhte Wachsamkeit kann sicher nicht schaden, wir sind auf dem Weg.»

Lenke Manthey schaltete den Computer aus. Wenn sie jetzt ins Bett ging, würde sie noch vier, fünf Stunden Schlaf abbekommen. Mehr brauchte sie nicht. Und sie genoss es, in der Nacht in Ruhe arbeiten zu können. Keine dummen Fragen der Mitarbeiter, keine Störung wegen irgendwelcher Lappalien. Manchmal kam sie sich vor wie eine Kindergärtnerin, nicht wie die Managerin einer Plattform, die jedes Jahr Öl im Wert von mehreren Hundert Millionen Euro förderte. Das Leben könnte so einfach sein, so schön, wenn alle ihre Arbeit machen und sie ihren eigenen Job ordentlich erledigen lassen würden. Und wenn manche Chaoten sie nicht privat dafür verurteilten, was sie tat, und sie schikanierten. Die verdammten Naturschützer würden Augen machen, wenn sie die Summe erfuhren, auf die sie sie für den Schaden an ihrem Grundstück verklagen würde. Die konnten ihren Laden anschließend dichtmachen. Eigentlich war sie gern hier auf Mittelplate. In letzter Zeit umso mehr, da es weniger Spaß machte, zu Hause zu sein – nicht nur wegen der Anfeindungen. Auch mit Paul lief es nicht mehr rund. Und sie hätte nicht einmal sagen können, woran das konkret lag. Sie bekamen sich immer wieder wegen der kleinsten Unstimmigkeiten in die Haare. In letzter Zeit kam es ihr so vor, als fliehe er, sobald sie zu Hause war, in seine Garage, wo er an seinem Auto herumwerkelte, unnötigerweise das Öl wechselte oder den Reifendruck überprüfte, bloß um ihr aus dem Weg zu gehen.

Sie löschte das Licht in ihrem Büro und ging zwei Stockwerke hinauf in die Quartiere zu ihrer Wohneinheit. Immerhin hatte sie Svea hier. Mit ihr konnte sie über ihre Probleme schnacken. Und sie ließ sie in Ruhe, wenn ihr mal wieder alles zu viel wurde.

Gerade wollte sie die Tür zu ihrer Unterkunft öffnen, als der Alarm losging. Ein schmerzhaft lauter Ton, der sie bis ins Mark erschreckte. Sie arbeitete seit dreizehn Jahren auf Mittelplate, doch diese Art von Alarm hatte sie noch nie erlebt. Und zum ersten Mal während ihrer Zeit hier verspürte sie ein bis dato unbekanntes Gefühl in sich aufsteigen: Angst.

Bonno steuerte das Boot weiter mit hoher Geschwindigkeit aufs offene Meer hinaus. Ohne seinen Blick abzuwenden, sagte er: «Wenn das ein Fehlalarm ist, bekommen wir wahrscheinlich beide ziemliche Probleme.»

«Wenn's kein Fehlalarm ist, aber auch», entgegnete Eva.

«Dann ist es nämlich an uns beiden zu verhindern, was möglicherweise nicht zu verhindern ist.»

Ein Piepen auf dem Radar signalisierte ihnen, dass sich vor ihnen ein Boot befand.

«Sind sie das?», fragte Eva und erhielt ein Schulterzucken als Antwort.

In der Ferne tauchte eine Art Raumstation auf, so hell erleuchtet, dass sie Eva beinahe wie eine Fata Morgana vorkam. Eine Insel, die über der Wasseroberfläche zu schweben schien und auf der weiße und blaue Container kauerten.

Bonno drosselte den Motor. Auf dem dunklen Wasser war das schwarze Schlauchboot der Naturschützer nicht zu erkennen, aber auf dem Radar blinkte ein Punkt, der sich nicht weit entfernt zwischen ihnen und der Ölplattform befand.

«Ich geh raus zum Bug.» Eva wartete keine Antwort ab und machte sich auf den Weg zur Spitze des kleinen Bootes. Dort hielt sie sich am Geländer fest, denn trotz der Windstille gab es Wellen, die sie aus dem Gleichgewicht zu bringen drohten. Selbst um diese Nachtzeit herrschte auf der sich nähernden Ölplattform Hochbetrieb, überall brummte, röhrte und knirschte es. Ein schwerer Geruch von Öl lag in der Luft. Vereinzelt entdeckte sie Männer in greller Sicherheitskleidung mit Schutzbrillen und Helmen. Doch von dem Schlauchboot der Naturschützer fehlte jede Spur. Eva betrachtete das Szenario vor ihr: die Plattform, der Lichtkegel, der von den Scheinwerfern ausging, die Reflexionen auf der Wasseroberfläche ... Da, am Rande des Lichtscheins, knapp außerhalb der Fläche, die noch beleuchtet wurde ... War das ... Eva kniff die Augen zusammen. Eine Robbe? Mehrere? Nein, das war doch ... tatsächlich, das Boot der

Naturschützer. An Bord erkannte sie eine ganz in Schwarz gehüllte Person. Wo steckten die anderen?

Eva gab Bonno die Richtung vor. Als sie vielleicht noch zwanzig Meter entfernt waren, legte Eva die Hand ans Pistolenholster und rief so laut sie konnte: «Was auch immer ihr vorhabt: Lasst es sein!»

Die Gestalt, die eben noch mit dem Rücken zu Eva im Boot gesessen und die Wasseroberfläche abgesucht hatte, fuhr zusammen. Sie war vermummt. Blitzschnell erfasste sie die Situation und griff nach etwas, das aussah wie ein Rucksack.

«Was ist hier los?», fragte Lenke Manthey in dem zackigen Tonfall, den sie sich über die Jahre angeeignet hatte.

Bohrmeister Thilo Johannßen stand mit Walkie-Talkie in der einen und Satellitentelefon in der anderen Hand am Geländer und spähte hinaus aufs Meer. «Eine verdächtige Gruppe hält Kurs auf Mittelplate.» Er klemmte sich das Satellitentelefon an den Hosenbund.

«Sagt wer?»

«Seenotrettung», antwortete Johannßen knapp. Sie beobachtete, wie er nach dem Fernglas griff, die Nachtsichtfunktion einschaltete und die Wasseroberfläche absuchte.

«Geht's etwas genauer?» Sie versuchte erst gar nicht zu verbergen, dass sie genervt war.

«Es gibt keine konkreten Anhaltspunkte, nur einen Verdacht.» Johannßen schritt das Geländer entlang. Lenke folgte ihm zu dem Hafenbecken, das von der Plattform u-förmig umschlossen wurde und vom Meer mit einem

Hubtor getrennt war. Wie erwartet, war das Tor ordnungsgemäß heruntergelassen. Niemand konnte ins Innere von Mittelplate A eindringen.

«Und deshalb lösen Sie Alarm aus?» Sie sah ihn an und wusste nicht, ob sie lachen oder ihm eine scheuern sollte.

Johannßen ignorierte sie und beauftragte per Walkie-Talkie die Mitarbeiter der Securityfirma, die für die Sicherheit auf der Plattform sorgte, an allen vier Seiten auf verdächtige Bewegungen zu achten.

«Hallo, ich rede mit Ihnen!»

Sie fing Johannßens Blick auf, in dem deutlich zu lesen war, was er von ihr und ihrer Attitüde hielt. Sein Problem. Sie wollte gerade nachhaken, als sich sein Funkgerät meldete.

Kurz waren gedämpfte Stimmen zu hören, die miteinander diskutierten. «Auf der Westseite ist etwas. Ein Schlauchboot mit einer Person an Bord.»

Lenke Manthey riss Johannßen das Funkgerät aus der Hand. «Lassen Sie die Subjekte nicht aus den Augen. Bevor die auch nur den kleinen Finger rühren, machen Sie von Ihrer Schusswaffe Gebrauch. Ich bin gleich bei Ihnen.»

Sie ignorierte Johannßens entsetzten Blick und machte sich auf den Weg.

«Stopp, ich richte gerade eine Waffe auf dich!», rief Eva scharf. «Hände hoch, sonst knallt's!» Sie klang wie ein Cowboy, das war ihr klar. Aber lieber Klischee und am Leben als unterschätzt und eine Kugel im Kopf. Der Naturschützer hatte mitten in der Bewegung innegehalten. Er hob die Hände erst, als Eva ihre Warnung wiederholte.

«Langsam umdrehen, Hände weiter oben halten, Maske runter», sagte sie und zielte mit der Waffe weiter auf die Person im Boot. Viel zu langsam für Evas Geschmack drehte der Maskierte sich um, als in das Wasser rund um sein Boot plötzlich Bewegung kam.

Ein Kopf durchbrach die Oberfläche. Der Taucher orientierte sich kurz und stützte dann die Ellenbogen auf den Rand des Bootes. Erst als er die erhobenen Arme seines Komplizen entdeckte, fuhr sein Kopf zu Eva herum. In dem Moment tauchten zwei weitere Personen in Neoprenanzügen auf.

«Polizei! Niemand bewegt sich. Haltet euch an meine Anweisungen, sonst werde ich meine Dienstwaffe benutzen. Verstanden?»

Zu spät erkannte Eva, dass das Nicken der Person, die zuerst aufgetaucht war, nicht ihr galt, sondern der Gestalt an Bord. Und sie konnte rein gar nichts tun, um zu verhindern, was als Nächstes geschah.

Lenke Manthey hörte die Katastrophe, Sekundenbruchteile bevor sie sie sah. Ein Geräusch, das sie an einen Wasserkocher erinnerte. Die Nordsee wirkte, als würde sie vor Wut schäumen. Milliarden von winzigen Blasen wirbelten an die Oberfläche. Sie schob sich über das Geländer, um nachzusehen, da schoss eine Fontäne an ihr vorbei in den Himmel. Einen Augenblick lang schien die Zeit stillzustehen. Dann ergossen sich Hunderte Kubikmeter Wasser über die Plattform – und über sie selbst. Lenke Manthey stieß einen markerschütternden Schrei aus.

Einige Sekunden geschah nichts – und plötzlich mehrere Dinge gleichzeitig.

Um Eva herum begann es zu brodeln. Das Boot wankte, sie musste nach dem Geländer greifen, sonst wäre sie ins Meer gestürzt. Das Wasser vor ihr spritzte hoch und hob sie beide samt Boot mehrere Meter in die Luft. Im Fallen sah sie Bonno, der in seltsam verdrehter Körperhaltung durch das Führerhäuschen geschleudert wurde, eine Hand fest ans Steuer gekrallt. Sie empfand Schmerz, Panik und schlechtes Gewissen. Sie fiel wie in Zeitlupe, spürte einen heftigen Schlag gegen den Kopf, als sie mit der Stirn gegen das Geländer krachte. Übelkeit stieg in ihr hoch. Sie schmeckte ihr eigenes Blut, das ihr von der Stirn aus über die Lippen lief. Die Explosion an der Backbordseite ließ das Boot nach Steuerbord kippen, während es Bonno durch die Druckwelle in die entgegengesetzte Richtung davonriss. Seine Hand rutschte vom Steuer, er verlor den Halt und verharrte für einen Moment in der Luft. Angst stand ihm ins Gesicht geschrieben, Angst vor dem Aufprall und vor dem möglichen Ende. In der Sekunde, in der Eva aufschlug, sah sie Bonnos verzerrtes Gesicht und seinen Schrei, von dem sie bei dem Lärm um sie herum nicht sagen konnte, ob er stumm war oder ohrenbetäubend laut. Sie wollte etwas rufen, doch kein Ton verließ ihren Mund, nicht einmal ein Keuchen. *Du doofe Kuh*, schimpfte sie sich selbst. *Du dumme, dumme Kuh.* Das Letzte, was sie hörte, bevor sie das Bewusstsein verlor, war ein Schuss, der durchs nächtliche Wattenmeer hallte.

44

Auge um Auge

Lenke Manthey ignorierte Johannßens Protest, der ihm ins Gesicht geschrieben stand. Wenn er ein Problem damit hatte, dass sie eben einem Sicherheitsmann befohlen hatte, auf Zivilisten zu schießen, sollte er sich doch auf ihre Stelle bewerben. Dann konnte er die Entscheidungen treffen. «Was denn? Das war Notwehr!», sagte sie und befahl dem Sicherheitsmann im gleichen Atemzug: «Trommel deine Leute zusammen, wir müssen diese Terroristen einkassieren.»

«Priorität haben die Zivilisten an Bord der Seenotrettung», ging Johannßen dazwischen. «Um die kümmern wir uns zuerst!»

Lenke Manthey rollte mit den Augen. Querulant! «Falls die Chaoten in der Zeit noch so einen Versuch starten, geht das dann aber auf dein Konto!» Damit ließ sie ihn stehen, um Taucher anzufordern, die sich den entstandenen Schaden ansehen sollten. Die Küstenwache würde sie auch gleich benachrichtigen, zusammen mit der Kriminalpolizei. Und wenn sie schon dabei war, dann konnte eine Einheit der GSG9 sicher ebenfalls nicht schaden. Man musste nun wirklich kein Experte sein, um zu erkennen, dass die Aktion ein Terrorakt war. Aber was die konnten, konnte sie auch – Auge um Auge. Das war eine Sprache, die auch die Naturschützer verstanden.

Dumme Kuh, war das Erste, das noch in Eva nachhallte, als sie zu sich kam. Ihre Wut wurde schnell überlagert von einer ätzenden Übelkeit. Sie schlug die Augen auf und fand sich an Deck des Boots der Küstenwache wieder. Stöhnend drehte sie sich zur Seite und stützte sich auf einem Unterarm ab, sofort setzten rasende Kopfschmerzen ein. Erneut stöhnte sie und übergab sich.

Anschließend gelang es ihr, sich so weit aufzurichten, dass sie sich orientieren konnte. Wo war Bonno? Endlich sah sie durch die Schlieren vor ihren Augen die Umrisse eines Menschen. Doch es war nicht Bonno. Es waren die Naturschützer, die sich an ihr eigenes Boot klammerten. Sie konnte weder erkennen, wie viele von ihnen sich noch an Bord befanden, noch, ob sie verletzt waren. Stimmen drangen an ihr Ohr, wie aus einer fernen Galaxie. Sie versuchte den Kopf zu drehen, um die Stimmen zu lokalisieren, erntete aber bloß einen weiteren Schub der fast unerträglichen Kopfschmerzen. Ein Sirren wie von einer Drohne näherte sich, und kurz darauf schob sich ein Mann in ihr Gesichtsfeld. Er kam direkt aus dem Himmel zu ihr herabgestiegen, und für einen kurzen Moment glaubte Eva, dass sie noch bewusstlos war und träumte oder schlimmer noch, vielleicht sogar tot war. «Bonno», stammelte sie und zeigte mit ihrem Finger schlapp in Richtung des Führerhäuschens.

Der Mann erkundigte sich, wie es ihr ginge, ob alles okay sei, doch sie wiederholte bloß erneut Bonnos Namen, spürte, wie Verzweiflung in ihr aufstieg, die sie zu unterdrücken versuchte, und ein Gefühl der Scham, das sie zuließ. Warum hatte sie Bonno mit hineingezogen, ohne zu wissen, was sie erwarten würde? Es wäre ihre Schuld, wenn er nicht wiederauftauchte, wenn er tot wäre, ertrunken.

Der Name einer Sicherheitsfirma auf der Kleidung des Mannes fiel ihr ins Auge, und kurz darauf hörte sie Geräusche, die darauf schließen ließen, dass sich Securitymänner auf das zweite Boot herunterließen. Dann wurde ihr wieder schwarz vor Augen.

45

Marconi steht
im Auge des Orkans

Festhalten!», brüllte der Wasserpolizist. Ein Wellenberg, von Gischt gekrönt, die der Wind verwehte, bewegte sich auf sie zu und nur wenige Meter an ihnen vorbei. Danach kehrte wieder Ruhe ein, als wäre nichts gewesen.

Marconis Herz hämmerte wie ein Vorschlaghammer gegen seinen Brustkorb. «Was war *das* denn?»

«Kommt vor.» Der Polizist zuckte die Schultern. «Nordsee halt.»

«Wenn wir in den Wasserwall hineingeraten wären, wären wir dann …?»

«Gekentert?», führte der Mann seinen Gedanken zu Ende. «Bestimmt.»

Marconi war sich nicht sicher, ob er ihn auf den Arm nahm. Überhaupt erschien ihm diese Bootsfahrt mit der Küstenwache so unwirklich wie ein böser Traum. Kaum dass er am Morgen aufgewacht war, hatte Marconi über ein halbes Dutzend verpasster Anrufe auf seinem Handy vorgefunden. Die Schlaflosigkeit der vergangenen Nächte hatte ihren Tribut gefordert und ihn so tief und fest schlafen lassen, dass er vom Vibrationsalarm nicht wach geworden war. Er rief die unbekannte Nummer zurück, und es meldete sich ein «Kumpel» von Thilo Johannßen. Jenem Bohrmeister von Mittelplate, den Marconi und Eva erst vor wenigen Wochen in Otterndorf besucht hatten, auf der Suche nach dem Mörder von Krabbenfischer Klaus Olsen. Da es auf Mittelplate keinen Mobilfunkempfang gab, hatte Johannßen den Mann beauftragt, Marconi so schnell wie möglich nach Mittelplate zu bringen. Dazu befragt, was denn geschehen sei, konnte ihm der Mann nicht viel sagen. «Irgendwas mit deiner Kollegin, einer Bombe, Schüssen und einem Vermissten oder so», fasste der Bootsführer das wenige zusammen, das er wusste, ohne diese Begriffe in einen sinnvollen Zusammenhang bringen zu können.

Voll düsterer Vorahnungen war Marconi auf das Boot gestiegen und nun heilfroh, als endlich weiße und blaue Container am Horizont auftauchten, die wie Legosteine auf einer Plattform steckten. Dahinter ragte ein Bohrturm rund siebzig Meter in die Nordseeluft. Ansonsten nur Stahl, Stahl, Stahl, wohin man sah.

Ein verwaistes Boot der Seenotrettung trieb im Anlegerbecken der Plattform, ein weiteres menschenleeres Schlauchboot war daran befestigt. Über eine Gangway betrat Marconi die Insel, versuchte sich zu orientieren, sah sich nach Eva um, konnte sie aber nirgends entdecken.

Rohre wanden sich überall, Metalltreppen schmiegten sich an Container, wuchtige Muttern ragten aus Ecken hervor. Der Bohrer schwieg, beinahe vorwurfsvoll, wie ihm schien. Dabei war er davon ausgegangen, dass hier Tag und Nacht gearbeitet wurde. Öldunst beschwerte die Seeluft. Und dazwischen wuselten Dutzende Arbeiter in Schutzkleidung umher. Ein unwirklicher Ort, dachte Marconi, und wusste noch immer nicht, was er hier eigentlich sollte. Gerade, als er einen Arbeiter nach Eva fragen wollte, sah er ein bekanntes Gesicht eine der Treppen herunterkommen.

«So sieht man sich wieder», sagte Thilo Johannßen. Sein Handschlag war nicht ganz so satt wie beim letzten Mal, und auch seine Augen, die er wachsam in Erinnerung hatte, wirkten heute müde.

Bevor Marconi sich erkundigen konnte, ob es Eva gut ging und was überhaupt passiert war, machte sich das Funkgerät an Johannßens Hosenbund bemerkbar. Im selben Moment näherte sich von irgendwo über ihnen mit hoher Geschwindigkeit ein Geräusch, das bei Marconi spontan Kriegsfilmassoziationen hervorrief. Kurz darauf drückte sie der Luftstrom eines Hubschraubers gegen das Geländer. Marconi rief Johannßen etwas zu, doch der Lärm des Helikopters verschluckte alle anderen Geräusche. Während er sich an die Reling krallte, sah er ein halbes Dutzend Boote und kleinerer Schiffe auf Mittelplate zusteuern. Sofort verstärkte sich noch der Eindruck, hier im Auge eines Orkans zu stehen, außerhalb dessen jederzeit ein Krieg losbrechen konnte.

Der Helikopter setzte zur Landung an, und der Lärm wurde ohrenbetäubend. Fast hätte es Marconi umgeweht, er hielt sich am Geländer fest und versuchte gleichzeitig, sich die Ohren zuzuhalten, was aus anatomischen Gründen nicht funktionierte. Endlich setzten die Kufen auf der Landefläche an der Spitze der Plattform auf. Dann öffneten sich die Türen des Helikopters. Derik Moor sprang auf die Landefläche, gefolgt von Ingwer Düster. Sie sahen sich um – und blieben wie vom Donner gerührt stehen. Selbst aus dieser Entfernung konnte Marconi erkennen, dass Düsters Kinnlade herunterklappte.

«Wie groß ist der Schaden denn nun?» Lenke Manthey hielt das Walkie-Talkie wie eine Handgranate. «Jede Minute, die der Bohrturm stillsteht, kostet einen vierstelligen Betrag.» Dem Mann am anderen Ende des Funkgeräts schnitt sie schon nach wenigen Sekunden das Wort ab. «In einer halben Stunde sagen Sie mir, was Sache ist. Sonst zahlen Sie das Geld, das uns durch den Förderstopp durch die Lappen geht, aus eigener Tasche.»

Sie drehte sich zu Svea um. «Die wenigsten Männer sind zu irgendwas zu gebrauchen.»

Wie erwartet, lächelte ihre Assistentin. «Kannste alle in der Pfeife rauchen», sagte sie. «Die auf Arbeit ebenso wie die zu Hause.»

Lenke Manthey nickte grimmig. Sie wusste, dass Svea auf Paul anspielte, den sie noch nie hatte leiden können, auch als zwischen ihnen noch alles in Ordnung gewesen war. Bevor sie sich in trüben Gedanken verlieren konnte, rauschte ihr Walkie-Talkie wieder, und Thilo Johannßen informierte sie, dass die Ermittler gerade gelandet seien. «Erkundigst du dich für mich, in welchem Zustand die Chaoten aus dem Schlauchboot sind? Ich kümmere mich um die Polizei. Hoffentlich haben sie zur Abwechslung mal jemand Kompetenten geschickt und nicht wieder einen unfähigen Dorfbullen.»

«Du?» Kriminalhauptkommissar Derik Moor brüllte gegen den dröhnenden Lärm des Hubschraubers an. «Wie kann das sein?»

Marconi war sich ziemlich sicher, dass Moor es genoss,

ihn endlich einmal anbrüllen zu können. Und er konnte es ihm nicht einmal verdenken. «Ehrlich gesagt: Ich habe keine Ahnung. Weder, was vorgefallen ist, noch, was die hier wollen.» Er zeigte auf die Schiffsflotte, die unmittelbar neben Mittelplate vor Anker lag. «Ich habe nur einen Anruf gekriegt, dass ich herkommen soll.»

Zum ersten Mal ahnte Marconi, wie sich Moor und Düster damit fühlen mussten, nicht im Bilde zu sein, obwohl man den Hut aufhatte. Doch bevor er noch etwas sagen konnte, flog hinter ihnen eine Tür auf.

«Sie?» Lenke Manthey stürmte auf die Gruppe Männer zu und blieb direkt vor Marconi stehen. «Das kann doch nur ein schlechter Scherz sein.»

Marconi holte tief Luft, dann sagte er: «Bevor ich nicht weiß, dass es meiner Kollegin gut geht, bin ich nicht zu Scherzen aufgelegt.»

Ächzend stand Eva von der Krankenliege auf und betrachtete sich in dem runden Spiegel an der Wand. Ihr Gesicht war übel zugerichtet, aber zumindest die Platzwunde an der Stirn wurde mittlerweile von einem großen Pflaster verdeckt. Sie hatte Blutergüsse am ganzen Körper und noch immer quälende Kopfschmerzen. Weder Paracetamol noch Ibuprofen wollten Linderung verschaffen, und auch die Übelkeit hatte kaum nachgelassen, obwohl sie sich schon mehrfach übergeben hatte.

Es klopfte an der Tür. Ohne eine Antwort abzuwarten, wurde sie geöffnet, und nacheinander traten Lenke Manthey, Thilo Johannßen, Derik Moor und Ingwer Düster ein.

Schließlich quetschte sich auch noch Marconi in den kleinen Raum.

«Du siehst ja grauenhaft aus», entfuhr es ihm.

Sie bemerkte, dass er die Hand hob, um sie ihr auf den Arm zu legen, sie aber wieder sinken ließ, wohl aus Rücksicht, weil er nicht wissen konnte, wo es ihr überall wehtat. «Wie geht's dir?»

Eva winkte ab. «Habt ihr Bonno gefunden?» Ihre Stimme klang, als wäre sie mit scharfkantigen Steinen gepflastert.

«Wen?», fragten Düster, Moor und Marconi gleichzeitig.

«Den Bereitschaftsdiensthabenden der Seenotrettung, der mit mir die Verfolgung aufgenommen hat», sagte Eva.

«Eure Kollegin wollte die Naturschützer daran hindern, ihren Plan durchzuziehen», erklärte Thilo Johannßen.

«Aber obwohl ich meine Waffe gezogen hatte, haben sie die Sprengladung gezündet», sagte Eva und versuchte, den Schock darüber aus ihrer Stimme herauszuhalten.

«Leider», sagte Lenke Manthey. «Weshalb ich einen Securitymitarbeiter anweisen musste, den Mann unschädlich zu machen.»

«Sie haben *was* getan?», entfuhr es Marconi.

«Hören Sie mal!» Lenke Manthey war offenkundig empört. «Haben Sie eine Ahnung, was passiert, wenn der hier Bomben zündet, wie er Lust hat?»

«Lebt der Seenotretter denn noch?», schaltete sich Ingwer Düster ein.

«Nach ihm wird gerade gesucht», erwiderte Johannßen.

«Und wie schwer ist der Naturschützer verletzt?», hakte Düster nach.

«Wird gerade verarztet, blutet stark», sagte Johannßen

knapp und schien es bewusst zu vermeiden, seine Chefin dabei anzusehen.

«Wie groß ist der Schaden an der Plattform?», erkundigte sich Moor.

«Das finden die Taucher gerade heraus», antwortete Lenke Manthey.

«Sie wissen also gar nicht, auf wen oder was es die Naturschützer abgesehen haben, haben aber sicherheitshalber auf sie schießen lassen?» Marconi sah sie entgeistert an.

«Gefahr in Verzug oder wie heißt das bei Ihnen?» Lenke Manthey winkte ab und wandte sich zum Gehen. «Ich habe hier ein Multimillionen-Euro-Unternehmen zu leiten. Wenn Sie mich entschuldigen würden ...» Und damit verschwand sie, bevor noch jemand etwas sagen oder fragen konnte.

Dafür kam nun Eva der Aufforderung der Kripokollegen nach und berichtete. Dass sie einige Naturschützer in ihrer Freizeit beschattet habe, weil sie aufgrund der Vorkommnisse rund um die entgleiste Demo und Piet Lorenzens Verschwinden einen Hinweis bekommen habe. Dass der Tipp von Klara Marconi kam, sparte sie dabei ebenso aus wie den Fakt, dass Marconi sie ermutigt hatte, auf eigene Faust zu observieren. Dann erzählte sie von den Naturschützern im Schlauchboot und ihrer Verfolgungsjagd mit Bonno. Von der Detonation, die offenbar per Fernzünder ausgelöst worden war. Und von der daraus resultierenden Welle, die sie von den Beinen riss, wobei sie so heftig mit dem Kopf aufschlug, dass sie bewusstlos wurde. «Sonst wäre ich Bonno hinterher», sagte Eva und spürte, wie ihr Tränen in die Augen stiegen. Sie versuchte vergeblich, gegen die unerträgliche Leere anzukämpfen, die sich in ihr ausbreitete. Sie hatte

Bonno auf dem Gewissen. Wie eine geistige Spätzündung schlug sich die Gewissheit in ihrem Bewusstsein nieder, dass ihr unüberlegtes Verhalten einen Unschuldigen das Leben gekostet hatte.

«Wird der angeschossene Naturschützer durchkommen?», fragte Moor.

Johannßen wiegte unschlüssig den Kopf hin und her. «Euer Helikopter transportiert ihn ins nächstgelegene Krankenhaus und kommt dann wieder, um euch später zurück nach Flensburg zu bringen. Die Wunde wurde so gut es geht verarztet. Aber die Kugel steckt noch im Körper, und niemand kann sagen, welche Organe verletzt sind.»

«Was für ein Irrsinn!» Moor verzog den Mund. «Bombenattentate, Schusswechsel – hier herrschen Zustände wie in einem James-Bond-Film!»

46

Marconi hat
schlechte Nachrichten

Es vergingen Stunden, in denen mühsam Erkenntnisse zusammengetragen wurden. Moor und Düster befragten Merle und die beiden anderen Naturschützer, doch die schwiegen beharrlich. Die Sprengladung war an der Wanne aus Stahl und Beton angebracht worden, die die Bohrinsel umschloss und verhindern sollte, dass Öl ins Meer oder Wasser ins Bohrloch flossen. «Wie eine Windel», erklärte Thilo Johannßen Marconi und Eva. Sie passierten einen Empfangstresen, auf dem eine Vase mit Blumen stand. Das helle Linoleum verströmte eher die Atmosphäre eines Hotels als die einer Ölplattform. Leise Musik dudelte aus einem der Zimmer. Es roch nach gebratenem Fleisch und gedünstetem Gemüse.

Eva hatte sich beharrlich geweigert, ebenfalls ins Krankenhaus zu gehen und sich ordentlich untersuchen zu lassen. Deshalb war der angeschossene Naturschützer ohne sie in die Klinik nach Cuxhaven gebracht worden, wo er nun notoperiert wurde. Seenotretter Bonno blieb verschollen, und allmählich schwanden die Hoffnungen der Sucheinheiten, ihn lebend zu finden. Evas Blick verdüsterte sich bei dieser Information, was Marconi mitfühlend zur Kenntnis nahm.

Er beobachtete seine Kollegin, während sie nebeneinander hergingen. Der Schmerz, den ihm ihr geschundener

Anblick verursachte, lastete schwer auf ihm. Es war seine Schuld, seine Schuld, seine Schuld, dass sie so aussah und – wieder einmal – körperliche und seelische Verletzungen hatte erleiden müssen. Am liebsten wäre er weggerannt, vor sich selbst und seiner Verantwortung. Gleichzeitig hätte er sie gerne in den Arm genommen und ihr versichert, dass alles gut werden würde.

Johannßen blieb vor einer unscheinbaren Tür stehen und öffnete sie. Der Geruch nach Essen und Spülmaschinendampf wurde schlagartig stärker. Männer in blauen Anzügen saßen an einem langen Tisch in der Kantine, alle mit vollen Tellern vor sich auf der Plastiktischdecke. Sie bedachten Johannßen und die beiden Eindringlinge mit einer Mischung aus Neugier und Misstrauen. Der Bohrmeister besorgte Kaffee und Kuchen. Eva lehnte dankend ab und hielt sich mit blassem Gesicht die Hand auf den Bauch. Gedankenverloren nippten die anderen an ihren Getränken.

«Warum ausgerechnet Naturschützer eine Schutzwanne sabotieren wollen, die verhindert, dass bei einem Unglück Öl ins Meer fließt, will mir nicht in den Kopf», sagte Marconi und sah Eva ratlos an.

«So lange der Auslaufschutz nicht dicht ist, darf Mittelplate kein Öl fördern», sagte Johannßen. «Insofern hat die Aktion doch einen Sinn.»

Eva schüttelte den Kopf. «Damit gewinnt *GreenPlanet* vielleicht ein paar Tage, danach fördert Mittelplate wie gewohnt weiter Öl.»

Ihre brüchige Stimme rieb Marconi wie Schmirgelpapier über jene Hirnregion, in der das schlechte Gewissen beheimatet war. «Dann geht's denen um Publicity?», fragte er, ohne sich etwas anmerken zu lassen.

Nun schüttelte Johannßen den Kopf. «Lenke hat eine Informationssperre verhängt. Niemand auf Mittelplate darf mit der Außenwelt über den Zwischenfall reden.»

«Also, falls es einen Zusammenhang gibt zwischen Piet Lorenzen und dem Bombenattentat hier auf Mittelplate», sagte Marconi, «dann sehe ich ihn zumindest nicht.»

Eva überlegte kurz, bevor sich ihr Blick etwas aufhellte. «Was, wenn Piet von den Plänen wusste und den Anschlag verhindern wollte?»

«Traust du es Merle zu, dass sie Lorenzen aus dem Weg räumt?», fragte Marconi. «Du kennst sie ja schon ein wenig länger vom Surfen.»

«Wann kennt man jemanden schon gut?» Evas Magen gab ein lautes Geräusch von sich. Sie wurde bleich, hielt sich die Hand an den Bauch, die andere Hand vor den Mund und stürmte aus dem Raum.

Marconi und Thilo Johannßen sahen ihr mitleidig hinterher. «Wo finde ich denn Lenke Manthey?», erkundigte sich Marconi. «Ehe ich nicht wenigstens einige Antworten bekomme, verlasse ich diese verdammte Bohrinsel nämlich nicht.»

Als er in das Büro trat, traf er nicht auf Lenke Manthey, sondern auf eine Frau, die ihm vage bekannt vorkam. Sie trug ein hellgrünes Jackett, und Marconi fand sie reichlich overdressed für einen Job auf einer Ölplattform im Wattenmeer ohne Publikumsverkehr.

«Sie sind doch Svea Berger, die Assistentin von Lenke Manthey, richtig?», vergewisserte er sich. «Sie waren bei ihr, als die Demonstrierenden das Watt vor Mantheys Haus abgeladen haben.»

Sie nickte. «Wir sind alle erschüttert», sagte sie, ohne zu spezifizieren, was genau sie damit meinte. Wie schon bei ihrer ersten Begegnung irritierte Marconi ihre tiefe Stimme. «Weiß man inzwischen, was genau vorgefallen ist und warum?»

«Die Kollegen der Kriminalpolizei kümmern sich noch darum», antwortete Marconi. «Wissen Sie, wo ich Frau Manthey finde?»

Svea Berger zuckte entschuldigend die Schultern.

«Gab es in letzter Zeit irgendwelche Vorkommnisse hier auf Mittelplate? Vielleicht eine Auseinandersetzung, in die einer der Arbeiter oder Ihre Chefin involviert war?»

Sie sah ihn ratlos an. «Ich wüsste nicht, was das gewesen sein sollte. Alles war wie immer – bis heute Nacht.»

Hinter ihr stand die Tür zu Lenke Mantheys Büro offen. Darin sah er ein Modell von Mittelplate stehen. Er ging darauf zu, um es sich anzusehen, doch Svea Berger rief ihm hinterher: «Sie können nicht einfach ins Büro gehen, wenn Lenke nicht da ist. Was wäre ich denn für eine Assistentin, wenn ich Sie da einfach reinlasse?» Sie lächelte entschuldigend.

Marconi tat ihr den Gefallen und blieb stehen. «Wie ist Ihr Verhältnis zu Ihrer Chefin?», fragte er.

«Verhältnis?» Frau Berger runzelte die Stirn. «Sie ist meine Vorgesetzte.»

«Wie lange schon?»

«Da muss ich rechnen.» Sie schaute an sich herunter, strich mit der Hand über den Stoff ihres Jacketts. Marconi glaubte keine Sekunde, dass sie das nachrechnen musste.

«Wir haben zeitgleich angefangen, das muss vor zehn Jahren gewesen sein. Als erste Amtshandlung hat Lenke meine Vorgängerin rausgeschmissen und mich eingestellt.»

«Kannten Sie sich vorher?»

«Nein, ich habe wohl im Vorstellungsgespräch überzeugt.» Mit einem Lächeln sah sie aus dem Fenster. Er folgte ihrem Blick. In der Ferne traf durch den wolkenverhangenen Himmel ein schmaler Sonnenstrahl auf die Nordsee. Linker Hand meinte er, den Hafen von Büsum zu erkennen, von dem aus er vor einer gefühlten Ewigkeit gestartet war. Rechts blinkte ein Funkturm, mutmaßlich von Cuxhaven aus, sofern ihn seine Orientierung nicht täuschte.

«Was können Sie mir denn über das Privatleben von Frau Manthey erzählen?»

«Warum?» Die Frage kam prompt.

Marconis Antwort auch. «Reine Routine.»

Svea Berger schien abzuwägen, wie weit sie verpflichtet war, der Polizei Auskunft zu geben. Schließlich sagte sie: «Lenke und Paul haben keine Kinder, aber das wissen Sie sicher.» Sie sah wieder aus dem Fenster, als würde sie ihren eigenen Worten hinterherblicken.

Marconi nickte. «Man kann auch ohne Kinder glücklich miteinander sein oder mit Kindern unglücklich.» Er ließ offen, ob er zu einer dieser beiden Kategorien gehörte. «Wie ist das bei den Mantheys?»

Ruckartig drehte Svea Berger sich zu ihm um. «Was geht Sie das an?» Offensichtlich erschrocken über die Schärfe der eigenen Worte schob sie entschuldigend hinterher: «Wenn ich fragen darf.»

«Was wäre ich für ein Polizist, wenn ich das nicht fragen würde?» Jetzt war er es, der entschuldigend lächelte.

Sie setzte zu einer Antwort an und verwarf sie wieder.

«Ich habe immer noch keine Ahnung, was hier gespielt wird», sagte Marconi. «Aber ich habe das Gefühl, dass ich die richtigen Schlüsse nur ziehen kann, wenn ich möglichst viele Informationen über die Beteiligten habe.»

Sie seufzte und entnahm der Packung auf ihrem Schreibtisch ein Nikotinkaugummi. «Könnten Sie denn selbst zuverlässig sagen, wie es in den Ehen anderer Leute aussieht?»

Marconi nahm an, dass die Frau darauf keine Antwort erwartete. Außerdem fragte er sich, wie unvoreingenommen ihre Antwort überhaupt sein konnte als Freundin der Familie. Sie wandte ihren Blick auf den Computerbildschirm vor sich und klickte einige Male mit der Maus, woraufhin der Drucker aus dem Stand-by erwachte. Als sie Anstalten machte, die Ausdrucke aus dem Gerät zu holen, fragte Marconi: «Kennen Sie Piet Lorenzen?»

Sie stand auf, durchquerte den Raum und wandte ihm den Rücken zu. «Wer soll das sein?»

«Ein Naturschützer, dem Ihre Chefin eine gescheuert hat. Jemand, den sie wegen Rufmord angezeigt hat und er sie wegen Körperverletzung.»

Ohne ihn anzusehen, drehte sie sich um und ging zurück zu ihrem Stuhl. «Davon weiß ich nix.» Sie sah auf ihre Uhr. «Und jetzt muss ich wirklich weiterarbeiten. Gleich findet eine Telefonkonferenz mit der Zentrale statt.»

Marconi blieb unschlüssig im Büro stehen, während sie auf ihrer Tastatur herumtippte. Irgendein Gedanke versuchte, an die Oberfläche seines Bewusstseins zu gelangen, ohne dass er ihn zu fassen bekam. Er war schon fast aus dem Büro, als er in der Bewegung innehielt. Mit drei großen Schritten stand er wieder am Schreibtisch vor Svea Berger.

«Ist das der einzige Drucker auf Mittelplate?» Er zeigte auf das Gerät in der Zimmerecke.

Ihr Gesichtsausdruck veränderte sich und wurde hart. Ihre Hände hörten auf zu tippen und schienen zu verkrampfen. Sie nickte.

«Kann außer Lenke Manthey und Ihnen noch jemand darauf drucken?»

Sie schüttelte den Kopf. «Sind wir nicht im Büro, ist die Tür abgeschlossen.»

«Ich habe eine schlechte Nachricht für Sie», sagte Marconi. «Sie werden leider eine Zeit lang ohne Ihren Drucker auskommen müssen.»

Die Kufen des Helikopters hoben ab. Der Lärm war ohrenbetäubend. Marconi schirmte seine Augen ab und musste dem Impuls widerstehen, Moor und Düster hinterherzuwinken. Sie hatten Merle und die beiden anderen Naturschützer mit an Bord, die in Untersuchungshaft nach Flensburg gebracht wurden. Entnervt hatten die Kommissare feststellen müssen, dass sie nichts aus den jungen Aktivisten herausbekamen. Weder ein Motiv noch die genauen Pläne für den Anschlag. Und Marconi konnte sich nur zu gut vorstellen, wie sehr das an ihren Egos kratzen musste.

Er und Eva wollten gerade an Bord des Bootes der Küstenwache gehen, das sie zurück ans Festland bringen sollte, als ein Schlauchboot mit zwei Männern in schwarzen Taucherausrüstungen in das Hafenbecken der Plattform einbog. Thilo Johannßen verschwand und kam kurz darauf mit Lenke Manthey zurück. Sogleich eröffnete einer der Taucher, dass die erste Sprengladung ein etwa ein Meter großes Loch in die Wanne aus Stahl und Beton gerissen hatte, die die Insel umschloss. Lenke Manthey wollte schon wütend nach drinnen zurückkehren, mutmaßlich, um ihre Vorgesetzten zu informieren, doch der zweite Taucher hielt sie davon ab. Er war vom Kampfmittelräumdienst und erklärte, dass er eine weitere Sprengladung gefunden habe. «Der Sprengsatz war am Übergang vom Bohrer zur Pipeline angebracht. Warum der Zünder nicht ausgelöst wurde, weiß ich nicht. Aber das hätte böse ins Auge gehen können, denn so wäre Öl in die Wanne gelaufen und von dort durch das Loch in die Nordsee.»

Marconi blickte in Evas schockiertes Gesicht. Lenke Manthey lief binnen Sekunden dunkelrot an vor Wut. Thilo Johannßen sah vom Taucher erst zu Eva und dann zu seiner Chefin. «Dass es nicht dazu gekommen ist, haben wir wohl einer aufmerksamen Polizistin zu verdanken.»

Lenke Manthey nickte widerwillig in Evas Richtung – als ihr Blick auf den Drucker fiel, den Marconi auf dem Boden vor seinen Füßen abgestellt hatte. Fassungslos richtete sie den Zeigefinger auf das Gerät. «Ist das etwa meiner?»

Marconi nickte. «Bekommen Sie zurück. Sobald ich etwas überprüft habe.»

Lenke Manthey machte ein Gesicht, als glaubte sie, nicht richtig gehört zu haben. «Und was könnte das wohl sein?»

«Bei Ihrer Vorgeschichte mit Piet Lorenzen muss ich überprüfen, ob die Lösegeldforderung auf diesem Gerät ausgedruckt wurde.»

Lenke Manthey wirkte überrascht. Viel zu überrascht für Marconis Geschmack. «Das ist ein Witz!»

«Leider nein. Der Drucker entspricht exakt dem Modell,

das im Rahmen einer Entführung mit Todesfolge eine Rolle spielt. Und was wäre ich für ein Polizist, wenn ich nicht auch kleinste Zufälle darauf überprüfe, ob sie zu einer Spur führen?»

Lenke Mantheys Gesicht sackte in sich zusammen wie ein Luftballon, dem die Luft entwich. «Das kann nur ein Witz sein», wiederholte sie. Und obwohl Marconi eben noch dachte, dass sie tatsächlich lachen würde, lief sie prompt wieder rot an vor Wut. «Warum sollte ich meine Zeit mit Lorenzen verschwenden? Der ist mir so wurscht wie nur irgendwas. Keine Sekunde meiner wertvollen Zeit würde ich dafür opfern, an so jemanden Drohnachrichten zu schicken.» Sie ging auf Marconi zu, um ihm das Gerät abzunehmen, doch der weigerte sich, was ihren Zorn nur noch mehr anfachte. «Achtundvierzig Stunden, dann ist der Drucker wieder auf Mittelplate. Oder Sie schicken mir gefälligst ein anderes Gerät. Ich lasse doch nicht von Ökos und Dorfbullen meine Arbeit sabotieren!»

Damit drehte sie sich einfach um und verschwand in einem der Legostein-Container. Marconi, Eva und Johann-ßen sahen ihr hinterher wie einem Wirbelsturm, der gerade über sie hinweggefegt war.

47

Marconi spricht
mit einem Pferd

Auch in dieser Nacht schlief Marconi unruhig. Wegen des Windes, der im Laufe des Abends wieder aufgefrischt hatte und im Garten die Hollywoodschaukel quietschend in Bewegung versetzte. Und wegen der Ereignisse auf Mittelplate an diesem Tag des Grauens, der zum Glück hinter ihm lag. Als er nach Hause gekommen war, hatte er nur rasch die Kinder versorgt und war dann ins Bett gefallen, ohne Ruhe zu finden. Er schreckte immer wieder auf, saß einen Moment lang benommen in seinem Bett, ohne zu wissen, was ihn geweckt hatte und wo er war. Einmal träumte er von einer seiner letzten Begegnungen mit seinem Bruder vor rund fünfzehn Jahren. Davon, wie fürchterlich blind vor Raserei er Nevio die übelsten Beschimpfungen an den Kopf geworfen, ihn «*bastardo*» genannt und als «*criminale*» bezeichnet hatte. Und aufgewacht war er von dem dumpfen Geräusch seiner Hand, als sie im Gesicht seines Bruders landete. Ohne die Augen zu öffnen, hatte er sich gezwungen, wieder einzuschlafen.

Doch der folgende Traum war kaum besser. Er stand auf einer Koppel und hörte eine Stimme, erst leise, dann klar und deutlich. Es dauerte eine Weile, bis Marconi begriff, dass es ein Pferd war, das da mit ihm redete, noch dazu eines, das ihm bekannt vorkam. Es sprach für die Absurdität von Marconis Träumen im Allgemeinen, dass er die Situation nicht infrage stellte, sondern sich einfach auf sie einließ. Die Stute lieferte ihm bereitwillig Details zu Lorenzens Entführung, mit einer Stimme, die Marconi ebenfalls vage bekannt vorkam. Als das Tier schließlich schwieg, bedankte sich Marconi höflich ...

... und öffnete die Augen. Einen Moment lang war er überrascht von seiner eigenen Vorstellungskraft. Er hielt sich selbst für nicht sehr fantasiebegabt, sondern war der Ansicht, dass jeder Traum eine Botschaft des Unterbewussten war und alle Menschen, denen man im Leben begegnete, für immer dort fortlebten. Manchmal zeigten sie sich für einen Augenblick und übernahmen die Kontrolle. Schon klar. Aber: ein sprechendes Pferd?

Er stand stöhnend auf, schaltete die Nachttischlampe ein und schloss das gekippte Fenster, nur um es dann sofort vollständig aufzureißen. Warum waren ihm das Pferd und die Stimme bloß so bekannt vorgekommen? Was war das für ein Telefonat gewesen, von dem es ihm erzählt hatte?

Er dachte an die vielen Dinge, die er nicht wusste – konkret im Fall Lorenzen, aber auch generell, global gesehen. Es waren eine Menge. Und mindestens so zahlreich waren die Dinge, die er zu wissen geglaubt hatte, die sich jedoch allzu oft als Irrtum erwiesen. Manchmal blieben diese Irrtümer folgenlos. Aber manchmal konnten sie böse Auswirkungen haben, etwa im Rahmen einer Mordermittlung. Was Piet Lorenzen betraf, musste er die vielen Lücken schließen, das war sein Job. Und wenn er dazu seine Fantasie bemühen musste, dann war das eben so.

Während er den Pferdetraum noch einmal Revue passieren ließ, wusste er plötzlich, was er ihm hatte mitteilen wollen. Das Kribbeln von der Ohrfeige im Traum kam zurück, diesmal als Kribbeln einer Ahnung, die sich Aufmerksamkeit verschaffte. Ungeachtet der Tatsache, dass es zwei Uhr in der Früh war, griff er nach seinem Handy und suchte im Internet die Nummer des Gerichtlichen Bereitschaftsdienstes. Zufrieden beendete er kurz darauf das Telefonat und wählte die Bereitschaftsnummer der IT-Forensik. Schlecht gelaunt ratterte der gähnende Kripobeamte die Erkenntnisse herunter, die er noch bis spät in die Nacht gewonnen hatte. Als Nächstes organisierte Marconi ein Shuttle für zwei Passagiere von Mittelplate nach Sankt Peter-Ording für den frühen Morgen. Gleichermaßen überrascht und erfreut darüber, was mitten in der Nacht alles möglich war, wählte er anschließend die Nummer von Jens.

«Chef?», murmelte der in den Hörer, noch bevor es ein zweites Mal geklingelt hatte. «Was gibt's?»

«Schnapp dir deinen Dienstlaptop und schwing deinen Hintern hier rüber», sagte Marconi. Er bemühte sich erst gar nicht, die Aufregung in seiner Stimme zu verbergen. «Es geht los.»

«Es gibt Neuigkeiten!»

«Marconi?» Kriminalhauptkommissar Moor schnaubte laut. «Weißt du, wie viel Uhr es ist?»

«Allerdings: Ich bin seit zwei Uhr auf den Beinen. Wo stecken Sie?»

«Was glaubst du denn, wo ich um sechs Uhr morgens stecke? In meinem Bett natürlich.»

«Wenn Sie nachher zu uns kommen, könnten Sie zwei Haftbefehle mitbringen?»

Moor schwieg.

«Haben Sie mich gehört?»

«Natürlich hab ich dich gehört!» Ein brodelnder Vulkan stand kurz vor dem Ausbruch. «Willst du mich verarschen?»

«Dafür fehlt mir aktuell die Zeit.»

«Du weißt doch, wie das läuft: Die allermeisten Richter verteilen Haftbefehle nicht wie Tombola-Lose.» Im Hintergrund sprach jemand verschlafen mit Moor. Dann waren Schritte zu hören, eine Tür, die leise geschlossen wurde. Anschließend redete Moor mit gesenkter Stimme weiter. «Du kannst mir nachher persönlich erklären, wen du warum verhaften willst, und dann entscheide ich, ob das nötig ist.»

«Wollen Sie die Mörder von Piet Lorenzen fassen? Oder riskieren, dass sie untertauchen?»

«Bist du betrunken, Marconi? Wovon sprichst du? Und warum überhaupt *die* Mörder?»

«Ganz einfach: Weil es zwei sind. Einer hat ihn umgebracht, der andere ist sein Auftraggeber und Komplize.»

«Ganz einfach ist das also, ja?» Moors Zischen klang wie die Gaswolke als Vorbote der Vulkaneruption. «Entweder erklärst du mir jetzt sofort, was du zu wissen glaubst und wie du deine absolute Weisheit erlangt hast. Oder du kannst dir deine Haftbefehle in deine Gigolofrisur schmieren und künftig Knöllchen in deinem Kaff verteilen.»

Marconi spürte, wie ihn eine große Müdigkeit überkam. Und das lag nicht nur am Schlafmangel der zurückliegenden Nächte. Moor konnte sich glücklich schätzen, dass er gerade nicht die Energie hatte, sich über Ignoranz und Tonfall seines Vorgesetzten aufzuregen. Stattdessen sagte er so ruhig, wie es ihm möglich war: «Haben Sie fünf Minuten?»

«Ich höre.»

48

Marconi wandelt auf den Spuren von Hercule Poirot

Vor dem *Thalamegus* hatte sich eine illustre Gesellschaft versammelt. Eva umarmte überschwänglich eine alte Freundin, die sie Marconi als Bleeke vorstellte, und erklärte ihr in gedämpftem Tonfall den Zustand ihres Gesichts, in dem Gelb, Violett und Blau um die Vorherrschaft konkurrierten. In dem Moment bog Sünje Nissen auf den Vorplatz ein, was Emma Lassen einen überraschten Laut entlockte, bevor sie sie begrüßte. Ein weiteres Grüppchen setzte sich aus Paul und Lenke Manthey sowie deren Assistentin Svea Berger zusammen. Thilo Johannßen hielt sich abseits von dem Trio, als hätte die Plattformmanagerin eine ansteckende Krankheit. Fabian Holthusen und Knud Jansen, der Journalist vom *Husumer Tageblatt*, standen zwei Schritte auseinander, und Marconi hatte den Eindruck, sie bemühten sich, so zu tun, als würden sie einander nicht kennen.

«Guten Morgen miteinander», sagte Marconi an die Gruppe gerichtet, nachdem Derik Moor und Ingwer Düster aus ihrem Dienstwagen gestiegen waren und sich zu ihm gesellt hatten. Er zog einen Schlüsselbund aus seiner Hosentasche und suchte den richtigen Schlüssel. Dann schloss er auf, und kaum dass er die Tür öffnete, prallte er gegen eine alkoholgeschwängerte Wand aus kaltem Rauch. Eva hatte dem Wirt am Morgen erklärt, wofür sie den

Raum benötigten, und er hatte ihnen ohne Nachfragen die Erlaubnis gegeben.

Einer nach dem anderen trat die Gesellschaft in den Raum. Marconi wies auf die Stühle und bat sie, sich zu setzen. In den Blicken, die sich seine Zuhörer zuwarfen, hielten sich Irritation und Neugier die Waage, in einigen Gesichtern lag auch Belustigung. Seine Rolle als «Dorfbulle», der ein bisschen Mordermittler spielte, hatte ihn offenbar zu einer Witzfigur verblassen lassen. Aber damit konnte er an diesem späten Vormittag ausnahmsweise einmal umgehen. Dies war sein Moment. Und wichtig war nicht, was am Anfang stand, sondern was am Ende übrig blieb.

«Danke, dass Sie so kurzfristig kommen konnten», eröffnete Moor wie besprochen die Versammlung. «Herr Marconi hat noch einige Fragen, bevor wir den Fall zu den Akten legen können.»

Marconi hatte Vorwürfe erwartet oder zumindest deutlich mehr Gegenwehr. Denn so freundlich die Anwesenden auch gebeten worden waren zu erscheinen, konnte sich doch niemand von ihnen der Illusion hingeben, dass es sich nicht um eine offizielle Vorladung handelte. Aber entweder waren die meisten einfach neugierig, oder sie wollten nicht verdächtig erscheinen. Deshalb wandten sie Marconi nun, ohne zu murren, ihre Aufmerksamkeit zu.

«Tut mir leid, dass wir uns in diesem – nun ja – etwas fragwürdigen Etablissement treffen müssen. Aber zum einen sind wir so ungestört, und zum anderen ist hier deutlich mehr Platz als in unserer winzigen Polizeistation. Außerdem ...», sein Blick ging die Tische entlang und ruhte auf jeder einzelnen Person gleich lang, «... dachte ich, der letzte uns bekannte Ort, an dem Piet sich vor seinem Tod aufgehalten hat, wäre am besten geeignet, Gericht zu halten.» Marconi hatte die Formulierung bewusst gewählt, denn nichts anderes als ein Tribunal war es, was er vorhatte. Und seine Rechnung ging auf: Die Anwesenden drehten die Hälse und beäugten einander, in der dämmernden Erkenntnis, dass ein Mörder unter ihnen sein musste.

«Ich hätte Sie auch einzeln vorladen und befragen können. Aber da jede und jeder von Ihnen einen wichtigen Part in dieser Geschichte spielt, ist es nur fair, wenn alle auf demselben Wissensstand sind. Dann muss ich die zentralen Dinge nur einmal erklären», begann Marconi und ließ den Blick durch die Reihen schweifen. «Die ganze Zeit habe ich mir den Kopf zerbrochen über das Motiv für die Entführung und den Mord an Piet Lorenzen. Der erste Brief des Entführers hatte mich schon irritiert: TU WAS ICH SAGE UND PIET PASSIERT NICHTS. Wer schreibt so was, ohne weitere Anweisungen zu hinterlassen? Ganz zu schweigen von der zweiten Nachricht, der Lösegeldforderung, die mir noch seltsamer vorkam, weil sie merkwürdig hinterhergeschoben wirkte.» Marconi begann, vor dem Tresen auf- und abzugehen, den Blick nach wie vor auf die Anwesenden geheftet. «Bis mir klar wurde, dass die Mitteilungen von verschiedenen Personen stammen.»

«Von wem denn?», fragte Knud Jansen und zückte sein Notizbuch. Eva war mit zwei Schritten bei ihm und nahm ihm das Buch samt Schreibgerät freundlich, aber bestimmt aus der Hand. Bevor er protestieren konnte, sagte Marconi: «Dazu kommen wir noch. Sie bekommen später ein exklusives Statement. Zuerst lassen Sie uns gemeinsam rekonstruieren, was passiert sein *könnte*.»

Er unterbrach seine Wanderung entlang des Tresens,

machte kehrt und ging auf Lenke Manthey zu. Sie sah zu ihm auf und wurde merklich bleich. Aber Marconi reichte ihr bloß die Hand. «Ich muss mich bei Ihnen entschuldigen.» Erstaunt sah sie von Marconi zu den anderen in der Runde. «Es ist meine Schuld, dass in der Presse schmutzige Wäsche gewaschen wurde. Dass man Sie als Verdächtige bei Piets Entführung genannt und Ihren Namen in Verbindung mit einer vermeintlichen Öl-Mafia gebracht hat. Es tut mir leid.»

Sie lächelte gequält.

Marconi, erstaunt, dass die Frau offenbar doch mit mehr als nur der einen, aggressiven Attitüde ausgestattet war, nickte dankbar. Allein schon aufgrund der Tatsache, dass sie die Einzige war, die ihn nicht beharrlich duzte. Und weil sie mit Svea Berger auf das Boot gestiegen war, das Marconi ihr geschickt hatte. Die Aussicht auf ein Ende im Fall Lorenzen hatte sie wohl milde gestimmt. «Ich habe mich Fabian Holthusen gegenüber zu der Äußerung hinreißen lassen, dass Piet Lorenzen verschwunden ist», sagte er, noch immer an Lenke Manthey gewandt. «Er ist gerissen und hat kombiniert, dass wir uns mit Ihnen befassen – wegen der Ohrfeige, die Sie Piet Lorenzen verpasst haben. Er hat diese Information für die Interessen seiner Umweltorganisation zu nutzen gewusst und sie der Presse gesteckt.»

«Das hast du ganz allein dir selbst zuzuschreiben, Marconi», polterte Knud Jansen im Brustton der Überzeugung. «Wenn du nicht mit mir sprichst, muss ich meine Informationen eben anderweitig beschaffen.»

«Informationen, die sich als Lüge herausstellen und noch dazu eine unschuldige Person der Öffentlichkeit zum Fraß vorwerfen», konstatierte Marconi.

«Pah, unschuldig», schnaubte Fabian, wofür er einen finsteren Blick von Lenke Manthey kassierte.

«Wer im Glashaus sitzt, Herr Holthusen ...», sagte Marconi mit forcierter Freundlichkeit. «Über die moralischen Verfehlungen eines Ölproduzenten, der ausgerechnet im Wattenmeer bohren muss, sollen andere urteilen. Aber Lenke Manthey hat Piet Lorenzen nicht auf dem Gewissen.» Aus dem Augenwinkel sah er, wie Paul Manthey die Hand seiner Frau in seine nehmen wollte, sie sie ihm aber entzog.

Marconi wandte sich nun ihm zu: «Auch bei Ihnen möchte ich mich entschuldigen.» Falls Paul Manthey überrascht war, wusste er es gut zu verbergen. Er ergriff Marconis ausgestreckte Hand. «Tut mir leid, dass Sie von den Einsatzbeamten so heftig angegangen wurden. Und dass Sie seitdem in Untersuchungshaft saßen. Denn die Lösegeldforderung, für die Sie festgenommen wurden, stammt nicht von Ihnen.»

Verblüffte Blicke wurden ausgetauscht. Fabian flüsterte dem Journalisten etwas ins Ohr, der bloß den Kopf schüttelte. «Jemand wollte Ihnen eine Falle stellen. Aber wir wissen mittlerweile, dass das Schreiben aus dem Drucker stammt, den ich auf Mittelplate beschlagnahmt habe.» Der Satz hing in dem holzvertäfelten Raum in der Luft. Die Plattformmanagerin hatte die Hand auf den Mund geschlagen und sah Marconi aus großen Augen an. Man konnte spüren, wie alle den Atem anhielten. Paul Manthey war der Erste, der die Sprache wiederfand. Das Wort, das mit einem gepressten Luftzug aus seinem Mund strömte, war kaum zu hören: «Lenke?»

«So ein Quatsch!», zischte sie zurück.

Marconi ließ die beiden schmoren. «Sie sind mit Lenke

Manthey befreundet?», wandte er sich stattdessen Svea Berger zu.

Die nickte. «Ist das neuerdings strafbar?»

Marconi ließ sich nicht beirren. «Auch mit Paul Manthey?»

Ihr Blick wechselte von irritiert zu trotzig. «Muss man immer automatisch auch mit dem Ehepartner befreundet sein? Mir gehen Paare auf die Nerven, die alles teilen, als wären sie körperlich miteinander verschmolzen.»

«Das geht mir zwar auch so», sagte Marconi. «Aber das war nicht meine Frage.»

«Ich weiß nicht, was Sie von mir hören wollen», sagte Svea Berger ungeduldig. «Aber Lenke hat mit der ganzen Sache nix zu tun. Wenn überhaupt, ist sie das Opfer in der ganzen Geschichte.»

«Neben Piet, meinst du wohl», schaltete sich nun auch Sünje Nissen ein. «Der ist nämlich tot. Mehr Opfer geht meines Wissens nicht.»

«Danke für Ihren Einwand, zu Ihnen komme ich auch gleich», sagte Marconi zu der Ferienhofbesitzerin. «Also, Frau Berger: Wenn Ihre Freundin Frau Manthey die Lösegeldforderung nicht ausgedruckt hat, können nur Sie es gewesen sein. Niemand anderes hat Zugriff auf den Drucker, wie Sie selbst erklärt haben.» Weil sie es vorzog zu schweigen, nahm Marconi den Faden wieder auf. «Ich weiß nicht, ob Lenke Manthey Ihnen ihr Leid geklagt hat oder Sie von selbst darauf gekommen sind, Paul Manthey eins auszuwischen. Aber ich kann es mir nur so erklären, dass Sie die Chance erkannt und ergriffen haben, als Sie gehört haben, dass Piet Lorenzen entführt wurde. Der Wattschützer hat Ihre Freundin Lenke massiv belastet, mit seinen Protesten

gegen Mittelplate und seiner Anzeige wegen Körperverletzung. Insofern waren Sie erleichtert, dass er weg war.
Nun dachten Sie, warum nicht gleich zwei Fliegen mit einer Klappe schlagen, und haben in Paul Mantheys Namen
eine Lösegeldforderung geschickt. Von Piets Verschwinden
wussten Sie ja dank Fabians Indiskretion aus der Zeitung.»

«Du dreckige ...» Paul Manthey hatte die Hände zu
Fäusten geballt, Speichel flog zwischen seinen zusammen-
gepressten Zähnen hervor. Doch er unterbrach sich, wohl
weil er sich darauf besann, dass er hier unter polizeilicher
Beobachtung stand.

«Ich dachte, Sie wollten über Fakten sprechen. Stattdessen machen Sie hier einen auf Hercule Poirot. Wir sind
doch nicht bei Agatha Christie», mischte sich Lenke Manthey ein. «Welchen Grund sollte Svea haben, Paul so einen
miesen Streich zu spielen? Das klingt für mich nach einem
ganzen Sack voller Spekulationen.»

«Das könnte man annehmen», gestand Marconi ein.
«Aber lassen Sie sich für einen Moment auf mein Gedankenspiel ein. Vergangene Nacht hat ein Pferd zu mir gesprochen. Keine Sorge», fügte er beschwichtigend hinzu, «ich
bin noch nicht völlig durchgedreht.»

«Die einen sagen so, die anderen so», warf Fabian ein
und erntete einen gehässigen Lacher des Journalisten.

Marconi hatte seine Wanderung wieder aufgenommen
und blieb vor Sünje Nissen stehen. «Es war Ihr Pferd, von
dem ich geträumt habe, und es hat mir mit Ihrer Stimme
einige Dinge in Erinnerung gerufen, an die ich zwischenzeitlich nicht mehr gedacht hatte.»

Sünje Nissens Gesicht war ein einziges großes Fragezeichen.

«Sie haben mit Emma den Abend verbracht, nachdem sie sich mit Piet gestritten hatte. Emma, so haben Sie mir erzählt, hat immer wieder auf ihr Handy gesehen, und als es schließlich klingelte, ist sie nach draußen gegangen und kam aufgewühlt zurück.» Marconi hatte es nicht als Frage formuliert, trotzdem nickte Sünje Nissen zur Bestätigung. Ebenfalls nickend, fuhr er fort: «Für Emma Lassens Mobiltelefon hatten wir zwar das Bewegungsprofil, aber bislang keine Verbindungsdaten und hätten vom Richter auch gar keinen Beschluss dafür bekommen. Mit Ihrem Hinweis hat er uns aber dann doch Zugriff auf die Handydaten gewährt. Der Anruf, den Emma Lassen angenommen hat, kam von der einzigen noch in Betrieb befindlichen öffentlichen Telefonzelle am Ortsrand von Sankt Peter-Ording. Kurz hat mich das irritiert, aber natürlich ergibt es absolut Sinn. Vom Handy aus ist es möglich, Nachrichten auszutauschen und sogar zu telefonieren, ohne dass die Polizei die Kommunikation nachverfolgen kann. Aber wenn ich vermeiden will, dass man später nachvollziehen kann, in welche Funkzellen sich mein Handy eingewählt hat, dann muss ich es zu Hause lassen. Eine andere Möglichkeit gibt's nicht. Und wenn ich trotzdem telefonieren will, muss ich mir eine Telefonzelle suchen. Haben Sie mir etwas zu sagen, Frau Lassen?»

Sie schüttelte nur den Kopf.

«Das habe ich mir gedacht, schade.»

«Hast du mir denn etwas zu sagen?», entgegnete Emma Lassen. «Oder spekulierst du munter weiter?»

«Um es vorwegzunehmen: Den endgültigen Beweis, wer Piet Lorenzen getötet hat und warum, werde ich heute nicht präsentieren können.»

«Und dafür das ganze Theater? Ich sag doch: aufgeblasener Wichtigtuer!», flüsterte Lenke Manthey für alle gut hörbar ihrer Freundin zu.

Marconi fuhr unbeirrt fort. «Nachdem wir wussten, dass Emma Lassen am späten Sonntagabend von der Telefonzelle aus angerufen wurde, haben wir uns heute Nacht die verfügbaren Aufnahmen aller Überwachungskameras noch einmal angesehen. Leider gibt es keine Kamera, die direkt auf die Telefonzelle gerichtet ist. Aber mehrere Verkehrsüberwachungskameras in der Nähe haben einen Wagen gefilmt, der um diese Uhrzeit bei dem Sauwetter unterwegs war.»

«Mein Gott, jetzt mach es doch nicht so spannend», rief Evas Freundin Bleeke.

Marconi lächelte und ließ die Bombe endlich platzen: «Es handelt sich um Ihren Wagen, Herr Manthey.»

Die Anwesenden hielten inne, als hätten sie vergessen, wie man atmet.

«Na und?», sagte Paul Manthey scharf. «Das ist ein freies Land. Außerdem hat deine Truppe nicht nur unser Haus auf den Kopf gestellt, sondern auch mein Auto durchsucht und keine Spuren für irgendein Verbrechen gefunden.»

Marconi nickte, als hätte Paul Manthey soeben ein wasserdichtes Alibi geliefert. «Keine Spuren, weder im Haus noch im Wagen. Der Kofferraum war so sauber wie der gebadete und gepuderte Po eines Neugeborenen.»

«Na also», sagte Paul Manthey.

«Also haben meine Kollegen Eva und Jens sich heute Vormittag bei Firmen in der Umgebung umgehört, die Autoinnenräume professionell reinigen. Und der Chef der Autoaufbereitung *Empire* in Tönning konnte sich tatsächlich daran erinnern, dass Sie Ihren Wagen am Montag gleich morgens vorbeigebracht haben. Die rostfarbenen Flecken im Kofferraum müssen schwer zu entfernen gewesen sein. Dafür haben Sie ein großzügiges Trinkgeld springen lassen.»

Paul Manthey rollte mit den Augen. «Ich bin Direktor in einem Hotel, wie Sie wissen. Manchmal nehme ich mir Essen aus dem Restaurant mit nach Hause. Wenn die Sauciere mit der Bratensoße im Kofferraum umkippt und ausläuft, sieht das nicht eben schön aus. Vom Geruch ganz zu schweigen.» Er wirkte äußerlich völlig gelassen, was Marconi unter anderen Umständen vielleicht aus dem Konzept gebracht hätte.

Wieder nickte er und wandte sich an die Versammelten. «Sie sehen, eigentlich kann es von unserer Runde hier niemand gewesen sein, denn jeder hat entweder ein Alibi oder eine vermeintlich gute Erklärung. Aber ich bin noch nicht am Ende. Wir wissen, dass die Zeitung einen Tipp von Fabian Holthusen bekommen hat. Aber es gab noch einen weiteren Tippgeber: Wir haben die Verbindungsnachweise Ihres Telefons auf Mittelplate überprüft, Frau Berger. Dienstag, den sechsten Juli, wurde von Ihrem Anschluss aus beim *Husumer Tageblatt* angerufen. Genau zu der Uhrzeit, als der hier anwesende Journalist Knud Jansen einen Anruf erhalten hat. Mit verstellter Stimme wurde ihm mitgeteilt, dass am selben Abend eine Lösegeldübergabe stattfindet.»

Lenke Manthey betrachtete ihre Freundin, als sähe sie sie zum ersten Mal. Knud Jansen musterte Svea Berger wie alle anderen Anwesenden neugierig. Doch sie presste bloß die Lippen aufeinander und schwieg weiter. «Ich hätte schwören können, dass es ein junger Mann war. So kann man sich täuschen», murmelte Knud Jansen.

Ja, so kann man sich täuschen, dachte Marconi. Wenn Jansen genauso gut recherchierte, wie er Stimmen identifizierte, dann würde Marconi in seinem nächsten Artikel wahrscheinlich als Maxima Makroni auftauchen. Emma Lassen, die bislang beinahe unbeteiligt und irgendwie abwesend neben ihrer Freundin Sünje gesessen hatte, meldete sich zu Wort. «Kannst du uns sagen, was die ganze Sache soll? Oder willst du munter weiterraten?»

«Komplett im Trüben fischen wir nicht», ging Marconi auf ihre Provokation ein. «Und zu Ihnen komme ich jetzt, Frau Lassen. Sonntagabend gerieten Sie mit Ihrem Verlobten in Streit. Sie sagten, Sie hätten kompromittierende Nachrichten auf seinem Smartphone gefunden und ihn zur Rede gestellt. Piet droht die Fassung zu verlieren, schlägt Sie beinahe. Sie stürmen aus dem Haus und fahren zu Ihrer Freundin Sünje auf den Ferienhof. Letzteres bestätigt die Auswertung der Funkzellendaten. Piets Handy ist seitdem verschollen. Zuletzt war es im Funkzellenmast beim *Thalamegus* eingeloggt. Wie auch das Mobiltelefon von Paul Manthey.»

«Und wie Hunderte andere Mobiltelefone der Menschen, die dort leben.» Paul Manthey klang so sachlich, als besprächen sie gerade das bevorstehende Hochzeitsbüfett eines Hotelgastes.

«Richtig», sagte Marconi. «Aber Ihr Telefon bewegt sich den ganzen Abend nicht aus der Zone, obwohl zwei verschiedene Kameras Ihren Wagen später noch aufzeichnen.»

«Sein Handy zu Hause zu lassen, ist nicht strafbar.»

«Wieder richtig», fuhr Marconi fort. «Aber nehmen wir mal an, Emma Lassen schickt Ihnen eine Sprachnachricht und erzählt vom Streit mit ihrem Verlobten.»

«Warum sollte Sie das tun?», unterbrach Paul Manthey ihn.

«Tun Sie mir den Gefallen und hören erst –»

Paul Manthey sprang auf. «Wenn ich Märchen hören will, gehe ich ins Theater. Wenn du mir ans Bein pinkeln willst, kannst du das mit meinem Anwalt bespr–»

«Setz dich!», sagte Lenke Manthey scharf.

Für Sekunden sah es so aus, als würde ihr Mann erneut harsch widersprechen wollen. Doch schließlich löste sich seine Anspannung in Resignation auf. Er ließ die hochgezogenen Schultern sinken, löste die geballten Fäuste und sank zurück auf den Holzstuhl.

Marconi hielt es für klug, diese Szene nicht zu kommentieren. «Emma Lassen befürchtet, dass Piet sie verlassen könnte. Warum, dazu kommen wir gleich. Sie hat keine Lust auf ein Leben als alleinerziehende, mittellose Mutter. Außerdem weiß sie, dass bald ein großes Erbe ansteht. Denn offenbar hat der Notar die Information einem Makler gesteckt. Und der hat mit Piet vereinbart, dass er das Grundstück veräußern kann. Aber Piet darf Emma auf keinen Fall verlassen, sonst sieht sie von dem Geld, das er erben wird, keinen Cent. Zwei bis drei Millionen, ein schönes Sümmchen.»

«Aber ...», wandte Emmas Freundin Sünje Nissen ein. Doch entweder hatte sie den Faden verloren oder wagte es nicht, den Gedanken weiterzuspinnen.

«Genau: aber!», sagte Marconi. «Warum sollte sie Piet entführen, wenn sie doch so oder so Zugriff auf das Geld bekommt? Das hat mir tatsächlich einiges Kopfzerbrechen bereitet. Die Lösung ist recht einfach, wenn man einmal die Puzzleteile zusammengesetzt hat. Emma Lassen hätte eben *keinen* Zugriff auf das Geld gehabt: Sie und Piet Lorenzen waren nicht verheiratet. Deshalb hat sie beim Amtsgericht Husum einen Antrag auf postmortale Eheschließung gestellt. Einen Versuch war's ja wert.»

«Aber die gibt es in Deutschland doch gar nicht. Außerdem ist das Unsinn und noch dazu völlig unnötig», ereiferte sich nun Evas Freundin Bleeke. «Als Mutter von Piets Kind bekommt sie am Ende ja doch alles.»

«Das ist der Grund, warum ich gesagt habe, dass wir heute den Täter nicht abschließend überführen werden. Ich sollte aber wohl besser sagen: *die* Täter!»

Einige Anwesende tuschelten aufgeregt. Sünje Nissen bombardierte Emma Lassen flüsternd mit Fragen. Doch die hielt sich bloß den Bauch und starrte vor sich hin, als ginge sie das alles nichts an. Fabian tuschelte mit dem Journalisten, dessen Augen angesichts der erwartbaren Story leuchteten. Marconi nickte Derik Moor zu. Der hatte die ganze Zeit wie zufällig an der Tür gestanden, bereit, sich auf jeden zu stürzen, der türmen wollte. Der Hauptkommissar ging an den Reihen entlang. Die Augenpaare der Anwesenden folgten ihm. Vor Emma Lassen blieb er stehen. «Würden Sie bitte dem Kollegen folgen? Das Gericht möchte ein pränatales Abstammungsgutachten erstellen.»

Sünje Nissen riss die Augen auf. Emma Lassen hingegen nickte nur stumm und ließ sich dann von Jens aus dem Raum führen. Moor sah ihnen hinterher, tauschte mit Marconi ein kaum wahrnehmbares Nicken und ging dann langsam Richtung Ausgang. Kurz bevor er die Tür erreicht hatte, blieb er noch einmal stehen. Wieder herrschte diese eigenartige Stille im Raum. Nur von der Straße her war der Freudenschrei eines Kindes zu hören und zwei Hunde, die einander ankläfften. Moor sah Lenke Manthey an, die erschrocken den Mund öffnete. Dann richtete der Hauptkommissar den Blick auf den Mann neben ihr. «Paul Manthey, würden auch Sie bitte mitkommen?»

Er sah dem Hauptkommissar direkt in die Augen. «Warum? Ich bin nicht schwanger. Bei mir ist keine Baby-DNA zu holen.»

«Nehmen Sie sich ein Beispiel an Frau Lassen und treten Sie in Würde ab», sagte Marconi, der sich an den Tresen zurückgezogen hatte und mit dem Rücken dagegen lehnte. «Alles Weitere besprechen wir später in Ruhe.»

Paul Manthey stand auf. Er warf erst Svea Berger einen durchdringenden Blick zu, dann streiften seine Augen Marconi, ehe er sich in Bewegung setzte.

«Auch Sie würden wir bitten mitzukommen, Frau Berger», nahm Marconi den Faden wieder auf. «Ich glaube, Sie haben uns noch nicht alles gesagt, was Sie wissen.»

Svea Berger umklammerte erschrocken die Sitzfläche ihres Stuhls mit beiden Händen und wirkte, als wolle sie sich nur mitsamt Stuhl aus dem Raum tragen lassen – falls überhaupt. Erst als Lenke Manthey ihre Hand auf die ihrer Freundin legte, löste sie den Griff und folgte nach kurzem Zögern Emma Lassen und Paul Manthey vor die Tür.

Marconi war sich bewusst, dass er sich streng genommen auch bei Fabian Holthusen entschuldigen musste. Der war zwar ein Selbstdarsteller, stand aber letztlich für eine gute Sache, trotz der zweifelhaften Methoden. In diesem Fall hatte er sich nichts zuschulden kommen lassen. Doch irgendwie konnte er gerade nicht über seinen eigenen Schatten springen. *Nobody is perfect*, dachte er, ging stattdessen hinter die Theke und goss sich ein großes Schnapsglas bis

zum Rand voll. «Ich wäre dann bereit, Ihre Fragen zu beantworten, sofern Sie noch welche haben», sagte Marconi und
kippte den Friesenouzo in sich hinein.

49

Marconi begegnet
mehreren Unschuldslämmern

Als Marconi in Husum ankam, war es schon nach neun Uhr abends. Das dreigeschossige Polizeirevier erschien ihm wie ein überdimensionierter Adventskalender. Hinter einigen der Fenster leuchtete behagliches Licht, während die anderen trostlos aussahen, wie bereits geleerte Türchen. Er öffnete die Autotür, und eine steife Brise drang in den Wagen.

«Wartet ihr hier oder kommt ihr mit rein?»

«Hier», antworteten Klara und Stefano, als hätten sie sich abgesprochen.

«Nur ein paar Minuten», versprach er, überließ ihnen den Autoschlüssel und drückte sich selbst die Daumen, dass Jasmin Hegel nicht zufällig vorbeifuhr.

Svea Berger wirkte fehl am Platz, aber das war sie sicher gewohnt, vermutete Marconi. Mit ihrer extravaganten Erscheinung passte sie auf eine Ölplattform ebenso wenig wie in dieses nüchterne Büro, in dem man sie geparkt hatte.

«Waren die Kollegen nett zu Ihnen? Hat man Ihnen was zu trinken gegeben?», fragte Marconi. Sie antwortete mit einem zögerlichen Nicken, und er setzte sich an den Tisch ihr gegenüber.

«Ich will ehrlich sein: Ich habe zwei Kinder im Wagen,

die längst ins Bett gehören. Vielleicht mögen Sie mir ohne großes Tamtam meine Fragen beantworten? Umso schneller sind Sie wieder zu Hause – und wir auch.»

«Ich weiß nichts», murmelte Svea Berger halbherzig und sah an ihm vorbei an die Wand.

«Wenn Ihre beste Freundin nichts mit der ganzen Sache zu tun hat, wie Sie sagen», Marconi suchte weiter ihren Blick, «dann schildern Sie mir, wie es wirklich war.»

«Und mich damit selbst belasten?»

«Sie oder Lenke, niemand anderes kann die Lösegeldforderung ausgedruckt haben. Bei Vortäuschung einer Straftat in Verbindung mit Verleumdung kann der Richter bis zu fünf Jahre Gefängnis verhängen.»

Ihre Miene erstarrte, die Pupillen waren geweitet, als hätte sie ein Blitz getroffen.

«Der Richter kann sich aber auch für eine simple Geldstrafe entscheiden, wenn die Umstände es hergeben und jemand die Angeklagte entlastet», sagte er und fügte in der Hoffnung, dass seine Worte Gehör fanden, hinzu: «Ich zum Beispiel.»

Svea Berger biss sich auf die Unterlippe und schien mit sich zu ringen, allerdings nur kurz. «Auf Sie muss Lenke wirken wie ein gefühlloser Drachen. Aber ich kenne sie, vielleicht so gut wie niemand sonst. Mehr als einmal hab ich sie im Arm gehalten, weil sie sich die Augen ausgeweint hat.»

«Wegen ihrem Mann?», riet Marconi und wagte damit einen Schuss ins Blaue. Und weil Svea Berger keine Antwort gab, fragte er unbeirrt weiter: «Sind Sie der Ansicht, dass Paul Manthey ein schlechter Ehemann ist? Dass Lenke ohne ihn besser dran wäre? Haben Sie deshalb den zweiten Zettel geschrieben? Um Paul Manthey heimzuzahlen, was er ihrer Freundin mit seiner Affäre mit Emma Lassen angetan hat? Und um ihn aus dem Weg zu räumen?»

Svea Berger ließ Marconis Vermutungen an sich abprallen, oder zumindest sah es so aus. Das Schweigen dauerte so lange, dass Narbengewebe darüber wuchs. Marconi widerstand dem Impuls, auf die Uhr zu sehen.

«Ich habe sie gesehen», sagte Svea Berger schließlich, und es war fast ein Flüstern. «An dem Tag war Lenke dienstlich in Cuxhaven, und ich wollte eine ehemalige Kollegin besuchen. Da kreuzte Paul in seinem Wagen vor mir den Weg und bog in die Helgoländer Straße ab. Ich weiß auch nicht, warum ich hinterher bin. Irgendwie hab ich gespürt, dass ich es Lenke zuliebe tun sollte.» Den Blick nach innen gerichtet, schien sie die Situation noch einmal zu durchleben. «Er ist in eins der unscheinbaren Häuser gegangen, und kurz darauf habe ich ihn am Fenster mit dieser Frau gesehen.»

«Was genau haben Sie gesehen?», fragte Marconi behutsam.

«Sie haben sich geküsst. Wenn man es harmlos formulieren will.»

«Haben Sie Lenke davon erzählt?»

Erneut verstrichen die Sekunden. Dann schüttelte Svea Berger den Kopf. «Paul hatte ihr versprochen, dass das nie wieder vorkommt. Und ich wollte nicht diejenigen sein, die Lenke verletzt, wo er es doch war, der ihr das Herz gebrochen hat – wieder einmal.»

Marconi sortierte die neuen Puzzleteile in Gedanken und begann, sie zusammenzusetzen. «Paul Manthey hat seine Frau also schon einmal betrogen, und Sie wollten es ihm heimzahlen. Deswegen haben Sie auf eine passende

Gelegenheit gewartet. Als Sie online in der Zeitung lasen, dass Piet Lorenzen entführt wurde, haben Sie die Chance genutzt und die Lösegeldforderung geschrieben. Meine Kollegin hat vorhin mit einem Mitarbeiter des Versorgungsschiffs gesprochen. Der hat ihr bestätigt, dass er den Umschlag für Sie bei Emma eingeworfen hat. Sie wollten Paul Manthey belasten und aus dem Verkehr ziehen. Oder wenigstens einen Denkzettel verpassen.»

«Jedem, was er verdient.» Endlich hob sie den Blick, und er erkannte darin etwas, das ihn überraschte: die Gewissheit, das Richtige getan zu haben.

Einen Raum weiter hing Emma Lassen in ihrem Stuhl wie ein Teenager im Schulunterricht, berappelte sich aber, als er eintrat, und griff nach dem Becher, aus dem das Schild eines Teebeutels baumelte. Marconi schaltete die Kamera ein, die das Gespräch aufzeichnete, und setzte sich auf den Stuhl ihr gegenüber.

«Die Kollegen haben mich benachrichtigt, dass Sie ausschließlich mit mir reden wollen. Was ist so wichtig, dass Sie es keinem der Dutzend anderen Polizisten hier sagen können?»

«Deine nette Kollegin hat ja offenbar leider keine Zeit. Und im Gegensatz zu den beiden Stümpern von der Kripo mit den teuren Anzügen habe ich dich als fairen und einfühlsamen Polizisten kennengelernt», entgegnete Emma Lassen ohne Umschweife. Marconi freute sich schon auf den Zeitpunkt, wenn Moor und Düster sich diese Passage der Kameraaufzeichnung ansehen würden. «Ich glaube, dass nur du in der Lage bist, meine Situation ...», sie stockte, «... die Wahrheit zu verstehen.»

Sei wachsam, ermahnte sich Marconi selbst. *Sie glaubt, sie kann dich manipulieren, weil sie dich für naiv, emotional beeinflussbar oder schwach hält.*

«Zu viel der Ehre», sagte er nüchtern. «Also beantworten Sie mir meine Fragen?»

«Welche denn?»

«Warum?», fragte er. Als sie ihn verständnislos ansah, wiederholte er die Frage, während sein Blick sich tief in ihren grub. «Warum musste Piet sterben?»

«Seit Kurzem hatten Piet und ich ... wir hatten Probleme. Er war sehr eifersüchtig.»

«Aus gutem Grund?»

Sie schüttelte den Kopf und schwieg.

«Ihre Erklärung für die Auseinandersetzung mit Piet, der Streit über die Affäre klang sehr plausibel. Das hätte ein Grund dafür sein können, dass er so außer sich war. Ertappte Männer pflegen sich zu wehren.»

Marconi sah Hoffnung in Emmas Augen aufkeimen.

«Aber es wirkte wie am Reißbrett entworfen, fast zu plausibel, als ich in der zurückliegenden Nacht noch einmal darüber nachdachte.»

Emma Lassen wand sich nun ziemlich unbehaglich auf ihrem Stuhl.

«Es war umgekehrt, stimmt's? Piet hat kompromittierende Nachrichten auf *Ihrem* Handy gefunden! Darum ging es in dem Streit, den Ihr Nachbar am Abend, an dem Piet verschwand, gehört hat. Wenige Tage später will der Zeuge einen weiteren Streit zwischen Ihnen gehört haben. Aber zu dem Zeitpunkt war Piet schon tot, deshalb habe ich die

Information zunächst als Unfug abgetan. Allerdings gab es den Streit tatsächlich. Nicht zwischen Ihnen und Piet, sondern zwischen Ihnen und Paul Manthey, Ihrem Liebhaber. Am Vormittag, an dem Geselka den zweiten Streit gehört haben will, habe ich zufällig vor Ihrem Haus gestanden und bei Ihnen geklingelt, Sie haben aber nicht reagiert. Deshalb habe ich vorhin den Polizeibeamten kontaktiert, der an jenem Vormittag bei Ihnen Wache schob. Er konnte mir bestätigen, dass ein hellblauer Passat vor Ihrem Haus parkte und dass er beobachtet hat, wie Paul Manthey hineingegangen und zwei Stunden später wieder herausgekommen ist. Und wissen Sie, was mich am meisten daran ärgert?» Er wartete ihre Antwort nicht ab, auch weil sie keine Anstalten machte, ihm eine zu geben. «Ich habe das Auto zwar gesehen, aber nicht wirklich *gesehen*, verstehen Sie? Ich erinnere mich, von der Lichtreflexion geblendet worden zu sein, habe dem aber keine Bedeutung beigemessen. Paul war bei Ihnen, als ich vor der Tür stand, und Sie haben sich gestritten.»

Emma Lassen saß auf dem harten Stuhl, die Hände verschränkt, als könne sie auf diese Weise die Worte zurückhalten. «Ich ...», setzte sie an und verstummte. Marconi beobachtete, dass sie schwer schluckte, ihre Schultern nach vorn zog, wie um sich zu schützen. Kein Wunder, dachte Marconi. Jede Silbe war ein Risiko, jeder Satz eine Entscheidung, die keine Umkehr erlaubte. Er wusste, dass sie hier nicht nur um Worte rang. Es war ein Kampf mit sich selbst – zwischen der Frau, die wusste, was richtig war, und der, die ihr Kind in Freiheit zur Welt bringen wollte. Marconi war gespannt, für welchen Weg sie sich entscheiden würde.

Emma Lassen räusperte sich. «Die Sache mit Paul war

schon vorbei, nur eine kurze Affäre. Aber als der Schwangerschaftstest positiv ausfiel, war ich mir plötzlich sicher, dass das Kind von ihm ist.»

Marconi ließ sich die Überraschung über die offenherzige Antwort der Frau nicht anmerken. «Und Piet hat das an jenem Sonntagnachmittag herausgefunden und Sie zur Rede gestellt?»

«Er hat herausgefunden, dass ich ihn betrogen habe, ja. Aber das ist ja nicht strafbar. Was danach passiert ist, wollte ich nicht.»

«Was genau ist denn danach passiert?»

«Paul hat von Anfang an gesagt, dass er seine Frau für mich nicht verlassen wird, selbst wenn das Kind von ihm ist. Deshalb hab ich ihn an dem Abend gebeten, mit Piet zu reden. Damit der mich nicht vor die Tür setzt.»

Marconis Gedanken rasten. Wieder klang alles, was Emma Lassen auf ihre ruhige Art schilderte, auf verquere Weise schlüssig. Aber das hatte ihre erste Lüge, Piet habe sie betrogen, auch schon getan. Er musste auf der Hut sein.

«Sie haben also einen verflossenen Liebhaber losgeschickt, um mit Ihrem Verlobten zu reden? Interessante Taktik», versuchte er sie zu provozieren.

«Das kannst du mir gern glauben.»

«Nur wer nichts weiß, muss alles glauben. Ich schildere Ihnen mal meine Version: Irgendwie hat Piet von der bevorstehenden Erbschaft erfahren. Ich vermute, der Notar hat die Informationen an einen befreundeten Makler durchgesteckt, und der hat sich bei Piet gemeldet. Demnach hätte er gewusst, dass bald ein schöner Geldsegen bevorsteht – und Sie wussten es auch. Wenn Piet sich wirklich von Ihnen getrennt hätte, dann hätten Sie keinen Cent gesehen. Sie sind nicht verheiratet, und für den Fall, dass das Kind nicht von ihm ist, gehen Sie komplett leer aus.»

Emma Lassen folgte seinen Ausführungen regungslos.

«Er findet raus, dass Sie ihn betrogen haben. Die Situation eskaliert, Sie stürmen aus dem Haus. Ihr Leben droht wie ein Kartenhaus in sich zusammenzufallen. Ein Plan muss her. Sie entscheiden sich für die irre Idee, Piet zu entführen, um wenigstens einen Teil des Erbes zu erpressen. Es muss alles schnell gehen. Wahrscheinlich so schnell, dass Sie Ihren Plan nicht sorgfältig zu Ende denken. Hatten Sie wirklich vor, Piet so lange zu verstecken, bis sein Erbe freigegeben wird?»

Marconi konnte sehen, wie Emma Lassens Blick zur Kamera huschte.

«Oder hatten Sie gehofft, dass durch die Entführung die Testamentseröffnung vorgezogen wird? Damit Sie das Lösegeld von dem Erbe schneller an sich selbst zahlen können?»

Noch immer schwieg sie, was Marconi ermutigte weiterzuspekulieren. «Aber dann lag wirklich eine Lösegeldforderung in Ihrem Briefkasten. Jemand, der mit der Sache nichts zu tun hat, will plötzlich fünfzigtausend Euro. Ihr schöner Plan gerät durcheinander. Das muss ein schöner Schock gewesen sein.»

«Paul sollte Piet sagen, dass es zwischen uns vorbei ist», brach Emma Lassen ihr Schweigen. «Damit Piet mir verzeiht und wir zusammen bleiben. Das war die Vereinbarung. Alles andere geht ganz allein auf Pauls Konto.»

Marconi hob eine Augenbraue.

«Du glaubst mir nicht?»

«Ehrlich gesagt: nein. Warum sollte Paul Manthey das Gespräch mit Ihrem Verlobten suchen? So einer unangenehmen Situation setzt sich doch niemand freiwillig aus.» Marconi hatte den Eindruck, dass sich ihre Augen im nächsten Moment mit Tränen füllen würden. Doch erneut überraschte ihn Emma Lassen, denn stattdessen straffte sie die Schultern, saß nun kerzengerade vor ihm. «Wenn ich dir was gebe, das deinen Fall zum Abschluss bringt, hilfst du mir dann?»

Marconi, von diesem neuerlichen Schachzug überrumpelt, stutzte. «Wie meinen Sie das?»

«Ich kann beweisen, wer Piet getötet hat.»

Marconi glaubte, sich verhört zu haben. «Wie denn?»

Die Sekunden dehnten sich. Marconi war bewusst, dass für Emma Lassen jede einzelne ein eigenes Universum zwischen Kampf und Aufgabe, zwischen Zweifel und Entschlossenheit war. Ihre Finger spielten nervös mit dem Etikett des Teebeutels, bis nur noch einzelne Papierfetzen um den Becher herum lagen. Der Raum war still, einzig das Summen der Neonröhre drang in Marconis Wahrnehmung wie ein Störsignal. Es dauerte, bis die Worte aus ihr herausquollen.

«Sonntagabend hat Paul mich von einer Telefonzelle aus angerufen. Er war völlig neben der Spur. Hat was davon erzählt, dass etwas schiefgelaufen ist.» Emma Lassen wirkte, als würde sie gerade gegen ihren Willen in einen Käfig getrieben, während ihre Gedanken mit jedem Wort nach Fluchtwegen suchten, aber keine fanden. «Was genau passiert ist, weiß ich nicht. Offenbar hat er Piet falsch geknebelt, auf jeden Fall war er plötzlich tot. Paul war komplett durch den Wind und wusste nicht, wohin mit der Leiche. Dann ist ihm eingefallen, dass das Grundstück der Harzmeiers zurzeit unbewohnt ist. Stand ja sogar in der Zeitung.»

«Das Grundstück grenzt direkt an mein eigenes, wussten Sie das?

Emma sah Marconi verständnislos an.

«Beinahe hätte mein achtjähriger Neffe Piets Leiche gefunden.»

«Das wusste ich nicht.»

Marconi entschied sich, ihr zumindest das zu glauben. «Und was sind jetzt Ihre Beweise?»

«Bring mir mein Handy, das ich abgeben musste.»

«Und dann?»

«Spiele ich dir das Telefonat von dem Abend vor.»

«Sie haben Paul Manthey heimlich aufgenommen?»

Emma nickte. «Ich stand unter Schock. Ich wollte natürlich nicht, dass er Piet umbringt. Aber für etwas, das ich nicht getan habe, will ich auch nicht den Kopf hinhalten. Ich dachte, eine Aufnahme beweist im Notfall meine Unschuld.»

Marconi konnte sich nicht entscheiden, ob er Emma Lassen für ihre Weitsicht bewunderte, in so einer kritischen Situation daran zu denken, sich selbst abzusichern, oder ob er sie verachten sollte, weil sie keine Skrupel hatte, den möglichen Vater ihres Kindes für eine sehr lange Zeit ins Gefängnis zu bringen. «Verstehen Sie mich nicht falsch, aber das Einzige, was in diesem Raum unschuldig ist, ist er oder sie.» Marconi zeigte mit ausgestrecktem Zeigefinger auf Emmas Bauch.

Intuitiv legte sie beide Hände darauf und sah ihn herausfordernd an. «Hilfst du mir nun?»

Marconi erhob sich vom Stuhl. «Ich lasse mir das Handy geben und lege es zu den Beweismitteln. Alles andere befindet sich deutlich außerhalb meines Kompetenzbereichs.» Er öffnete die Tür und drehte sich noch einmal zu ihr um. Wie sie dasaß und ihn ansah, tat sie ihm fast schon wieder leid. Er riss sich zusammen. «Ich kann Ihnen nicht versprechen, dass Sie nicht ins Gefängnis müssen. Aber ich danke Ihnen, dass Sie mit mir gesprochen haben», sagte er und schloss die Tür hinter sich, wo bereits zwei altbekannte Herren warteten und ihn erwartungsvoll ansahen.

«Und?», sagte Kriminaloberkommissar Ingwer Düster, während Kriminalhauptkommissar Derik Moor fast gleichzeitig fragte: «Was hat sie gesagt?»

«Gestanden hat sie», sagte Marconi, allerdings keine Spur erleichtert. «Und uns den Täter geliefert.»

Düster klappte leicht die Kinnlade herunter. Auch Moor hatte es die Sprache verschlagen. Bevor er sie wiederfinden konnte, sagte Marconi: «Ich müsste mir einmal das Handy von Emma Lassen ansehen und anschließend mit Paul Manthey sprechen.» Als er Moors Blick auffing, schob er ein «bitte» hinterher und wandte sich an Düster: «Tun Sie mir einen Gefallen? Besorgen Sie den beiden Kindern im Polizeiwagen vor der Tür aus der Kantine eine Saftschorle und geben ihnen Bescheid, dass ihr Onkel bald fertig ist und sie nach Hause fährt.»

Anders als seine ehemalige Geliebte saß Paul Manthey nicht, sondern tigerte im Besprechungsraum umher. Als Marconi eintrat, sah er auf und blieb stehen. Marconi setzte sich, deutete Manthey an, sich ebenfalls zu setzen. Doch der lehnte sich gegen die Wand und verschränkte die Arme.

«Herr Manthey», begann Marconi. «Sie glauben offenbar, Sie können das hier aussitzen. Und das ist Ihr gutes Recht.»

Paul Manthey verzog keine Miene.

«Glauben Sie mir, ich kann Sie gut verstehen. Ich würde auch am liebsten zu meinem Auto gehen und so schnell wie möglich nach Hause fahren. Oder in den Urlaub.» Marconi legte die Hände flach auf den Tisch. «Aber das geht leider nicht. Denn wissen Sie, wer diese Angelegenheit nicht aussitzt? Emma Lassen.»

Mantheys Blick flackerte für den Bruchteil einer Sekunde.

«Im Gegenteil. Sie redet wie ein Wasserfall», fuhr Marconi fort, die Worte präzise platziert. «Über Sie. Über den Plan. Und über den Abend, an dem alles eskaliert ist. Sie hat uns sogar ...», er zog ein Smartphone aus der Tasche und legte es behutsam auf den Tisch, als wäre es zerbrechlich, «... dies hier gegeben.»

Manthey stand noch immer an die Wand gelehnt, der Widerstand in seinem Gesicht begann zu bröckeln. Doch noch wollte er die Fassade des Mannes, der alles im Griff hatte, nicht aufgeben und mimte weiter den stummen Verdächtigen. Wortlos entsperrte Marconi den Bildschirm und startete die Aufnahme in der Rekorder-App. Sofort war Paul Mantheys Stimme zu hören, die im extremen Gegensatz zu der lässigen Attitüde stand, die er gerade zur Schau trug.

«Scheiße, Mann, dein Kerl ist tot!» Seine Stimme, die aus dem Gerät drang, war aufgebracht, fast hysterisch.

«Was?!» Emma Lassen sprach flüsternd. Angesichts der starken Windböen, die ins Mikrofon des Telefons bliesen, war sie kaum zu verstehen.

«Piet, er ist tot!»

«Was sagst du da?», wiederholte sie, offenbar unsicher,

ob sie richtig verstanden oder der Wind Pauls Worte durcheinandergeweht hatte.

«Ich hab ihn in den Kofferraum gepackt, aber er hat randaliert. Also hab ich ihn geknebelt. In der Panik hab ich ihm mit dem Klebeband aber nicht nur den Mund, sondern auch die Nase zugeklebt.»

Der Paul Manthey im Verhörraum schluckte schwer. Er starrte auf das Telefon, als sei es eine tickende Bombe. Dann schüttelte er den Kopf. «So war es nicht. Die verdammte …»

«Mag sein», sagte Marconi und stoppte die Audiodatei. «Aber Richter lieben solche Aufnahmen. Sie hören sie sich in aller Ruhe an, während sie ihr Urteil fällen.» Seine Stimme blieb ruhig, unerschütterlich. «Und wenn Sie weiterhin schweigen, dann ist Emmas Version die einzige, die das Gericht zu hören bekommt. Emma könnte behaupten, dass sie gar nicht die treibende Kraft hinter all dem war, sondern auch nur ein Opfer. Dass all das Ihre Idee war. Und wenn Sie mich überzeugen wollen, dass das nicht stimmt … dann sollten Sie mir jetzt die Wahrheit sagen.»

Der Stuhl kratzte laut über den Boden, als Paul sich setzte und vorbeugte. Sein Atem ging schwer. Er begann zu reden, erst stockend, dann schneller, wie bei einem Damm, der brach. «Es war alles ihr Plan. Emmas Plan. Sie wollte sich mit der Entführung Geld verschaffen. Genug Geld, um auch nach einer Trennung ein sorgloses Leben mit dem Baby zu führen.» Seine Worte füllten den Raum.

«Wollte Emma denn die Trennung? Oder hatte sie Sorge, dass Piet sie verlässt?»

«Ich weiß es nicht. Ehrlich nicht. Aber ich hatte den Eindruck, Emma wollte auf Nummer sicher gehen, nachdem Piet das mit unserer Affäre herausgefunden hat.» Die Hände hatte er nun flach auf den Tisch gepresst, als würde er sich für eine Partie Blitzschach wappnen. «Außerdem hat sie gedroht, meiner Frau von uns und dem Kind zu erzählen, wenn ich ihr nicht helfe. Das konnte ich nicht riskieren.»

Marconi lehnte sich zurück. «Dann erzählen Sie mir genau, wie Piet Lorenzens Leiche auf meinem Nachbargrundstück gelandet ist. Und alles andere auch.»

Und Manthey erzählte. Erzählte um sein Leben. Als säße er im Beichtstuhl und müsste all seine Sünden auf einmal gestehen. Von Emmas panischem Videoanruf über den verschlüsselten Messaging-Dienst *Telegram.* Dass Piet Nachrichten auf ihrem Handy gefunden und sie rausgeworfen hatte. Von Emmas Erpressung: Entweder er helfe ihr, oder sie verpfeife ihn an seine Ehefrau. «Emma war nicht meine erste Affäre, und eine weitere hätte Lenke mir definitiv nicht durchgehen lassen.»

«Also sind Sie auf die Erpressung eingegangen?»

Paul Manthey nickte widerstrebend und berichtete weiter. Wie er zum Haus von Emma und Piet Lorenzen gefahren war. Wie er Piet über die Strandpromenade zum *Thalamegus* folgte, dann sein Auto holte und wartete, bis Piet aus der Kneipe getorkelt kam, wie er ihm eins überzog und ihn in den Kofferraum verfrachtete. Wie er ziellos durch die Gegend fuhr, auf der Suche nach einem Unterschlupf, in dem er Piet verschwinden lassen konnte. Doch dann habe er anhalten müssen, weil Piet randalierte. Aus Angst, dass jemand auf den Passagier im Kofferraum aufmerksam würde, war er in einen Feldweg abgebogen. «Ich bin doch kein Profi, der weiß, wie man jemanden knebelt. Ich hab ihm einfach irgendwie das Zeug ins Gesicht geklebt, damit er die Schnauze hält. Aber als ich das nächste Mal nach ihm sehe, ist der Typ tot! Also fahre ich zu der Telefonzelle, rufe Emma an, die ganz merkwürdig mit mir redet. Und nachdem ich das ...», er zeigt auf Emmas Handy, «... gehört habe, weiß ich auch, warum. Jedenfalls wird mir klar, dass ich tief in der Scheiße stecke und Piet loswerden muss. Da fällt mir das Grundstück der Harzmeiers ein, und plötzlich ist mir klar, was ich zu tun habe.»

«Sie deponieren also Piet in dem Schuppen. Dann präparieren Sie die Leiche mit Altöl und Federn, um es wie einen Akt von *GreenPlanet*-Aktivisten aussehen zu lassen.»

Wieder nickte Manthey, diesmal schwang etwas Entschuldigendes mit. «War einen Versuch wert.»

«Woher hatten Sie das Öl und die Federn?»

Überrascht sah er Marconi an. «Na, die Federn musste ich ja nur aus der Biotonne kramen, wo ich sie erst am Nachmittag reingeworfen habe, zusammen mit den versifften Plüschmöwen.»

«Und das Öl?», hakte Marconi nach.

«Vom letzten Ölwechsel», sagte Manthey bloß und ergänzte dann doch: «Mach ich immer selbst.»

«Und dann sind Sie nachts mit dem Schlüssel, den Lorenzen bei sich hatte, in seine Wohnung, um die Nachricht auszudrucken, damit es aussieht wie eine Entführung», reimte sich Marconi den Rest zusammen.

Manthey nickte niedergeschlagen. «Ich hab mir Putzhandschuhe übergezogen und bin auf Socken ins Haus, um so wenig Spuren wie möglich zu hinterlassen. Hätte ich mir rückblickend alles sparen können, oder?»

Marconi schenkte sich die offensichtliche Antwort. Blieb nur noch eine letzte Frage, die ihn bewegte. «War diese merkwürdige Botschaft auch Emmas Idee?»

«*Tu was ich sage und Piet passiert nichts?*» Traurig lächelte Manthey. «Um Erpresserschreiben und Lösegeld wollte sich Emma später kümmern. Die Nachricht war eine spontane Idee, um meinen Arsch zu retten und von der missglückten Entführung abzulenken.»

Marconi konnte nicht anders, als Mitleid zu empfinden für diesen Mann, der sich in diese für ihn äußerst unangenehme Situation manövriert hatte. Aber er konnte Paul Manthey nicht wirklich helfen. Jedenfalls nicht mehr, als ihn zu diesem Geständnis verholfen zu haben, das ihm vor Gericht möglicherweise Hafterleichterung verschaffte. Alles Weitere lag nicht in seiner Hand. Er erhob sich, setzte sich aber gleich wieder, als ihm noch etwas einfiel. Eine Frage, die ihn die zurückliegenden Stunden beschäftigt hatte. «Kannten Sie Piet Lorenzen eigentlich vorher? Ich meine, bevor Sie ihn umgebracht haben?»

Überrascht sah Manthey ihn an, zögerte aber nur kurz. «Ich weiß zwar nicht, was das noch für eine Rolle spielt ... aber ja, ich kannte ihn. Emma hat ihn mitgeschleift, als sie bei mir im Hotel war, um sich einen Kostenvoranschlag einzuholen.»

«Wofür?», fragte Marconi, ahnte die Antwort aber schon.

«Emma hatte die Idee, ihre Hochzeit bei uns im Hotel auszurichten. Und dachte wohl, ich könnte ihr Sonderkonditionen anbieten.» Paul Mantheys Blick sprach Bände, was er von dieser Abgebrühtheit hielt. Und Marconi konnte es ihm kein bisschen verdenken. Aber das war jetzt nicht mehr sein Problem. Im Auto warteten zwei Kinder auf ihn, denen er dringend mehr Aufmerksamkeit und Fürsorge schenken wollte. Es war nie zu spät für gute Vorsätze.

50

Marconi findet seine Erwartungen voll und ganz erfüllt

Seitdem Stefano aus der Schule nach Hause gekommen war, hatte sich der Junge höchst geheimnisvoll gegeben. Mit der Ankündigung, er sei heute fürs Abendessen zuständig, war er in den Salzwiesen verschwunden. Marconi hatte die beiden zurückliegenden Tage seit der Festnahme von Emma Lassen und Paul Manthey nur Dienst nach Vorschrift gemacht und ansonsten viel Zeit mit Klara und Stefano verbracht, was allen guttat, wie ihm schien. Auch wenn vor allem Klara das nie offen zugegeben hätte.

Eine halbe Stunde später war Stefano zurückgekommen, mit den Händen voller Pflanzen, die für Marconi allesamt nach Unkraut aussahen, auch wenn er Löwenzahn erkannte und Queller, der ihm inzwischen als «Nordseespargel» geläufig war. Auf direktem Weg war Stefano in der Küche verschwunden und hatte seinen Onkel aus dem näheren Umfeld verbannt, was einigermaßen umständlich war, denn Küche, Ess- und Wohnzimmer bildeten einen einzigen großen Bereich. Kurz hatte Marconi den Kopf in Klaras Zimmer gesteckt, die am Schreibtisch saß. Er hoffte, sie erledigte dort Hausaufgaben und schmiedete nicht neue illegale Pläne für ihre Umweltgruppe. Da sie ihm auf eine entsprechende Frage aber sicher keine Antwort geben würde, erkundigte er sich nach Stefanos Plänen fürs Abendessen.

Klara gab ihm mit einem Schulterzucken zu verstehen, dass er auch sie nicht eingeweiht hatte.

«Und diese Kräuter ...?», begann Marconi und wusste nicht, wie er seine Sorge über die nächste mögliche Lebensmittelvergiftung in freundliche Worte verpacken sollte.

«Soweit ich weiß, hat er in seinem Naturführer nachgesehen, welche Wildkräuter gerade Saison haben, mehr weiß ich nicht.»

«Na, dann drücken wir uns mal die Daumen, dass er die richtigen Pflanzen erwischt hat», sagte Marconi und hoffte auf eine stille Verbrüderung mit Klara. Doch die hob bloß erneut die Schultern und widmete sich ihren Aufzeichnungen. Zu gerne hätte er sie nach Fabian gefragt, danach, ob sie noch immer in ihn verknallt war. Aber er fand die richtigen Worte nicht und ahnte, dass er es früher oder später ohnehin herausfinden würde.

Als er wieder hinunterkam, war Stefano gerade dabei, finstere Drohungen gegen die Küchenmaschine auszustoßen, die die Kräuter nicht in dem Maße pürieren wollte, wie er es sich offenbar erhoffte. Trotzdem lehnte er Marconis Hilfsangebot ab und verbat sich jede weitere Einmischung.

Um sich nicht völlig nutzlos zu fühlen, ging Marconi hinaus in den Garten, füllte die Gießkanne mit Regenwasser aus der Auffangtonne und goss die Rosenhecke entlang der Natursteinmauer im Vorgarten. Er hörte Stefano im Haus telefonieren, verstand aber nicht, mit wem. Insgeheim hoffte er, er hatte sein Kochprojekt aufgegeben und bestellte gerade eine Pizza in Familiengröße. Doch der aufgeregte Tonfall, in dem Stefano in den Hörer sprach, klang eher nicht danach.

Eine halbe Stunde später rief Stefano ihn und Klara zu Tisch. Als er gerade nach drinnen gehen wollte, hörte Marconi ein Auto in ihre Straße einbiegen und direkt vor dem Haus halten. Im nächsten Moment klingelte es auch schon an der Haustür. Er öffnete – und stand Jasmin Hegel gegenüber.

«Sie?», fragte Marconi etwas zu entgeistert, weshalb er nachschob: «Entschuldigung, aber heute passt es schlecht, wir wollten gerade essen.»

Da kam Stefano angerannt. Er trug seine Minischürze mit einem Fuchs in leuchtenden Neonfarben darauf. «Schön, dass Sie da sind. Sie kommen gerade richtig», sagte er derart gestelzt, dass Marconi gelacht hätte, wäre er nicht so verwirrt gewesen. «Folgen Sie mir bitte», fuhr Stefano ungerührt fort, und es fehlte nur noch eine weiße Stoffserviette über dem Unterarm.

«Aber ...», begann Jasmin Hegel und sah verwirrt von Stefano zu Marconi, der sie nicht minder irritiert ansah und die Schultern zuckte. «Was ist denn nun der Notfall?»

Notfall? Bis eben hatte Stefano doch entspannt in der Küche hantiert. Was sollte das für eine Notsituation sein? Und warum rief er deshalb gleich das Jugendamt?

«Später», sagte Stefano so geschäftig, als würde er ein DAX-Unternehmen leiten. Er ging zum Esstisch, zog einen Stuhl zurück und wies Jasmin Hegel an, sich zu setzen.

Zögernd folgte sie seiner Aufforderung, suchte nach einem Platz für ihre Handtasche und hängte sie schließlich über die Lehne. Stefano reichte Marconi eine Flasche Wein und den Korkenzieher. «Den hab ich nicht aufbekommen», sagte er mit einem verlegenen Lächeln, und Marconi versuchte, den lädierten Korken aus der Flasche zu befördern.

Er bot Jasmin Hegel Wein an, aber die hielt ihre Hand übers Glas. «Wenn ich fahre, trinke ich grundsätzlich nicht.»

Auf der Treppe waren Schritte zu hören, und kurz darauf stand auch Klara im Zimmer. «Was will die ...», setzte sie entrüstet an und fing dann Marconis mahnenden Blick auf, «... die nette Frau Hegel denn hier bei uns?»

Stefano stellte vier Teller auf den Tisch und sagte mit einem entwaffnenden Lächeln: «Ich habe sie eingeladen.»

Marconi betrachtete die Spiralnudeln, die unter einer äußerst unappetitlichen, einheitlich braunen Masse begraben lagen. Aussehen und Geruch waren irgendwo zwischen schon-mal-gegessen und doppelt-verdaut anzusiedeln.

Marconi beruhigte es etwas, seine eigene Gemütslage in Klara und der Besucherin widergespiegelt zu sehen. In beiden Gesichtern blitzte leichte Panik auf.

«Was ist das denn ... Leckeres?», erkundigte er sich so interessiert, wie es ihm angesichts dieser Herausforderung möglich schien.

Stefano erklärte ihnen in einem Tonfall, der sehr an Klara erinnerte, dass es sich bei seiner Kreation um ein nordfriesisches Pesto handelte.

«Und wie schmeckt es?», erkundigte sich Marconi, um die Galgenfrist auszureizen.

«Ich habe es nicht probiert, ich wollte mir und euch die Überraschung nicht verderben!», entgegnete Stefano wie selbstverständlich.

Marconi blickte abwechselnd zu Klara und Jasmin Hegel, die jedoch zu erwarten schienen, dass er den ersten Bissen nahm. Er seufzte, lud sich eine Nudel mit wenig Soße auf den Löffel und schob sie sich in den Mund. Tatsächlich fand er all seine Erwartungen voll und ganz erfüllt. Aber er ertrug es mit Fassung. Jedem Löffel, den er sich in den Mund schob, ließ er einen großen Schluck Rotwein folgen. Dass auch Jasmin Hegel nach dem ersten Löffel doch um ein Glas Wein bat, ließ Marconi unkommentiert. Im Gegenzug gab niemand einen Mucks von sich, als er sich ein zweites Glas bis zum Rand eingoss. Stoisch ließ er sich sogar einen Nachschlag Nordfriesenpesto-Pasta auftun und meinte, in Jasmin Hegels Augen eine Spur Bewunderung zu sehen.

«Was ist denn da alles so drin?», erkundigte sich Klara, den Teller noch fast voll.

«Sauerampfer», erklärte Stefano, offensichtlich geschmeichelt, dass seine Schwester fragte. «Den kann man wegen seines sauren Geschmacks statt Zitrone benutzen, stand in meinem Buch. Bei Löwenzahn war ich mir nicht sicher, ob die Blätter, Blüten oder Wurzeln am besten schmecken. Deshalb habe ich einfach alles genommen. *Zero Waste*, alles benutzen, nichts verkommen lassen, hast du mir doch erklärt.»

Klara nickte bestätigend und versuchte sich an einem Lächeln, das ihr allerdings verrutschte.

«Und was war das für eine hübsche krautige Pflanze mit den fein gefiederten Blättern und weißen Blüten, die du vorhin in der Hand hattest?», heuchelte Marconi Interesse.

«Klingt nach Schafgarbe», konstatierte Klara. «Ist immerhin nicht giftig, wenn auch ziemlich bitter, weshalb die Blätter zum Kochen nur sehr dezent verwendet werden sollten – wenn überhaupt.»

Obwohl es die wohl herausforderndste Mahlzeit war, mit der Marconi sich je konfrontiert gesehen hatte, war er stolz auf Klara und Stefano. Sein Neffe hatte mit dieser Aktion bewiesen, wie viel ihm das Kochprojekt seines Onkels bedeutete. Klara hatte gute Miene zum bösen Spiel gemacht, ihrem Bruder zuliebe alibimäßig einige Nudeln heruntergewürgt und auch Jasmin Hegels Anwesenheit nicht weiter kommentiert. Nachdem sich ihre Besucherin von Marconi noch einmal Wein hatte nachschenken lassen, um zwei weitere Nudeln damit herunterzuspülen, tupfte sie sich den Mund wie nach einem Drei-Gänge-Menü in einem Sternerestaurant und erkundigte sich bei Stefano, welchem Notfall sie denn nun dieses «spannende» Abendessen zu verdanken habe.

«Der Notfall ist der», sagte Stefano und faltete die Hände auf dem Tisch, wie ein Anwalt vor dem wichtigsten Plädoyer seines Lebens. «Sie dürfen uns Onkel Massimo nicht wegnehmen, weil er auf Ihre wichtigen Papiere geko–... äh, sich übergeben hat. Das war ziemlich eklig. Aber er hat das ja nicht absichtlich gemacht.» Marconi bemerkte, dass Stefano ihn auffordernd ansah, weshalb er zunächst nickte und, als Stefano den Kopf schüttelte, ebenfalls nahtlos in ein Kopfschütteln überging. «Deshalb habe ich angerufen und Sie eingeladen. Um alles wiedergutzumachen. Damit Klara und ich nicht wegmüssen.»

Jasmin Hegel öffnete den Mund und schloss ihn wieder. Alle warteten gespannt, dass sie etwas sagte. «Wie kommst du denn darauf, dass ihr wegmüsst?», fragte sie schließlich.

«Deshalb sind Sie doch ständig hier.» Stefano klang dermaßen überzeugt, dass Marconi schwer ums Herz wurde. Aber gut, dass der Junge seine Ängste offen aussprach.

Jasmin Hegel musterte Stefano lange, bevor sie antwortete. «Ich glaube, es ist an der Zeit, dass ich hier mal etwas richtigstelle.» Sie faltete die Hände und richtete sich ein wenig auf. «Ich bin nicht hier, um euch aus eurem Elternhaus zu nehmen. Ich will nur sicherstellen, dass es euch hier gut geht. Dass die Person, die sich um euch kümmert, weiß, was sie tut, dass sie Zeit mit euch verbringt und ihr nicht zu viel allein sein müsst, weil mal wieder ungeplant eine Nachtschicht ansteht. Und wenn ich euch damit Angst gemacht habe, tut es mir leid. Mein Job ist es nicht, gute Laune und Zuversicht zu verbreiten, sondern eurem Onkel auf die Finger zu schauen, damit er seiner Aufgabe verdammt noch mal nachkommt. Und außerdem …», sie griff nach dem Glas und hielt es Marconi hin, «… hätte ich gerne noch einen Schluck Wein.»

«Werden Sie es überleben?», fragte Marconi später, als er Jasmin Hegel zu ihrem Auto brachte.

«Ich denke schon.»

«War ziemlich schlimm, oder?», räumte Marconi ein.

«Es ist doch schön, wenn Kinder sich ausprobieren», sagte sie diplomatisch. «Und danke für die Flasche Wasser. Die sollte für die Fahrt nach Hause reichen.»

Marconi war sich nicht sicher, aber er meinte, den Anflug eines Lächelns um ihre Lippen zu erkennen. «Hören Sie …»

Jasmin Hegel unterbrach ihn. «Ich weiß doch, dass das Essen gut gemeint war. Und ich weiß es sehr zu schätzen, dass Stefano glaubt, damit den Ausgang des Verfahrens beeinflussen zu können.»

«Darauf wollte ich gar nicht hinaus.»

«Sondern?»

«Darf ich Sie zum Essen einladen, um es wiedergutzumachen?»

«Was genau meinen Sie? Meine ruinierten Dokumente oder das Nordfriesenpesto?» Ihre Miene war unergründlich.

«Ähm, beides?», schlug Marconi vor.

«So wie Sie als Polizeibeamter keine Geschenke akzeptieren können, darf ich als Verwaltungsfachwirtin keine Einladung zum Essen annehmen. Wir unterliegen beide Paragraf zweiundvierzig des Beamtenstatusgesetzes.»

«Sie haben doch schon mal dagegen verstoßen, dann macht ein zweites Mal doch auch nichts mehr aus, oder?»

«Wann habe ich denn …», begann sie entrüstet, unterbrach sich aber und entspannte sich, als ihr bewusst wurde, dass Marconi auf das Mahl des Grauens anspielte, das ihnen wohl beiden wie Blei im Magen lag. Sie stieg in ihren schwarzen Opel Corsa, startete den Motor und ließ das Beifahrerfenster herunter. Auch wenn Marconi seit seinem Umzug in den Norden ein wenig aus der Übung gekommen war, war er sich seiner Wirkung bei Frauen durchaus noch immer bewusst. Entsprechend erwartungsvoll faltete er seine über einen Meter neunzig zusammen und sah durchs Beifahrerfenster, überzeugt, Jasmin Hegel habe es sich anders überlegt.

Sie sagte allerdings nur: «Vergessen Sie nicht, sich eine große Flasche Wasser ans Bett zu stellen», und brauste schwungvoller als die letzten Male davon.

51

Marconi erkennt, dass ein Sturm mehr Rückenwind gibt als eine Brise

Der Wind trug die salzige Meeresluft über den Strand zu ihnen herüber. Marconi spazierte hinter Stefano und Klara den Deich von seinem Haus im Ortsteil Böhl Richtung Ording entlang. Oder vielmehr: Marconi spazierte, Stefano rannte zwanzig Meter voraus, kam immer wieder ungeduldig zurück und trieb ihn zur Eile an. Über ihnen hatte sich ein strahlend blauer Himmel ausgebreitet, auf dem sich nur wenige Wolken wie weiße Segel verteilten. Die Sonne schien auf ihre Gesichter, während der Wind an ihren Jacken zerrte.

«Schau mal, da drüben!», rief Klara ihrem Bruder zu und deutete mit ausgestrecktem Arm in die Ferne. Über dem weitläufigen Strand hingen bereits Dutzende Drachen in der Luft – von riesigen, majestätischen Gebilden in Gestalt von Walen und Grizzlybären, bis hin zu kleineren Figuren wie Kugelfischen und Seesternen aus Nylon, die wild flatternd durch die Lüfte tanzten. Man hörte Lachen, Rufen und das entfernte Summen von Lautsprechern. Tausende Besucher waren zum alljährlichen Drachenfest gekommen. Zu den farbigen Punkten am Himmel gesellten sich die farbigen Punkte auf dem Strand, wo die Veranstaltung in Form von Stehdrachen weiterging: Riesenkampfroboter auf vier langen Beinen, die aussahen wie eine Kreuzung aus

Schildkröte und Mammut und Marconi vage aus *Star Wars* bekannt vorkamen; dazu Autos mit lustigen Gesichtern aus der Animationsfilmreihe *Cars*. Eine Kolonie Marienkäfer unterschiedlichster Größe wurde vom Wind so bewegt, dass es aussah, als würden sie über den Sand kriechen.

Marconi sah, wie Stefanos Augen riesengroß wurden. Im nächsten Moment war er in dem Getümmel verschwunden. «Klara, kannst du hinter deinem Bruder...» Weiter kam er nicht, denn sie nahm bereits die Verfolgung auf. Er war froh, dass Jens die Schichten während des Drachenfest-Wochenendes übernommen hatte, damit er Zeit mit den Kindern verbringen konnte. Im Getümmel gelang es ihm zwar weder Klara noch Stefano auszumachen, aber Sorgen bereitete ihm das nicht. Im Notfall könnte er Klara über ihr Smartphone erreichen. Marconi schlenderte an dem Kinderkarussell und der Trampolinanlage vorbei die diversen weißen Zeltaufbauten entlang, in denen Würstchen und Fischbrötchen, Schmalzgebäck und Zuckerwatte verkauft wurden. Er widerstand dem Impuls, Eva zum dritten Mal an diesem Tag anzurufen und sich zu erkundigen, wie es ihr ging. Nachdem die heftigen Kopfschmerzen samt starker Übelkeit zurückgekommen waren, war sie auf Marconis mehrfache Bitten hin doch noch ins Krankenhaus gegangen, um sich gründlich durchchecken zu lassen. Sein schlechtes Gewissen besserte das keineswegs. Immerhin war der Seenotretter wiederaufgetaucht: Ein Fischkutter hatte ihn aus dem Wasser gefischt und ins Krankenhaus gebracht. Auch der angeschossene Naturschützer war mittlerweile außer Lebensgefahr.

Marconi versuchte, das Ziehen in seiner Magengrube zu ignorieren, und steuerte auf den Verkaufsstand mit Lenkdrachen zu. Kurz bevor er ihn erreichte, vernahm er eine nur allzu bekannte Stimme. «Der ist für dich, Inka, und der hier für dich, Bente.»

«Da verschlägt es doch tatsächlich die Flensburger Prominenz an ihrem freien Tag in die Provinz», sagte Marconi, und Kriminalhauptkommissar Derik Moor fuhr zu ihm herum.

«Ich hatte befürchtet, dir hier zu begegnen», sagte er. Allerdings hatte Marconi den Eindruck, dass sein Mundwinkel dabei leicht zuckte. «Schatz, gehst du mit den Kindern schon mal vor? Ich komm gleich nach.» Ohne seinen *Schatz* vorzustellen, schickte er die Frau und die beiden Kinder, die etwas jünger als Klara und Stefano sein mussten, aus dem Zelt. «Wegen der Pressekonferenz ...», setzte Moor an, wusste aber offenbar nicht, wie sein Text weiterging, und verstummte. Marconi bezahlte in der Zwischenzeit seinen eigenen Drachen – *Ninjago* von *Lego* zu Stefanos bevorstehendem Geburtstag – und ging mit Moor zusammen wieder ins Freie. «Die Pressekonferenz?», nahm Marconi Moors Faden auf, während sie unter einem Einhorn von der Größe eines Einfamilienhauses entlangliefen.

Moor ließ sich Zeit, vermied es, Marconi anzusehen, und betrachtete lieber das Gewusel um sie herum. Marconi ahnte, was den Mann umtrieb, sah aber nicht ein, ihm entgegenzukommen.

«Ist nicht so gut gelaufen mit der Pressekonferenz.» Moor räusperte sich. «Ich meine, dass du nicht dabei warst. Anordnung von ganz oben.»

Marconi kannte die Befehlsketten, die in Schleswig-Holstein nicht anders waren als in München. Niemand bei der Kripo, der noch ganz bei Trost war, wollte sich von einem

Dorfbullen die Butter vom Brot nehmen lassen. «Ich hab gehört, Sie hätten die hervorragende Zusammenarbeit mit der örtlichen Polizei ausdrücklich gelobt. Das ist doch was», sagte er in neutralem Tonfall.

«Ach, komm schon, Marconi. Du weißt doch, wie das läuft. Alles, was über Fahrraddiebstahl hinausgeht, geht euch in der Provinz nichts an», startete Moor einen kläglichen Erklärungsversuch.

Marconi ließ die Worte einige Sekunden lang sacken und sagte dann: «Das sehe ich anders.»

Moor seufzte.

«Wir sind hier in Sankt Peter-Ording. Was hier passiert, geht uns Dorfbullen selbstverständlich etwas an. Ein Mord betrifft eben nicht nur die Familie und die nächsten Verwandten und ist ansonsten Sache der Kripo, die weder die Menschen noch die Situation hier vor Ort kennt.» Er verschwieg großzügig, dass er selbst von den Menschen hier keine Ahnung hatte. «Wenn ein Lehrer und Naturschützer stirbt, bewegt das alle, die in seinen Unterricht gegangen sind, die mit ihm zusammengearbeitet oder unter seiner Führung das Watt besichtigt haben, und alle, die jemanden kennen, der Piet Lorenzen kannte. Gewaltverbrechen sind hier ein Verbrechen gegen den Frieden auf Eiderstedt. Und als Polizist ist es meine Aufgabe, diesen Frieden zu wahren oder wiederherzustellen, wenn jemand ihn stört. Und da ihr in Flensburg ja eigentlich nicht dämlich seid», Letzteres sagte Marconi mit Nachdruck, «könntet ihr glücklich und dankbar sein, dass vor Ort nicht eine rüstige Rentnerin glaubt, euch ins Handwerk pfuschen zu müssen, sondern ein gestandener Kripobeamter, der schon den einen oder anderen Straftäter überführt hat.»

«Siebenunddreißig», sagte Moor.

«Bitte?»

«Siebenunddreißig gelöste Fälle in dreizehn Dienstjahren als Kripobeamter, davon elf Tötungsdelikte und neun versuchte Tötungen bei der Mordkommission, außerdem ein halbes Dutzend Mitglieder der neapolitanischen Mafia verhaftet, denen anschließend der Prozess gemacht werden konnte. Ich kenne deine Akte, Marconi.»

«Aha», sagte Marconi unbestimmt und wusste selbst nicht, was er damit meinte. Moor hatte ihm reichlich Wind aus den Segeln genommen.

«Du bringst aus München eine beeindruckende Bilanz mit. Aber du kannst nicht einfach an Flensburg vorbei auf eigene Faust in einem Mord ermitteln.» Marconi hatte den Mund schon geöffnet, um zu widersprechen, doch Moor war noch nicht fertig. «Ich habe um einen Termin bei meinen Vorgesetzten gebeten, um einen Weg zu finden, wie wir künftig von deiner Erfahrung profitieren können. Dafür wäre es hilfreich, wenn du dich vorübergehend zurückhältst und nicht permanent dazwischenfunkst, weil der Kollege Düster und ich in deinen Augen unfähige Schaumschläger sind.» Marconi öffnete erneut den Mund, schloss ihn aber wieder. Moor musste schmunzeln. «Das einzige Mal, das ich mir wünsche, du würdest mir widersprechen, lässt du es bleiben.»

«Ich widerspreche doch keinem ranghöheren Polizeibeamten», erwiderte Marconi. «Außerdem: Qualifizierte Schaumschläger erkennt man in erster Linie an ihrer Kompetenz zum Absahnen. Und dass Sie die Lorbeeren im Fall Lorenzen abgesahnt haben, werden Sie ja wohl kaum bestreiten können.»

«Wer hat mich denn genötigt, Paul Manthey aus der U-Haft zu entlassen, weil er unmöglich der Täter sein kann?», erwiderte Moor und musterte Marconi spöttisch.

Marconi wich einer Gruppe Jungen aus, die sich von dem dichten Getümmel nicht daran hindern ließen, Fußball zu spielen. «Ich hab nichts weiter behauptet, als dass ihr Paul Manthey mit euren dürftigen Beweisen nicht ewig festhalten könnt. Und mit der Lösegeldforderung hatte er ja nachweislich wirklich nichts zu tun.» Marconi wurde bewusst, dass sie klangen wie ein zankendes Ehepaar, und musste unwillkürlich grinsen. «Also, wie geht's weiter?»

«Mit Emma Lassen und Paul Manthey?», fragte Moor. «Oder mit dir und mir?»

«Sowohl als auch», sagte Marconi, nun wieder ernst.

«Emma Lassen muss sich wegen Anstiftung zum erpresserischen Menschenraub mit Todesfolge vor Gericht verantworten. Paul Manthey erwartet eine Anklage wegen fahrlässiger Tötung, aus der, wenn's dumm für ihn läuft, auch eine Mordanklage werden kann. Die Naturschützer rund um diese Merle Feldmann erwartet eine Anklage wegen des Anschlags auf Mittelplate.»

«Und das Baby?», hakte Marconi nach. Ein lautes Knacken und Flattern ließen ihn den Blick heben und ein grinsendes Skelett misstrauisch beäugen.

«Ist von Piet Lorenzen, da war das pränatale Abstammungsgutachten eindeutig.»

«Wahnsinn!», entfuhr es Marconi. «Das heißt, das Erbe geht tatsächlich an Piets ungeborenes Kind? Dann ist Lorenzen völlig umsonst gestorben?»

«Wenn Lorenzen bei einer Trennung das Sorgerecht bekommen hätte, wäre Emma Lassen weitgehend leer ausgegangen», sagte Moor. «Insofern kann man behaupten, dass sie mit der Entführung auf Nummer sicher gegangen ist. Vieles wird jetzt davon abhängen, ob das Gericht ihr glaubt und sie tatsächlich den Kopf aus der Schlinge ziehen kann.»

Wieder knackte es über ihnen. Diese Drachen fingen an, Marconi nervös zu machen. «Wie geht's mit mir weiter?»

Moor grinste. «Die Chancen stehen gut, dass du und ich uns so schnell nicht wiedersehen.»

«Was lässt Sie das hoffen?»

«Dein Sankt-Peter ist ein verschlafenes Nest. So schnell wird hier schon nichts mehr passieren. Und falls doch, sehen wir dann weiter, wie wir –»

Aus dem Augenwinkel nahm Marconi eine Bewegung wahr, und geistesgegenwärtig warf er sich mitten im Satz gegen den Hauptkommissar. Mit einem lauten «Uff» schlug Moor auf den Sand, während neben ihnen etwas mit der Wucht eines Peitschenschlags auf den Boden knallte. Marconi landete halb neben, halb auf Moor.

Überrascht und verärgert sah Moor den Dorfbullen über sich an. «Bist du jetzt vollkommen übergeschnappt?» Dann folgte sein Blick dem Marconis, und die Farbe stahl sich aus seinem Gesicht davon. Während sie sich aufrappelten und Marconi den Drachen aufhob, kam ein etwa zehnjähriger Junge angelaufen und schnappte ihn sich, ohne zu realisieren, wie gefährlich sein Flugmanöver gewesen war. Noch ehe Marconi ihm dazu ein paar Takte sagen konnte, war er auch schon wieder in den Menschenmassen verschwunden.

«Falls ich mal was für euch hier in der Provinz tun kann …», sagte Moor und klopfte sich den Sand von der Hose.

«Sagt dir der Name Torge Hofland etwas?» Marconi hatte gar nicht vorgehabt, Moor danach zu fragen.

«Wer soll das sein?»

«Der Inhaber des Pfahlbaurestaurants *Leuchtfeuer.*»

«Hm ...» Moor hatte die Stirn in Falten gelegt. «Ich kann dir nicht sagen, warum, aber irgendwas klingelt da bei mir. Wieso fragst du?»

Marconis Puls nahm Fahrt auf und wechselte auf die Überholspur. «Die Kripo hatte mit dem ehemaligen Geschäftspartner meines Bruders zu tun?»

«Ich kann dir nicht konkret sagen, in welchem Zusammenhang. Aber irgendwas klingelt ...»

«Kannst du dich bei deinen Kollegen umhören?» Marconi wusste, dass sein Blick flehender wirken musste, als ihm lieb war.

Moor musterte ihn einige Sekunden lang nachdenklich. «Unter einer Bedingung», sagte er schließlich. «Was auch immer es damit auf sich hat: keine Alleingänge.» Er hielt Marconi die Hand hin.

Mal sehen, dachte Marconi, ergriff aber die Hand und drückte sie.

Kurz darauf wählte Marconi Klaras Handynummer und ließ sich von ihr zu einem Ungetüm von Lenkdrachen dirigieren.

«Das ist der *Mega Ray*», rief Stefano aufgeregt, kaum dass er ihn erblickt hatte, und zeigte auf einen riesigen Stofffetzen in rund fünfzig Meter Entfernung. «Einer der größten Drachen der Welt. Er wiegt fast zweihundert Kilo, ist fünfundsechzig Meter lang und hat eine Sparweite von vierzig Metern!»

«Spannweite», korrigierte Klara, während sie Marconi mit einem Augenrollen bedachte. Aber Marconi sah das nachsichtige Lächeln einer großen Schwester, das sie vergeblich zu verbergen versuchte.

Er beobachtete, wie sich drei schwere Fahrzeuge in Stellung brachten, an denen die Seile des Riesendrachens befestigt waren. Als sich der gigantische Rochen behäbig in die Lüfte erhob, ging ein Raunen durch die Menge, gefolgt von Jubelrufen und Applaus. Marconi bezweifelte, dass er Moor auch dann gerettet hätte, wenn dieser Koloss auf sie zugerast gekommen wäre. Er dachte daran, was Moor gesagt hatte: *keine Alleingänge.* Aber es ging um Nevio, seinen Bruder. Falls ihn jemand absichtlich aus dem Leben gerissen hatte, dann würde er der Sache auch nachgehen. Er wusste, die Chancen waren gering, dass es in nächster Zeit zu einem weiteren Kapitalverbrechen in Sankt Peter-Ording kam. Aber er hoffte darauf, dass Moor ihm künftig keine weiteren Steine in den Weg legte und ihn bei einem kommenden Fall zum offiziellen Teil der Ermittlungen ernannte. Zu so etwas wie dem verlängerten Arm der Flensburger Mordkommission. Letztlich war ihm Moors Entscheidung aber egal: Wenn die Klügeren nachgaben, geschah immer nur das, was die Dummen wollten. Das war bei einer Mordermittlung nicht anders als in allen anderen Lebensbereichen. Und er war entschlossen, das um keinen Preis zuzulassen.

Er sah das Leuchten in den Augen der Kinder und folgte ihrem Blick hinauf zu dem fliegenden Riesenrochen. Schließlich war es der Gegenwind und nicht der Rückenwind, der einen Drachen fliegen ließ.

ENDE

Italien trifft auf Nordseeküste:
Marconis Kreationen zum Nachkochen

Miese Gnocchi

Weil Miesmuscheln im Italienischen den unappetitlichen Namen «cozze» tragen – ja, das spricht sich genau so aus, wie Sie denken –, musste ich bei der Namensfindung für dieses Rezept etwas kreativer werden. Fertige Gnocchi aus dem Kühlregal sparen Zeit, sind aber nicht so lecker wie selbst gemachte – versprochen!

Zutaten für 4 Portionen:

für die Gnocchi
1 kg Kartoffeln (mehligkochend)
250 g Mehl, plus mehr zum Bestäuben
(entweder Type «00» oder Allzweckmehl Type 405)
1 Ei
Salz

für die Muscheln
3 EL Olivenöl
1 Knoblauchzehe, ganz
250 g Miesmuscheln, z.B. TK, ausgelöst
(wer keine bekommt, bereitet Miesmuscheln mit
Schale vorab zu und löst sie anschließend aus)

350 g Tomaten
1 Prise Safranfäden
1 Handvoll glatte Petersilie
evtl. 1 Schuss Weißwein
Salz, Pfeffer

Anleitung:

1. Kartoffeln je nach Größe 35 bis 40 Minuten weich kochen. Schälen und noch heiß in einer Schüssel zerstampfen oder – falls vorhanden – durch eine Kartoffelpresse drücken.
2. Zunächst 200 g Mehl, das Ei und eine Prise Salz zufügen und ordentlich kneten. Die restlichen 50 g Mehl nach und nach zugeben, bis der Teig elastisch ist.
3. Auf einer bemehlten Unterlage zu langen, 2 cm dicken Rollen formen und in 2 cm breite Stücke schneiden. Noch mal mit Mehl bestäuben.
4. Safran leicht zerstoßen und in etwas lauwarmem Wasser einweichen.
5. Knoblauch schälen und im Ganzen mit Öl in einem Topf erhitzen. Sobald die Zehe Farbe annimmt, rausnehmen.
6. Muscheln und Tomaten ins Öl geben und unter gelegentlichem Rühren 10 Minuten dünsten.
7. Safran und Einweichwasser unterrühren. Wer mag, gibt einen Schuss Wein dazu. Topf von der Platte nehmen, Petersilie zugeben, mit Salz und Pfeffer würzen.
8. Wasser salzen und in großem Topf zum Kochen bringen. Gnocchi in zwei bis drei Portionen

hineingeben. Sobald sie an die Oberfläche kommen,
sind sie gar.
9. Mit Schaumlöffel herausnehmen und in Teller legen,
Muschel-Soße darübergeben und sofort servieren.

Spaghetti mit Nordfriesenpesto

Stefanos Experiment mit abenteuerlichen Kräutern als Zutaten schmeckt ... nun ja ... abenteuerlich. Aber es geht auch
lecker, schnell und einfach. Queller (an der Fischtheke auch
als «Salicorn» angepriesen) eignet sich perfekt dafür und
ist selbst so salzig, dass das Rezept ohne weitere Salzzugabe
auskommt.

Zutaten für 4 Portionen:
100 g Queller
100 g Mandeln
150 g Parmesan
150 ml Olivenöl
1 Bio-Zitrone
Salz (fürs Nudelwasser)
Pfeffer
etwas Agavendicksaft oder Reissirup
400 g Spaghetti

Anleitung
1. Nudelwasser aufsetzen, salzen und Spaghetti nach
Packungsanleitung al dente kochen.
2. Queller und Mandeln per Hand oder im Mixer
fein hacken, dann mit Öl, 1–2 TL Zitronensaft,

dem Schalenabrieb der Zitrone und einem Schuss Agavendicksaft oder Reissirup vermischen.
3. Parmesan fein reiben und unterheben.
4. Vor dem Abschütten eine Tasse Nudelwasser auffangen.
5. Spaghetti mit Pesto vermischen und so viel Nudelwasser dazugeben, bis es schön sämig wird.
6. Auf Teller anrichten und sofort servieren.

Labskausagne

Alle lieben Lasagne, aber an Labskaus scheiden sich die Geister. Das liegt geschmacklich entweder am Corned Beef und Pökelfleisch oder an der rot-bräunlich-matschigen Konsistenz – wahrscheinlich an beidem. In der Kombi kann ich die beiden Gerichte aber sehr empfehlen. Da Klara bekanntermaßen kein Fleisch isst, hier die fleischlose Variante. Die Zubereitung dauert ihre Zeit, aber das Ergebnis ist den Aufwand wert.

Zutaten für 8 Portionen:
500 g vakuumierte Rote Beete
800 g mehligkochende Kartoffeln
2 mittlere bis große Zwiebeln
1 Glas Gewürzgurken
1 EL Kapern
2 Anchovis
Olivenöl
Salz, Pfeffer
Butter für die Auflaufform

2 Mozzarella-Kugeln
Lasagneplatten
Alufolie

für die Béchamelsoße:
40 g Mehl
500 ml Milch
40 g Butter
1 Lorbeerblatt
1 Prise Muskat, frisch gerieben

für die Beilage:
1 Bismarckhering oder Rollmops pro Portion
1 Ei pro Portion

Anleitung:
1. Kartoffeln mit Schale je nach Größe 30–45 Minuten in Salzwasser gar kochen.
2. Währenddessen Zwiebeln schälen, klein würfeln und mit Kapern und Anchovis in 5 EL Olivenöl glasig dünsten.
3. Die eine Hälfte der Roten Beete grob schneiden, die andere Hälfte klein schneiden und beiseite stellen.
4. Gegarte Kartoffeln abschütten, abschrecken, noch warm schälen und mit Kartoffelstampfer grob zerstampfen.
5. Die groben Rote-Beete-Stücke und die Zwiebel-Anchovi-Kapern-Mischung mit 2–3 EL Gurkenwasser im Mixer pürieren. Dann zum Kartoffelstampf dazugeben, unterrühren und alles weiter zerstampfen.

Mit Salz und Pfeffer abschmecken. Die klein gehackte Rote Beete unterrühren.

6. Backofen auf 200 Grad vorheizen.

7. Für die Béchamelsoße Milch mit einem Lorbeerblatt in einem Topf langsam zum Kochen bringen. Dann von der heißen Platte nehmen und Lorbeer wieder entfernen.

8. Butter in einem anderen Topf bei mittlerer Hitze schmelzen. Mehl hinzugeben und mit einem Schneebesen unter ständigem Rühren 1–2 Minuten hell anschwitzen. Die Mehlschwitze darf nicht braun werden. Den Topf von der heißen Platte nehmen.

9. Milch nach und nach unter Rühren zugießen und mit dem Schneebesen glatt rühren, damit sich keine Klümpchen bilden. Alles langsam aufkochen und unter ständigem Rühren bei kleinster Hitze für 2–3 Minuten köcheln lassen, bis die Soße eine cremige Konsistenz hat. Mit Salz, Pfeffer und Muskat abschmecken.

10. Mozzarella in dünne Scheiben schneiden.

11. Auflaufform mit Butter einreiben. Mit dem Rote-Beete-Gemisch den Boden vollständig bedecken. Darauf Béchamelsoße geben, dann mit Lasagneplatten zudecken. Vorgang wiederholen. Die oberste Schicht Lasagneplatten vollständig mit Béchamelsoße bedecken. Dann den Mozzarella darauf verteilen.

12. Auflaufform mit Alufolie bedecken und in die mittlere Schiene des Backofens stellen.

13. Nach 30 Minuten Alufolie entfernen und Hitze auf 250 Grad erhöhen. Bis zu 15 Minuten weiter im Ofen

lassen, aber unbedingt im Blick behalten. Die obere Schicht sollte eine gute Bräune haben, ohne zu verbrennen.

14. Fürs originale Labskaus-Feeling parallel zu jeder Portion ein Spiegelei in Butter braten.

15. Die Labskausagne zusammen mit Hering, Gurke und Spiegelei auf einem Teller anrichten und servieren.

Nachbemerkungen
und Danksagungen

Wie lässt sich denn bitte die Ölförderung in der Nordsee mit dem Naturschutz vereinbaren? Das war mein erster Gedanke, als ich vor einigen Jahren zum ersten Mal von der Bohr- und Förderinsel Mittelplate A hörte. Zumal das Gebiet mitten im UNESCO-Weltnaturerbe Wattenmeer liegt. Fakt ist: Umweltorganisationen wie WWF, Greenpeace, Schutzstation Wattenmeer und viele andere betonen die Risiken eines potenziellen Ölunfalls, der katastrophale Folgen für das Ökosystem hätte, und fordern einen früheren Ausstieg aus der Ölförderung. Gehör haben sie bislang nicht gefunden. Fakt ist aber auch: Die Vereinbarkeit von Umweltschutz und Wirtschaftlichkeit wird durch strenge Umweltauflagen und Schutzmaßnahmen angestrebt. Von der Bohrinsel Mittelplate A aus wird seit 1987 Öl in der Nordsee gefördert – störungsfrei. Nach Angaben des Öl- und Gasgiganten *Wintershall Dea* wurden aus dem Feld bis Ende 2024 mehr als 40 Millionen Tonnen Öl gepumpt. Im Mai 2024 erhielt der Betreiber eine Verlängerung der Betriebsgenehmigung für das vorhandene Ölfeld. Zehn bis fünfzehn Millionen Tonnen Öl gelten noch als gewinnbar. Zwischenzeitlich hatte *Wintershall Dea* die Erlaubnis für neue Ölbohrungen mit Förderung bis 2069 beantragt. Aber das Schleswig-Holsteinische Umweltministerium lehnte den Antrag ab, neue

Ölfelder dürfen nicht erschlossen werden. Spätestens 2041 soll Schluss mit Ölförderung in diesem Gebiet sein. Was wichtiger ist – Rohstoffe gewinnen oder den Welterbe-Status des Wattenmeers erhalten –, muss jede und jeder für sich selbst entscheiden.

Parallelen zwischen meinem Roman und dem Anschlag im September 2022 auf die Nord-Stream-Pipelines am Grund der Ostsee, als mit vier Sprengungen der Erdgas-Transport von Russland nach Deutschland sabotiert wurde, sind nicht von der Hand zu weisen.

Bei Recherchen für einen journalistischen Text stieß ich auf geheime Botschaften, die unsere Drucker aufs Papier packen. Theoretisch reicht schon eine Lupe, um die versteckten Muster aus kleinen gelben Punkten auf dem Papier zu entdecken. So lassen sich der Druckerhersteller, die Seriennummer und oft sogar das Datum und der Zeitpunkt des Druckens ablesen. Auf Nachfrage über die Gründe dafür halten sich die Hersteller bedeckt. Vermutet wird, dass sie zur Aufdeckung von Fälschungen dienen sollen, vor allem bei Kopien von Dokumenten wie Banknoten oder offiziellen Papieren. Viele Nutzer sind sich dieser Funktion nicht bewusst, da sie weder in der Bedienungsanleitung noch bei der Installation eines Druckers kommuniziert wird. Wie dieser Eingriff in unsere Privatsphäre mit Datenschutz und Bürgerrechten vereinbar sein soll, dürfte sich vielen Nutzern nur schwer erschließen.

Viele Menschen haben dazu beigetragen, die einzelnen Bilder dieser Geschichte zu einem Roman zusammenzusetzen, indem sie mich an ihrem Wissen haben teilhaben lassen.

Dank geht an meine famose Agentin Rebekka Göpfert für ihre Unterstützung, ihren Einsatz und unermüdlichen Zuspruch.

An die hart arbeitenden Menschen bei Rowohlt: meine großartige Lektorin Dinah Fischer für ihre Marconi-Begeisterung, ihre kritischen Fragen und das unermüdliche Cheerleaden. Unser Austausch ist in jeder Hinsicht ein großes Geschenk. Der fabelhaften Vertriebsleitung Imke Schuster, die mit ihren Kolleginnen und Kollegen dafür sorgt, dass Marconi nicht nur im deutschsprachigen Raum wirklich überall zu finden ist. Hanna Biresch von der Pressestelle für die produktive Zusammenarbeit. Lisa-Marie Paesike für die tolle Orga meiner Lesungen. Und Sünje Redies, Programmleitung Rowohlt Taschenbuch, dafür, dass Marconi auch im Frühjahr 2026 wieder ermitteln darf.

Meiner geliebten Erstleserin Meike Werkmeister für ihre wertvolle Zeit, ihre Mühe und Geduld, ihre klugen Anmerkungen und die unzähligen Ratschläge im Entstehungsprozess für diesen Roman. Wenn ich sie nicht im Sommer 2019 während ihrer Recherche für den Bestseller «Der Wind singt unser Lied» besucht und dabei Sankt Peter-Ording lieben gelernt hätte, würde Marconi möglicherweise ganz woanders ermitteln.

Ralf Grobe für kritisches Lesen, moralischen Beistand, das richtige Wort zur richtigen Zeit und das Mit-Tüfteln an Marconis Rezepten.

Friedrich Dönhoff und Christian Schünemann für den inspirierenden Austausch übers Schreiben und die Buchbranche.

Andreas Falkenhagen, Leiter der Gemeindebücherei St. Peter-Ording, der mit seinen Ortskenntnissen und Anmerkungen den Text bereichert hat. Etwaige Abweichungen sind der künstlerischen Freiheit geschuldet und gehen auf mein Konto.

Der Pressestelle der Polizeidirektion Flensburg für die Antworten zu kriminalistischen Fragen und territorialen Zuständigkeiten.

Der *Schutzstation Wattenmeer*, die mich zu diesem Fall inspiriert hat. Um Verständnis und Bewusstsein für die Schutzwürdigkeit des Ökosystems Wattenmeer und die Nordsee zu wecken und zu fördern, dokumentiert der Naturschutzverein in seiner Zeitschrift «wattenmeer» unter anderem auch regelmäßige Protestaktionen und damit den Kampf gegen Mittelplate A. Handlungen und Personen sind aber frei erfunden. Ähnlichkeiten sind nicht gewollt und rein zufällig.

Meiner Familie ebenso wie meinen Freundinnen und Freunden für ihre Unterstützung. Dafür, dass sie sich mit mir freuen und für mich da sind. Unsere Zeit miteinander, unsere Treffen und Gespräche sind Treibstoff für meine Kreativität und meine Seele.

Allen Buchhändlerinnen und Buchhändlern fürs Empfehlen und Verkaufen meiner Bücher, für die vielen wunderbaren Begegnungen bei Lesungen und Signierstunden. Für ihre engagierte Arbeit, ohne die wir Autorinnen und Autoren komplett aufgeschmissen wären.

Den Buchbloggerinnen und Buchbloggern, die ich rund um Marconis ersten Fall kennenlernen durfte – live und digital. Ich danke jeder und jedem Einzelnen für die Unterstützung, den netten Austausch und die Liebe, die ihr mir und meinen Büchern entgegenbringt.

Den Journalistinnen und Journalisten, die mit großem Wohlwollen Marconi eine tolle Starthilfe gegeben haben.

Das letzte, aber größte Dankeschön gilt euch, meinen Leserinnen und Lesern. Weil ihr Marconi aus Tausenden Büchern ausgewählt, gekauft, gelesen und gehört, ihn positiv bewertet, verschenkt und weiterempfohlen habt. Der Prozess des Schreibens ist mitunter recht einsam. Zu wissen, dass ihr gerne Zeit mit Marconi verbringt, euch Zeit für Rezensionen oder schöne Posts nehmt, zu meinen Lesungen kommt, mir persönliche Nachrichten schickt und Lust auf mehr habt, ist ein Traum, der wahr geworden ist.

Daniele Palu
Marconi und der tote Krabbenfischer

Ein St.-Peter-Ording-Krimi

Massimo Marconi ermittelt in
St. Peter-Ording

Commissario Marconi, Münchner mit
italienischen Wurzeln, verschlägt es an
die Nordsee. Nach dem Tod seines
Bruders soll er der Vormund für dessen
Kinder werden. Nicht die einzige neue
Rolle, mit der er hadert. Obendrein wird
er zum Dienststellenleiter der örtlichen
Polizeiwache degradiert – und gleich auf
die Probe gestellt: Ein Krabbenfischer

400 Seiten

liegt tot in seinem Boot, von einer Harpune durchbohrt. Während
Marconi zu Hause «Spaghetti Krabbonara» für die Kinder kocht,
häufen sich die rätselhaften Vorkommnisse: Was hat es mit dem
mysteriösen Fischsterben auf sich? Und woher stammt das
merkwürdige Loch im Watt? Je näher Marconi der Lösung kommt,
desto gefährlicher wird es, für die Menschen in seinem Umfeld –
und für ihn selbst.

«Menschlich, melancholisch, witzig und immer hart am Meer –
Marconi hat der Nordsee gerade noch gefehlt!»
Sven Stricker

Weitere Informationen finden Sie unter **rowohlt.de**